俄苏文学经典译著·长篇小说

肖洛霍夫（1905—1984）

　　苏联作家。苏俄国内战争时期曾任武装征粮员。卫国战争时期任军事记者。1924年，加入"拉普"，成为职业作家，并发表了短篇小说《胎记》。1926年，中短篇小说集《顿河故事》和《浅蓝色的原野》问世。1926年—1940年创作长篇小说《静静的顿河》。1934年加入苏联作家协会，后来被推选为苏联科学院院士、苏共中央委员等。获得过列宁勋章、"社会主义劳动英雄"等荣誉称号。1965年荣获诺贝尔文学奖。

立波（1908—1979）

　　即周立波，著名作家。原名绍仪，湖南益阳人。1928年入上海劳动大学，并开始写作。1934年参加左联。同年加入中国共产党。曾任教于延安鲁迅艺术学院。1944年主编《解放日报》文艺副刊。著有长篇小说《暴风骤雨》《山乡巨变》等。

Поднятая целина

M.Sholokhov

被开垦的处女地

[苏]肖洛霍夫 著

立波 译

俄苏文学经典译著·

长 篇 小 说

Russian

Literature

Classic.

NOVEL

Copyright © 2021 by SDX Joint Publishing Company.
All Rights Reserved.
本作品版权由生活·读书·新知三联书店所有。
未经许可，不得翻印。

图书在版编目（CIP）数据

被开垦的处女地 /（苏）肖洛霍夫著；立波译. —北京：生活·
读书·新知三联书店，2021.1
（俄苏文学经典译著. 长篇小说）
ISBN 978-7-108-06531-5

Ⅰ. ①被⋯　Ⅱ. ①肖⋯②立⋯　Ⅲ. ①长篇小说－苏联
Ⅳ. ①I512.45

中国版本图书馆 CIP 数据核字（2019）第 041242 号

责任编辑	杨柳青
封面设计	樱　桃
责任印制	黄雪明
出版发行	生活·讀書·新知 三联书店
	（北京市东城区美术馆东街 22 号）
邮　　编	100010
印　　刷	常熟市人民印刷有限公司
排　　版	南京前锦排版服务有限公司
版　　次	2021 年 1 月第 1 版
	2021 年 1 月第 1 次印刷
开　　本	650 毫米×900 毫米　1/16　印张 26
字　　数	348 千字
定　　价	80.00 元

俄苏文学经典译著

出版说明

本丛书是对中国左翼作家所译俄苏文学经典一次系统的整理和展现，所辑各书均为名家名译，这不仅是文献和版本意义上的出版，更是对当时红色文化移植的重新激活。

早在1948年生活书店、读书出版社、新知书店合并为生活·读书·新知三联书店前，三家出版社就以引介俄苏经典文学和社会理论图书等为己任。比如1937年生活书店出版托尔斯泰的《安娜·卡列尼娜》，1946年新知书店出版《钢铁是怎样炼成的》。1949年以后，虽然也有出版社对俄苏文学经典进行重译、重编，但难免失去了初始的本色，并且遗失了些许当时出版的有价值的译著；此外，左翼作家的译介因其"著译合一"的特点，在众多译本中，自有其价值；更重要的是，这些文学经典蕴含的对生活的热情、对信仰的坚守、对事业的激情在今天亦鼓动人心，能给每一位真诚活着的人以前行的动力。因此，系统地整理出版左翼作家翻译的俄苏文学经典是必要的。

我们在对书稿进行加工时，主要遵循了以下原则：

一、本丛书为重排本，由繁体字竖排版改为简体字横排版。

二、忠实原作，保持原译语言风格及表现方式；对书中人物及相关译名除必要的规范外基本保留。

三、原书注释如旧，编者所出的注释，均以"编者注"标明，以示与原书注释的区别。

四、对原书中各种错讹脱衍之处,直接订正。

五、数字只要统一、规范,基本沿用;对标点符号的用法,尽可能做到规范。

六、在不影响原译意的情况下,对个别表述可能有歧义的字句进行必要斟酌处理。

俄苏文学经典译著

总　　序

　　生活・读书・新知三联书店推出"俄苏文学经典译著・长篇小说"丛书，意义重大，令人欣喜。

　　这套丛书撷取了1919至1949年介绍到中国的近50种著名的俄苏文学作品。1919年是中国历史和文化上的一个重要的分水岭，它对于中国俄苏文学译介同样如此，俄苏文学译介自此进入盛期并日益深刻地影响中国。从某种意义上来说，这套丛书的出版既是对"五四"百年的一种独特纪念，也是对中国俄苏文学译介的一个极佳的世纪回眸。

　　丛书收入了普希金、果戈理、屠格涅夫、陀思妥耶夫斯基、托尔斯泰、高尔基、肖洛霍夫、法捷耶夫、奥斯特洛夫斯基、格罗斯曼等著名作家的代表作，深刻反映了俄国社会不同历史时期的面貌，内容精彩纷呈，艺术精湛独到。

　　这些名著的译者名家云集，他们的翻译活动与时代相呼应。20世纪20年代以后，特别是"左联"成立后，中国的革命文学家和进步知识分子成了新文学运动中翻译的主将和领导者，如鲁迅、瞿秋白、耿济之、茅盾、郑振铎等。本丛书的主要译者多为"文学研究会"和"中国左翼作家联盟"的成员，如"左联"成员就有鲁迅、茅盾、沈端先（夏衍）、赵璜（柔石）、丽尼、周立波、周扬、蒋光慈、洪灵菲、姚蓬子、王季愚、杨骚、梅益等；其他译者也均为左翼作家或进步人士，如巴金、曹靖华、罗稷南、高植、陆蠡、李霁野、金人等。这些进步的翻译家不仅是优秀的译者、杰出的作家或学者，同时他们纠正以往译界的不良风气，将翻译事业与中国反帝反封建的斗争结合起来，成为中国新文学运动中的一支重要力量。

这些译者将目光更多地转向了俄苏文学。俄国文学的为社会为人生的主旨得到了同样具有强烈的危机意识和救亡意识，同样将文学看作疗救社会病痛和改造民族灵魂的药方的中国新文学先驱者的认同。茅盾对此这样描述道："我也是和我这一代人同样地被'五四'运动所惊醒了的。我，恐怕也有不少的人像我一样，从魏晋小品、齐梁词赋的梦游世界中，睁圆了眼睛大吃一惊，是读到了苦苦追求人生意义的19世纪的俄罗斯古典文学。"[1] 鲁迅写于1932年的《祝中俄文字之交》一文则高度评价了俄国古典文学和现代苏联文学所取得的成就："15年前，被西欧的所谓文明国人看作未开化的俄国，那文学，在世界文坛上，是胜利的；15年以来，被帝国主义看作恶魔的苏联，那文学，在世界文坛上，是胜利的。这里的所谓'胜利'，是说，以它的内容和技术的杰出，而得到广大的读者，并且给予了读者许多有益的东西。它在中国，也没有出于这例子之外。""那时就知道了俄国文学是我们的导师和朋友。因为从那里面，看见了被压迫者的善良的灵魂，的酸辛，的挣扎，还和40年代的作品一同烧起希望，和60年代的作品一同感到悲哀。""俄国的作品，渐渐地绍介进中国来了，同时也得到了一部分读者的共鸣，只是传布开去。"鲁迅先生的这些见解可以在中国翻译俄苏文学的历程中得到印证。

中国最初的俄国文学作品译介始于1872年，在《中西闻见录》的

---

[1] 茅盾：《契诃夫的时代意义》，载《世界文学》1960年1月号。

创刊号上刊载有丁韪良（美国传教士）译的《俄人寓言》一则。[1]但是从1872年至1919年将近半个世纪，俄国文学译介的数量甚少，在当时的外国文学译介总量中所占的比重很小。晚清至民国初年，中国的外国文学译介者的目光大都集中在英法等国文学上，直到"五四"时期才更多地移向了"自出新理"（茅盾语）的俄国文学上来。这一点从译介的数量和质量上可以见到。

首先译作数量大增。"五四"时期，俄国文学作品译介在中国"极一时之盛"的局面开始出现。据《中国新文学大系》（史料·索引卷）不完全统计，1919年后的八年（1920年至1927年），中国翻译外国文学作品，印成单行本的（不计综合性的集子和理论译著）有190种，其中俄国为69种（在此期间初版的俄国文学作品实为83种，另有许多重版书），大大超过任何一个国家，占总数近五分之二，译介之集中可见一斑。再纵向比较，1900至1916年，俄国文学单行本初版数年均不到0.9部，1917至1919年为年均1.7部，而此后八年则为年均约十部，虽还不能与其后的年代相比，但已显出大幅度跃升的态势。出版的小说单行本译著有：普希金的《甲必丹之女》（即《上尉的女儿》），陀思妥耶夫斯基的《穷人》、《主妇》（即《女房东》），屠格涅夫的《前夜》、《父与子》、《新时代》（即《处女地》），托尔斯泰的《婀娜小史》（即《安娜·卡列尼娜》）、《现身说法》（即《童年·少年·青年》）、《复活》，柯罗连科的《玛加尔的梦》和《盲乐师》，路卜洵的《灰色马》，阿尔志跋绥夫的《工人绥惠略夫》等。[2]在许多综合性的集子中，俄国文学的译作也占重要位置，还有更多的作品散布在各种期刊上。

其次翻译质量提高。辛亥革命前后至"五四"高潮前，中国的俄国

---

[1] 可参见笔者在《二十世纪中俄文学关系》（学林出版社，1998；高等教育出版社，2002）中的相关考证。

[2] 这套丛书中收入了这一时期张亚权译的柯罗连科的《盲乐师》（商务印书馆，1926）。

文学译介均为转译本，且多为文言。即使一些"名家名译"，如戢翼翚译的普希馨《俄国情史》（即普希金《上尉的女儿》，1903）、马君武译的托尔斯泰的《心狱》（即《复活》，1914）、林纾和陈家麟合译的托尔斯泰的《罗刹因果录》（收八篇短篇，1915）等，也因受当时译风的影响，对原作进行改动或发挥之处颇多，有的译作几近于演述。1919年以后，译者队伍与译风发生了根本上的变化。一批才气横溢的通俄语的年轻人加入了俄国文学作品翻译的队伍，其中有瞿秋白、耿济之、沈颖、韦素园、曹靖华等。以本套丛书入选译本最多的译者耿济之为例。耿济之早年在俄文专修馆学习，1919年在《新中国》杂志上发表最初的译作，即托尔斯泰的《真幸福》（即《伊略斯》）和《旅客夜谭》（即《克莱采奏鸣曲》）等作品。20年代初期，耿济之又有果戈理的《马车》和《疯人日记》、赫尔岑的《鹊贼》、屠格涅夫的《村之月》、奥斯特洛夫斯基的《雷雨》、托尔斯泰的《家庭幸福》和《黑暗之势力》、契诃夫的《侯爵夫人》等重要译作。此后他一发不可收，数十年间译出了大量的俄国文学名著，是中国早期产量最多和态度最严肃的俄国文学译介者。当然，这时期仍有相当一部分翻译家依然利用其他语种的文字在转译俄国文学作品，如鲁迅、周作人、李霁野、郑振铎、赵景深、郭沫若等。这些译者大多学养深厚，译风严谨。鲁迅在20年代前期和中期译出了阿尔志跋绥夫的《工人绥惠略夫》《幸福》《医生》和《巴什唐之死》、安德列耶夫的《黯淡的烟霭里》和《书籍》、契诃夫的《连翘》、迦尔洵的《一篇很短的传奇》等不少俄国文学作品。尽管是转译，但翻译的水准受到学界好评。

20世纪二三十年代，中国文坛开始引进苏俄文学。1931年12月，瞿秋白在给鲁迅的信中谈到：有系统地译介苏联文学名著，"这是中国普罗文学者的重要任务之一"[1]。不少出版社在20年代末相继推出

---

[1] 瞿秋白：《论翻译》，见《瞿秋白文集》第2卷，人民文学出版社1954年版。

"新俄文学"作品专集。最早出现的是由曹靖华辑译、北平未名社1927年出版的《白茶(苏俄独幕剧集)》一书。而后,鲁迅、叶灵凤、曹靖华、蒋光慈、傅东华、冯雪峰和郭沫若等辑译的各种苏联文学作品集相继问世。这一时期,译出了不少活跃于十月革命前后的苏俄著名作家的作品。比较重要的有:拉夫列尼约夫的《第四十一》、革拉特珂夫的《士敏土》、绥拉菲莫维奇的《铁流》、法捷耶夫的《毁灭》、聂维罗夫的《不走正路的安得伦》、雅科夫列夫的《十月》、伊凡诺夫的《铁甲列车Nr.14-6》、富曼诺夫的《夏伯阳》、肖洛霍夫的《静静的顿河》(前两部)和《被开垦的处女地》、奥斯特洛夫斯基的长篇小说《钢铁是怎样炼成的》、诺维科夫-普里波伊的《对马》、马雅可夫斯基的诗集《呐喊》、爱伦堡等人的报告文学集《在特鲁厄尔前线》和阿·托尔斯泰的剧本《丹东之死》等。

  这一时期,作品被译得最多的作家是高尔基。最早出现的是宋桂煌从英文转译的《高尔基小说集》(上海民智书局,1928)。这部小说集中载有《二十六个男和一女》和《拆尔卡士》(即《切尔卡什》)等五篇作品。最早出现的单行本是沈端先(即夏衍)从日文转译的高尔基的《母亲》。[1] 30年代中国出版的有关高尔基的文集、选集和各种单行本更多,总数达57种,如鲁迅编的《戈里基文录》、瞿秋白译的《高尔基创作选集》、黄源编译的《高尔基代表作》、周天民等编选的《高尔基选集》(六卷)等。此外问世的还有:鲁迅等译的短篇集《恶魔》和《俄罗斯的童话》、史铁儿(即瞿秋白)译的《不平常的故事》、巴金译的短篇集《草原故事》、丽尼译的《天蓝的生活》、钱谦吾(即阿英)译的《劳动的音乐》、蓬子译的《我的童年》、王季愚译的《在人间》、杜畏之等译的《我的大学》、何素文译的《夏天》、何妨译的《忏悔》、罗稷南译的《四十年间》、赵璜(即柔石)译的《颓废》(即《阿尔达莫诺夫家

---

[1] 该书1929年由上海大江书铺出版第一部,次年出版第二部。

的事业》）、钟石韦译的《三人》、李谊译的《夜店》（即《底层》）和贺知远译的《太阳的孩子们》等。

进入20世纪40年代，由于苏德战争和太平洋战争的爆发，中国文坛把自己的目光转向了苏联卫国战争文学。1942年在上海创刊（1949年终刊）的《苏联文艺》发表的各类作品的总字数达六百多万字，其中大部分是反映苏联卫国战争的文学作品。此外，仅就单行本而言，各出版社出版或重版的此类书籍的数量有百余种之多。这些作品极大地鼓舞了中国人民反抗外族入侵和黑暗统治的斗志。也许今天的人们已经淡忘了它们，有些作品从艺术上看似乎也有些逊色。但是，其中经受住了历史检验的优秀之作，仍值得我们珍视。这一时期，苏联其他一些文学作品也有译介。值得一提的有：肖洛霍夫的《静静的顿河》（全译本）、叶赛宁、勃洛克和马雅可夫斯基合集的《苏联三大诗人代表作》、阿·托尔斯泰的《苦难的历程》和《彼得大帝》、费定的《城与年》、奥斯特洛夫斯基的《暴风雨所诞生的》、潘诺娃的《旅伴》、克雷莫夫的《油船德宾特号》、波列伏依的《真正的人》、卡达耶夫的《时间呀，前进！》、列昂诺夫的《索溪》、冈察尔的《旗手》（第一部）、包戈廷的剧本《带枪的人》、《苏联名作家专集》（共五辑）等。其中不少名著在这一时期初次被译成中文。可以说，至20世纪40年代末，苏联重要的主流文学作品译介得已相当全面。

1919年以后的30年间，译介到中国的俄苏文学作品产生了巨大的影响。钱谷融教授曾经生动地描述过抗战时期他随学校迁至四川偏远小城，在那里迷上俄国文学的一些情景。他还表示自己"是喝着俄国文学的乳汁而成长的"，"俄国文学对我的影响不仅仅是在文学方面，它深入到我的血液和骨髓里，我观照万事万物的眼光识力，乃至我的整个心灵，都与俄国文学对我的陶冶薰育之功不可分。我已不记得最先接触到的俄国文学名著是哪一本了，总之是一接触到它就立即把我深深地吸引住了，使我如醉如痴，使我废寝忘食。尽管只要是真正的名著，不管它是英、美的，法国的，德国的，还是其他国家的，都能吸引我，都能使我迷醉。但是论其作品数量之多，吸引我的程度之深，则无论哪一国的文学，都比不上俄国文学"。这样的感受和评价在那一时代的知识分子中并不罕见。

由于社会的、历史的和文学的因素使然，中国知识分子（特别是左翼知识分子）强烈地认同俄苏文化中蕴含着的鲜明的民主意识、人道精神和历史使命感。红色中国对俄苏文化表现出空前的热情，俄罗斯优秀的音乐、绘画、舞蹈和文学作品曾风靡整个中国，深刻地影响了几代中国人精神上的成长。除了俄罗斯本土以外，中国读者和观众对俄苏文化的熟悉程度举世无双。在高举斗争旗帜的年代，这种外来文化不仅培育了人们的理想主义的情怀，而且也给予了我们当时的文化所缺乏的那种生活气息和人情味。因此，尽管中俄（苏）两国之间的国家关系几经曲折，但是俄苏文化的影响力却历久而不衰。

在中国译介俄苏文学的漫漫长途中，除了翻译家们所做出的杰出贡献外，还有无数的出版人为此付出了艰辛的努力，甚至冒了巨大的风险。在俄苏文学经典的译著中，我们常常可以看到商务印书馆、中华书局、开明书店、文化生活出版社等出版社的名字，也常常可以看到三联书店的前身生活书店、读书出版社、新知书店的名字。这套丛书中就有：生活书店1936年出版的、由周立波翻译的肖洛霍夫的小说《被开垦的处女地》，生活书店1936年出版的、由王季愚翻译的高尔基的小说《在人间》，生活书店1937年出版的、由周扬和罗稷南翻译的列夫·托尔斯泰的小说《安娜·卡列尼娜》，新知书店1937年出版的、由梅益翻译的普里波伊的小说《对马》，读书出版社1943年出版的、由王语今翻译的奥斯特洛夫斯基的小说《暴风雨所诞生的》，新知书店1946年出版的、由梅益翻译的奥斯特洛夫斯基的小说《钢铁是怎样炼成的》，生活书店1948年出版的、由罗稷南翻译的高尔基小说《克里·萨木金的一生》。熠熠生辉的名家名译，这是现代出版界在中国文化发展史上写就的不可磨灭的一笔。这套丛书的出版也是三联书店文脉传承的写照。

尽管由于时代的发展,文字的变迁,丛书中某些译本的表述方式或者人物译名会与当下有所差异,但是这些出自名家之手的早期译本有着独特的价值。名译与名著的辉映,使经典具有了恒久的魅力。相信如今的读者也能从那些原汁原味的译著中品味名著与译家的风采,汲取有益的养料。

陈建华
2018 年 7 月于沪上西郊夏州花园

第一章

　　正月末尾，在最初融雪的暖气的包围里，樱桃园发散着优美的香气。正午，当太阳温暖的时候，各处隐蔽的角落里，悲怀的、几乎感觉不到的樱桃树皮的气味，掺和着融雪的淡薄的灵气，掺和着从雪和朽叶里透露出来的大地的强烈陈旧的芳香。这种清丽的混杂的香气，顽强地飘荡在果园上面，直到青色的薄暮降临，直到月亮的绿色尖角穿过了赤裸的树枝，直到肥大的野兔在雪上散布着它们的点点的足迹的时候。

　　但是以后，风从草原的丘顶上把寒霜烧坏了的苦蓬的苦的气息吹进了果园，白天的气味和声息被吞没了，而在那蒌蒿上面，在那丛林上面，在那在收割以后的田里枯萎了的露珠草上面，在那起伏不平的耕地上面，夜像一只灰色的狼，静静地从东方出来，把拉长了的黄昏阴影，足迹一般的留在草原上。

　　一九三〇年正月的一个傍晚，一位骑者沿着那从草原通到格内米雅其谷间的村落区的小路驰走。到溪边，他勒住了他那匹在腿根上蒙了一层霜的疲倦的马，跳了下来。在那沿小路两边伸展着的果园的黑暗深处的上面,在那岛屿一般的白杨树林的上面,下弦月高高地挂着。小路是黑暗而又寂静的。溪流那边的什么地方,一条狗在喧哗地吠着,一点黄色的灯光照射了出来。骑者贪馋地吸着寒冷的空气,从容地脱下一只手套,点起一支香烟。然后,他拉紧马的肚带,用指头伸到鞍褥下面去,于是探了探他那汗透了的马的背上的润湿的温度以后,又把他那庞大的躯体从容地翻上了马鞍。他开始涉过那条就是在深冬也没有结冰的浅浅的溪流。马的蹄子在河底的小圆石上深沉地响着。它一面走,一面低下头去喝水,但是骑者鞭策它前进,于是马,它肚皮里面隆隆地响着,爬上了倾斜的溪岸。

听到了对面传来的谈话声和橇子滑板的轧拉的声响,骑者又勒住了他的马。这牲口朝着声音传来的方向留神地竖起它的耳朵,掉转头去。镶银的胸带和哥萨克的马鞍的高高的银质的鞍头,被月光照着,突然在小路的黑暗里放出一种白色的耀眼的光辉。骑者把缰绳抛在鞍头上,急速地把那披在他肩上的驼毛哥萨克头巾拉过他的头,掩蔽了他的面部,于是赶起他的马走着快捷的步子。当他跑过了橇子的时候,他又像从前一样慢步地走。但是没有脱下他的头巾。

走到村庄的时候,他向一个过路的女人问:"告诉我婶婶,雅可夫·阿斯托洛夫罗夫住在什么地方?"

"你是说雅可夫·洛济支吗?"

"嗯,是的。"

"那小屋就是,白杨那边那个有瓦屋顶的。你看见吗?"

"是的,我看见了,谢谢你。"

在那宽敞的、盖着瓦的小屋外面,他下了马,牵着马走进耳门,用他马鞭的柄轻轻地敲着窗子,叫道:"老板!雅可夫·洛济支请出来一下。"

主人光着头,上衣搭在肩头上,走到门口,细察着来客,于是跨过门槛。

"什么人呀?"他问着,灰色的胡须里含着微笑。

"你猜不着吗,洛济支?留我过一夜吧。我可以把马安顿在什么地方,好使它温暖一下呢?"

"不,同志,我不认识你。你是从区委会来的吗?还是从土地局来的呢?我好像认识你……你的声音听来很熟。"

皱起他的剃得光光的上唇,浮现出一个微笑,来客把他的头巾扯了下来。

"你还记得波罗夫则夫吗?"他问。

雅可夫·洛济支脸变苍白了,突然恐怖地四面看了一下,小声地说:"大人!你从哪里来?队长!让我们赶快把马安顿……在马厩里。多少时候了呵,自从……"

"呃,呃,声音低一点!时候是很长久了,自从……你有马衣吗?你屋子里有没有什么生客?"

骑者把缰绳交给了洛济支。马,懒懒地顺从着生疏的手的动作,在它伸长的颈上高高地举起它的头,疲倦地抱着它的后腿,向马厩走去。它的蹄子在木地板上踏得格格作响,当它嗅到别的马匹的熟悉的气味的时候,它发出噪音的鼻息来,陌生人的手抓住它的鼻梁,手指敏捷地小心地把潮湿的铁马嚼从那被擦伤了的牙床上解除下来,马感谢般的把鼻子伸进干草里。

"我松了肚带,但是让它凉一点的时候,我再去卸掉它的鞍。"雅可夫·洛济支说,小心地用一件马衣披在牲口的背上。当他照料着马的时候,从肚带的紧束和镫革的松弛上,他很容易地推断出他的客人是从远方来,而且那一天赶了不少的路。

"你的麦子多吗,雅可夫·洛济支?"

"有一点。我们要先给它水喝了,再喂它。进屋去吧。……我现在不知道该叫你什么。我们不再用旧的称呼,而且那用来也不顺口……"

主人在黑暗里为难地微笑着,虽然他知道他的微笑是不会被看到的。

"你可以叫我的姓名。你没有忘记吗?"他的客人回答,走出了马厩,洛济支跟在他后面。

"我怎么能够忘记呢?我们一道打败了德国军队,而且在最后一次的战争中,我们……我常常想到你,亚历山大·安利辛莫维支。但是我们在罗华洛西斯克分别以后,我没有听到你一点音信。我想你是同哥萨克们到土耳其去了。"

他们走进了温暖适度的厨房,来客取下了他的头巾和他的白色的羊毛帽子,露出一个覆着稀疏的白发的精悍的、露骨的头盖。从他那陡峭的、光秃的、狼样的前额底下,他向房子的四周打量了一番,于是,微笑地细眯着他那双在眼眶里严肃地闪着光芒的淡青色的小眼睛,他向那坐在长凳上的女人们——女主人和她的媳妇——鞠了鞠躬。

"你们好,嫂嫂们!"他问候她们。

"感谢上帝!"女主人小心地回答,期待地、疑问地望着她的丈夫,好像在问:"你带进来的这人是谁呀,我们怎样接待他呢?"

"预备晚饭。"主人简单地吩咐了,于是请他的客人到客厅的餐桌旁坐下。

客人一面喝着猪肉椰菜汤,一面在女人面前,谈些关于天气和以前军队里的同伴们的闲话。他的巨大的、好像石头凿成的下颚,艰难地移动着。他慢慢地、困倦地咀嚼着,好像一只在休息的劳苦过度的公牛。晚餐完了,他站起来,在供着沾满尘埃的纸花的圣像之前做了一回祈祷。于是,拂去了他那破旧的紧身的上衣上面的面包屑,他说:"谢谢你的款待,雅可夫·洛济支。现在让我们谈谈吧。"

看见主人眉毛一扬,女主人和她的媳妇就急急地收拾了餐桌,退到厨房里去了。

第二章

　　眼睛近视、动作迟慢的党的区委会书记坐在桌边,斜眼望着达维多夫,于是,把他的眼睛皱得起了膨胀的褶痕,开始阅读达维多夫的证书。

　　窗外风吹得电线嗡嗡地响;系在木栅上的一匹马的背脊上,有一只喜鹊斜在一边地走着,而且在啄什么东西。风吹乱了喜鹊的尾巴,使它飞起,但是一会儿又落到了这匹衰老的、消瘦的、无感觉的马的背上,而且用它那贪欲的眼睛,胜利地向四周围望着。破碎的云块低低地在市镇的上面飞驶。间或,倾斜的太阳光线从云缝中间透漏下来,一片夏天一样的青色的天空显露着。这时候,从窗口可以望见的顿河的蜿蜒、河那边的森林和地平线上的有着一架渺小的风车的遥远的山脊,带着一种轮廓画的动人的柔和。

　　"那么,你是因为病,在洛斯多夫停留了一下吗?哦,唔……为着集体化工作动员的二万五千人中间,被派到我们这里来的另外八个人,三天以前就到了。我们开了一次会。集体农场的代表会见了他们,"书记沉思地咬着他的嘴唇，"这里的情形现在正非常复杂。全区集体化的百分数是十四点八。而且这中间大部分还不过是共耕社。富农的谷物征收还很落后。我们非常需要人。非常！集体农场要求派四十三个工人来。而他们却只派遣了你们九个。"从他的臃肿的眼皮下面，他又长久地、询问似的凝视着达维多夫，好像在估量这人的才力一样。

"那么，你是一个金属工人吗，同志？很好！你在布替洛夫工厂做了很久吗？抽一支烟吧？"他继续地说。

"遣散以后就在那里。九年了。"达维多夫伸出手来接烟，书记看见了他的手上的褪了色的蓝的黥记，在他下垂的嘴唇角上浮露出微笑来。

"国家的光荣和夸耀，"他说，"那么你在海军里面服过务吗？"

"是的。"

"我看了你手上的锚……"

"我那时候年纪轻。你知道……又无知又蠢笨，因此我让他们毒害了我……"达维多夫愤怒地拉下他的袖子心里想："你留心这些闲事。但是你却不能够留心你自己的谷物征收！"

书记沉默着，而那殷勤招待的无意义的微笑，立刻从他那病态的胖胖的脸上消逝了。

"你今天就动身，作为区委代表用全力去实行全面的集体化的工作，同志，"他告诉他，"地方委员会最近的指令你读过吗？读过？那好，那么，你到格内米雅其村苏维埃去。你以后可以休息，现在可没有工夫。你的目标是百分之百的集体化。那里他们已经有一个小小的农业组合，但是我们一定要建立大规模的集体农场。我们组织好了一个宣传队的时候，立刻派到你们那里来。现在你去吧，在审慎地压榨富农的基础上去建立集体农场。一定要使村里最穷的和中等的哥萨克都加入集体农场。以后你可以筹措公共的谷物种子，去作一九三〇年集体农场全面积的播种之用。但是特别当心地去干吧，对中农宽恕一点。格内米雅其有一个由三个共产党员组织的党的支部。支部书记和村苏维埃主席都是很好的人,他们从前是赤色游击队队员。"他又咬着他的嘴唇,于是补足地说:"这里生出了一切自然的结果。懂吗?政治上他们不大高明,他们容易错误。要是碰到任何困难的话,到区委办公处来吧。我们和村里还没有通电话,这是最糟糕的事。还有一点:支部书记是得了红旗勋章的,他有点粗鲁,多角,而且是很尖利的角。"书记用指头在文件包的锁上敲着,看着达维多夫站起来了,他更有生气地补充说:

"等一等,还有一点:每天要打发骑马的差人给我们送报告来,而且在那里好好地督促大家。现在,到组织部长那里去一下,就出发吧。我吩咐他们把区执委会的马匹给你使用,就这样,你要开始一个百分之百集体化的奔驰了。我将凭着你所获得的百分数来评判你的工作。我们要由我们十八个村苏维埃创造一座巨大的集体农场。一个农业的赤色布替洛夫。"说到这个得意的比喻的时候,他笑了。

"你要我审慎地对待富农。这话怎样解释?"达维多夫问。

"是这样的,"书记浮着一种保护者的微笑,"那里有缴纳了谷物税的富农,也有顽强地拒绝缴纳的富农。对付后者的方法很明了:引用《谷物征收令》第一百零七条,给他们一种压抑就是。但是前一种人,情形就要复杂多了。你打算怎样对付他们?"

达维多夫想了一想,于是答道:"我要他们缴纳新的谷物税!"

"真是好办法!不,同志,那是不行的!那样地做,你会破坏我们的活动的一切信用。那样一来,中农会怎样说呢?他会说:'那就是苏维埃政府的行径!他们用这样那样的方法来迫害农民。'列宁告诉我们对于农民的态度要加以认真地考虑,而你却提议要他们缴纳新的谷物税!这是幼稚的,朋友!"

"幼稚,是吗?"达维多夫脸色变白了,"那么照你的意思说,斯大林错了吗?"

"你做什么扯到斯大林身上去?"

"我读了他在马克思主义者的会议上的演说辞……他们是在那会议

上讨论农村问题的。该死,他们叫什么呢……农村工作者,是吗?"

"你的意思是说农学者吗?"

"是的,正是的!"

"你这里面有什么道理呢?"

"请把登载他的演说的那张《真理报》找来吧。"

事务主任将《真理报》找来了。达维多夫用他的眼睛贪馋地一页又一页地翻阅着。

期待一般的微笑着,书记凝望着他的脸。

"在这里。你听!……如果我们的集体化程度很有限,我们不能清算富农……"接着,这里,是了!"但是现在呢?现在形势完全不同了。现在我们可以向富农取一种断然的攻击,粉碎他们的抵抗,把作为阶级的他们清算……""作为一个阶级,懂吗?那么,为什么我们不能实行第二次谷物征收?为什么我们不能够把他们像虱子一样的压碎?"

书记脸上的微笑消逝了,他显出很严肃的样子。

"接下去,他就说,清算工作是要参加了集体农场的贫农和中农去做的,"他反驳道,"是不是呢?念下去吧!"

"哼,你!……"

"你不要'哼'!"书记愤怒地回答,连他的声音都颤了,"你提议怎样?你要毫无差别地用行政上的处置对付一切富农,纵令是在只有百分之十四的集体化,而中农又刚刚开始参加集体农场的地区,也要这样吗?这样我们可以立刻塌台。像你这样的人,到这里来,一点也不知道地方上的情形……"书记压抑了自己,于是平静了一点,继续地说:"你抱着这种见解,你会闯出很多的乱子来的。"

"那很好……"

"哦,算了吧!要是这种处置是必要而且适合时宜的话,地方委员会一定会直截了当地吩咐我们:'消灭富农!'于是,雷厉风行!我们可以动员民警和整个政府机关。可是目前我们仅仅在人民法庭,依据一百零七条用经济的处置,部分地处罚那些隐藏谷物的富农。"

"那么,照你看,雇农、贫农和中农都反对肃清富农吗?他们都站在富农一边吗?要他们反对富农,还得用种种方法去引导他们吗?"

书记哗然地关上了他的文件包的锁,冷淡地回答说:"你可以随便去解释领导者的任何言辞,但是对区负责的是区委书记局和我个人。记着,你到我们派你去的村庄去一定要遵照我们的路线,不能依照你自己发明的路线。我没有工夫和你讨论了,我还有旁的事情要做。"他站起身来。

血又猛然地涌上了达维多夫的脸颊,但是他压抑了自己,回答道:"我当然要依照党所决定的路线,而且我用工人的方式坦白地告诉你:你的路线是错的,这在政治上是不正确的。事实如此!"

"我要为我的工作负责……而且'工人的方式'这种话已经过时了……"

电话铃响了。书记拿起听筒。其他的人开始到房间里来了,于是达维多夫就走去见组织部长。

"他有些右倾……事实如此!"当他离开办公室的时候,他心里想,"我要再去读一读那篇农学者们的演说……当然我没有错?不,兄弟!对不住!因为你的宽容,你放纵了富农。在地方委员会,他们说你是一位'能干的人',但是你的富农却不按期缴纳谷物。压榨他们是一件事,把他们当作毒物连根拔去,又是另外一件事。你为什么不去领导群众?"他在心里继续地和书记争辩。和平常一样,他最能说服人的理由总是事后才想起来的。在办公室,他因为兴奋和激动,仅只抓住了最初涌到他脑里来的反驳理由。他该冷静一点。他从结着冰的污水里激溅而过,在广场的牛粪的冰块上一步一滑地走去。

"可惜我们结束太快,要不然我一定制服你了!"他大声地说。接着,当他看见一个在他身边走过的女人脸上浮着微笑的时候,他渐入于愤怒的沉默中了。

达维多夫赶到"哥萨克与农民之家",拿了他的提包,他想起那里面主要的东西,除了两套换洗的衬衣、短袜和一套衣服以外,就是螺旋扭、小钳、大锉、弯角规、凿、螺旋钳和他从列宁格勒匆匆带来的旁的简单器具,他微笑了。"见鬼!这些东西真用得着!"他想,"我原以为我要亲身参加集体农场里面去,而且还得修理耕种机。而这里却什么耕种机也没有。看样子好像我要作为一个组织者在这区里奔走了。也好吧,我要给他们一种集体农场的锻炼!"他把提包抛上橇子的时候,这样地下了决心。

用燕麦喂养的区委员会的马匹,很轻易地拉着那背后涂了灿烂的彩色的橇子走去。差不多还没有走出市镇,达维多夫就冻得发抖了。他用他的大衣的多毛的羊皮领子包着脸,将帽子拉得遮过眼睛,都没有效。风和潮湿的雨雪透进他的衣领和衣袖,使他冷得战栗起来。在那双轻便的、城市用的旧靴里,他的脚特别地感到冰冻。

从市镇到格内米雅其村,伸展着二十八启罗米突①长的幽静地隆起的山脊。被那融化的兽粪染成了褐色的车路在山顶上。四面掩着雪的处女地,一望无边地展开着。在路旁,苦蓬和蓟的疏疏落落的梢尖,惨淡地披靡着。只有从山峡的斜坡上,大地用那小小的黏土的眼睛窥看着世界。那里,风吹打着,雪聚集不起来。但是在山峡和山谷的深处,都满满地充塞着凝固的积雪。

达维多夫跳下橇子,吊住橇子的皮板,跑了一些时候,竭力想使他的两只脚温暖起来。于是又跳上去,缩作一团,渐渐地打起瞌睡来了。橇子滑板呼啸着,马蹄铁上的尖钉插进雪里,发出干燥的沙沙的声音,右辕的横木轧拉地作响。有时,从他那覆着白霜的眼皮下面,达维多夫看见从路上奋然飞起的白嘴鸦的翅膀,像紫色的夏天的闪电一样,在阳光里闪耀着。于是一种愉快的睡意又使他的眼睛闭着了。

---

① 英文 kilometer 的音译,即千米。——编者

他被那像虎头钳一样紧挟着他的心脏的寒气冷醒来了。睁开眼睛，透过他的泪水的闪烁的虹色，他看见那冰冷的太阳、静默的草原的庄严的空旷、地平线的绒边上面的铅色的天空。在附近一个小丘的白色的丘顶上，有一只毛色好像火焰一般的赭黄色的狐狸。它立在后脚上，于是身躯一扭，跳跃起来，前脚扑在地上，用脚爪掘进地面里去，它的身躯全裹在银色的尘埃里。剩下它那尾巴，像深红的火焰的舌头一样，松弛地、柔软地横在雪上。

他们在将近黄昏的时候到了格内米雅其村。有几辆空的双马橇子停在村苏维埃的宽阔的院子里。七八个哥萨克聚集在门口，在抽着烟。皮毛上凝结着一层汗的马匹，在他们的面前停下了。

"晚安，公民们！马厩在什么地方？"达维多夫问。

"你好！"一个年老的哥萨克，把他的手举到兔皮帽子的边缘，代大家回答，"马厩在那里，同志，在那盖着芦苇的茅棚下面。"

"停到那里去。"达维多夫吩咐车夫。于是，他跳下橇子，是一个矮胖结实的身体。用手套擦着他的脸颊，他跟着橇子走去，哥萨克们也都走向马厩去。他们不明白这位显然是一个公务人员，而讲话又带着重浊的北俄口音的新来者为什么跟着橇子走去，而并不一径走进苏维埃。

一阵尿粪的蒸气从马厩的门里荡漾出来。车夫勒住了马。达维多夫很有自信地着手从挽革上解下横木来。围绕着他的一群哥萨克互相交换了一下眼色。一位披着一件女人穿的羊皮衣服的老头子一面擦掉他的胡须上面的冰柱，一面狡黠地眨一眨眼睛，说道："当心，不然他要踢了，同志！"

达维多夫松了马尾下面的革带，于是，冻紫了的嘴唇上浮着微笑，露出一个缺牙齿。他转向着老头子说：

"我当过机关枪手，老爹，我想我是可以控制这几匹小马的。"

"你这个掉了的牙齿，是马踢掉的吗？"一个黑得像乌鸦一样，卷曲的胡须一直生到了鼻孔里的哥萨克，这样地问。其他的人和善地哄笑起来,而当达维多夫敏捷地取下项圈的时候,他也打趣地说道:"不,我的牙齿是在多年以前有一次醉酒的时候弄掉的。但是没有它,还要好些。娘儿们不会害怕我咬她们了。是吗,老爹?"

他们愉快地容受了这个打趣,老头子假装惋惜地摇摇他的头。

"我也不能再咬了,我的孩子。我的牙齿老早掉了!"

黑胡须的哥萨克像种马一样的狂笑着,露出他的雪白的牙齿,勒住他那紧紧地围在他的哥萨克上衣上面的大红腰带,好像是害怕笑破了他的肚皮一样。

达维多夫拿出香烟来请大家抽,自己也点了一支,于是向村苏维埃走去。

"在那里你可以找到主席。我们党的书记也在那里。"老头子紧紧跟在达维多夫后面,这样地说。其他哥萨克把香烟两口吸完,也跟在他的后面。他们很高兴,新来者并不像从来从区委会来的人们一样,他没有一跳下橇子,就挟着皮包冲过他们,冲进苏维埃,却帮着车夫卸马具,显露出他驾驭马匹的熟练。但是同时他们非常惊讶。

"去照管马匹你不觉得辱没了你吗,同志?这不是公务人员的工作,是不是?车夫做什么的呢?"黑胡须哥萨克抑制不住他的好奇心,这样地问。

"在我们看来,这是很奇怪的呢。"老头子告白着。

达维多夫来不及回答。

"呵,他是一个五金匠!"一个年轻的、生着黄色胡须的小个子的哥萨克带着幻灭的声调叫出来,指着达维多夫的手,因为和金属接触,他的手掌变成了铅色,指甲上有着旧伤痕。

"金属工人!"达维多夫纠正他,"但是你们到苏维埃里面去有什么事?"

"我们很感兴趣,"老头子代替大家回答他,停步在台阶的最下一级的上面,"我们很想知道你是来干什么的。要是为了谷物征收而来的话……"

"是为了集体农场的事情来的。"

老头子发出一声长长的怨恨的口啸,首先离开了门口。

天花板很低的房间里,强烈地发出融着雪的羊皮外套和柴灰的酸味的暖气。桌旁,站着一个高大阔肩的男子在挑转着灯盏的芯,脸朝着达维多夫。"红旗勋章"的深红丝带在他的茶褐色的衬衫上可以看见。达维多夫猜想着他就是格内米雅其党的支部书记。

"我是区委代表,"他说,"你是支部书记吗,同志?"

"是的,我就是支部书记。我叫拉古尔洛夫。请坐,同志。苏维埃主席马上就会来。"拉古尔洛夫用拳头在墙壁上敲了敲,随即走近达维多夫。他的胸部宽阔,有两条骑兵式的、向外弯曲的腿子。在他那瞳孔特别大而且看去好像涂了油一样的黄色眼睛的上面,长着弯弯的黑色的眉毛。要不是短小的鼻子的鼻孔,过于贪食一样地裂开着,和眼睛上面有混浊的薄膜的话,他那种洒脱而又坚定的男性的容貌,一定是很漂亮的。

一个矮胖的哥萨克从隔壁房间里走出来,他戴着一顶灰色羊皮小帽在脑袋后,穿一件军用布料做的短衣,条纹布做的哥萨克短裤筒在白色羊毛的长袜里。

"这就是苏维埃主席安德烈·拉兹米推洛夫。"书记说。

主席微笑地用他的手掌抚摸着他的金色的卷曲的胡须,庄重地向达维多夫伸出他的手。

"你是谁?"他问,"区委代表吗?呵哈!你的证书……你看过了吗,玛加尔?你大概是为了集体农场问题来的吧,我想?"他带着一种天真的放任,审量着达维多夫,不停地闪着他那好像夏天的天空一样清碧的眼睛。一种忍耐不住的期待的神情,很清楚地掠过他的微黑的、很久没有修饰过的脸。他的前额上横着一条青黑色的弯曲的伤痕。

达维多夫坐在桌边,把那关于提前两个月全部集体化的问题党所决定的工作告诉他们。而且提议，就在第二天要召集一个贫农和活动分子的会议。

拉古尔洛夫把地方的情形对他说明，特别将格内米雅其共耕社的情形告诉了他。他说话的时候，拉兹米推洛夫留心地倾听着，间或插一句嘴，没有把他的手从他那微微涨红的脸上拿开。

"我们这里有了一个共耕社，"拉古尔洛夫带着显然的激动说，"而且我告诉你，工人同志，这不过是集体化的一个笑柄，政府的一种绝对损失。里面有十八家农家，全是贫农里面最穷的。这一切有什么结果呢？这的确是一个笑柄。开始的时候，十八家农家，一共只有四匹马、两头公牛，要养活一百零七个人。他们将怎样过活呢？不错，他们可以得到购买机器和家畜的长期借款，他们拿到了借款，但是，虽然是长期的，他们也不能偿还。我告诉你为什么吧，要是我们有一架耕种机的话，那就不同，但是他们没有。用牛，你是不会很快致富的。而且我还要告诉你，他们的政策是错误的，我早想解散他们，因为这好像一只生病的小牛一样的躺在政府的下面很会吃奶，却并不长大。他们心里想'他们总归会帮助我们的！而且他们也不能够要我们还债'，这样，他们的纪律就完全粉碎了，而共耕社不久就要寿终正寝。要大家都加入集体农场，这是一个好主意。那将是天堂，不是地上的生活！但是，哥萨克都是一些奸货，我告诉你，他们应当被压服……"

"共耕社里有党员吗？"达维多夫问，把他们两个都看了一眼。

"没有，"拉古尔洛夫回答，"一九二〇年我参加了一个公社，但是因为里面的分子，有许多很自私自利，不久，就四分五裂了。我抛弃了我的财产。我憎恨一切财产，因此我把我的牛和家具通通交给了邻近的一个公社，这公社现在还存在，但是我的老婆和我什么也没有了。拉兹米推洛夫不能够做榜样，他是一个鳏夫，他只有一个老母亲。要是他去参加公社的话，责骂会好像栗子壳一样的刺他。他们会说：'他要把他的老母亲推到我们身上来了，而他自己也不下田做工。'在这里，我们得小心。我们支部的第三个党员——他恰恰出去了——他只有一只手。打禾机轧掉了他另外那只手。他不愿意参加共耕社,他想,他们没有他,已经要养活够多的人了。"

"是的,我们的共耕社是很糟糕的,"拉兹米推洛夫证实着,"它的主席,阿卡西卡·罗斯叶夫是一个坏经理。他们真算选了一个最好的人!我们应当承认,这件事我们也有错。我们不应当让他担任这个职务。"

"为什么不?"达维多夫一面浏览着富农的财产目录,一面这样地问。

"因为他是一个有毛病的人,"拉兹米推洛夫微笑着说,"他生成是一个商人。这就是他的毛病所在的地方:他把一切东西买来卖去。他把共耕社完全破坏了。他们买了一头纯良的种牛,他决心用它去换一架自动脚踏车。他哄骗着社员,一点也不和我们商量,他立刻从区镇上买了一辆自动脚踏车回来。我们叹着气,抓着我们的头!唔,买是买来了,却没有人能够驾驶。而且他们要它有什么用呢?这如果不是悲剧,倒真是一幕趣剧哩。他把它带回镇上去。那里的内行看了看说:'丢了它还要合算一点。'它缺少了好些只能到工厂里去配的零件。他们原应该选雅可夫·阿斯托洛夫罗夫做主席的。他很有智谋。他从克拉斯洛德采来了一种比较好的新麦种,这麦种,就是最天干的天气,也能够生长。他的秋耕地,常常保留着雪,他的收获总是村里最好的。他也饲养着最上等的家畜,我们要他纳税的时候,他有点埋怨。但是他是一个好农民,他得过农业部的褒奖书呢。"

"他好像是鹅群里面的一只野雁,始终是独立的、和别人疏远的。"拉古尔洛夫怀疑地摇摇他的头。

"不,他不,他是很好的。"拉兹米推洛夫确信地断言着。

第三章

　　雅可夫·洛济支·阿斯托洛夫罗夫的从前的司令官波罗夫则夫队长来访他的那个晚上，两个人谈了很久。在格内米雅其村，雅可夫被人看作在用心和行动上都像狐狸一样狡猾的非常聪明的男子，但就是他，也不能避免村里爆发的剧烈的斗争，因为像漩涡一样，斗争把他卷入了事件的中心。从那一天晚上起，他的生活开始走下危险的斜坡。

　　晚餐以后，雅可夫·洛济支取出他的烟袋，坐在箱上，叠起他的穿着厚厚的羊毛长袜的两条腿，开始倾吐多年来悲痛地堆积在他心里的一切。

　　"有什么好说的呢，亚历山大·安利辛莫维支？"他说，"在这样的年头里，生活没有一点兴味和乐趣。哥萨克开始重新建立他们的农场，而且富裕起来了。在一九二六年甚至于一九二七年，赋税都还比较可以负担。但是现在又坏起来了。你们区里的情形怎样，那里谈到了集体化的事情没有？"

　　"谈起了的。"客人简单地回答着，舐了舐香烟纸，从眉毛下面注意地凝视洛济支。

"那么,为了这欢喜的歌曲,到处都在淌着眼泪吗?"洛济支说,"我可以把我自己的事情讲点你听。我是一九二〇年退伍回来的。我的四匹马和我所有的财物都丢在黑海边。我回来时只有一个空屋子。从那时候起,我从朝到晚地工作。最初,同志们用他们的谷物征发来麻烦我,搜刮了我所有的谷物。从那时起我所感受的侵害,我简直计算不清。不过,我是可以计算出来的:他们每给你一次侵害的时候,就会给你一张使你不忘记的收据。"他站起来,手探到镜子背后,拿出一束纸头,于是,剪短了的胡须里露着微笑:"这里就是他们一九二一年拿去的东西的收据,我缴纳了谷类、肉类、牛油、毛皮、羊毛和家禽,我把所有的公牛通通交给了征收处,这里是单一农业税的收据,这里是地方税的收据,而这里是保险费的收据。烟突冒出来的烟和家畜活的站在院子里都纳了税。这样的纸头,我快要装满一袋了。一句话,亚历山大·安利辛莫维支,我活着,靠土地养活我自己,也养活我周围的人们。他们一次又一次地剥掉我的皮,可是每一次我都长出一层新皮来。开始的时候,我有一对小公牛,它们长大了。我将一头用一种很好的价钱卖掉了,换了肉,但是我又用我的老婆的缝衣机再买了一头。过了一些时候,在一九二五年,我自己的母牛又产了一对母牛,因此我有了两对公牛和两头母牛。他们没有褫夺我的选举权,但是以后,他们把我算在中农和富农之间了。"

"你有马吗?"他的客人问。

"等一等,我要把我的马的事情告诉你。我从一个邻人那里买到一匹顿河良马所产的周岁小马。(这是全村剩下来的唯一的一匹。)小马长得很好看,不十分高,军队拿着没有用,矮了一寸,但是元气格外的好!在区的农业生活展览会里,它得到了奖品和一张良马证书。我开始听从农业监督的话,采用适当的轮种法,而且,好像看护生了病的妻子一样的看护我的土地。我的玉蜀黍是全村最出色的,我收了最好的收获。我按照化学的方法去处理谷物，用方法把雪保留在我的田里。犁过田以后，我立刻播下春天的种子，并没有什么春耕，我的播种以后的休耕也是最早的。一句话，我成了一个科学的农人，而且我得到了区农业部的一张褒奖书，看吧。"客人急急地瞥着雅可夫所指着的方向，看见一封嵌在木框里的盖着蜡印的信，挂在圣像和伏罗希洛夫的肖像的旁边。

"是的，他们给了我那一封信，巡视员还把我的优良的小麦拿了一把去给洛斯多夫的当局看，"雅可夫·洛济支自负地继续说，"我回家的第一年，播种了五公顷，以后，世道好了一点的时候，我就更加弯着腰来苦干了。我播种十二公顷，以后是二十公顷，甚至三十公顷，想一想吧！我工作，我的儿子和妻子也工作。我仅仅在最忙的季节请两回雇工。在那些年间，苏维埃政府的指令是什么？尽量多种吧！于是，我播种直到背脊都快要折断了，正直的基督！而现在，亚历山大·安利辛莫维支！我的朋友，相信我吧，我害怕，我害怕为着我的三十公顷，他们会为难我，叫我做富农。我们的苏维埃主席、赤色游击队同志，拉兹米推洛夫，是他害得我陷入了这种罪孽的，他真该死！'种吧！'他常常说，'尽你最大量地播种吧，雅可夫·洛济支！帮助苏维埃政府，它现在需要谷物'。我那时很怀疑，但是现在我才明白，他的那个最大量，是要把我的腿子缚在我的颈上。上帝保护我。"

"你们的村子里，有人签名加入集体农场吗？"客人问。他站在睡榻的旁边，两只手反背在后面，他的肩膀很宽，头很大，像一袋谷物一样的结实。

"集体农场吗？这个到现在为止，他们还没有十分骚扰我们，但是明天有一个贫农会议。这是在日落以前他们四处告诉大家的。从圣诞节以后，他们就谈到了这个，'加入！''加入！'此外没有什么。但是大家都干脆地拒绝了，没有一个人签名。谁会去自己害自己呢？我想他们明天又要继续地叫了。他们说今天晚上，区里来了一个工人。他将强迫我们通通加入集体农场。我们的末日到了。我建立了我的农场，我的背驼了，我的两手起了硬壳，而现在，我得把一切归入公共财产，我的家畜、谷物、家禽，连我的家一道吗？那就是说，把你的老婆交给别人，自己却去逛窑子，就是这样。请你自己判断吧，亚历山大·安利辛莫维支，我要把我的两头耕牛（另外两只我设法卖给了鲜肉合作社）、我的一匹怀孕的母马、我的全部家具和谷物交给集体农场。而另外一个人仅仅交出他的脏裤子。我们两个人都交出了我们所有的，所以我们要平分利益。这对于我，算不算公平呢？另外一个人也许整整的一生，躺在火炉边上，梦想得到一个农场，而我……但是谈它有什么用呢？唉！"于是，他用他的多毛的手的边缘在他的喉管上擦过，"唔，再不要提起这些了吧。你怎么样？在一个衙门里做事呢，还是当一个工匠？"

客人凑近雅可夫·洛济支，在长凳上坐下，开始卷制另外一支香烟。他眼睛牢牢地盯着香烟盒。雅可夫凝视着他的客人的旧上衣的紧领，把它嵌进了他的微黑的臃肿的颈项，使喉核两边的筋路突现出来。

"你在我的中队服务，洛济支……你可记得，我想是在埃加推里洛达尔退却的时候，我曾经和哥萨克们谈论过苏维埃政府？在那时候，我就警告了他们，你记得吗？'你们大错特错了，伙伴们！'我说，'共产党员会压扁你们，把你们扭进羊角尖里去，我们应当觉悟，要不然，会太迟了！'"他沉默了，他的碧绿的眼睛里针头一样的小小的瞳孔收缩着，于是他浮起一个轻淡的微笑，"我对不对呢？我没有和其他的人一道离开罗华洛西斯其。我没有能够那样做，义勇军和联军出卖了我们，抛弃了我们，我加入红军，被派去指挥一个骑兵中队，但是在开到波兰前线去的路上，他们有一个淘汰和考查以前的军官的委员。那委员会撤销了我的职务，逮捕了我，把我送到了革命法庭，同志们无疑地会将我枪决，或者判处徒刑送到集中营去的。你想是为了什么？一个从我的家乡来的畜生告诉他们说处死波德推可夫的事我也参与的。在解我到法庭去的路上我逃走了……我改名换姓，藏匿了很久。但是在一九二三年我回到了我的村里。我设法保留了那表示我曾经做过赤色指挥官的文书,找着了许多好朋友。一句话,我活下来了。最初他们把我送到了顿河地方的非常委员会去,但是我设法跑了出来,做了教员。一直到最近,我都在教书。但是现在……现在,我在做别的事。我是到乌斯托霍浦尔斯克去办理些琐事,顺便进来看看你,我的军队里的老同伴。"

"那么你做了教员吗?那么……你是一个很有学问的人,你读了书,告诉我现在要发生什么事?集体农场的事情会引着我们走到哪里去?"

"走到共产主义。兄弟!走到真正的共产主义。我读过卡尔·马克思,也读过有名的《共产党宣言》。你可知道集体农场的事情会弄成怎样的结局吗?开始是集体农场,但是以后要成为公社,要完全消灭私有财产。不但是你的公牛,连你的孩子也要从你身边抢去,由国家收养。一切都要充公,孩子、老婆、茶杯、汤匙。你高兴吃通心面和鹅的内脏,但是他们会给你酸啤酒。你会变成绑在土地上的农奴。"

"但是假如我不愿意呢?"

"他们连问也不会问你。"

"你是什么意思?"

"就是我所说的话的意思。"

"好!"

"你这样说!现在我问你:像那样你能够活下去吗?"

"不,我不能够。"

"那么,要是你不能够,你就得行动起来:你就得斗争!"

"你说什么!亚历山大·安利辛莫维支?我们试过了,我们斗争过……这无论怎样是不可能的。我连想都不能想象。"

"但是试试看!"波罗夫则夫更移近他的同伴,瞥了瞥紧紧地关着的房门,于是,突然,脸色变得苍白,低声继续地说,"我坦白对你说,我正要借重你:我们区里的哥萨克们正准备暴动。不要以为这是轻举妄动!我们和莫斯科、和现在还在红军里面服务的将军们、和工厂工场里面的工程师都有联络，甚至于和外国也有联络。是的，是的！要是我们组织得很严密，而且立刻行动起来，得着外面强国的帮助，到春天，顿河地方就会扫清了。你可以用你自己的谷物，种你的土地，而且是为了你自己。等一等，让我说完了你再说。在你们区里有许多同情我们的人。他们需要联络和汇合起来。这就是我要到乌斯托霍浦尔斯克去的缘故。你愿不愿意参加到我们里面来。在我们的组织里我们已经有了三百以上从前线回来的哥萨克。在多布罗夫斯基、华意斯科华意、拖滨斯基和其他的村落，我们都有了军事团体。在格内米雅其需要组织这种同样的团体。唔，现在你说吧。"

"人民都在埋怨集体农场，埋怨征去他们的谷物……"

"停一停，我不是在谈论'人民'，而是在谈论你自己。我问你，唔！"

"我能够立刻决定这个问题吗？你在叫我把我的头伸到斧头下面。"

"想吧！命令一下，我们要在所有一切村落同时进攻。我们要占领你们的区镇，将民警和共产党员在他们的住所一个一个地处置，以后就一帆风顺了。"

"但是武器从什么地方来呢？"

"那是可以找到的！你自己也藏着有的吧，我想。"

"谁知道？……我想我有一支留作纪念的枪藏在什么地方，是奥地利式的。"

"我们只要开了一个头，一个礼拜以内，外国的轮船就会运枪炮来给我们。还有飞机，唔？"

"让我想一想，队长！不要立刻强迫我……"

脸色还很苍白，队长向睡床倾着身体，重浊地说："我们并不是来要你加入集体农场，我们并不强迫任何人。都要你愿意，不过，当心你的口舌，洛济支！这里有六颗东西等着你，而第七颗……"他用指头转动他口袋里面的手枪弹筒，使它发出轧拉的声响。

"你用不着担心我的口舌。但是这是一桩冒险的事情。我不瞒你说,走这样一条路是很可怕的,但是我的一生无论怎样都完了。"他沉默了。一会儿以后他又继续说:"要是他们不迫害富农的话,以我的努力,我现在也许成了村里第一个人了。在一种自由的生活中,我可以坐自己的汽车了。但是单独一个人走那一条路……"

"但是为什么是单独一个人?"队长不快地打断他的话。

"唔,我守着约;但是别人怎样呢?世界将怎样呢?人民会响应起来吗?"

"人民像一群羊。他们需要领导。你决定了吗?"

"我说过,亚历山大·安利辛莫维支……"

"我要确切知道,你到底干不干。"

"我是逃不了的,因此我一定要决定。横竖一样,还是让我有点时间考虑一下。我明天早晨回你的最后的话。"

"此外你还得去说服那些可靠的哥萨克。去寻找那些对于苏维埃政府咬牙切齿的人。"波罗夫则夫已经在发命令了。

"这种时势,大家都有些埋怨呢。"

"而你的儿子怎样?"

"没有手,手指能够干什么?我到什么地方去,他也到什么地方。"

"他是一个好的孩子吗,可靠吗?"

"他是一个好哥萨克。"雅可夫·洛济支带着沉静的夸耀回答。

在居室的火炉边上为客人铺了一张橇子上用的灰色绒毯和羊皮。他脱了他的长靴,却没有脱衣服,他的脸颊一接触那凉凉的发出羽毛气味的枕头,他就睡着了。

第二天早晨天还没有亮,雅可夫·洛济支就叫醒了睡在小小的侧房里面的他那八十岁的老母亲。他把他以前的中队司令官到这里来看他的事,简单地告诉了她。老太婆把她那双被风寒扭曲了腿关节的、浮着青筋的腿子从炕床上垂了下来,用手掌把她的耳朵撑到前面,倾听着他。

"你祝福我吗，妈妈?"雅可夫·洛济支跪在地上。

"起来，起来反对他们。反对这些敌人吧，我的孩子！上帝祝福你！他们封了教堂……他们不让牧师生活！……攻击他们吧！"

到早晨，雅可夫叫醒了他的客人，告诉他："我决定了。你吩咐我做什么！"

"把这个看一遍，而且在上面签名。"波罗夫则夫从他背心口袋里掏出一张纸头。雅可夫·洛济支读道："上帝与吾等同在！余，为大顿区军队之一哥萨克，谨参与'故国顿解放大同盟'，誓以余一切力量与方法在上级长官命令之下反对彼基督信仰之死敌与俄罗斯民族之压迫者，共产党布尔什维克，迄余血之最后一滴。余誓愿绝对服从上级官佐与司令官命令。余誓愿以所有一切财产，奉献于俄罗斯正教祖国祭坛之上。谨此签名。"

第四章

格内米雅其的活动分子和贫农，一共三十二个人，呼吸着同一的呼吸。达维多夫不是大演说家，可是一开始，他们就比听一个最会讲故事的人还要留心地听着他的话。

"我是从红色布替洛夫工厂来的一个工人，同志们！"他开始他的演说，"我是由我们共产党和工人阶级派到你们这里来，帮助你们组织一个集体农场，消灭我们共同的吸血鬼，那些富农的，我不要多说话。你们都应当参加集体农场，把土地和你们的农具和家畜都作为公有。你们为什么要参加集体农场呢？因为像我们这样生活下去，是不行的了！谷物的艰难是由于富农让谷物在地下烂掉的缘故。我们得强迫他们把谷物拿出来。而你们是高兴缴出谷物来的，只是你们并没有很多。我们不够靠贫农和中农的谷物来养活苏维埃联邦。我们应当多种一点。但是只有一架犁和一架单头犁，你们怎么能够多种呢？只有耕种机能够使我们摆脱这个困难。事实如此！我不知道你们在整个秋耕的时候，在这里，在这顿河地方，用一架犁，能够耕多少地……"

"在整个秋天,你的手从日出到日落地胶在犁的把手上,能够耕种十二公顷以上的样子。"有什么人回答。

"哼!十二公顷!要是土质很硬呢?"另外一个人反对着。

"你们在讲些什么?"一个尖锐的女人声音说,"你要三对,有时候甚至于四对很好的公牛去拖犁,才能够那样,我们从哪里找到这许多牛?我们中间有些人,并不是每一个人,有一对阉牛,但是我们大部分的都是有奶的那一种公牛。有钱的人现在有种种便利。"

"那些都是废话,你最好用你的围布的边塞住你的嘴吧!"一个嘶哑的低声说。

"你说得有理!去教训你自己的老婆吧,不要来管我!"女人回答。

"用耕种机你可以耕多少?"有人问。

达维多夫等大家平静了,于是答道:"用一架耕种机假定用我们布替洛夫工厂制造的一架吧,而且有好的、熟练的驾驶者,分两班,一天可以种完十二公顷。"

全场喘息着。有什么人用茫然的声调叫起来:"唔,我的妈!"

"这才不错!这才是用作耕种的马。"是羡慕的呼啸。

达维多夫用他的手摩着他那因为兴奋而干燥了的嘴唇,继续地说:

"假使我们在我们工厂里给你们造好了一架耕种机,要贫农或中农自己去买一架耕种机是不容易的。他吃不消。因此,为了买耕种机,雇农、贫农和中农应当一致联合起来。你们知道,耕种机是一种要是在小块地面上使用,会只有损失的机器。它需要巨大的地面。而且就是在你们那小小的共耕社里使用,你所得到的益处,也只有像公山羊身上榨取的奶汁那样多。"

"甚至于还要少些。"后排一个低沉的声音叫着。

"那么,怎么办呢?"没有顾到回答,达维多夫只管继续地说,"党提议完全集体化,这样,使你们有耕种机使用,把你们从贫困里救出。列宁同志临死以前怎样说的?'只有在集体农场中可以找到贫穷的救星,不然他就只有灭亡。富农吸血鬼会将他吸得木板一样平扁。'你们应当坚定地遵照他所指示的道路走去。工人和集体农民的联盟，会扫荡一切富农和仇敌。我是说的真话。现在我要来谈谈你们的共耕社。它规模太小，而且力量太弱了，因此它在一个十分可怜的状态中。那就是说你是把水泼进了阴沟里。这只是一个损失。但是我们应当把这个共耕社包括在集体农场里面，把它作为一个脊骨。在这脊骨的周围培植中农……"

"等一等！让我插句嘴。"曾经一度是共耕社的一个社员的蓬头斜眼的顿姆卡·乌沙可夫站了起来。

"要求了发言权以后，再讲话吧。"和达维多夫，同拉兹米推洛夫坐在一道的拉古尔洛夫，严厉地训斥他。

"我不要求，就要对你们说，"顿姆卡挥手叫他坐下，眼睛斜得这么厉害，好像他是用一只眼睛看着主席台，用另外一只眼睛看着会场一样，"对不起，请问共耕社的失败和苏维埃政府的受它拖累，这是谁的过错？我们像乞丐一样的借贷为生，这是谁的过错？都是由于你们的宝贝的共耕社主席，由于阿卡西卡和他的买卖。"

"你像反革命分子一样的说谎！"会场后面发出一个鸡叫一样的次中音。阿卡西卡用手肘分开人丛，向主席台走去。

"我可以证明！"顿姆卡脸色转青，两个眼珠转向他的鼻梁边，没有理睬拉兹米推洛夫在桌上的敲击，他转身向着阿卡西卡，"你不能够卸责！我们和我们的集体农场的遭殃，并不是因为我们人数是怎样地少，而是由于你的买卖！我倒真要骂你作'反革命分子'。你是不是没有得到许可，就用种牛换了一辆自动脚踏车呢？你是！而且谁想到用我们的孵卵的母鸡去换……"

"你又说谎了。"阿卡西卡一面走，一面辩护自己。

"要我们用三只绵羊和一条仔牛去换一辆两轮轻马车的，不是你吗？一个流鼻涕的商人，那就是你！"顿姆卡胜利地叫着。

"现在不要响了！你们是一对雄鸡吗？"拉古尔洛夫劝告地说，他的脸颊上的筋肉在涨红了的皮肤下面抽动着。

"让我说话……"阿卡西卡站在主席台边要求道。他正在用手握着他的红色的胡须,准备说话的时候,达维多夫打断了他。

"让我说完吧,请不要打岔!唔,我说过,同志们,只有通过集体农场你们才能够……"

"你用不着来对我们宣传!我们会倾心尽意地参加集体农场的。"最挨近门边坐着的赤色游击队员帕维尔·罗比西金插着说。

"我们赞成集体农场!"另外一个人嚷着。

"有一个组合,我们可以打退魔鬼。"

"只是我们要好好地管理。"

是那个罗比西金的嚷叫掩盖了其余一切人的叫声。他脱下他那难看的黑色的皮毛帽,从他的椅子上站起来,斜在门上,他是一个高大的宽肩的男子哩。

"你真奇怪,可不是吗,你到我们中间来替苏维埃政府宣传?是我们在战争中把它建立起来的,是我们用我们自己的肩膀支持它的,这样它才没有倒塌。我们知道集体农场是什么,而且我们都一致赞成。给我们机器吧!"他伸出他的萝卜一样大小的拳头,"耕种机很好,我们知道,但是你们制造的很少,那就是我们要责骂你们的地方。我们什么也没有,困难就在这里。我们不加入集体农场,可以用牛来耕种,用一只手去赶牛,用另外一只手去揩我们的眼泪。在集体农场运动开始以前,我自己曾经想写一封信给加里宁,要求他帮助谷物生产者开始一种新的生活。开头几年和旧制度的时代没有两样,缴你的税,照你的可能的好好地过活,那么俄国共产党是做什么的呢?唔,在内战中我们是胜利了,那么以后怎样?还是旧套子,有牲口可以驾犁的人就去跟着犁。而那些没有的……要他们到教堂门口伸出手去求乞吗?还是让他们拿一根木棒伏在桥底下打劫苏维埃商人和合作社经理呢?他们允许闲人租地,他们允许他们雇用短工。那是一九一八年革命所指示吗?你们闭了革命的眼睛!而且当我们说'我们斗争是为了什么?'那些没有闻过火药气味的官吏对着我们冷笑,在他们背后所有的白色猪猡都大笑起来!不,用不着你来教训我们!我们听过我们时代的许多漂亮的演说。赊机器给我们,或者让我们用谷物去换,不要犁头,或手拖的犁,要好的机器。给我们一架你所说的耕种机吧!我们遭受了这些是为了什么?"他跨过那些坐在前排长椅上的人们的膝盖,大步地向主席台边走去,一边走,一边解开他的宽大的褴褛的裤子的纽扣。在主席台边,他扯起他的衬衫的边缘,用下巴将它抵在他的胸口上。他那微黑的肚皮和大腿上露出那皱起了皮肤的可怕的伤痕。

"我蒙立宪民主党的优待,得到了这些纪念物,是为着什么?"

"你不怕羞的魔鬼为什么不让你的裤子通通脱掉?"坐在顿姆卡·乌沙可夫旁边的寡妇亚尼西亚尖声地愤慨地叫着。

"你高兴他这样吗?"顿姆卡轻蔑地斜眼看着她。

"你不要响,亚尼西亚婶婶!把我的伤痕露给一个工人看,我并不觉得可羞。让他看看!如果还是照现在这样生活下去的话,就要没有东西替这可怜的家伙遮掩这些伤痕了。就是现在也只有裤子的名。在白天不能够从任何姑娘面前走过,我会把她们吓死。"

后面的人大笑起来,于是起了一阵喧哗;但是罗比西金用他的严厉的眼光扫射他们,于是又寂静得可以听到燃烧着的灯芯的微弱的溅沫的声音。

"好像我和立宪民主党战斗只是为了使阔人比我过活得更好一点!为了使他们享受美好的食物,而我只有面包和洋葱!是这样吗?工人同志!你不要向我使眼色,玛加尔!我一年只说一次,所以我现在可以这样说话。"

"说下去吧!"达维多夫点点他的头。

"我是在说下去!今年我种了三公顷小麦。我有三个小孩子、一个残废的妹妹和一个害病的老婆。我按照计划缴纳了我的谷物没有呢,拉兹米推洛夫？"

"你缴了的，可是不要这样地闹吧！"

"是的，我要闹。富农弗罗尔，那该死的东西，怎么样呢？"

"喂，喂！"拉古尔洛夫用他的拳头敲着。

"弗罗尔按照计划缴了谷物吗？他没有。"

"但是法庭罚了他的钱，而且拿到了谷物。"拉兹米推洛夫显然很愉快地在听着，闪耀着他那有薄膜的眼睛，这样插着说。

"你应当到这里来看看，我的好好先生。"达维多夫记起了区委书记，这样地想。

"但是今年他又是公民弗罗尔·伊格拉推支了！到春天他又要来雇用我了！"罗比西金把他的黑毛皮帽子投掷在达维多夫的脚边，"你来对我讲集体农场有什么用？断了富农的命脉，然后我们参加！把他们的机器、他们的公牛、他们的力量都给我们，然后我们才能有我们的平等。但是现在只是空洞地说要'消灭富农'，而一年又一年地，富农像牛蒡草一样的滋长，遮去我们的太阳。"

"把弗罗尔的财产给我们，而阿卡西卡会拿去换一架飞机。"顿姆卡插嘴说。

"哈——哈——哈——哈！"

"他真会这样地做！"

"你可以作见证他们是怎样地侮辱我。"阿卡西卡叫道。

"静一点，我们听不见了。"

"你们不能依次发言吗，你们这些魔鬼？"

费了不少的气力，达维多夫这才终于设法恢复了秩序。

"那是我们党的政策，"他声言道，"你干吗要敲一张开了的门？消灭作为一个阶级的富农，把他的财产交给集体农场！事实如此。而你，游击队员同志，把你的帽子无缘无故地抛在桌子底下，你的头还需要它呀。租地和雇用工人不会再继续的了。我们放纵富农是由于我们的需要，他们供给的面包比集体农场多。现在可不同了。斯大林同志把这事情计算得周密极了。他说，'完结富农的生命！把他们的财产交给集体农场！'你们都在嚷着要机器。整整地准备了五万万卢布来帮助建设集体农场。你们以为怎样？你们听到过这话吗？那么你们还吵什么呢？首先我们要开始建立集体农场，然后才着急机器。但是你们都首先买了马轭，要先得到了这个的时候才去买马。你们笑什么？这是实在的！"

"罗比西金要屁股朝前地走！"

"我们都热心拥护集体农场。"

"他要得到他的马轭！"

"我们今晚就加入。立刻写下我们的名字吧。"

"领导我们去粉碎富农！"

"愿意加入集体农场的人，举手。"拉古尔洛夫提议。数了有三十六只手。一个什么人不当心举了两只手。

闷人的热度使达维多夫脱掉了他的大衣和上衣。他解开了他的衬衫的领子，一面微笑，一面在等待大家平静下来。

"你们的阶级意识不错。事实如此！但是你们以为只要加入了集体农场就完了吗？不是这样！你们贫农是苏维埃政府的基础。你们是新绿的幼芽，你们自己应当加入集体农场，而且要使迟疑的中农也跟着加入。"

"要是他不愿意的话，你怎么要他来呢？他难道是一头牛，你可以用绳子挽了他的角牵他进来吗？"阿卡西卡问。

"说服他呀！要是你不能够感化人家的话，你就不能算是我们真理的出色的战士。明天要召集一个会议。你自己投票赞成，而且说服了邻近的中农也这样做。现在我们再来考虑富农吧。我们要不要通过一个把他们逐出北高加索区域或是什么的决议呢？"

"赞成！"

"把他们齐根除掉！"

"不，与其说是齐根除掉，不如说是连根拔掉。"达维多夫改正那句话。他转向拉兹米推洛夫问道："把富农的名单念一遍。这样我们就好决定他们应当作为富农被消灭。"

拉兹米推洛夫从他的文件包里拿出一张纸来，递给达维多夫。

"弗罗尔·丹玛斯可夫，他应受这种无产阶级的惩罚吗？"萨维多夫问。

所有的手立刻举起来了。但是计算的时候，达维多夫发现有一个人放弃了投票权。

"你不赞成吗？"他诘问，扬起他那汗湿的眉毛。

"我不投票。"没有投票的哥萨克，一个温和模样的没有特征的人简单地回答。

"你为什么不？"达维多夫问他。

"因为他是我的邻舍，而且他对我很好。所以我不能够举手反对他。"

"立刻离开会场！"拉古尔洛夫用颤动的声音命令，好像踏在鞍镫上一样的站起来。

"不！那样不行，拉古尔洛夫同志！"达维多夫严正地打断他，"不要走，公民！说明你的态度。照你的意见，丹玛斯可夫是不是富农？"

"我不懂你是什么意思。我是一个没有受教育的人，我要求你让我退席。"

"不！你告诉我他是怎样地对你好。"

"他常常帮助我，让我用他的公牛，借种子给我……可不算好吗？但是我不是叛徒。……我是赞成苏维埃的……"

"他要你拥护他的吗？他给了你金钱或谷物吗？说下去吧，不要害怕，"拉兹米推洛夫插进来说，"现在，告诉我们，你，他给了你一些什么？"他很难为情地微笑着，一半是因为替对手害羞，一半是为了自己的单刀直入的质问。

"也许他没有许给我什么东西,你们怎么知道?"

"你说谎,铁摩菲!你是被收买的人,这样你是富农拥护者了。"长椅上有人在叫。

"随便你们叫我什么吧。随你们便……"

像是拿一把小刀对准这人的喉管一样,达维多夫问他:

"你拥护苏维埃政府呢,还是拥护富农?不要辱没了穷人阶级,公民。但是照直说,你是站在那一边?"

"为什么要把时间糟蹋在他身上?"罗比西金愤慨地打断他的话。"你可以用一瓶伏特加酒收买他的旧衣服和一切。看着你,我的眼睛要发痛,铁摩菲。"

没有投票的铁摩菲·波西杰夫终于带着假装的服从回答道:"我拥护政府,你们为什么要攻击我呢?我的无知使我错了。"但是在第二次投票的时候,他带着显然地不愿意,举起了他的手。

达维多夫在他的手册里简单地记道:"铁摩菲·波西杰夫是一个被阶级敌人蒙蔽了的人。需要感化他。"

会议全场一致地可决了另外四个富农的名字。但是随即,达维多夫念到了"铁推克·波罗丁",他问:

"谁赞成?"

会场抑郁地沉默着。拉古尔洛夫和拉兹米推洛夫交换了困惑的眼色。罗比西金开始用帽子揩拭他的汗湿了的前额。

"为什么不响?怎么回事?"达维多夫惊讶地眺望着一排一排坐着的男女,却碰不到任何人的视线,他转望着拉古尔洛夫。

"你知道,"拉古尔洛夫犹豫地开始说,"这个波罗丁——我们叫他铁推克——在一九一八年和我们一道自愿地参加了赤卫军。他是一个贫农的儿子,打仗很勇敢。他受了伤,因为他的革命的行动,受了一只银表的奖赏。他在多曼可夫联队里服务。因此,你知道,工人同志,他是怎样地使我们难过。当他回家的时候,他像一只猎狗咬住一块臭肉一样的咬住他的农场。虽然我们一次又一次地警告他,他还是开始富裕起来。他日夜不停地工作,生着满脸的蓬乱的胡须,冬天和夏天总是穿着那一条帆布裤子到处跑。他自己有三对公牛,他在举重东西的时候把自己的腰都折了,而他还不够!他开始雇用工人,一次两三个。他弄到了一个风车,于是买一个五匹马力的蒸汽马达,建立了一个油厂,又做家畜生意。他自己吃得很少,他也使他的工人饿肚皮,虽则他们一天替他做十二个钟头,而且在晚上要起来四五趟去看顾马和家畜。我们叫他们到支部和苏维埃来不止一次,我们竭力去使他感觉到羞耻,我们告诉他'不要这样了,铁推克,不要妨碍我们自己的苏维埃政府!在前线和白军打仗的时候,你自己为它吃了苦头的!⋯⋯'"拉古尔洛夫叹息着,摊开他的双手:"一个人着了魔的时候,你拿他有什么办法呢?我们可以看到他要被他的私有欲吞没了。我们又叫了他来,把内战和我们同受的苦难向他提醒,和他争辩,恐吓他,要是他妨碍我们,变成一个资产阶级,而且不要等待世界革命的话,我们会把他踏到地下去⋯⋯"

"不要兜这么大的圈子吧!"达维多夫不耐烦地要求道。

拉尔洛夫的声音战抖着,更低声地继续地说:"我不能再简单。这事情⋯⋯刺痛得血都流出来了。但是他总是这样地回答:'我在执行苏维埃政府的命令,我在增加我的播种。我雇用工人是被法律允许的,我的老婆害着女人的病。我什么也没有,而现在什么都有了,我得到了一切,这个就是我打仗的目的。而且使得苏维埃政府继续存在的并不是你们这样的人。我用我自己的手喂东西它吃,而你们不过是纸张的损坏者,我看透了你们。'当我们对他谈到战争和我们同受的苦难的时候,他的眼睛里有时也含着一点眼泪,但是不让它流出来,他,他避开去,硬了心说:'过去早成了过去。'于是我们褫夺了他的选举权。他趾高气扬地写信到区里,到莫斯科。但是我懂得有许多老革命家在中央机关里面居着要职,他们都明白一个人一旦成了叛徒,就是敌人了,对他决不能有所宽宥。"

"但是说简单一点吧！"

"我马上要说完了。他们没有恢复他的选举权，但是他还是一模一样地过下去，他仅仅辞退了他的工人……"

"唔，那么怎样呢？"达维多夫牢牢地凝视着拉古尔洛夫的面孔。但是他把眼睛藏在他那被太阳灼焦了的睫毛里，回答道："那就是大家都不作声的缘故。我不过是说明富农铁推克·波罗丁在过去是怎样一个人物罢了。"

达维多夫紧闭着他的嘴唇，他的面孔阴暗了。

"你知道我们是怎样处置托洛茨基的吗？"他问道，"你为什么要告诉我们这样一些可怜的故事？他做过游击队员，——那他应当得到一切荣誉，但是他现在变成了富农，变成了仇敌，扑灭他！还有什么好说的？"

"并不是由于怜悯他。你这是一种无谓的责备，同志。"

"谁赞成消灭富农波罗丁？"达维多夫用眼睛横扫着一排排的人。手举起来了：不是立刻，不是一致的，但是他们是举起来了。

散会以后，拉古尔洛夫邀达维多夫到他家里去过夜。"到明天我们要替你找住所。"他说，当他摸索着走出苏维埃屋子的黑暗的门口的时候，他们并肩地在松碎的雪上走着。拉古尔多夫低声地说道：

"工人同志，我听到我们要把一切生产谷物的财产划归集体农场以后，我的呼吸都轻松许多了。我从小就恨私有财产。有教养的同志，马克思和恩格斯说得对，一切的罪恶都由于私有财产而来。就是在苏维埃制度下面，也还有像食槽旁边的猪一样的人，他们争吵，冲撞，号叫。一切都是由于那该死的瘟疫！可是以前在旧的制度之下是怎样的呢？回想起来真可怕呵！我的父亲是一个相当富裕的哥萨克。他有四对耕牛、五匹马，我们有一大块耕地，有六七十甚至一百公顷。我的家庭很大，而且是苦做苦干的。一切都是我们自己来做。但是，开头我有三个结了婚的哥哥。我现在还清清楚楚地记得，是怎么回事，使我反对私有财产的。有一位邻人的猪跑进我们的菜园,掀出了一些马铃薯。我的母亲看见了,从壶里倒了一些烧开了的焦油倒在勺子里,对我说:'赶它去,玛加尔,我站在大门后边。'唔,自然,我就去赶了那可怜的猪出来。我的母亲就把焦油倒在猪身上。猪背上的鬃毛是怎样冒烟呵!那时是夏天,伤口生了蛆虫,而且一天坏似一天,终于死掉了。我们的邻人没有表露他的愤怒的颜色。但是,不到一个礼拜,在草原里,我们有二十三堆小麦被烧掉了。我的父亲知道谁干的,而且也不愿意马虎了事,去上了法庭。他们互相仇恨是这样的厉害,他们彼此不能够见面。他们只要喝了一点酒马上就要吵一次架。这样地过了五年,到后来竟闹出了一场命案。在忏悔节,邻人的儿子被人发现死在打谷场,他的胸上什么人用干草叉刺了几个窟窿。根据种种的情形看,我猜想是我的哥哥他们的功绩。曾经有一次调查,但是他们并没有找出谋杀者。因此,他们正式的报告是在醉酒的吵架当中被人杀死的。但是那时以后,我就脱离了我的父亲,成了一个雇农。我被调去打仗,我躺在那里,而德国人向我们开大炮,黑烟从地面直冒到天上。我躺在那里想:'我在这里遭受着恐怖和死亡,是为了什么人,或是在挽救什么人的私有财产呢?'而且因为炮火的缘故,我愿意我变成一口铁钉没头没脑地埋到地下去,我的亲娘!我吸了一口瓦斯,中了毒。现在,就是走上一座最低的小山,我的心脏也要跳动,血要涌到我的头上来,我支持不了。还在前线上的时候,就有许多有知识的人解释这是怎么一回事,于是我回来的时候,成了布尔什维克。而在内战当中,我毫不怜悯地斩杀那些毒虫。在卡斯多拉耶那次战争中,我受了一个打伤,那时以后,我常常发癫病。但是看看这个勋章吧,"他用他那巨大的手掌抚着他的勋章,而一种分外温暖的新的音调渗进了他的声音里,"这个东西使我立刻感觉到温暖了许多。立刻使我回想到内战时代,回想到阵地,同志。我们就是把自己埋进土里去,也要把每一个人拖进集体农场来。我们总要一步一步地更加走近世界革命。"

"铁推克·波罗丁你很熟吗？"达维多夫沉思地说，当他们大步地向前走着的时候。

"当然，我很熟的，我们一向是朋友，但是他那样爱他的财产，所以我们吵过架。一九二〇年他和我同在一个骑兵中队里，扑灭了顿区的一次暴动。（有两个骑兵中队领导这个进攻。）我们村庄外面许多乌克兰人被杀了。有一天晚上，铁推克带了好些包裹走进他的小屋。他倾倒它们，于是滚出八条人腿，落在地板上。'你疯了么，你这该死的魔鬼，'一个同伴问他，'赶快拿出去！'而铁推克说：'畜生们不会再起来暴动了！而且他们的四双靴子对我很有用处。我要使我全家的人都有靴子穿。'他把人腿放到火炉上，去溶化那上面的冰雪，开始剥下腿上的靴子。他用他的刀剖开了靴头上的线缝，于是，他把光腿拿了出去，埋在一个干草堆里。'我把他们埋葬了。'要是我们那个时候知道了，我们一定会把他像一只狗一样的枪杀的。但是那时候他的同伴替他隐瞒了。后来我问他这是不是真的。'是真的，'他说，'我不能够用别的方法剥下这些靴子，腿子冻硬了，因此，我就用我的刀砍了它们下来。我是一个靴匠，我想着让好好的靴子在地上烂掉，是很难受的。但是现在糟透了。'他继续地说，'有时候我晚上醒来要求我的老婆让我傍着墙头睡，因为我怕睡在床边上。……'唔，我的家到了。"拉古尔洛夫跨进院子，摸索着门闩。

第五章

安德烈·拉兹米推洛夫在一九一三年被召去服军役。依照当时哥萨克服役的条件，他应当带了自己的马去。但是他没有钱买马，甚至于连一套哥萨克所必备的服装也不能购置。从他死掉的父亲手里他仅仅承继了一柄插在又破又锈的剑鞘里的祖传的剑。安德烈永远不能忘记他的悲痛的屈辱。在区会上，老人们决定用哥萨克工会的公费遣送他，他们替他买了一匹廉价的红色小马、一副马鞍、两件大衣、两条短裤、一双靴子。"我们用公款遣送你，安德烈，"老人们告诉他，"你不要忘记了我们的好处，不要辱没了我们这一区，忠心诚意地替沙皇服务吧。"

但是富裕的哥萨克的儿子们骑着柯洛尔柯夫斯基养马场的良马，或是普洛威尔斯基马场的纯血的种马，配着贵重的马鞍、镶银的马勒和崭新的制服，在联队的赛马中夸耀。村会收管了安德烈的土地，在他为着保护人家的财产和舒适的生活在战线上辗转的几年中，土地被租了出去。安德烈在战争中得到了三个圣乔治十字勋章，他把那特别的赏赐寄回家去给他的妻子和母亲。老太婆和他的媳妇就靠着这个来过活，而且靠着这个，安德烈给了他那在含泪的暮年的母亲一种迟暮的安适。

战争快要停止的时候，安德烈妻，在秋天替人家打了谷，蓄积了可以跑到前线去看她丈夫的充分的钱。在前线她过了几天宝贵的日子（安德烈所服务的顿区哥萨克第十一联队正在后方休息），她睡在她丈夫的手臂里。夜晚像夏天的电光一样的闪过了。但是为了一种短促的犯罪，为了那女人的渴望着的幸福的满足，需要很多的时间吗？她带着闪耀的眼睛回来了，到了时候，没有叫唤或眼泪，差不多偶然地，在耕种的季节中，她生了一个和安德烈一模一样的小孩。

一九一八年，拉兹米推洛夫请了一个短假回到格内米雅其村来。他在村里没有住很久，他刚刚修好了那架正在朽坏的木犁，在小屋顶上换了新椽，耕好了两公顷田地。于是一天，他逗着他的小儿玩了一整天，让他跨在他的有一股军队生活气味的短颈上，在厨房里跑着欢笑。但是他的老婆看到了他的明亮的、常常好像愤怒的眼睛的角上，停着眼泪，于是她的脸色苍白了。"你又要走了吗，安德烈？"她问。"是的，明天，替我预备一点食物吧。"他回答。

第二天，他、玛加尔·拉古尔洛夫、亚塔曼联队里的罗比西金、铁推克·波罗丁和村里其他八个在前线的哥萨克，在他的家的外面集合。他们的杂色的鞍马，驮着他们从风车那边驰去了，被那钉着薄薄的蹄铁的马蹄扬起来的春天的轻尘，在马道上飞舞了很久。

那一天，在格内米雅其村上面、在春水泛滥的田野上面、在草原上、在那横亘南北整个的青色的大地上，一群黑翼的野鸭和野雁没有叫，也没有声音地、匆匆地飞过。

在卡曼斯卡，安德烈和他的同伴们分别了。他加入了伏罗希洛夫的一个分队，向莫洛佐夫斯基和查利金进发，而玛加尔·拉古尔洛夫、罗比西金和其他的人到了福洛内兹。约莫三个月以后，安德烈在格利华耶莫兹卡被一个炸弹的碎片微微地炸伤了，在裹伤处偶然碰到了一个同村的人，知道在波特德推可夫联队溃败以后，白党哥萨克，安德烈的格内米雅其村的邻人们，为了报复他的加入红军，残酷地戏弄了他的老婆。全村的人都知道这件事，而埃芙多基亚忍受不了这种可怕的羞耻，她自杀了。

……是十二月的一个寒天。在格内米雅其村，小舍、侧屋、柔枝编造的篱笆和树木，都结了一层白色的寒霜。战争正在远远的小山那面进行着。哥善西溪可夫将军的大炮发出隐约的震响。近黄昏的时候，安德烈骑着浑身是汗的马跑进了村庄。一直到今天，他还记得，他只要闭上他的眼睛，热情的记忆的奔流，就会涌着回到过去……耳门轧拉地响了，安德烈喘息着，挽着马缰，引了他的疲倦的颠踬的马，走进院子。他的母亲光着头，跑到门口。

呵，她的声音里面的哀伤的眼泪，是怎样地刺着安德烈的耳朵！

"呵，我的儿子！我的宝贝！她那双可爱的明亮的眼睛闭住了……"

拉兹米推洛夫像是跨进了一个生疏人家的院子，他把马缰挽在台阶的栏杆上，走进了小屋。他用那深陷的、好像死人一样的眼睛，环视着空的厨房，凝视着空的摇篮。

"小孩子在哪里？"他问。

用她的围裙掩了她的脸，摇摇她那生着稀疏的白发的头，她好容易才回答出来。

"我没有救活小人，"她告诉他，"丹尼亚死了以后一个礼拜，他就死了……患惊风症？"

"不要哭了……那是要归我做的！要是我能找到眼泪的话！谁强奸了埃芙多基亚？"

"安尼基·德夫耶特金把她拖到打谷场……他用鞭子抽开了我，还叫了另外几个人去。她的小小的白臂膊，通通被他们用剑鞘打伤了，她进来的时候，满身青紫了……只有眼睛……"

"他现在在家吗？"

"他和白党一道逃走了。"

"他有什么亲人在家吗？"

"他的老婆和他的父亲。安德烈！不要杀他们！他们是不能抵别人的罪的？"

"你在教训我吗？"安德烈动怒了，而且他的愤怒窒息了他。他撕开他的大衣的纽扣和他的紧身衬衫的扣子。他的裸露的多骨的胸脯紧紧地贴在铁水缸上，他喝了水，牙齿咬着缸边。于是他站起来，没有抬起他的眼睛，问道："妈！她死以前留了什么话给我？"

他的母亲走到角落里，从神像的后面掏出一张褪色的纸头。他的老婆的遗嘱像是用它自己的声音在向他说话：

"我的亲爱的安德烈！他们糟蹋了我，诅咒他们！他们嘲弄了我和我对你的爱！我不能再看见你了，我不要再看见第二天。我的良心不让我活着，忍受着污秽的疾病。我的安德烈，我的亲爱的花！这许多晚上我都没有睡着，我的眼泪流湿了我的枕头。我记得我们的爱，我到来世也会记得的。我只有一个遗憾：记着孩子和你，而我们的共同的生活、我们的爱，是这样的短促。要是你再娶一个的话，为了上帝的爱，让她可怜我们的小人吧。而且你也要可怜他，我的孤儿。叫妈妈把我的衬衫、披肩和短上衣给我的妹妹。她要做新娘了，她需要这些……"

安德烈暴怒地驰到德夫耶特金的农场，下了马，把他的剑拔出了鞘，冲进门口。安尼基·德夫耶特金的父亲，一个高高的白发老头子，看见他来了的时候，他在自己身上画了十字，跪在神像的下面。

"安德烈·斯推潘尼支！"当他匍匐在安德烈的脚边的时候，他只叫了这样一句，没有说其他的话，也没有从地板上抬起他的浅红色的秃光了的头来。

"你要替你的儿子抵罪！向你的上帝、你的十字架祷告吧！"安德烈叫着，用他的左手拖住老头子的白色胡须，于是他踢开门，哗然地把德夫耶特金拖到门口。老太婆昏倒在火炉的旁边，但是他们的媳妇，安尼基的老婆，把孩子们（他们一共是六个）聚集在一堆，哀泣地跑到门口。安德烈,像死人的经了风吹雨打的骸骨一样的苍白,他的身体两边摇荡,而且已经把他的剑举在老头子的颈上。但是那时候,垂着鼻涕的、乱叫乱嚷的、哭哭啼啼的小孩子们都扑在他的脚上。

"把他们通通杀了吧!他们都是安尼基的小孩!杀了我吧!"他们的母亲哭泣地叫着,走近安德烈,解开她的粉红色的罩衫,她的枯萎的乳房,好像养育过无数小狗的母狗的乳房一样,而大大小小的孩子都缠在他的脚边。他退下来,凶猛地环顾着,把他的剑插进了剑鞘,就是在平地上,他也颠踬欲倒地走到了他的马旁边。老头子一直跟他走到耳门口,带着欢喜和刚刚过去的恐怖哭泣着,竭力想继续地伏在他的脚边,吻他的鞍镫,但是安德烈轻蔑地蹙着眉,抽开了他的脚,哑声地说:"你的运气好……孩子们……"

有三天,他留在家里,麻木,哭泣,喝酒。第二天晚上,他把埃芙多基亚在那里面吊死的那间小屋放火烧了。到第四天,他面孔浮肿而又苍白的、静静地和他的母亲告了别。当她把他的头紧紧地偎在她的胸上的时候,她看到了她的儿子的亚麻色的蓬松的头发里的最初的白发。

两年以后,安德烈从波兰前线回到了家里。另外又有一年的光景,他同一个粮食征收队在顿河上流的区域里漂流着,以后他又种田了。他默默地不理会他的母亲要他另外讨一个老婆的劝告。可是有一天,她固执地要他给她一个回答。

"结婚吧,安德烈!"她说,"我再也没有拿起锅子的力量了。随便什么姑娘都想嫁你,我们准备和哪一个议婚呢?"

"我不打算结婚,妈,不要老说这事情吧!"

"又是这样的老话!看看你吧,你的头发里已经生出了白霜。你要什么时候才想结婚呢?要等到你的头发全白了的时候吗?你不大注意你的母亲!但是,我想,我要抱抱孙儿了。我收集了两只羊的羊毛,准备替小孩织袜子。替他们洗衣和洗浴是我的事;我现在挤牛奶都觉得很困难了,我的指头不大听话了,"她的声音里有一种哭泣的音调,"我生了一个怎样悖逆的孩子呀？执拗着，嗤着鼻子！你不能说话吗？你这魔鬼！"

安德烈拿起他的帽子，一声不响地走出小屋。但是老婆婆总不会平息，她和邻人们谈话，耳语，商量……

"埃芙多基亚死了以后，我不想再娶什么人进屋。"安德烈顽固地坚持着。于是，他的母亲的愤怒移到了她的死去了的媳妇身上。

"那条蛇蛊惑了他，"她告诉她在那通到牧场去的路上或傍晚在院子外面闲坐时碰到的老女人们，"她自己吊死了，现在她又把他的生命吸去了。他不要另外讨女人。那对于我是容易的事吗？噢，亲爱的！我看见别的女人的孙子的时候，我忍不住我的眼泪，而且觉得可羞。想着：'别的老太婆都有快乐和安慰，只有我好像蹲在洞里的土拨鼠一样的孤独。'"

就在那一年，安德烈和在罗华卡斯基附近被杀的密哈伊尔·波耶可夫伍长的寡妇玛利娜相好了。那年秋天，她已经过了四十岁，但是她的丰满的、强壮的身体和微黑的容貌上，依旧存留着一种漠然的草原的美丽。

十月，安德烈花了一天的工夫替她的小屋用灯芯草修葺屋顶。到晚边，她请他走进她的小屋，敏捷地摆好餐桌，把一盆汤放在他的面前，拿了一条清洁的、绣花的手巾盖在他的膝头上，于是自己坐在他的对面，她的有着高高的颧骨的脸庞托在她的手掌里。安德烈偷偷地斜眼看了她那束着光泽的黑色发结的骄傲的头。她的头发很浓密，而且好像马的鬃毛一样的粗硬，却带着小孩子一样的骚乱和柔美，卷曲地围绕着她的小小的耳朵。她细着她一只长长的、微斜的黑眼睛，看着安德烈。

"你要添点儿吗？"她问他。

"随你的意吧。"安德烈同意，用他的手掌抹了抹他的金色的胡须。他正要重新开始喝汤的时候，玛利娜坐在他的对面，用一种兽性的慎重而又期待的注视，凝望着他，但是安德烈偶然地看到了她一条小小的青筋在她的丰满的颈上猛烈地跳动，不知某种缘故，他吃惊了。于是放下了他的汤匙。

"你怎么的？"她惊讶地扬起她那两道黑黑的羽翼样的眉毛。

"我够了。谢谢你。我明天早晨很早就来，来盖完这屋顶。"

玛利娜绕过餐桌。在一个微笑里，她慢慢地露出了她的整齐的牙齿，把她那巨大的、柔软的胸怀紧紧地贴着他，小声地问道："但是也许你愿意和我过夜吧。"

"我可以。"吃惊的安德烈，不能够找出别的话来说。得了他的这个拙劣的回答，玛利娜深深鞠了一躬。

"这样，我要谢谢你了，恩人！你对于一个可怜的寡妇，表露着这样的关心……而我，是有罪的，很怕你会不答应。"她敏捷地吹熄了烛心点成了一个小槽的蜡烛，在黑暗里，理好了床，闩好外面的门。她的声音里带着一种轻蔑和差不多很难被人觉到的懊恼说："你身体里没有一滴哥萨克的血，你是坦波夫（在中部俄罗斯——译注）的补锅匠制造出来的。"

"你说这话是什么意思？"安德烈生气了，甚至于停止了脱他的长靴。

"这是真的；你和其他的人一样。看你的眼睛，你是够有气概的，但是要你去要求女人一点什么东西，你却太胆怯了。你亏还在打仗的时候，得了十字勋章！"当她解开发髻，把发针衔在牙齿中间的时候，她说话更不清楚了，"你记得我的密茜卡吗？他比我要矮点。你和我一样高，但是他矮一点点。唔，我爱他，是为了他的胆大。在酒店里，就是他的鼻子被打得满是鲜血，他也不肯对那最有力的人屈服；他是再也不肯认输的，也许，那就是死的道理吧，他知道我为什么爱他。"她的声音带着骄傲地收束说。

安德烈想起了玛利娜的丈夫的同伴，同时也是他的死的目击者的村里的哥萨克所说的他的故事。他出去侦察的时候，他指挥他的部队进攻一个人数有他的部队两倍多的红军哨队。哨队用刘易士枪击败了他们，在追赶的当中，四个哥萨克被打下了马鞍，而且把密哈伊尔·波耶可夫从其他伙伴冲开，而且打算追捕他，他弹无虚发地射杀了三个追他的红军兵士，他使他的马腾空地跳跃着去躲避枪弹（他是他的联队里最巧灵的骑者）。他本来可以逃掉的，但是马的一只蹄子踏进了一个洞里，倒下来的时候，压断了它的主人的腿，这就是那位骁勇的伍长的末路。

想起了这个故事的时候，安德烈微笑了。

玛利娜呼吸艰难地躺着。她的肉体紧紧地贴着安德烈，约莫半个钟头以后，她又继续着他们中止了的谈话，小声地说："我爱密茜卡，是为了他的勇敢……但是，我爱你……简直没有理由。"她把她那小小的发烧的耳朵紧紧贴在安德烈的胸上。薄暗里在他看来，她的眼睛好像是一匹难于驾驭的野马的眼睛一样的火热和难制。快要天亮的时候，她问道："你明天要来盖完这屋顶吗？"

"是呀，当然要来的！"安德烈惊讶地回答。

"不要费神了吧。"

"为什么不？"

"你真是一个好葺屋匠。西奚卡老爹，比你会盖得多，"她大笑着，"我是故意叫你来的。用别样的方法，我怎么可以叫你来呢？你实在是白费了我的钱，你盖的屋都要重新盖过。"

两天以后，老西奚卡重新修葺那屋顶，他一面盖，一面不绝地埋怨安德烈的糟糕的工作。

但是那次以后，安德烈每天晚上都去访问玛利娜。他觉得这个比自己大十岁的女人的爱是很甜蜜的：正像一个经了初霜的冬天的林间苹果一样的甜蜜。

他们的关系很快就被村里发现了，被人们用各种各样的方式接受着。安德烈的母亲哭泣着，向她的邻人们诉说："这是丢脸的事；他竟和一个老太婆要好起来。"但是过了一些时候，她渐渐地安于这个局面，不作声了。和安德烈常常闹着玩的一个邻舍的没有出嫁的女儿，尼娜，很久的时候避免见他的面。但是有一天，砍柴的时候，他在一条田野间的小路上碰到了她，她脸色苍白了。

"唔，一个老太婆驾驭了你吗？"她问他。她的颤动的嘴唇上浮着微笑，而且没有打算掩饰她那睫毛下面闪烁着的眼泪。

"我现在连透一口气的时间也没有！"他竭力想说说笑话。

"你不能找一个年轻一点的吗？"当她走过身去的时候，她这样地问。

"但是看看我自己怎样了？"他说着，脱下他的帽子，用他那戴手套的手，指着他的斑白的头发。

"可是我，我这傻瓜，爱你呀，你这老猎狗！唔，那么少陪了。"她嫌恶地、高高地昂起她的头，走了。

玛加尔·拉古尔洛夫简单告诉他说："我不赞成你的这事，安德烈。她会使你变成一个伍长和一个小财主。可是，你不要生气，你知道，我是在开玩笑；你可以懂得，你不吗？"

"正式和她结了婚吧，"他的母亲有一次带着极大的宽容说，"让她来做我的媳妇。"

"那不行。"安德烈推诿地回答她。

玛利娜好像年轻了二十岁。在晚上，他的微斜的眼睛，压抑地闪耀着光辉。在晚上她会着安德烈，用男性的气力拥抱着他，而且一直到天明，鲜艳的樱桃一样的红晕，从不离开她那颧骨很高的微黑的脸颊。她的少女时代，好像回来了，她用彩色的丝绢替安德烈绣了烟袋。热心地注意他的每个动作，谄媚他。于是，嫉妒和怕失掉了他的恐怖，带着可怕的力量，在她心里觉醒了。她开始出席会议，但她不过是去看他是不是和年轻的女人调笑戏谑，或者是不是在看任何女人。最初他被这种料想不到的监视压迫着，他骂她，有几次甚至于打她；但是后来，他也惯了，而且这样的事，是谄媚了他的男性的自尊心。为了取悦他，她把她死去了的丈夫的一切衣服都给了他。而以前是一个衣衫褴褛的家伙的安德烈，接受了这个承继权，一点也不觉得害羞，他穿着伍长的布裤，穿着那衣袖和领子显然是太短、太紧了的衬衫，在村里大模大样地走着。

他帮助玛利娜种田，而且打了一天猎以后，常常给她带回一只野兔或者一对鹧鸪。但是玛利娜从来不滥用她对于他的威力，而且并不夺去他的母亲的一份，虽然她对于她是暗暗地怀了敌意的。

谈到种田，她自己很可以管理农场，而且可以毫不吃力地不用男性的帮助。安德烈有时看着她用一把干草叉举起百来磅重的一捆用淡红色的藤蔓束成的小麦，或者坐在一架刈禾机上，从那轧拉地响着的机翼下抛出一行一行的满结着实的大麦，他感到暗暗满意。她很有一种男性的敏捷和力量。她其至于用男性的方式驾马，用她的脚踏着马轭的边缘，而且只一拉，就要把皮带拉紧。

一年年地过去，安德烈对于玛利娜的感情变得根深蒂固而且不变了。有时他想起他的前妻，但是回忆不再伴着以前那种刀割的痛苦了。有一次，当他偶然碰到了亡命法国的安尼基·德夫耶特金的大儿子的时候，安德烈脸色变得苍白了，这儿子的相貌和他的父亲是这样的相像。但是后来他的愤怒，在工作中，在争取面包的斗争中，在他的日常的烦恼中消解了，而那种隐隐的、无止息的痛苦，好像他有时在前额的伤疤上（这是一位匈牙利军官的指挥刀给他留下的纪念）所感到的痛苦一样，完全被他摆脱了。

贫农会议以后，安德烈一直来到了玛利娜那里。等待他的时候，她在纺羊毛。纺车在又低又小的、热度很高的房间里发出使人要睡的嗡嗡的声音。拉兹米推洛夫进来的时候，一只顽皮的卷毛小羊用它的小蹄子很响地在泥地上蹴踢着，心想跳到床上去。

安德烈不耐烦地皱着眉说："不要纺了吧！"

玛利娜从踏板上移开了她那穿着尖头高跟鞋的脚，放肆地伸了个懒腰弓起她那条马的臀部一样宽的背脊。

"会议上有什么事?"她问。

"我们明天要开始驱逐富农了。"

"真的吗?"

"所有到会的贫农都加入了集体农场。"

安德烈没有脱掉他的短衣,躺在床上,把那像一小束温暖的羊毛一样的小山羊捉到手里。

"你明天把你的志愿书拿去!"他加着说。

"什么志愿书?"玛利娜惊奇地问。

"加入集体农场的志愿书。"

她猛烈地把纺车从她的身边推到火炉边,咆哮起来了:"你疯了吗?那对我有什么好处?"

"让我们不要争论这件事吧,玛利娜。你一定得加入农场。要不然,他们会说我要别人加入,却把我的玛利娜除开。我的良心会责骂我。"

"我不加入。随便你说什么,我都不加入。"她从床边走过,她的汗热的身体的气味包围着他。

"唔,这样,我们要分手了。"

"威胁!"

"我不是威胁你,但是我只能这样做。"

"唔,那么听你便吧!我把我一头母牛给他们,我能得到什么?而以后你会来问我要吃的啦。"

"牛奶是要公有的。"

"说不定女人也要公有吧?这就是你想来威胁我的道理吗?"

"我可以给你一顿痛打,但是我不高兴这样。"安德烈说。他把小羊抛在地上,伸手取了他的帽子,把他的羊毛围巾缠在他的颈子上,好像这是一个绞刑吏的绳套一般。

"每一个鬼东西都需要说服、拜请!就是玛利娜也准备抵抗,明天的大会会要发生什么事情呢？如果我们迫得他们太紧了，他们会攻击我们哩。"他愤怒地思索着，跨过果园，走向他自己的小屋去。

　　他很久睡不着，只是翻来覆去，听着他的母亲两次起来去看面团。一只十分骚扰的雄鸡在鸡笼里叫。安德烈不安地想着明天，想着现在已经在完全改造的前夜的整个村庄的农业。他担心达维多夫，他想他是一个冷淡无情的家伙，会由于某种不谨慎的步骤吓得中农离开集体农场。但是随后他想起了他那矮胖的、结实的身体，他的紧张的、线条挤作一块的、两颊下边有着粗的皱纹的面孔，幽默的聪明的眼睛；他想起了罗比西金在会议上发言的时候，达维多夫是怎样在拉古尔洛夫的背后偏过来，把他那缺了牙齿的口里发出来的清冽的、苦酒的气味喷到他的脸上，说着："那个赤色游击队员是一个粗暴的人物，但是你们忽视了他，你们没有管束他，事实如此！我们应当锻炼他！"想起这个，他才快活了一些，决定道："不，他不会使我们陷入难境的，玛加尔是需要驾驭的人。兴奋起来的时候他很容易做出糟糕的事来。他松了他的缰绳，就制止不住车子了……制止不住什么？车子……什么车子？玛加尔……铁推克……明天……"睡眠不知不觉地攫住了他，夺去了他的意识。他睡着了，微笑慢慢地从他脸上消逝了，像一滴露珠从叶脉上落下了一样。

第六章

当第二天早晨九点钟光景,达维多夫来到村苏维埃的时候,他看见已经有十四个格内米雅其的贫农集合在那里了。

"我们等了你很久,从太阳一出就等起。"罗比西金微笑着,一面把达维多夫的手紧握在他自己的健康的手掌里。

"我们很急呢。"老西奚卡说明着。

西奚卡是那位穿着女人的白羊皮衣的老人,他在达维多夫初到的晚上在苏维埃的院子里曾经和他开过玩笑的。从那时起,他认为自己是达维多夫的老朋友,于是,和旁人不同,他用了一种友谊的亲昵的口调和他说话。就是刚才在达维多夫来到苏维埃以前,他还在说:"我和达维多夫议决了,因此,就得这么办。两天以前,他和我长长地谈了一次话。不错,我们有时也开开玩笑,但是我们认真地谈过一次,而且主要的是讨论我们怎样组织集体农场的事。他少许有点爱开玩笑,像我自己一样。"

达维多夫由白羊皮衣认出了西奚卡,而且不知不觉地用下面的话严重地触犯了他:"是你,老伯伯!现在你知道了!两天以前你听到我是来做什么的时候,你很烦恼,而现在你已经是一位集体农场的农民了!了不得哩!"

"那时候我没有时间留在那里,所以我走开了。"西奚卡慢慢地离开达维多夫身边的时候,这样含糊地说了。

他们决定分作两组,去把富农逐出他们的农场。第一组到村庄的上头去,第二组到村庄的下头。但是当达维多夫提议拉古尔洛夫做第一组的指挥者的时候,玛加尔断然地拒绝了。他被那随着起来的交换着的眼色困恼了,于是把达维多夫叫到一边。

"你为什么辞掉你的职务?"达维多夫冷淡地问他。

"我宁可同第二组到村庄的下边去。"玛加尔回答。

"这有什么分别?"

玛加尔咬着他的嘴唇,在回转身去的时候说道:"我本不想说……但是你总会知道的!我的老婆和富农弗罗尔·旦玛斯可夫的儿子铁摩菲有关系。我不要到那里去,如果我去的话,将来一定会有许多的话讲。我同第二组去。让拉兹米推洛夫同第一组去。"

"噢,兄弟,怕别人讲话!但是我不勉强。和我一道去第二组去吧。"达维多夫回答。

突然他想起了那天早晨拉古尔洛夫的老婆拿早饭给他吃的时候,他看见她眉毛上面有一个旧的青黄色的伤痕。蹙着眉头,好像有一小束干草夹在他的领子里一样的扭动他的颈项,他问道:"她那伤痕是你给她的吗?你打她了吗?"

"不,我没有。"

"那么,谁打了她?"

"他打了她。"

"是的,但是'他'是谁呢?"

"还不是铁摩菲,弗罗尔的儿子。"

在困惑中，达维多夫沉默了一些时候，随后他愤怒地回答："哦，唔，见鬼！我不懂。走吧。这个我们以后再说吧。"

拉古尔洛夫、达维多夫、罗比西金、西奚卡老爹和另外三个哥萨克一道离开了村苏维埃。

"我们从哪里开始？"达维多夫问，没有看拉兹米推洛夫。在他们的谈话以后，两个人都感到有些尴尬。

"从铁推克开始吧。"玛加尔回答。

他们默不作声地沿着街道走去。女人们从窗口好奇地望着他们。几个孩子开始跟在他们背后，但是罗比西金从柔枝编造的篱笆上抽出了一根枯条，机敏的孩子们就落在后面去了。当他们走进铁推克的房子的时候，拉古尔洛夫并不特别对任何人地说道："这所房子可以作集体农场的事务所。很大。披屋可以作农场的马厩。"

房子的确很大。铁推克是在一九二二年饥饿的年头，在邻近的丢卜耶斯科村用一头牛乳已经干竭的母牛和三普特①麦粉掉换来的。这屋子以前的主人全家都死了，因此没有剩下一个人到后来去控告铁推克的刻薄的交易。他把这房子移到了格内米雅其作了一个新屋顶，添造了一些木板披屋和一间马厩，于是永远安下家来了。从那涂着赭色的檐板上，一个设计精巧的旧式斯拉夫文的铭刻俯视着街道："Т·К·波罗 J。基督纪元一九二三年。"

达维多夫好奇地四面看了看这屋子。拉古尔洛夫最先走进耳门。听到门闩的声音，一条紧着锁链的、毛色像狼样的、硕大的狗从谷仓下面冲了出来。它一声不响地奔向他们，用后脚站着，露出它那软毛的白色的肚皮，于是，被它的颈环勒得气息窒塞了，开始低吠起来。它跳到前面，几度翻转身子，想挣断它的锁链。但是铁太牢了，因此它向马厩冲去，使锁链碰着那直伸到马厩门边的一根铁丝，叮当地发响。

---

① 沙皇时期俄国的主要计量单位之一，1普特约为16.38千克。

"让那东西紧牢你,使你跑不开。"老西奚卡喃喃地说,胆怯地斜着眼睛注意那畜生,紧紧地靠着围墙走,以防意外。

他们一块走进了厨房。铁推克的老婆,一个瘦长的女人,正在让一条小牛在水盆里喝水。她用一种含怒的怀疑的眼光,审察这些意外的来客。回答他们的问候,她含糊地讲着有点像这样的话:"你们到底是来干吗的?"

"铁推克在家吗?"拉古尔洛夫问。

"不在家。"

"那么,他在哪里?"

"我不知道。"她恶声地回答。

"你知道我们是来做什么的!我们……"老西奚卡谜样地开始说,但是拉古尔洛夫这样凶狠地对他滚动着眼睛,使老头子痉挛地吞着口水,咳了一声,坐在长凳上,用一种自尊自大的姿势敞开他那件没有硝过的白色羊皮衣。

"马在马厩里吗?"拉古尔洛夫问,好像他并没有注意到那不客气的接待一样。

"是的。"

"公牛呢?"

"没有在,你要干什么?"

"我们不能够和你……"西奚卡又开口说话了。但是这一次罗比西金走到门边,抓住他的羊皮衣的边缘,他猛烈地把他拖到门廊上,因此老人没有能够说完那句话。

"那么公牛在哪里呢?"拉古尔洛夫继续地问。

"铁推克赶它们上什么地方去了呢?"

"上什么地方去了呢?"

"我刚对你说过我不知道。"

拉古尔洛夫对达维多夫使了个眼色,走了出去。从西奚卡身边走过的时候,他把他的拳头举得齐着这老人的胡子,劝告他:"没有你要说话的时候,你可别开口!"转向达维多夫,他说:"事情不好!我们得找出他把公牛带到什么地方去了。我怕他把它们卖掉。"

"那么我们就不要牛……"

"什么?"拉古尔洛夫惊讶地叫道,"他的牛是村里最好的牛。你攀不到它们的角尖,它们有这么高大。我们不能让它们走了!我们要去寻找铁推克和牛。"

他和罗比西金小声地商量了一下,于是他们走到关家畜的院子去,经过披屋,直向打谷场走去。大约五分钟以后,罗比西金,拿着一根木棒,把那条狗赶到了谷仓下面。于是拉古尔洛夫从马厩牵出一匹高大的灰色的马,给它套上嚼头,抓住它的鬃毛,跳上它的光背。

"你干什么,玛加尔,不得到人家的许可就用人家的东西?"女主人跑到门口,两臂撑着腰,大声地叫,"我的丈夫回来的时候,我要告诉他,会和你算账的!"

"不要叫!要是他在这里,我倒要和他算账。达维多夫同志,到这里来,可以吗?"

被拉古尔洛夫的举动弄得完全困惑了,达维多夫走到了他的旁边。

"从打谷场到大路有许多新的牛脚印,"拉古尔洛夫指点着,"显然是铁推克听到了我们要来的风声,他把牛赶去出卖了。所有的橇子都在披屋下面。那女人说谎!你们去处置哥奚多夫吧,我要骑马到丢卜耶斯科去。他除了那里再不能把它们赶到别的地方去。折一根树枝给我打马吧。"

拉古尔洛夫横过打谷场,一直朝大路驰去。一阵白色的灰尘在他后面扬起,即在耀目的光辉和透明的银色里慢慢地落到了篱笆和小树上。牛的脚印和它们旁边的马的蹄痕一直延续到大路,于是消失了。拉古尔洛夫朝着丢卜耶斯科大约驰跑了两百码。他走着的时候,看见浅浅的积雪之上有这同样的脚印和牛粪的微点。于是相信了自己没有走错方向,继续地向前驰去。他这样刚刚跑了一俄里半，脚印突然在雪堆里消失了。他敏捷地掉转马头驰去，注意地察看马蹄是不是被雪掩没了。但是雪堆是原封不动的，而且是处女一样地洁白。在雪底他可以看见喜鹊的十字叉脚印。他咒骂着，缓步地驰转去，向四面瞭望。他很快地又寻到了脚印，而且发现牛是恰在一片牧场那里离开大路的，因为马跑得太快，他忽略了这个转弯处。他立刻看出了铁推克是横过小山，向华意斯科华意村走去的。"样子像是到一个朋友家去。"当他勒着马追踪着脚印的时候，他想。在小山的那边，靠近一个深谷，他看见雪上有牛粪，于是停住了马。粪是新的，只有一层新凝结的薄薄的冰片蒙在上面。拉古尔洛夫触了触他的羊皮短衣的口袋里手枪的冰冷的柄。他缓步走进了深谷。他再走了半俄里，这才看见就在近边，在秃了的橡林那面，有一个骑者和两头牛。骑者在牛身上挥着牛缰，而且低低地伏在马鞍上。烟草的青烟，浮过他的肩头，流向拉古尔洛夫，消散了。

"回转来！"追的人叫。

铁推克勒住了他的嘶着的母马，回头望着，吐出了他的香烟，慢慢地走到牛的前面，平静地说："什么事情？呃，停住！"

拉古尔洛夫驰上前来。铁推克用一个长长的凝视迎着他。

"你到什么地方去？"玛加尔质问他。

"我想去卖掉这牛，玛加尔。我不想隐瞒事实。"铁推克用他的手擤着鼻涕，慎重地用他的手套揩拭他的蒙古人样的下垂着的红色胡须。两个人都没有下马，面对面站着。他们的马粗鲁地互相喷着气。拉古尔洛夫的被风吹坏了的脸变得奋激而又愤怒了。铁推克外表是沉着平静的。

"把牛牵转来赶回家去！"拉古尔洛夫退到一边命令道。

铁推克踌躇了一会儿，他坐在马上用手指弄着缰绳，他的头昏昏要睡地垂下，他的眼睛半闭着，穿着手制的上衣，头巾蒙在他的有着耳罩的破帽上，他好像是一只沉睡的鹰。"要是他的上衣下面藏着什么东西的话，他马上就会解开衣上的钩子的。"拉古尔洛夫想着，眼睛没有离开站着不动的铁推克。但是好像他觉醒了一样,铁推克挥着牛缰。牛回到了有着自己的足迹的路。

"你们要没收一切吗?你们要把我当富农看待,消灭我吗?"铁推克经过了长长的沉默之后这样地问,从那垂到他的前额的头巾下面,他的浅蓝色的眼白对拉古尔洛夫闪耀着。

"你得意够了!我要把你像被捕的蛇一样赶回去!"拉古尔洛夫叫着,再也忍耐不住了。

铁推克毛发竖立起来。在他们走到小山以前,他一直沉默着。终于他问:

"你们打算把我怎样?"

"我们要把你送出区去。你上衣里面突出来的是什么东西?"

"枪。"铁推克斜眼望着拉古尔洛夫,敞开了他的上衣。一支枪身锯短了的来复枪的粗粗刨平的柄,看上去像一块白色的大腿骨一样。

"拿过来!"玛加尔伸出他的手。但是铁推克镇静地把他的手推开。

"我不给!"他说,微笑地从他的垂着的胡须下面露出他的烟熏坏了的黑色牙齿。他用那雪貂一样锐利的但是很快乐的眼睛注视着拉古尔洛夫:"我不给!你要没收我的财产,连我最后的来复枪也要拿去吗?一个富农总有一支枪,他们在报上这样说的。他一定有一支枪。也许我得用它来赚每天的面包,你不这样想吗?农村通讯员会发现我……"他大笑着,摇摇他的头,没有把他的两手从鞍头上移开,而拉古尔洛夫也就没有勉强他缴枪了。"我们到了村里的时候我再收拾你!"他心里决定了。

"我希望你问问自己,他为什么要带枪?"铁推克继续地说,"真该死!我是从乌克兰暴动的时候把枪带回来,就有了枪的,你记得吗!唔,它摆在那里,锈了。我把它擦擦干净,上了油,想着对付一只野兽或是一个坏人,它也许有用。而昨天,我知道你们打算收拾富农。不过我没有听到你们今天就着手,要不然我昨晚就赶着牛走了……"

"谁告诉你的？"

"我知道你要问的！遍地都是谣言。是的，在晚上我和我的老婆商量过决定把牛寄到一个稳当的人手里。我带了枪走，原是想把它埋在草原里，这样，就不会被你们在院子里找到了；后来我觉得可惜，后来你来了！而我的指头是怎样地痒呵！"他活泼地谈着，他的眼睛幽默地闪动，他一面使他的母马的胸擦着拉古尔洛夫的马。

"你以后可以开玩笑，铁推克，但是现在你最好认真点。"

"哈！现在正是我开玩笑的时候。我替自己挣到了一种安适的生活，我保卫了正直的政府，而现在它要扼住我的喉管！"铁推克的声音突然停顿了。从那时起，他没有再说什么话，只是故意抑制他的马，竭力想让玛加尔走在他的前面至少有半马身远。但是玛加尔也怀着戒心地踌躇不进。牛走到他们很远的前面去了。

"快点走，快点走！"拉古尔洛夫说，紧张地望着铁推克，握着他口袋里面的手枪。对于铁推克他太熟悉，他比什么人都更熟悉他。"不要落在后面！要是你在想开枪的话，你是不会有机会的。"

"你太胆小了。"铁推克微笑着，于是，用牛缰鞭着他的马，他跑到了前面。

第七章

　　安德烈·拉兹米推洛夫和他那一组走到弗罗尔·旦玛斯可夫的小屋的时候，他们一家人正在吃午饭。桌边坐着：弗罗尔自己，一个有一小束楔形胡须和一个破裂的左鼻孔（做小孩子的时候，他从苹果树上跌了下来，跌破了他的面相，这使得他得到了"破裂"这样的诨名）的短小的、生病的老人；他的老婆，一个肥胖的庄严的老妇人；他的儿子铁摩菲，一个约莫二十二岁的少年；和他的女儿，一个可以出嫁了的少女。

　　像他母亲一样庄严而又俊俏的铁摩菲，从桌边站了起来。用一块布揩了揩他那青的、柔软的胡须下面的鲜丽的红唇，他细着他的傲慢的、突出的眼睛，于是，用着村里最优秀的手风琴者和讨女孩子欢喜的人的那种灵活的姿势，招着手。

　　"进来请坐，我的亲爱的政府官员！"他邀请着他们。

　　"我们没有工夫坐！"安德烈·拉兹米推洛夫回答，从他的文件包里掏出一张纸来，"贫农会议议决将你逐出你的屋子，弗罗尔·旦玛斯可夫，而且没收你的一切财产和家畜。因此吃完你们的饭，就逃出屋子吧。我们要马上编一个财产目录。"

"这是为的什么?"弗罗尔掷下他的汤匙,站了起来。

"我们要把你当作一个富农阶级消灭。"顿姆卡·乌沙可夫对他说明。

弗罗尔,他的结实的皮底毡靴咯咯地响,走进居室,拿出一张文书来。

"这是证明书,你自己在这上面签了字的,拉兹米推洛夫。"

"什么证明书?"

"我缴纳了我的谷物税的证明书。"

"谷物税和这个没有关系。"

"那么我要被逐出屋,我的财产要没收是为了什么呢?"

"这是贫农决定的,我早上告诉了你。"

"没有允许这样做的法律!"铁摩菲锐声叫出来,"你们合伙抢劫。父亲,我立刻骑马上区委会去。马鞍在哪里?"

"如果你们要到区委会去,你得走路。我不能让你带了一匹马去。"安德烈坐在桌子边缘上,拿出一支铅笔和纸头来。弗罗尔的破裂的鼻子完全变青了,他的头开始抖颤。他突然倾倒在他站着的地板上,好容易转动了他那肿了的黑尖的舌头喃喃地说:

"畜生!畜生!抢劫!杀人!"

"父亲为了基督的缘故,起来!"女儿大哭,她两手伸到她父亲的腋下,竭力想扶起他来。

弗罗尔复原了,站了起来,躺在一张长椅上,漠然地听着顿姆卡·乌沙可夫和高高的、羞怯的密海尔·意格兰顿洛克向拉兹米推洛夫念着:

"一张有白色圆球的铁床、一个羽毛卧褥!三个枕头和两张木床……"

"一个装满了陶器的食橱。要我把陶器一一报出来吗?这些倒霉的东西!"

"十二把椅子、一把有靠背的长长的靠手椅、一架三重手风琴。"

"我不准你拿去我的手风琴,"铁摩菲叫着,从顿姆卡手里把它夺了过去,"放手,斜眼睛,要不然我打歪你的鼻子!"

"我要打得你连你的母亲都不能够把你洗清楚,"顿姆卡严厉地回答,"老太婆,把大柜的钥匙拿来!"

"不要拿钥匙给他们,妈妈。让他们打破那些大柜吧,要是他们有着这种权利的话。"

"我们有权利打破它们吗?"沉默的代米德突然这样问了。他是大家都知道只有在万不得已的时候才说话的,其余的时间,他沉默地工作,在休假日沉默地和聚在一起散步的旁的哥萨克们一道吸烟,在会上沉默地坐着,而且惯于很少回答问题,浮着一种自觉有罪的、哀愁的微笑。在代米德看来,这整个的广阔世界里充满了不必要的骚音。骚音充溢着人生,到晚上也不停息,妨碍他倾听那寂静,把那在秋天里浸透着草原和森林的那边庄严的寂静扰乱了。代米德不喜欢人类的喧哗。他远远地住在村落的尽头,辛勤地工作,他是全区的最强壮的人。但是不知道是什么道理,命运使他的生活满是不幸的伤痕,把他当作继子一样地欺辱。他在弗罗尔·旦玛斯可夫那处做了五年长工,后来他结了婚,开始自耕自种了。他的农庄还没有建筑完成,就被火烧光了。一年之内,第二次火灾烧得他仅仅剩了一架在院子里冒烟的犁。而且那以后不久,他的老婆脱离了他,声明道:"我和你同居了两年,我没有听见你说过两句话。以后你一个人住吧!我觉得到森林里和一头狼同居还要快活点。和你同居是够使一个女人发疯的。我已经开始自言自语了……"

但是这女人已经和代米德相处惯了。不错,在最初的几个月,她哭泣着,向他唠叨:"代米德,我的最亲爱的!至少和我讲讲话吧!就只讲一句话!"代米德只浮着他的静静的、小孩子样的微笑,搔着他的有毛的胸口。但是当他再不能够忍受他的老婆的唠叨的时候,他用他那从胸底发出来的声音说道:"你真是一只喜鹊!"于是走了。不知为什么,代米德总被人看作一个傲慢而又狡猾的人、一个"胸有成竹"的人。那也许是因为他整个生活中都规避了喧哗的人们的缘故。

所以,当安德烈听到上面代米德的远雷样的声音的时候,他仰起头来。

"权利吗?"他反问着,望着代米德,好像他第一次看见他一样,"当然我们是有权利的!"

代米德跨着大步,他的潮湿的、破旧不堪的靴子在地板上留着印迹,走进了居室。他微笑着,把铁摩菲像小树枝一样很容易地从门口推开,于是走过食橱,他的沉重的步子使得橱里的碗盏格格地响,他走到了大橱的前面。他蹲下来,用他的手扭着那重大的吊锁。立刻扣环断了的吊锁搁上了柜顶,阿加西卡带着掩饰不了的惊讶望着代米德,叹赏地叫道:

"我真愿意把我的力气和你的交换!"

安德烈不能够把一切物品通通记下。从居室和客厅,顿姆卡·乌沙可夫、阿加西卡和安德烈这一组里面的唯一的女人华西利沙婶婶,声音一个压倒一个地叫道:

"一件毛皮女大衣。"

"一件羊皮衣。"

"三双新靴和木屐。"

"四匹布。"

"安德烈·拉兹米推洛夫一辆车子你再也装不了所有这些东西,老朋友。还有洋布、黑缎和各色各样的其他的东西……"

当安德烈走进居室的时候,他听到了从门口传来的一个女孩子的哀泣、主妇的声音和意格兰顿洛克劝诱的声调。他打开门。

"这里有什么事?"他问。

脸哭肿了的扁鼻子女儿正倚在前门上,好像一只小牛一般地在叫着。她的母亲在她周围跑动、咕噜，而意格兰顿洛克，他的面孔绯红，浮着困惑的微笑，正拖着女孩子的衣裙的边缘。

"什么……该死的家伙！"安德烈没有看清是怎么一回事，被愤怒窒息了，于是把意格兰顿洛克猛力一推。意格兰顿洛克，他那套在他的破烂的毡靴里的长长的腿子，举在空中，仰天地倒在地上。"好政治！"安德烈咆哮起来，"我们在攻击敌人，而你却在角落里和姑娘们调情吗？但是你得上法庭去……"

"喂，停一停，等一下！"意格兰顿洛克惊骇地跳了起来，"好像她能够打动我的心一样！和她调情！看看她吧：她正在披上第九层衣服。我想去阻止她，而你就那么发起脾气来了！"

安德烈到这时才注意到女孩子乘着一般的混乱，从居室里拖出了一包衣服，已经把许多毛织的衣裳包在她的身上。她在角落里缩作一团，显得异样地难看和短，过多的衣服妨碍着她的动作，她在整理裙子的边缘。安德烈看看她那红得像兔子的眼睛一样的潮湿的眼睛，感到可怜和嫌恶。他砰的一声把门关上，对意格兰顿洛克说道：

"你不可以脱她的衣。她穿上了的衣服，她可以保存，但是把她的那个衣包拿掉。"

屋子里的物品的目录终于编好了。

"谷物仓的钥匙。"安德烈要求道。

弗罗尔，脸色像烧焦了的木头一样黑，摇着他的手。"我们没有钥匙。"他说。

"去打破仓门。"安德烈吩咐代米德，代米德向谷物仓走去，在途中，他从一辆马车上抽到了一根车轴。五磅重的吊锁好容易用一把斧头打毁了。

"不要把门柱打坏了！现在这是我们的仓了，所以要当心。轻点，轻点！"顿姆卡劝告流着汗的代米德。

他们开始量谷物。"说不定我们还是马上把它筛一筛的好？谷物箱上有一把筛子。"陶醉在快乐里的意格兰顿洛克提议。其他的人都笑他，而当他们把沉重的小麦倾进计量器里去的时候，笑谈继续着。

"这里我们还可以拿两百普特交给村里的贮藏仓库。"顿姆卡·乌沙可夫当他把脚一直齐膝盖地埋进谷物里面的时候，这样地说。他用铲子把小麦抛到谷箱口，用手捞起一点，又让它在手指缝里漏下来。

"称起来一定很重的。"他补足地说。

"是纯金一样的小麦，不过因为摆在土里，有一点发霉。看见吗？"

阿加西卡和一个年轻人正在畜舍里忙碌着。阿加西卡抚摸着他的小小的红色的胡须，指着牛粪中露出的一些没有消化的玉蜀黍颗粒。

"怪不得它们很会做工！"他议论道，"它们吃的是纯粹的谷物，在我们共耕社里就是干草也不多。"

从谷物仓里传来有生气的声音、欢笑、强烈的谷物尘末的气味，有时还有一种有趣的咒骂。安德烈回到了屋子里。女主人和她的女儿正在把镯子和器皿装进一个袋子里去。弗罗尔躺在长椅上，他的脚上只穿着袜子，他的手指交叉在他的胸口，像是死了一般。比较冷静了一点的铁摩菲愤恨地看了他一眼，转向着窗子。

在居室里，安德烈看见代米德正蹲在那里。他脚上穿了弗罗尔的那双新的皮底毡靴。没有知道安德烈进来，代米德从一个大的铁罐里取了满满的一汤匙蜂蜜吃下了，快乐地细着他的眼睛，吮着他的嘴唇，让黏性的黄色点滴在他的胡须上流下。

第八章

当拉古尔洛夫和铁推克回到村里的时候,已经是中午了。他们不在的时候,达维多夫编好了两个富农农场的财产目录,放逐了那些农场主。于是他们回到铁推克的院子,得着罗比西金的帮助,量好了在一个放燃料的披屋里找着的谷物。老西奚卡把残余的谷物倾倒秣槽去喂羊,而当他看见铁推克来了的时候,他赶快地走出了羊圈。

波罗丁敞开上衣,光着头,大踏步地跨过院子。他正在向打谷场走去,但是拉古尔洛夫叫住他:

"快回转来,要不然我要把你锁在谷仓里。"

玛加尔被激怒了,他的脸颊比平常痉挛得更加厉害。他没有觉察到铁推克怎样而且在什么地方设法丢掉了他的枪。当他们走近屋子的时候,他问道:

"你交不交出枪来,无论怎样我们要缴下你的来的。"

"不要说笑了吧!"铁推克微笑着,"你一定是做梦看见了枪吧。"

拉古尔洛夫在他的上衣下面搜不出任何武器。回转马去寻觅是没有用的：在深雪或深草里他再也找不着它。他愤恨着自己：把这件事报告了达维多夫，达维多夫是从铁推克到来的时候，就一直好奇地在望着他的。

达维多夫立即向铁推克走去。"把你的枪交出来吧，公民！"他说，"这样你要少许多麻烦。"

"我没有什么枪。是拉古尔洛夫造谣害我的。"铁推克微笑着，他的雪貂一样的眼睛闪动着。

"好的，我们要逮捕你，把你送到区里去。"

"逮捕我？"

"是的，你。你想我们要怎样？念着你的过去吗？你藏掉谷物，你准备……"

"我？"铁推克嘶声地重复着，弯着腰，像要跳跃一样。

那一瞬间，他的一切勉强的愉快、他的沉着和自制都消逝了。达维多夫的话，做了爆发那堆积着而且在这时以前一直抑制着的激烈的愤怒的导火线。他向那在他面前朝后面退的达维多夫走去。当他向前走的时候，他的脚绊着放在院子中间的一个牛轭，于是弯下身子，他突然从牛轭上抽出一根铁棒。拉古尔洛夫和罗比西金向达维多夫奔去，而老西奚卡转身跑出院子。但是，好像运道不佳一样，老人的脚绊着他的羊皮衣的过长的边缘，他倒在地上，疯狂地叫道：

"救命，救命，好人！这里在谋杀人呀！"

达维多夫抓住了铁推克的手臂的腕，但是铁推克用他的右手在他头上打了一记。达维多夫踹跚着，但还是站住了。血从伤口流到了他的眼睛里，遮了他的眼睛。他放了铁推克的手臂，颠踬着，用他的手掌掩着他的眼睛。又是一记把他打得倒在雪上。就在这同时，罗比西金抱住了铁推克的腰。铁推克挣脱了身，向着打谷场奔去。在大门口，拉古尔洛夫追上了他，用他的手枪的柄打击他的平整的、多发的后脑。

铁推克的老婆加入了这场骚扰。看着拉古尔洛夫和罗比西金在追赶她的丈夫，她跑到谷物仓那里，解开了狗的铁链。这畜生叮当地响着铁头圈，在院子里来回地奔跑，于是西奚卡的可怕的叫嚷和展开在雪上的他的羊皮衣，吸引了它的注意，它奔去啃着羊皮衣。发出衣服碎裂的声音，皮毛、毛屑和尘埃从白羊皮衣上飞腾出来，西奚卡跳了起来，用他的脚猛烈地蹴狗，竭力想从篱笆上拔出一根木桩。在这畜生的猛力的拖曳下跄跄着，他把吊在他的领子上的狗拖着走了四五码远，后来用一种不顾死活的力气终于拔出了一根木桩。狗叫着逃走了，但是它的最后一扯，终于把老人的羊皮衣服撕成了两片。

老人的两只眼睛突了出来；但是当他的元气恢复了的时候，他用一种喉音咆哮道："玛加尔，拿支手枪给我！趁着我热血沸腾的时候，拿支手枪给我！我要把他和他的女主人一道杀死。"

这时候，达维多夫被他们扶进了厨房，伤口上的头发被截去了，黑色的血还在从那里鼓着泡沫，流了出来。罗比西金在院子里把铁推克的马驾在双马橇子上。拉古尔洛夫坐在桌边，急急地写道：

国家政治警察局区全权委员查哈伦科同志：

我把反革命和有害分子铁推克·康斯坦丁洛维支·波罗丁交给你处置。当我们在继续这个富农的财产目录的时候，他公然袭击那遣派到乡村来的二万五千人中之一的达维多夫同志，而且用一根铁棒在他们头上打了两记。

再者，我得报告你，我看见他有一支枪，枪身锯短了俄国式的来复枪，因为我在草原上，恐怕惹起流血惨祸的缘故，我没有没收它，他在我不注意的时候，把枪投到雪里。找着的时候，我们会送给你作为物证。

全联邦共产党格内米雅其支部书记和红旗勋章获得者

M·拉古尔洛夫

他们把铁推克放在橇子上。他要求喝一杯水,而且要求拉古尔洛夫到他面前去。玛加尔从门口叫道:

"你要做什么?"

"玛加尔记着!"铁推克叫,像醉了酒一样的摇着他被缚了的两手,"记着!我们要再相见的!你践踏了我,但是以后我要践踏你。无论如何,我要杀死你。我们的友情埋葬了!"

"滚你的蛋,反革命!"拉古尔洛夫挥着他的手。

马生气勃勃地跑出了院子。

第九章

将近晚边,拉兹米推洛夫解散了和他一道工作的一组贫农,而且从富农格雅夫的院子里把最后一车没收的物品送到了一切富农财产都集中在那里的铁推克的小屋。于是他走到村苏维埃去,早晨他约定了大会开会以前一点钟光景在那里和达维多夫碰头,大会是天黑以后就要开始的。

当他走上台阶的时候,他看见苏维埃的隅室里有灯光,于是他把门用力掀开,走了进去。听到开门的声音,达维多夫从他的账簿上抬起他那用白布裹着的头来,微笑着。

"拉兹米推洛夫来了。"他说,"坐吧。我们在计算从富农手里找到的谷物。唔,你那方面怎样?"

"一切都很好。但是你的头为什么扎着绷带?"

正在用一张报纸做一个灯罩的拉古尔洛夫不愿意地说道:

"这是铁推克干的,用一根牛轭上的铁棒。我把铁推克送到区政治警察局去了。"

"等一等，我们马上就要把一切经过告诉你的，"达维多夫说，把算盘推过桌子，"加一百一十五。好了吗？一百〇八……"

"等一等，等一等！"拉古尔洛夫很留心地用一个指头推动算盘珠，不安地喃喃地说。

安德烈凝视着他们，嘴唇颤动着，用深沉的声音说道：

"我不要干了。"

"'我不要干了'，你是什么意思？"拉古尔洛夫把算盘推到一边。

"我再不要干这种驱逐富农的事情了。唔，你在望着什么？你要发痫病了吗？"

"你喝醉了酒吗？"达维多夫不安地、注意地望着安德烈的表露出愤怒的决意的面孔，这样地问，"到底是怎么回事？你不要干了，是什么意思？"

他的平静的次中音使安德烈大怒了，他激动地口吃地叫道：

"我没有受训练！我……我……我没有受训练去和小孩子作战！在前线是另外回事。在那里你可以用你的刀或是随便什么东西去砍杀随便什么人……你们去你们的！我可不要干了！"他的声调好像拉紧了的提琴弦的音调一样渐渐地高扬，于是又好像快要突然断裂一样。但是，他嗄声地吸了一口气，出人意外地放低了他的声调，小声地说：

"你们认为这是对的吗？我是什么？刽子手吗？或是我的心是石头做的吗？在战争中我已经受够了……"他又开始叫嚷了，"格雅夫有十一个小孩。我们走进去的时候，他们是怎样地号哭呵！你真要抓着你的头。这事情使得我的头发都竖起来了。我们开始把他们赶出厨房……我闭着我的眼睛，掩着我的耳朵，跑进院子去。女人们都吓死了，水泼在媳妇们身上……孩子们……呵，上帝你们……"

"哭吧！这样你会好过点！"拉古尔洛夫劝告他，紧按着他的痉挛的颊肉，一直到它肿胀起来了，他的燃烧一般的眼睛，死死地盯牢安德烈。

"我真要哭！我自己的小孩也许……"安德烈突然停了，露出他的牙齿，急急地回转身去，把背向着桌子。

沉默。

达维多夫慢慢地从桌边站起身来。而且慢慢地，他的没有扎绷带的那边脸颊变成了死人一样的青色，他们耳朵变白了。他走到安德烈那里，握着他的肩膀轻轻地扶他转来。他呼吸艰难，没有把眼睛从安德烈脸上移开，开始说道：

"你替他们难受……你可怜他们。而他们可怜过我们么？我们的敌人看到我们的孩子们的眼泪，曾经哭过吗？他们曾经为了他们杀死的人们的孤儿哭过吗？唔？我的父亲在一次罢工之后被工厂里开除，流放到西伯利亚去了，在我母亲手里留下四个孩子，我是最大的，而我那时还只有九岁。我们没有东西吃，因此我的母亲走到……你看见我吧！……她走到街头去，为了使我们不致饿死。她把她的客人带到我们的小房间里来——我们住在地下室。我们只有一张床。我们小孩子睡在帷幕后面的地板上……而我那时已经九岁了……醉汉们和她一道走回家来。我要用手掩住我的小妹妹的口，使她们不哭……有谁揩干了我们的眼泪？你听见吗？早晨我要拿着那污秽的卢布……"达维多夫把他的皮革一样坚韧的手掌举得和安德烈的脸一样高，苦痛地磨着他的牙齿："……拿了我的母亲赚来的卢布，去买面包……"他突然用他的铅色的拳头敲着桌子叫道："你怎么能够可怜他们？"

又是一阵沉默。拉古尔洛夫用他的指甲挖着桌面，像一只鸟抓着它的捕猎物一样的抓住桌子，安德烈没有说话。达维多夫苦重地喘着气，在房间里一上一下地走了一会儿，于是抱着安德烈的肩，和他一道坐在一个长凳上。用一种微弱的声音，他说：

"你发疯了！你走出来叫着，'我不要干了……孩子们……可怜……'唔，刚才你的那些毁谤的话，你记得起来吗！让我们谈谈吧。你想我们驱逐富农的家族是可怜吗？再想一想吧！我们把他们驱逐是使他们不能妨碍我们建立一种生活,那种生活再没有那些……使将来不再发生这样的事。你是格内米雅其苏维埃政府当局,可是还要我来对你宣传!"他勉强地微笑着,"我们要把富农放逐,把他们放逐到白海的苏罗夫基去。他们不会死的,他们会吗?要是他们工作的时候,我们将养活他们。而且当我们把新生活建立起来的时候,他们的孩子再也不是富农的孩子了。工人阶级会再教育他们。"他从他的口袋里掏出一包香烟来,但是他的颤抖的手指很久不能拣着一支。

当达维多夫说话的时候,拉古尔洛夫的脸上流着死人一样的汗。安德烈坐在那里,眼睛一刻也不离开地望着他。现在,出于达维多夫意料以外,他很快地站起身来,而同时拉古尔洛夫好像是被跳板抛到空中一样的跳了起来。

"畜生?"他紧握着拳头,用一种锐利的低声喘息地说,"你是怎样为革命服务的?可怜他们吗?是的……你可以把许许多多的老人、女人、小孩子排成一列,告诉我为了革命的缘故要把他们捣成粉末,我可以用机关枪把他们通通扫杀。"他突然凶暴地叫着,他的张大的大瞳孔闪耀着一种狂怒,嘴角上喷着泡沫。

"呃,不要叫了,请坐下吧!"达维多夫惊讶地说。

安德烈把椅子推开,急剧地大步走到拉古尔洛夫的前面。但是玛加尔靠在墙上,头仰向后面,滚动他的眼睛,尖声地、迟缓地叫道:

"我要杀死你!"

但是他自己横倒在地上,他的左手在他的臀部旁边的空中搜索剑鞘,他的右手痉挛地摸索那眼睛看不见的剑柄。

安德烈把他抱在怀里的时候,他感到玛加尔很重的身体所有筋肉的可怕的紧张和他的两腿钢铁一样的僵硬。

"他发了痫病!你压住他的腿!"他向达维多夫叫着。

当他们三个人走到学校的时候,他们看到那里已经挤满了赴会的人。会场容纳不了想要出席的所有的人。男人、女人、女孩子挤得紧紧地站在走廊上和门口。蒸气掺和着烟草的烟从敞开着的门口流溢出来。

脸色苍白、破了的唇皮上凝结着血的拉古尔洛夫第一个走过了走廊。向瓜子壳在他的整齐的步子下面沙沙地响。哥萨克让路给他的时候，谨慎地看着他。当他们看见达维多夫的时候，他们大家偷偷地谈论着。

"那就是达维多夫吗？"一个披着彩色的披肩的姑娘，用她那包满了向瓜子的手巾指着他大声地问。

"穿大衣的那个人……看去他并不怎样地大……"

"不，但是他的身体很强壮。看吧，他的颈子好像得过奖品的牛的颈子一样！他们把他送来给我们传种的呢。"一个姑娘笑着，向他眯着她的圆圆的灰色的眼睛。

"他的肩膀不是很宽吗？我想他一定很会抱腰呢，姑娘们！"活寡妇拉达里亚摇动她的画了的眉毛，毫不害羞地说。

一个少年的粗暴的、烟坏了的声音讽刺地说道：

"凡是穿着长脚裤的人我们的自由自在的拉达里亚都要追求。"

"因此已经有人打破了他的头。他绷起来了哩……"

"也许他是牙痛。"

"不，铁推克……"

"姑娘们！可爱的！你们干吗鼓起你们的小眼睛来看一位生客呢？我会比他差吗？"一位年老的、剃得光光的哥萨克大声地笑着，用他的长手臂围着一大群姑娘，把她们抵在墙上。起了一阵尖叫。姑娘们的拳头在这哥萨克的背上擂得发出空响的声音来。

达维多夫走到教室门口的时候，他已满头是汗了。人群里发散着向瓜子油、洋葱、家制烟草和伏特加酒气的气味。从少女和少妇的身上发出发油和藏在大柜里很久的衣裳的香气。一种像无数蜂蜜一样的沉重的嗡嗡充满了学校。的确，在黑黑的、凝固的一团里沸腾着的人们正像一群蜂蜜一样。

"你们姑娘们的脸皮是很厚的。"达维多夫走上演台的时候,仓皇失措地说。演台的木板上放着两张学生用的书桌。达维多夫和拉古尔洛夫坐了下来,拉兹米推洛夫宣告开会了。稍微说了几句开会词以后,拉兹米推洛夫说:

"先请党的区委代表达维多夫同志讲演集体农场问题。"

他的声音消逝了的时候,谈话的汹涌的波浪,就像退潮一样的很快地归于沉默了。达维多夫把他头上的绷带扶正一下,站了起来。他说了半个钟头,到末了,他的声音嘶哑了。会众静默地倾听着。会场的窒塞渐渐地更加可以感触到了。在两盏灯的薄暗的光线里他可以看见前排闪耀着汗珠的面孔,但是在它们以外,一切都藏在半明半暗的微光里了。他没有被间断一次;但是当他说完了,伸手去取一杯水的时候,问题就像一阵倾盆大雨一样又密又急地降落下来:

"一切东西都要公有吗?"

"屋子怎么办?"

"集团农场只是一时的呢,还是永久的?"

"那些各自干的人怎么办呢?他们的土地会被没收吗?"

"我们要一道吃饭吗?"

达维多夫仔细地、明白地回答了他们。牵涉到困难的农业问题的时候,拉古尔洛夫和安德烈帮助着他。集团农场的法规草案诵读了,但是质问还是没有停止。最后,一个戴一顶三角狐皮小帽、穿一件敞开的羊皮衣服的哥萨克从中排座位上站了起来,要求发言。悬着的灯,把一线斜斜的灯光投射在他的小帽上,赤色的狐毛好像在燃烧、在冒烟一样。

"我的农场是一个中等的农场,"他说,"我要说的是,公民们,集团农场是一个好主意,这是没有旁的话说的,但是我们要好好地想一想!我们不能参加进去只张开口去吃那落在口里的果子。党派来的同志说我们只要联合我们的力量,我们就要得到益处。他说列宁同志也这样说过。但是代表同志不大懂得农业,我想在他整个的工厂生活中他从来没有扶过犁,而且我看从哪一方面去接近牛他也不会知道。因为这样,他的话有一点点错误。据我看,我们要人们加入集团农场应当这样:那些工作辛勤而且有牲口的人加入一个农场,穷的人加入另外一个,富裕的人又加入另外一个,而懒惰的人一定要送到政治警察局去教育他们怎样去工作。把所有的人弄到一块是没有益处的,那绝不会弄出什么结果。那会像这个童话一样:天鹅鼓动它的翅膀打算飞上天去,龙虾却用钩状的嗅觉器官拖了它回来,而梭鱼又打算把它们拖到水里去。"

会众报以一种被抑制着的笑声。后排的一个姑娘突然发出一声尖叫,于是立刻有什么人的愤慨的声音怒骂道:

"唏,你们这样不能检束吗!你们可以到院子里去互相挤着呀。滚出去!"

戴狐皮小帽的人用手巾揩了揩他的前额和嘴唇,继续地说:

"一定要像一个好的饲牛家选配他的公牛一样去选配人。饲牛家把力气和大小通通相等的牛,驾在一道。但是驾着不相配的牛,会有什么结果呢?强一点的竭力地拖,弱一点的站着不动,而且因为它,强一点的也会停止不动!那会有什么好处?这位同志说除了富农全村都得加入一个集团农场。结果会怎样呢?强的和弱的驾在一道!"

罗比西金站了起来,愤怒地抚着他的蔓延着的黑色的髭须,转向说话的人:

"你真会甜言蜜语,古兹玛……要是我是一个女人我可以坐着听你永远谈下去!"发出了一阵阵的笑声。"你向大会说话,好像大会是披拉加·古兹米曹娃一样。"大笑齐声地爆发出来。灯上摇漾着一条蛇样的尖细的火焰。全场都懂得这个多半含有淫猥的取笑的意味的引喻。连拉古尔洛夫的眼睛也浮着微笑了。达维多夫正要问他为什么笑的时候,罗比西金的喊叫淹没了一切嘈杂的声音:

"声音是你的,但是歌是人家的!像那样地挑选人对你真便当!你在隶属弗罗尔的机械组合的时候,学会这样做的吗?去年,他们拿掉了你的发动机。但是现在我们要根本消灭你的弗罗尔!你们在弗罗尔的发动机的周围也建立了一种集团农场,不过那是富农的集团农场。我想,你总还没有忘记,在打杀中你们从农民身上剥削了多少吧?每一普特,八分之一,是不是,也许你再要这样倚靠富人……"

起了这样的一阵骚扰,使得拉古尔洛夫很难恢复秩序。很久激烈的叫嚷,像是春天的雹霰一样的飞散着:

"他们用他们的组合发财了!"

"你不能用耕种机压死虱子!"

"富农拖牢了他!"

"打他一顿!"

"你可以用他的头来敲剥向瓜子。"

尼古拉伊·罗西里亚,一个不能算穷的哥萨克要求发言。

"但是不要发议论吧!问题是很清楚的!"拉古尔洛夫劝诫他。

"你怎么这样说,也许我要反对!莫非是不许我反对你的意见吗?我这样说:集体农场是一件自愿的事情。要是你愿意,你就加入,要是你不愿意,你就站在外面看。我们愿意站在外面看。"

"'我们'是谁?"达维多夫问。

"我是指那些生产谷物的。"

"你替你自己说吧,老爹。每个人都有一个自由的舌头,可以替他自己说话。"

"那么,我可以替我自己说话。我是在替我自己说话。我要看看在集体农场中将是怎样一种生活。要是生活好,我就签名;要是不,我为什么要加入?只有笨鱼才游到网里去……"

"那是对的!"

"我们等一下再加入"

"让别的人先在尝试新的生活吧!"

"高兴就来!有什么好试的?集体农场难道是什么姑娘吗?"

"这一次轮到阿夫瓦特金说话。说吧，阿夫瓦特金。"拉兹米推洛夫宣布说。

"我要对你们说说我自己的事，公民们。我和我的兄弟批奥妥，我们住在一道。但是我们合不来。起初是女人吵架，你用水也泼不开她们。她们互相扭打。这样我和批奥妥，我们不能在一道住下去了。而这里他们要把全村的人抛在一块！你们会弄得这样地乱七八糟，使我们再也收拾不了的。我们到草原里去耕种的时候我们每次都会吵架。一定会这样：'伊凡把我的牛用得太过度了，我不照料他的马。'民警一定要长期地驻在这里。有的人会工作得多一点，另外的人工作得少一点。我们的工作并不像在工厂里站在机械的旁边一样；这是两样的。在工厂里你做完了你的八个钟头就口里衔着烟斗，走了……"

"你在工厂里做过吗？"

"不，我没有，达维多夫同志，但是我知道。"

"你一点也不知道工人的事。要是你从来没有在工厂里做过，而且从来没有看见过工厂的话，为什么你要多嘴？富农才说工人口里衔着烟斗！"

"唔，就算没有烟斗吧，他做完他的工作，就走了。但是在我们，天还没有亮，你就得起来去耕田。晚上到来的时候，你所有的汗都流尽了，你的脚上起着鸡蛋大小的血泡，但是在夜里，你还要去牧牛，你不好睡觉；牛要是吃不饱，是不会拖犁的。在集体农场，我会工作得很辛苦，但是别人，比方我们的可里巴，他会在犁沟里睡觉。苏维埃政府说穷人中间没有懒人，说都是富农捏造的谎话，但那是不对的。可里巴整整的一生躺在火炉上。全村的人都知道，有一个冬天他躺在火炉上，脚伸在门口，到早晨他的腿子盖满了一层白霜，但是他的一边身子烧得像火砖一样的通红。他是这样的懒，就是要到外面去小便，他也不能够离开火炉。我怎么同一个像他这样的人一道工作呢？我不加入集体农场。"

"现在轮到康德拉脱·梅谭尼可夫发言了。说吧，梅谭尼可夫。"

一个穿灰色上衣的中等身材的哥萨克慢慢地从后排向讲演台挤去。褪了色的柏得尼骑兵队的布帽,在毛皮和三角帽上面,在女人们各种颜色的披肩和头巾上面摇摆着。他走到讲演台边,把他的背转向桌子,于是从容不迫地在他裤子的口袋里摸索着。

"打算诵读你的演说词吗?"顿姆卡·乌沙可夫微笑着问他。

"把你的帽子脱掉!"

"朗诵出来吧!"

"他把他全部的生活都写在纸上。"

"哈哈!他受过教育哩!"

梅谭尼可夫找到了他的污脏的小册子,急急地翻开潦草地写着字的书页。

"你们笑着在等我,但是你们还不要听完我的话,你们也许就要哭起来,"他愤怒地说,"是的,我把我所看到的都写下来。等一等我要读给你们听。我们已经听到了几篇讲演,但是没有一篇得到了要领。你们对于你们的生活没有怎样地想……"

达维多夫竖起他的耳朵。前排的人的面孔上可以看见微笑。声音在学校里起伏地波动。

"我的农场是一个中等农场,"梅谭尼可夫一点困惑也没有的,很有确信地说,"去年我种了五公顷地。你们大家都知道,我有两头公牛、一匹马、一头母牛、一个老婆和三个孩子。我们的劳动手——他们都是!我在五公顷的土地上收了九十普特小麦、十八普特大麦和二十三普特燕麦。我需要六十普特养家口,十普特喂家禽,燕麦要喂马。我剩下多少去卖给国家呢?三十八普特。一普特算一卢布十科比克①,你得到四十一卢布纯利。唔,我卖掉几只鸡,把鸭子拿到市场上去,于是再得到十五卢布。"于是,他的眼睛露着悲伤的神色,他提高他的嗓子:"用

---

① 即戈比,俄国辅币,1卢布等于100戈比。——编者

那一点钱我可以买靴和衣服，买石油、火柴和肥皂吗？给马钉蹄铁不要花钱吗？你们为什么一声不响？我能够这样地生活下去吗？不管好坏，只要有收成，倒还算好，但是假如我们没有收成呢？那时候我变成怎样？一个老头子！该死的，你们有什么权利说服我，叫我不要加入集体农场呢，我的生活会比现在的生活更坏吗？你说谎！而且一切中农都会把这同样的事告诉你。我马上就要告诉你们，你们自己反对这事情，而且要蒙蔽人家，是什么道理？"

"打这些畜生，康德拉脱！"罗比西金快乐地叫道。

"我会打他们的！让他们听着你们反对集体农场，是因为你们除了你们自己的母牛和你们自己的鸡笼以外再看不见什么！东西很蹩脚，但是是我自己的！共产党把你们推向一种新的生活，而你们却像瞎眼的小牛，牵它到了母牛的乳房下面，而它却踢着脚，摇着头。但要是小牛不吮吸乳头，它就不会生活下来，看到白天的光亮了。就是这样。就在今天，我要坐下来写着，我愿意加入集体农场，而且我要请其他的人照我一样做。但是那些不愿意加入的人不应当妨碍那些要加入的人。"

拉兹米推洛夫站了起来。

"事情是很简单的，公民们，"他说，"灯快要熄了，时候不早了。赞成集体农场的人请举手，只准家主投票。"

在到会的二百十七个家主中，只有六十七个举了手。

"谁反对？"

没有一个人举手。

"那么你们不愿意签名加入集体农场吗？"达维多夫问，"那么，梅谭尼可夫同志说的话是真的吗？"

"我们不愿意。"一个女人的鼻音说。

"不要拿出你的梅谭尼可夫来显给我们看。"

"我们的父亲和祖父们过的是……"

"你们最好不要强迫我们加入！"

叫声消逝了的时候,从后排,从那只有香烟头的微光照耀着的黑阁里,传来了什么人的迟迟的愤怨的声音:

"你们不能把我们像绵羊一样驱赶。铁推克叫你流了一次血,这事情可以再发生的……"

达维多夫好像被鞭子抽了一记一样的突然跳起来。在可怕的沉默中他没有作声地站了一会儿,他脸色苍白,他缺了牙齿的口半开着。于是他嘶声地叫道:

"你!刚才说话的敌人!铁推克还没有流够我的血!我还要活着看了像你这样的人通通被埋掉。如果必要,为了党,为了我的党和工人阶级的事业的缘故,我可以献出我的每一滴血。你听见吗?你这富农毒蛊所有的血,一直到最后一滴。"

"那叫的是谁?"拉古尔洛夫在他座位伸直他的身体。

拉兹米推洛夫从演台上跳了下来。后排有一条长凳轧拉地响着,约莫有二十个人的一群骚然地走到了走廊。中排座位上的许多也开始站了起来。起了一阵玻璃的乱鸣和碎裂声:有人打破了一块窗上的玻璃。新鲜的风从破洞里吹了进来,白色的蒸气像水柱一样的回旋着。

"叫的是铁推克·弗罗尔的儿子吗?"

"把他们赶出村去!"

"不,是阿金姆卡。这里有丢卜耶斯科的哥萨克。"

"捣蛋鬼!请他们流血!赶他们出去!"

半夜过了很久,大会才结束。拥护和反对集体农场的演说举行着,一直到嗓子哑了,两眼蒙眬了。这里那里,甚至于就在演说台下面,两派的人走了拢来。互相抓住衬衫的胸口,当他们争辩他们的意见的时候,康德拉脱·梅谭尼可夫的一个邻舍兼亲戚把他的衬衫一直撕裂到了肚脐那里。事情闹到差不多要打架了;顿姆卡·乌沙可夫从长凳上,从那些还坐在那里的人的头上跳过,跑去帮助康德拉脱。但是达维多夫分开了对敌者。顿姆卡马上讽刺地对梅谭尼可夫说:

"唔，康德拉脱，用你的脑子算一算吧，买你这件撕破了的衬衫要耕种几个钟头？"

"你算一算你的老婆有多少……"

"好好！你开这种玩笑，我要把你赶出会场。"

沉默的代米德安静地睡在后排的一条长凳下，像野兽一样的躺着，他的头向着那由门下面吹进来的隙间风，而且为了避免听着不必要的骚音，他的头蒙在上衣里面。带着没有织完的袜子到会的年老的女人们，像立在栖木上的母鸡一样的微微睡觉了，让她们的绳针和羊毛掉在地板上。有许多人老早离开会场。当那已经不止说过一次话的阿卡提再要演一篇拥护集体农场的演说的时候，像饿的恶狼的嘶叫一样的声音从他喉咙里爆发出来。他揉着他的喉核，痛苦地摇摇他的手。但是他抑制不下他的感情，于是，在他站着的地方坐了下来。他沉默地指示给那集体农场的激烈的反对者尼古拉伊·阿夫特金看，在完全集体化了以后，他会怎样。他把一个烟草熏坏了的拇指甲按在另外一个拇指甲上，像轧虱子一样，尼古拉伊仅仅吐了一口水低声地在咒骂着。

第十章

当康德拉脱·梅谭尼可夫离开会场的时候,北斗星正在他的头上静静地燃着她们那永不会消灭的火焰。夜是这样的寂静,使那大地冻裂的音响和冰冻的树枝的沙沙的声音,可以在远远的地方听见。当他们到了他的小屋,康德拉脱走过院子,走到公牛那里,拿了一小包干草放进它们的秣槽里。但是,想起明天他要把它们赶到公牛牛栏里去的时候,他又加了很大一捆干草,大声地说:

"唔,我们要分别了……过来一点吧,秃头!我们工作了四年,哥萨克为着牛,牛为着哥萨克。没有一点意思,你总是半饥半饿的,而我也并不好多少。这就是我要拿你去换公共生活的道理。喂,你张开口做什么,好像你真正懂得我说的话一样?"他用脚推着那头有斑纹的公牛,用他的手扶转它那咀嚼着的、流着口涎的口。当他的眼睛碰到那畜生的丁香花色的眼睛的时候,他突然想起了约莫五年以前他是怎样地等待这只公牛的降生。老母牛是这么悄悄地和种牛交了尾,康德拉脱和牧夫都没有看见。而且那年秋天,很久很久它还是没有露出干了什么秘密的事的样子。"她不能够生育了,诅咒她!"康德拉脱看着它的时候,心里冷了,这样地想着。但是像一切老的母牛一样,在分娩以前一个月,在十一月的末尾它开始露出了怀孕的模样。在降临节末尾的许多寒冷的晚上,康德拉脱是怎样地像有什么人轻触着他一样常常地醒来,穿着他的毡靴,而且只穿着衬裤,跑到温暖的牛栏去看它是不是已经分娩了。那一年非常冷,小牛在它的母亲来不及把它舔干净的时候,就要冻死。到斋戒节的末尾,康德拉脱差不多完全没有睡。于是,一天早晨,他的老婆安娜快乐地、差不多是胜利了一样地走了进来说道:

"老女人已经发作了。今天晚上一定会产下来。"

那一天晚上康德拉脱没有脱衣,躺在那里,也没有吹熄灯笼。他七次走到母牛那里!直到第八次,正在黎明以前。当他打开通到牛栏的小门的时候,他听到了一种深深的痛苦的呻吟,他走进去,看见母牛正在产胞衣,而一头小小的、多毛的、白鼻子小牛,已经干净了,而且在可怜地颤抖着,用它的湿冷的唇皮在寻找它母亲的乳头。康德拉脱急急拿去了胞衣,提防它吃它,因为他和一般人一样地相信,要是它吃了胞衣,它的牛乳有十二天不能够饮用。于是他把小牛抱在他怀里,用他的呼吸的暖气温暖它,用他的上衣边幅包着它,他带着它跑进屋里。

"一小公牛。"他快活地叫道。

安娜划着十字。"感谢上帝!"她说,"仁慈的上帝晓得我们困难。"

的确,只有一匹可怜的小马的康德拉脱是困难极了的,这头公牛长大了的时候,会替康德拉脱很好地工作着,在夏天,在冬天的冷天气,它拖着车或犁,它踏着分开的蹄子,在路上和耕地上来回过无数无数次。

当他望着这公牛的时候,康德拉脱突然感到他的喉咙里有一种急迫的感觉,眼睛辣辣地疼痛。他哭起来了,于是好像眼泪使他减轻了一点痛苦一样,他离开了牛舍。整个的晚上,他没有睡觉,只是躺着在吸烟。

"集体农场将来会怎样呢?他们都像我一样的感到而且懂得这是唯

一的出路，是不能后退的吗？把这和我的家庭一道，在小屋里的土地板上长大起来的瘦小的动物交给生人，这是痛苦的，但是不管这是怎样的痛苦，还是要做吗？这种为着我自己的财产的可羞的懊恼应当压碎，应当不让它抓住我的心！"康德拉脱躺在他的打着鼾的老婆的旁边，用那看不见东西的眼睛凝视着夜的深浅，这样地想。于是他又想道："但是我们把羊和山羊放在哪里呢？它们需要一个温暖的小屋和许多的照料。它们的样子都差不多的时候，怎样区别它们呢？它们的母亲和人们都会把它们混杂起来。母牛呢？怎样去喂它们？我们会损失多少？而且假使一个礼拜以后，为了怕困难，大家又要离开农场的时候怎样呢？那样一来，我只有到山里去，永远离开格内米雅其村。我将没有什么靠着生活下去的东西了。"

在快要天亮的时候，他睡着了。但就是在梦里，他也感觉到情形是困难而又繁重的。康德拉脱接受集体农场的原则是很不容易的。带着眼泪和血，他扭断了把他和财产所有权，和他的牛、他自己的一块田地联系着的脐带。

第二天，早餐以后，他坐在那里很久，皱着他那被太阳晒黑了的前额，在写请求书。请求书这样写着：

格内米雅其共产党支部的玛加尔·拉古尔洛夫同志：
请求书。
我，康德拉脱·克里斯托夫·梅谭尼可夫，一个中农哥萨克，请求携带我的老婆和小孩、我的财产和我的一切家畜，加入集体农场。我请求你让我参加我所完全同意的新的生活。

K·梅谭尼可夫

"你加入吗？"他的老婆问。
"是的。"

"你把牲畜带去吗？"

"我马上带走。唔，你大声地叫干吗，你这蠢东西？我和你谈过，为你花了许多时间，而你还是依恋旧生活，不是吗？你自己同意了的。"

"我不过是挂念着母牛，康德拉脱，我同意。只是这事使我心痛，"她说着，浮着微笑，用她的围裙揩着眼泪。她的四岁大的女儿，克利斯推西卡，也像她的母亲一样的哭了。

康德拉脱套好了马，把母牛和公牛牵出牛栏，赶它们到河边去喝水。牛向家里走回来，但是康德拉脱沸腾着愤怒，骑着马拦住它们，赶它们向村苏维埃走去。

女人们从她们的窗上公然地望着他，哥萨克们没有走到街上来，从篱笆那面望着他。康德拉脱一阵厉害一阵地感到不快。但是他转过弯去的时候，他看到苏维埃外面有一大群牛、马和羊。这好像一个赶市的日子。罗比西金从侧面小路上牵出一头用绳子缚着角的母牛。后面急剧地跟着一头有一根绳子在颈上垂摆着的小牛。

"让我们把它们的尾巴系作一道，把它们并排地赶着走吧。"罗比西金竭力想说笑，但是他自己显然在出神，而且很严峻。他经了不小的困难，才把母牛带出来，他的脸颊上的新的伤痕就是证据。

"谁抓伤了你？"康德拉脱问他。

"我不愿意掩饰我的罪恶！是我的老婆抓伤的，这鬼婆娘扑在母牛身上，"罗比西金把他的胡子尖插到口里，于是从他的整齐的牙齿间他愤愤不平地加着说，"她像一辆坦克车一样的进攻我。我们在院子里打得这么凶，我的所有的邻舍一定通通知道了。你也许不会相信，她竟拿起了一烧菜用的平锅来打我。'噢，'我说，'你要打一个赤色游击队员，是不是？我们曾经痛打过将军们。'我在她的太阳穴上打了一记。有人在外面望着我们。我想他们一定快乐地鉴赏了这一出戏……"

他们从村苏维埃出发向铁推克的农场走去。在早晨，有十二个中农哥萨克，考虑了一夜以后，带来了他们的要求加入的请求书，而且把他们的家畜赶出来了。

拉古尔洛夫得着两个木匠的帮助，砍伐了许多赤杨来建造畜舍，这是格内米雅其村最初的公共畜舍。

第十一章

　　康德拉脱花了很久的时间才用一把鹤嘴锄掘开了冰冻的地面，替畜舍的支柱掘了许多。罗比西金在他的旁边工作。他的面孔燃烧着，从那像乌云一样的垂在他的前额上的黑色的毛皮帽的下面，汗珠倾泻着。他的嘴巴张开，猛力地挥着锄头，冻土的土块向上面和周边飞迸，像枪弹一样的打在墙头上。畜舍匆匆地造成了，于是五十六头牛，由委员会估定了价值以后，赶进了牛栏。拉古尔洛夫，他的茶褐色的衬衫粘在他的潮湿的肩膀上，跟着它们走进了牛栏。

　　"你仅仅少许挥了挥锄头，而你的衬衫就可以绞出水来了！你成了一个可怜的工人，玛加尔，"罗比西金摇摇他的头说，"看我是怎样地工作！碰，砰！铁推克的这把锄头真好！快把你的毛皮上衣穿上吧，不然你要受凉的，再其次就要你丢命。"

　　拉古尔洛夫披上他的上衣。他的两颊上的红潮慢慢地退了。

　　"这是因为毒瓦斯的缘故，"他回答说，"我只要做一点事，或者爬一个小山，我就要开始喘气，我的心脏就要怦怦地跳。那是最后一根盘马的柱子吗？好极了！看，我们已经有了怎样大的一个产业呀！"他用他的燃烧着的、闪耀的眼睛扫射着排列在发出新木香味的新畜舍的前面的一长列公牛。

当他们把母牛配置在露天畜舍的时候，拉兹米推洛夫和顿姆卡·乌沙可夫走来了。安德烈把拉古尔洛夫叫在一边，握着他的手臂。

"玛加尔，老朋友，"他说，"昨天的事情，不要生气了。我听到孩子们哭的时候，我想起我自己的小孩，这使得我有点痛苦。"

"你这鬼！你活该痛苦，你这圣徒！"

"唔，一切都过去了。我从你的眼睛里知道你不再对我生气了。"

"呵，别啰唆了吧！你到哪里去？我们要拿点干草来。达维多夫在哪里？"

"他在苏维埃和阿加西卡一道检阅请求书。我要去……我还有一个富农的农场没有动手。绥明·拉普西洛夫的……"

"你回来的时候，不会又像昨天那样吧？"拉古尔洛夫微笑着。

"别说了吧！我可以找谁一道去？这样地忙乱，像在战争当中一样，一切都颠颠倒倒。牵牲畜，拿干草！有人已经把种麦拿来了。我叫他们拿回去了，我们以后要处理种子问题。我可以叫谁去帮助我？"

"叫康德拉脱·梅谭尼可夫去吧。康德拉脱到这里来和主席一道去没收拉普西洛夫的农场。你不害怕吗？有许多人不愿意，他们都很有良心，像铁摩菲·波西奚夫一样！他们匍匐在富农的脚边一点也不犹豫，但是谈到要他们拿回他们抢去的东西的问题的时候，他们有了良心了。"

"不，我为什么不去？"康德拉脱回答说，"我很愿意去。"

顿姆卡·乌沙可夫同了康德拉脱和安德烈一道去，他们三个人走到了街道上。拉兹米推洛夫看了看康德拉脱问道：

"你为什么不快活？你应当快乐；看这村庄是怎样地有生气了，正好像什么人扰动了一个蚁塚一样。"

"还没有什么使人快乐的。困难正多着。"康德拉脱冷淡地回答。

"怎样见得?"

"播种,照料家畜。就是刚才我还看见三个人在做工,十几个人却坐在篱笆下面,吸烟……"

"他们都会工作的!这不过是开始。没有东西给他们吃的时候,他们会少吸点烟的。"

在路的转弯的地方,他们发现一辆橇子横倒在地上,一堆散乱的干草堆在它的一边,扣押装载的货物的直柱被拆断了。两头公牛卸了挽具,正在咬那从雪里露出来的鲜丽的、青青的茅草。一个参加了集体农场的哥萨克绥明·古金可夫的小儿子正在拿着一把三叉草耙慢慢地把干草耙拢。

"嘿,你为什么像个死人一样的工作?我在你这样的年纪,我的精力足极了。你那是工作的样子吗?来,把草耙拿给我!"顿姆卡·乌沙可夫从微笑着的少年手里把干草叉夺过来,于是喘了一口气,把整整的一堆干草挑起在草叉上。

"你怎样把橇子掀开了的?"康德拉脱看着车子问道。

"下山的时候碰在什么东西上面。你看不出它是怎样翻倒的吗?"

"唔,跑去拿一把斧头来。去向多内兹可夫家借一把。"

三个人把橇子扶到滑板上,重新做了几根直柱,嵌进臼穴里,于是顿姆卡灵巧地把干草叠在橇子上,用草耙把它弄齐整。

"古金可夫,古金可夫!"他责骂那少年,"你的厚皮子该打一顿,打得你叫也叫不得。你看让牛践踏了多少干草!你应当拿一束干草,把牛牵到篱笆边上去,让它们吃。谁会让它们像这样地荡来荡去呢?"

少年笑起来,赶着牛走,他走的时候说道:"干草已经不是我们的了,是集体农场的。"

"你们看到过这样的畜生吗?"顿姆卡用那斜到两边的眼睛看着康德拉脱和拉兹米推洛夫,于是不愉快地骂着。

当他们编制财产目录的时候,约莫有三十来个人聚集在拉普西洛夫的院子里。大部分都是邻近的女人，里面只有很少的几个哥萨克。当那生着楔形颚须的、高高的、白发的拉普西洛夫被他们劝请离开屋子的时候，涌进房间去的群众中间起了一阵怨声，有人喃喃地说：

"是的，但是为什么要他这样？他积蓄又积蓄，现在他们把他抛到草原里。"

"这是一件凄惨的事……"

"你为他感觉到难过吗？"

"痛苦总归是痛苦，谁都感觉到。"

"他好像不大愿意，但是在旧制度下面，为了偿还他一宗借款，他掠夺了推里福洛夫的所有一切，那时候，他没有想一想推里福洛夫愿不愿意。"

"他叫唤得怎样凶呀！"

"他活该，这个胡子老山羊！他们在他尾巴下面束了一把火。"

"罪过呵，拿人家的不幸来开心。你们自己总有一天会遭受的。"

"我们怎么会？我们全部所有，不过一堆石头。你不会靠石头发财的！"

"去年夏天，我借他的收割机用了两天，他剥削了我十个卢布。那有什么良心？"

拉普西洛夫在村里早就被人看作财主。大家知道，在大战以前，他就有了不少的财产，因为老头子从来不鄙弃放高利贷和偷偷地收买赃物的事情。有一个时候，发生了不绝的流言，说偷来的马关在他的马厩里。有时候，常常是在夜里，有吉卜西马贩来访他。人们这样说，马匹经过了拉普西洛夫多节的手，从大路上赶到查利金、搭干罗格、乌留宾斯基去。村里的人都毫不怀疑地知道，在从前，他一年两三次跑到区镇上去，用纸卢布去换金卢布。一九一二年，有人想在路上拦截他，但是拉普西洛夫，他是一个强有力的、不顾死活的老头子，仅仅用一根短棍打开强盗，逃跑掉。他太狡猾，很难捉住：有一次他在草原里偷人家的禾堆被人家捉住了，但是那是在他年轻时节。当他老了的时候，他对于人家的财务采取这样一种简单的态度，他拿他可以拿得到手的任何东西。他是这样的悭吝，他在教堂里的尼古拉·米里基斯基圣像的前面点一支一个铜板的蜡烛。刚刚点燃，他就要去把它吹熄，划着十字，于是把蜡烛插进他的口袋里。那样小小的一支蜡烛，他要点一年。要是有人责骂他这样吝啬、这样怠慢上帝的话，他回答道："上帝比你聪明，你傻瓜！他需要的不是蜡烛，而是尊敬。上帝没有要我浪费的道理。他甚至于在教堂里用鞭子打过商人。"

拉普西洛夫非常平静地接受着没收他的财产的消息。他没有什么害怕的。一切贵重的东西早就藏匿了，或者送到了可靠的人的手里。他帮着规制他的财产的目录，他对他的哀哀哭泣的年老的妻子威吓地跺着脚，于是过了一会，柔顺地说道："不要哭泣，母亲！主会注意到我们的受难的，仁慈的主看到一切。……"

"但是他没有看到你把那件新羊皮上衣藏到哪里，他看到吗？"顿姆卡用一种严肃的语调，模仿着拉普西洛夫的声音问着。

"什么羊皮衣？"

"上一个礼拜天你穿着到堂里去的那一件。"

"我并没有穿新羊皮衣。"

"你穿了的，但是现在你把它藏到什么地方去了。"

"当着上帝的面前，我告诉你，我从来没有新羊皮衣，顿姆卡。"

"上帝会责罚你的，老头子！他会教训你的！"

"凭着基督的名，我告诉你，你错了。"拉普西洛夫在身上划着十字。

"你正在替你的灵魂造着罪恶。"顿姆卡斜着眼看着人群，竭力地使女人们和哥萨克们发笑。

"我在上帝的前面是没有罪的，我发誓。"

"你藏起了羊皮衣！在末日审判的时候你要受罚的！"

"什么，为着我自己的羊皮衣吗？"拉普西洛夫失口地说。

"为了你藏起了它，你要受罚。"

"你想着上帝有着像你的心肠一样的心肠吗，你这胡说的家伙？他再也不愿意管这样的事。我没有羊皮衣。你们嘲弄一个老头子，在上帝和人的面前，你们应当害羞。"

"但是我借了你两斗粟去播种，你要我还了三斗，你不觉得害羞吗？"康德拉脱问道。他的声音很低，有一点点嘶，在大家的骚扰中，差不多不大听得见，但是拉普西洛夫用一种年轻的快捷转身向着他：

"康德拉脱！你的父亲是一个有价值的人，但是你……单单是想念起他来，你也不应当造孽！在圣书里这样写着：'不要打一个倒了的人。'但是你怎么样？什么时候我要你两斗还了三斗，上帝做什么的？他看到一切。"

"他希望我们把粟子白白地给他，这个破裤子邪教徒！"拉普西洛夫的老婆用一种凄惨的声音叫着。

"不要哭泣，母亲！主受了难，他叫我们受难。他戴着一顶紫荆冠，流着血泪。"拉普西洛夫用他的衣袖揩干了他自己的一点点浑浊的眼泪。女人们停止了她们的骚扰，叹息着。拉兹米推洛夫写完了，于是严峻地说："唔，拉普西洛夫老爹，出去。你的眼泪并不怎样可怜。你在年轻的时候，害了许多的人，现在，不要上帝的帮助，我们自己来和你算账。滚出去！"

拉普西洛夫把他的三角帽戴在头上，手挽着他的口吃的、呆头呆脑的儿子，离开小屋。群众紧紧地跟着他。在院子里，老人把他的毛皮短褐的边幅，布在雪上，跪了下来。他在他那有着深深的皱纹的前额的前面划着十字，向四面叩头。

"快走！快走！"拉兹米推洛夫命令着。但是群众开始低低地发出嫌厌的声音，于是可以听到这样的叫唤：

"无论如何得让他向他自己的下场告别！"

"不要傻吧,安德烈!一个一只脚已经踏进了坟墓的人,而你……"

"依照他生平,他早应当两只脚爬进坟墓去了。"康德拉脱叫着。教堂看管人老格拉底林回答他道:

"巴结政府吗?像你这样的人应当抽一顿鞭子。"

"你老狐狸,我要打你一顿,打得你认不到回家的路。"

拉普西洛夫叩着头,划着十字,于是,使一切的人都听得见地,高声地说,打动着容易受感动的女人们的心:

"别了,正教的信徒!别了,亲爱的亲戚!愿上帝保佑你们健康……去享受我的财产。我生活着,我正直工作着,我……"

"收买赃物。"顿姆卡从门口提醒他。

"我们辛辛苦苦地去赚我们的面包……"

"毁灭别人,收取高利,甚至于偷!供出来吧!你老家伙,你应当被扼着喉咙,把你的头在地上碰。"

"去赚我的每天的面包,我说,现在在我的老年……"

女人们开始啜泣,把头巾的边扯到她们的眼睛上。拉兹米推洛夫正要去把拉普西洛夫扶起来,把他推出院子,而且正要说"你不要在这里煽动,你……"的时候,顿姆卡正靠在栏杆上的门口突然起了一阵骚扰。拉普西洛夫的老婆从厨房里跑了出来;一只手提着装了一窠鹅蛋的篮子,另外一只手抱着一只被雪和太阳眩花了眼睛、静静地躺着的鹅。顿姆卡毫不费力地夺下了她的篮子,但是老女人用两只手紧紧地抱着鹅。

"放手,你这贱东西,放手!"她叫着。

"鹅现在属于集体农场。"顿姆卡抓住鹅的伸长着的颈子,大声地说。

女人抓着鹅的腿。他们互相朝反对的方向拉着,在门口彼此猛力地拖。

"还我,斜眼睛!"她尖声地叫着。

"我偏不。"

"放手，我说！"

"这是集体农场的鹅，"顿姆卡喘着气叫，"到春天它会给我们孵小鹅，滚吧，老太婆，要不然我要踢你的肋骨了。你们已经吃够了鹅……"

披头散发的女人垂着口水，她的穿着毡靴的脚牢牢地抵住门槛，把鹅向她的身边拖。开始的时候，鹅还昏迷地叫着，但是现在沉默了，显然是顿姆卡扼住了它的喉头。但是它狂暴地撑着它的翅膀，白色的柔毛和羽毛，雪片一样地在门口飞旋着。再过一会儿顿姆卡似乎就要胜利，就要把半死的鹅从女人的多节的手里夺过来了。但是那时候鹅的脆弱的脖子的关节轻微地垂着，于是从它的身躯上分开了。女人的衣裙飞扑在她的头上，轰然地从门口倒下，她的身躯沉重地在每一级台阶上碰着。顿姆卡惊讶地叫了一声，两手紧紧拿着鹅的头，倒在正放在他的背后地板上的篮子里，把快要孵化了的鹅的蛋压得稀烂。一阵巨大的笑声，把屋顶的冰柱震落了。拉普西洛夫站了起来，戴上她的帽子，愤怒地用手臂挽着他那流着口水、漠不关心的白痴儿子，拖着他差不多用一种奔跑的步子跑出了院子。因为愤怒和痛苦，脸变黑了的他的老婆爬了起来。拂去了她的衣上的尘埃以后，她伸手去捡起那还在台阶上扭动着的，没有脖子了的鹅。但是在门口台阶旁边徘徊着一只黄褐色的波佐伊种猎狗，看见鹅的头上迸出鲜血，它的毛竖了起来突然一跳，就在女人的鼻子下面，攫住了鹅，于是拖着它绕着院子跑，引得小孩们吹着口哨，大声呼喊。

顿姆卡把那用一只永远惊奇的橙黄色的眼睛依然凝视着世界的鹅头向那女人的背后抛去，走进了屋里，有很久的时候，杂谈喧笑和骚扰的声音在院子里、在街角上荡漾着，惊跑了枯树树枝上面的麻雀。

第十二章

　　格内米雅其村的生活颠倒了；它好像一匹刚烈的马在一个障碍物面前竖立起来了一样。在白天，哥萨克们聚集在小路上、小屋里争辩着，讨论着集体农场的事，发表他们的意见。四天中继续地在每天晚上举行集体会，每天继续到鸡鸣。

　　在那些日子里，拉古尔洛夫变得好像生了一场长久的、危险的疾病一样的消瘦了，但是达维多夫还是保持着他那种沉着的外貌，不过他的嘴唇以上的两边脸颊上的深深的刚愎的皱纹，比以前更加显露了。对于照例很容易动火、很容易卷入无谓的惊惶的拉兹米推洛夫，他设法渐渐地取得了他的信任，他的易怒的眼睛里浮着充满了确信的微笑，在村里走着，察看着公共的畜舍。向那在管理委员会还没有选举出来以前被派去管理集体农场的阿卡提，他常常说道：

　　"我们给他们看！他们都会加入农场的！"

　　达维多夫派了一个骑马的差人到区委会去报告他们，那时候，还只有合格的人们中的百分之三十二，加入集体农场，但是要其他的人加入的工作正在以一种突袭的速度继续着。

被逐出他们自己的住屋的富农们，寄居在他们的亲戚朋友的家里。弗罗尔把他的儿子铁摩菲立即送到地方检察官那里去了以后，他和他的朋友，那个在贫农会议上不愿意投票的波西奚夫同居着，于是在波西奚夫的狭小的两个房间的小屋里，比较活动的富农们开始聚集了，在白天，他们常常一个一个或者两个两个地，抄着后路，从打猎场走进小屋去，这样来避免人家听或看见，或是引起苏维埃当局的注意。到这里来的有大卫·格雅夫，有那被放逐了以后变成一个"基督的乞丐"的残忍无情的老骗子拉普西洛夫。有时候，雅可夫·洛济支·阿斯托洛夫罗夫走来探着形势。有许多坚决地反对集体农场的中农，像尼古拉·刘西尼亚一样的人，也常常来访问这个富农"参谋本部"。贫农，除了波西奚夫以外，还有两个：一个是瓦西里·阿丹曼查可夫，他很高，没有眉毛，老是沉默着，秃头像鸡蛋一样，面孔修饰得十分光洁；另外一个是尼基塔·诃普洛夫，他是以前禁卫军炮兵中队的炮兵，和坡德奚可夫同在一道服务，内战期间，他常常逃避军役，但是在一九一九年他却参加了卡米克白军上校阿西推莫夫的讨伐队。而这个就决定了诃普洛夫在苏维埃制度下面整个的生活前途。在格内米雅其去的三个人雅可夫·洛济支·阿斯托洛夫罗夫和他的儿子，和老拉普西洛夫，一九二〇年在古西奚夫卡退却的时候，看见诃普洛夫在阿西推莫夫的部队里，佩一个伍长的白色肩章，带着三个卡米克的哥萨克把三个从古西奚夫卡铁路机关库逮捕来的工人押到阿西推莫夫去受鞫讯。他们看见了他。……诃普洛夫，当他从罗华洛西斯克回到格内米雅其，知道阿斯托洛夫罗夫和拉普西洛夫看见了他的时候，他遭受了多少牺牲呵！这位胸脯很宽的骑兵，在对反革命的残酷制裁的几年间，曾经忍受着怎样的恐怖呀！当任何马匹在钉蹄铁的时候，他可以抓住它一只后腿上的蹄子，叫它不动，但是当他碰到狡猾地微笑着的拉普西洛夫的时候，他像被寒霜浸打着的过时的橡树叶子一样的战栗着。他怕他比怕任何人都要厉害。他每次碰到他

的时候,他总是从他那麻痹的嘴唇里嘶声地说:

"老伯伯,不要让一个哥萨克的灵魂毁灭吧,不要告发我!"

而拉普西洛夫总是用一种故意装作的愤怒叫他安心:

"什么话,尼基塔!上帝保佑你!什么,我的胸口不是佩了一个十字架吗?救世主教训了我们:'怜悯你的邻人同怜悯你自己一样。'你想也不应当想,我会告你,要是我说谎,你割我的喉管。我不是那一种人。不过,你要援助我,要是……也许,在会议上,什么人会反对我,或者政府要攻击我。……必要的时候,你要保卫我。……'有施必有报',你知道……那些拿着刀的人一定要死在刀下。不是这样吗?还有一件事:我要请你来帮助我耕田,上帝赐给我一个稍许有神经毛病的儿子,他不中用。而雇一个人又花费很大。"

尼基塔·诃普洛夫一年一年地"帮助"拉普西洛夫,替他耕田,替他收割和搬运,把拉普西洛夫的小麦在拉普西洛夫的打谷机上打好。以后他回到家里,坐在桌边,他的生着大束姜色胡须的面孔埋在他的铁一样的手掌里,想道:

"这事情要继续多少时候?我要杀死他!"

雅可夫·洛济支不用要求去逼迫他,而且从来也不去威吓他,因为他知道,如果他要向诃普洛夫不仅是要求一瓶伏特加酒,甚至于要求大量的别的什么的时候,诃普洛夫是不敢不答应的。但是雅可夫·洛济支常常同他喝一瓶伏特加酒,而且老是这样地说:"多谢你款待我。"

"我希望酒把你呛死!"诃普洛夫总是这样地想着,在桌子下面愤怒地捏着他的重重的拳头。

波罗夫则夫还是住在雅可夫·洛济支的家里,他睡在雅可夫的老母亲以前睡觉的小房间里。她移到了厨房里的火炉顶上,而在她的房间里,波罗夫则夫躺在短榻上,两只赤着的脚伸去抵在火炉的暖热的背面,差不多没有停息地吸着烟。在晚上,他在人都睡了的房子里四围走动。没有一扇门发出轧拉的声响,因为每一个枢纽上都小心地涂了鹅油。有时候,他会把它的毛皮短褐搭在肩膀上,熄了香烟,走去看那藏在谷壳仓里的他的马匹。长久地站在那里的马会用一种颤动的、低沉的嘶声欢迎着他,好像它知道了现在不是大声地表露它的感情的时候一样。它的主人会用手抚着它的全身,用他那刚强的、钢铁一样的手指摸着它的腿关节。有一次,在一个特别黑暗的晚上,他从仓里牵出他的马,骑着跑到草原去。在快要天亮的时候,他回来了。马湿得好像用汗水洗了一个澡一样,它的横腹鼓胀着,它带着一种苦重的、不常见的战栗,抖动着。在早晨,波罗夫则夫对雅可夫·洛济支说道:

"我到了我的镇上,他们在那里找我。哥萨克准备暴动,只等着命令。"

当格内米雅其居民被召集去开第二次全体大会讨论集体农场问题的时候,雅可夫·洛济支在他的指使之下,向大家要求加入,他的明敏的、实际的演说,使达维多夫感到难于表现的快乐,而且因为在村里很有权威的洛济支声明加入以后,立即有三十一个请求书递了进来。

在会议上关于集体农场,洛济支说了一句漂亮的话,但是第二天,他走过各家,用波罗夫则夫的金钱款待那些反对集体农场的可靠的中农,虽然他自己仅仅喝了一点点酒,他说的话完全两样了。

"你是一个傻瓜,朋友,"他说,"加入对于我比对于你切要得多,我不敢反对。我的境况还好,我很容易被他们当作富农赶出我的农场。但是你为什么要加入呢?你看不见那重担吗?在集体农场里,他们会把你的头朝下面缚着,使你永远地看不见太阳。"于是他开始低声地重复着他已经暗记着的教训:一个暴动快要起来了,在集体农场,女人会公有。而且要是他的听众表示顺从,愤怒地愿意牺牲一切的时候,他就诱骗、恳求,用那种当"我们的人"从外国回来的时候会要报复的话来威吓,终于达到了他的目的:回去的时候,他约了他加入"同盟"。

一切都顺利地进行着。雅可夫·洛济支招募了三十多个哥萨克,严格地嘱咐了他们不要和任何人说到他们已经是"同盟"的盟员或者他们和他的谈话。但是一天晚上他偶然走到富农"参谋部"去完成他的招募。他和波罗夫则夫对于被放逐的富农和他们周围的人们有一种不能动摇的希望,而且把他们留在最后,想着要求他们的支持是够容易的事。但是在那里他碰到了最初的挫折。他用大衣包裹着身体,在黄昏以前他到了波西杰夫的屋子里。没有人住的居室烧着一个火炉。他看见所有的富农都已经聚集在那里。房东铁靡菲·波西杰夫跪着在把砍细的柴片投进火炉。在长凳上,在那堆积在一个角落里,有着像圣乔治十字勋章的绶一样的黑色和橙色的条纹的南瓜堆上,坐着弗罗尔、拉普西洛夫、格雅夫、尼古拉·刘西尼亚、瓦西里·阿丹曼查可夫和炮兵诃普洛夫。弗罗尔的儿子铁摩菲,背对着窗,站在那里。他就是在那一天从区镇上回来,正在诉说检察官对于他的严厉的对待,检察官没有考虑他的控诉,却要逮捕他,把他送到区上去。当洛济支进去的时候,铁摩菲渐渐地沉默下来,但是他父亲激励地说:

"他是我们中间的一个,铁摩菲。你用不着怕他。"

"世道是这样的坏,如果有什么组织加入的话,我愿意骑着我的马,去流共产党徒的血。"

"这是一个艰难的时世,艰难的时世,"雅可夫·洛济支同意地说,"但是如果就只是这样,我们还得感谢上帝……"

"但是还有更坏的事吗?"弗罗尔不平地说,"他们没有触动你,你够舒服了,但是他们已经吃掉了我的面包。你和我在沙皇时代,差不多过着同样的生活,现在你一切都好,而我连最后一只毡靴都被抢去了。"

"我不是在想着那样的事。我害怕有别样的事会发生。"

"会要发生什么别样的事?"

"战争,也许。"

"但愿这样!胜利的圣者乔治会保佑我们!但愿现在就来吧!福音书上这样地写着……"

"我们要像维奥辛斯卡的人在一九一九年一样,拿着短棍干起来。"

"我要活活地挖出他们的肠子……"

阿丹曼查可夫，在内战的时候，他的喉咙受了伤，因此，他的声音像牧笛一样的细而不清楚，他这样地说：

"人民完全变得像魔鬼一样，他们用他们的牙齿来咬人。"

雅可夫·洛济支谨慎地暗示着，邻近的区域已经显露着不稳，有些地方，人民已经在用哥萨克的方式教训共产党，好像他们从前教训那些结纳莫斯科人讨厌的哥萨克首领一样——他们的被教训是够简单的。人民在他们的头上套着袋子，把他们抛到水里去。他低低地、很有节度地说着，考量着每一句话。他顺便地提到，北高加索地方到处都很不安，在顿河下流区域，女人已经公有了，共产党最先和别人的老婆公开地睡觉，而在春天会有外国军队侵入。他说，这些事情是上一个礼拜在格内米雅其过身的他一个军官朋友，他的一个联队里的同伴告诉他的，只有一件事雅可夫·洛济支瞒着了，就是这个军官还藏在他的家里。

一直到现在还没有说话的尼基塔·诃普洛夫问他道：

"雅可夫·洛济支，把这个告诉我们，假使我们真的暴动起来，杀掉我们这里的共产党，以后怎样？我们可以对付民警，但要是从铁路上派了兵来呢？谁领导我们去反对他们？我们没有什么军官，我们都是没有知识的人，看着天上的星我们才认得路。但是在打仗的时候，兵士是不乱动的，他们勘察着道路和地图，参谋部拟好计划。我们有很多的手，我们却没有头。"

"我们也有头，"雅可夫·洛济支激怒地向他保证，"军官们会出来的。他们受的训练比红军司令还要好，他们是从军官学校出身去做司令官的。他学习高尚的科学。而红军有些什么司令官呢？拿我们的玛加尔·拉古尔洛夫来讲吧。他可以杀人的头，但是领导一个中队他有半点用处吗？绝没有。他晓得看地图吗？"

"但是军官从什么地方来？"

"女人养出他们来，"雅可夫·洛济支变得不耐烦了，"做什么，尼基塔,你好像一个粟子壳吊在羊毛上一样的吊着我。'从什么地方来?''从什么地方来?'我怎么知道他们从什么地方来呢?"

"他们会从外国来;当然,他们会来的。"弗罗尔引起了希望,预尝着叛乱和复仇的流血的快味,他满足地张大着他的那个完整的鼻孔,喧哗地吸着充满了烟雾的空气。

诃普洛夫站起来,用他的脚踢开了一只南瓜,于是抚着他的大束的姜色胡须,动人心意地说道:

"也许会那样吧……但是哥萨克现在渐渐地有了见识了。上一次暴动的时候,他们遭受了残酷的惩罚。他们不会反叛了,古班不会响应……"

雅可夫·洛济支的白色胡须里浮着微笑,说道:

"他们会大家像一个人一样的暴动起来!整个的古班会燃烧起来。斗争就是这种样子的,一会儿你被压在下面,背胛骨紧贴着地,不久你就要翻身骑在敌人的上面,把他压碎。"

"不,兄弟们;随便你们怎样说,我不赞成这件事,"诃普洛夫说,因为他的决心,他冷了下来,"我自己不要去反叛政府,而且我也不劝别人这样做。你怂恿人家去干这样的事是没有用的,雅可夫·洛济支。在你那里过夜的军官是一个陌生人,是不可靠的。他把泥水搅起来,于是自己走开了。但是我们却要再去喝它。在上一次战争当中,他们叫我们去反对苏维埃政府,他们在哥萨克的肩头上缝上肩章,使他们成为半生不熟的军官。但是他们自己留在后方,在参谋部里,同那些生着细长的腿子的年轻的姑娘们作乐。算账的时候,是谁还了大家的孳账,你记得吗?在罗华洛西斯克的码头上,红军杀卡米克人的头的时候,军官和其他上流社会的人们已经上了开到温暖的外国去的轮船了。一切顿河地方的军队像一群羊一样的被赶到罗华洛西斯克,但是将军们呢?嘿!不错,有一件事情我要问你。在你家里睡了一晚的那位'大人'——还藏在你的家里吗?我看见你不止一次地提一桶水走到谷壳仓里去。'洛济支提水到那里去干吗?'我想,'那里有什么东西要喝水呢?'于是当我留心去听的时候,我听到有一匹马在嘶叫。"诃普洛夫看着阿斯托洛夫罗夫的面孔变得和他的白色胡须一样地白,他暗暗地感到满意,房间里大家都有一种惊恐和不安的感觉。一种狂喜使诃普洛夫的胸部胀大起来了;当他说话的时候,他听着他的声音好像是别人在说话的声音一样。

"我并没有留着什么军官在家里",洛济支低声地说,"嘶叫的是我的母马,我从来没有提水到谷壳仓里去过。不过有时拿些喂猪的残菜剩饭去。我们在那里喂了一只猪。"

"你的小母马的声音我熟悉的,你不能那样骗我。但是这和我有什么关系?不过我是不参加你们这事的。"诃普洛夫戴起他的毛皮帽,于是,四面看了看,向门边走去。拉普西洛夫拦住他的去路。老头子的白胡须抖着,他摆开一个奇异的、蹲着的势子站在那里,伸开他的手臂,问道:

"去告我们的密吧,犹大(耶稣的十二门徒之一,出卖耶稣者——译注)。你要出卖你自己吗?但是假使有人告诉他们说你曾经和卡米克人在讨伐队……"

"不要咕噜了,老头子!"诃普洛夫把他那生铁一样的拳头举到拉普西洛夫的胡须边上,带着一种冷淡无情的愤怒说。"我自己去自首;我要说,'我参加过讨伐队,我是一个伍长,裁判我吧'。但是",他懒声懒气地说,"你也看看你自己吧!而你,你这老狗!而你……"诃普洛夫喘着气,呼吸从他的胸底嘶哑地喘哮出来,像风在铁匠的风箱里透出一样:"你吸干了我的血!现在也让我压服你一次吧!"

他在拉普西洛夫的脸上没有挥动手臂地就势打了一记,于是对那栽倒在门柱旁边的地板上的老头子连看也不看一眼,砰然把门关上,走了出去。铁摩菲·波西奚夫拿过一个空桶,拉普西洛夫跪了下来,头伏在桶上。黑色的血好像从一根完全切开了的静脉管里流泻出来一样的从他的鼻孔流下。在困惑的沉默里,只有拉普西洛夫的呻吟和切齿,以及血点从他的胡须上滴在提桶边上的滴答的声音可以听到。

"现在我们完了，一定的！"有一个大的家庭的格雅夫这样地说。尼古拉·刘西里亚立即跳了起来，于是，没有说一句告别的话，甚至于没有停下来戴上他的毛皮帽，他跑出了小屋。阿丹曼查可夫比较沉着地跟有他的后面，一边走一边用他那细小的嘶哑的声音说道：

"我们要散去，要不然我们会在这里被捕。"

雅可夫·洛济支坐在那里有几分钟没有说话。他感觉得他的心脏好像肿了起来，而且要跳进他的喉咙一样。他觉得呼吸很困难。血在他的脑子里猛烈地冲击着，他的额上冒着冷汗。许多人走了以后，他才站起来，于是，谨慎地绕过伏在提桶上面的拉普西洛夫，低声地对铁摩菲说：

"同我一道去。"

铁摩菲默默地穿上他的短衣，戴上他的帽子。他们走了出去。村里最后的灯光都熄灭了。

"我们到哪里去？"铁摩菲问道。

"到我家里去。"

"做什么？"

"你以后会知道的。让我们走快一点吧。"

雅可夫·洛济支故意从村苏维埃走过。里面很黑暗，窗子都黑黢黢地张开着口，他们走进了雅可夫的院子。走近门口的时候，他站住，扯了扯铁摩菲的短衣袖。

"在这里等一等，"他说，"以后我来叫你。"

"好。"

雅可夫敲了敲门，他的媳妇把闩好的铁闩抽开。

"是你吗，父亲？"她问。

"是的。"他顺手把门紧紧地关上，于是不走进厨房，却去敲波罗夫则夫的房间的门。一个嘶哑的低声问道：

"是谁?"

"是我,亚历山大·安利辛莫维支。我可以进来吗?"

"可以,进来吧。"

波罗夫则夫正坐在窗子对面的桌旁写字,窗子用了一条黑色披肩遮掩着。他用那巨大的浮着青筋的手掌掩了他写的东西,回转头来。

"唔,有什么事?"他问,"形势怎么样?"

"不好!发生了事……"

"什么事?快说能!"波罗夫则夫跳了起来,把那写了字的纸头插进了口袋里,急急地扣起他的紧身衣的领子,于是他的脸,涌着血,变成紫色了,像一只准备要跳的巨大的、捕捉生物的野兽一样,向前面紧张地弯着身体。

雅可夫·洛济支乱杂地把那在波西奚夫家里发生的事告诉他听。波罗夫则夫默不作声地倾听着。他的小小的青色的眼睛从那深深的眼窝里固定不动地凝视洛济支。他的拳头捏拢又张开,慢慢地伸直他的身体,终于他的修饰得光光的嘴唇,可怕地扭着,他跨步地走到洛济支的面前。

"你这恶棍!你这白头怪物,你妈的,你要毁灭我吗?你要毁灭事业吗?你已经用你的愚蠢的不小心把事业毁了一半了。我是怎样吩咐你的?我是怎样吩咐你的?"他反复着,强调着每一句话,"你应当一个一个地试探他们,先看他们想些什么。但是你却像一头牛跑下河边一样的向他们跑去!"他的被窒息的、断断续续的低声的小语,使得洛济支的脸色变得苍白,更增加了他的恐怖和惊慌:"现在我们怎么办?他已经告发了吗,这个诃普洛夫?告发了呢?还是没有呢?哦!开口吧,你这格内米雅其的痴汉,他没有吗?他到哪里去了?你跟过他了吗?"

"没有……亚历山大·安利辛莫维支,大人,我们现在完了!"雅可夫抱着他的头。一滴小小的眼泪从他的褐色脸颊上滚到了他的白色胡须上。但是波罗夫则夫紧紧咬着他的牙齿。

"你这女人！我们应当做点事。我们应当行动起来，不要……你的儿子在家吗？"

"我不知道……我带了一个人来了。"

"谁？"

"弗罗尔的儿子。"

"哈哈！你为什么带了他来？"

他们的眼光碰着，不用说话，他们互相理会了。雅可夫·洛济支首先转开了他的眼睛，对于波罗夫则夫"这孩子可靠吗"的问话，他只默默地点了点头。波罗夫则夫从钉上凶猛地扯下他的羊皮短衣，从枕头下面拖出他的新擦过的手枪，把枪身转了一转。弹头的镍在药膛的隙口闪着光辉。

当他扣好他的短衣的时候，波罗夫则夫好像在战场上一样的严厉地命令道：

"带一把斧头。引我们走最近的路。几分钟可以走到？"

"不远，大概要走过八家人家。"

"他有家庭吗？"

"只有一个老婆。"

"邻家离他家里很近吗？"

"一边是一个打谷场，另外一边是一座菜园。"

"离村苏维埃呢？"

"离开很远……"

"走吧！"

当洛济支走到薪柴屋拿斧头去了的时候，波罗夫则夫用左手抓住铁摩菲的肘，小声地说：

"绝对服从我的命令！我们到那里的时候，你，我的年轻人，改变你的声音，说你是从村苏维埃来的卫兵，说你给他带了一张文书来。我们一定要使得他自己来开门。"

"请你注意，同志……我不知道我叫你什么……这个诃普洛夫像一条牛一样的强壮。要是你不小心，他可以用他的光拳头打得你流血……"铁摩菲开始凌乱地说。

"不要响！"波罗夫则夫打断他的话，对洛济支伸着手，"拿过来！引路。"

他把那个在雅可夫的手里捏得很温暖、很潮湿的斧头的槐木柄插在他的羊皮衣服下面的裤带上，扯起他的外套的领子。

他们默默地沿着小路走。和波罗夫则夫的巨大的、强壮的身体相比，铁摩菲好像一个小孩。当他在这跨着不定的步子的军官旁边走着的时候，他烦搅地望着他的面孔。但是黑暗和扯起的领子使他看不大清楚。

他们爬过一道柔枝网造的篱笆，走进打谷场。

"踏着足迹走，这样我们就只留下一个人的足迹了。"波罗夫则夫小声地吩咐着。

像一队狼一样，他们一步一步地从那不曾被人践踏的雪上走过。在通过诃普洛夫的院子去的耳门边，洛济支用手按着他的左边的身体，悽惨地小声叫道：

"哦，我的上帝！"

波罗夫则夫指着门。

"敲门！"铁摩菲，与其说是听到了波罗夫则夫这个命令，不如说是从他的唇皮翕动上猜到的。他轻轻摇得门闩响，于是立刻听到他旁边戴白羊皮帽的生人的手指激烈地摸索着，一面解开他那羊皮衣的纽扣。铁摩菲再敲了敲门。雅可夫·洛济支恐怖地望着一只从一架放在露天畜舍里的犁的下面爬出来的小狗。但是小狗冻得僵了，静静地张着口，开始呜咽，随即向那盖着芦苇的地窖跑去了。

诃普洛夫犹豫不决地回到家里去，但是因为走路的缘故，多少平静了一点。他的老婆替他安排了晚饭。他毫无食欲地吃着，忧愁地说道：

"这时候我可以吃一个盐渍西瓜,玛利亚。"

"喝了酒头痛吗?"她微笑着。

"不,我今天并没有喝过酒。明天,我要去告诉政府,我参加过讨伐队。我再也不能够忍受这个了。"

"那真是一个好主意!你今天在做什么梦?我不懂。"

尼基塔微笑着,扯着他的大束的姜色胡须,当他躺下去睡的时候,他用一种严肃的语调说道:

"你最好替我准备点吐司,或者烧点什么新鲜的食物吧。我要坐牢去了。"

于是,没有理会他的老婆的劝谏,他张开眼睛躺在那里想:"我要自首,而且要告发阿斯托洛夫罗夫。让他们也坐一坐牢,这些魔鬼!但是他们会把我怎样处置呢?我想他们不会枪决我。我会吃三年左右的官司,押到乌拉尔山去砍伐木材,于是干干净净地出来。那时候再没有人拿我的过去来责我。我再不要因为我的罪恶来替别人做工了。我要坦白地告诉他们,我是怎样加入了阿西推莫夫的部队的。我要对他们说,'你知道,我从前线上逃了生;谁愿意拿他自己的头去挡枪弹呢?'让他们裁判吧,事情过了这样久了,他们会判得我很轻的。我要把一切都告诉他们。我自己没有枪决过人,那是真的,至于打人……唔,我用鞭子打过哥萨克的逃兵和那做了布尔什维克的人。在那时候,我是比黑夜还要黑暗的,我不知道什么是什么,或者是应当走哪一条路。"

他睡着了。他很快地被敲门的声音从初睡中惊醒。他躺着听,诧异着谁会在这样夜深的时候来找他。敲门的声音又起了。他不耐烦地呻吟着,开始起来,准备点起灯盏,但是他惊醒了他的老婆,她小声地说:

"又是开会吗?不要点灯。白天夜晚都不得安宁……他们完全发疯了,诅咒他们!"

尼基塔赤着脚走到门口。

"谁?"他问。

"是我，尼基塔老爹，从苏维埃来的。"

听到一个不熟悉的孩子一样的声音，尼基塔感到一种不安的感觉，一种惊骇的暗示，他问道：

"是的，但是你是谁？你要干吗？"

"是我，尼古拉·古金可夫。我给你带来了主席给你的一张字条；他叫你马上到苏维埃去。"

"把字条从门底下递过来吧。"

门外有一刹那间的沉默。从白色羊毛帽子的下面投出一种威吓的、命令的眼光，于是有一瞬间不知道怎么办的铁摩菲找到了一个出路。"你收到字条应当签字；开门吧。"他说。

他听到诃普洛夫不耐烦地退后，听到他的光脚掌在门口的土地板上拖着走。门闩打开的时候发出轧拉的声响。在黑暗的背景的前面，嵌在门框里，诃普洛夫出现了。在这同一个瞬间，波罗夫则夫左脚跨过门槛，于是，挥着斧头，斧头的粗大的一端正击在诃普洛夫的鼻梁上。

像一只在屠场里被屠斧击倒的牛一样，尼基塔跪了下去，于是慢慢地仰天倒下来。

"进来！闩好门！"波罗夫则夫差不多使人听不见地吩咐着。他摸着斧头的柄，于是把斧头依然捏在手里，推开门廊上的里门。从那放着床的角落里传来一阵粗布的沙沙的声响和一个女人的不安的声音：

"你跌倒了什么东西吗？什么人，尼基塔？"

波罗夫则夫抛了斧头，手臂伸了出来，冲到床边。

"哦，天……是什么人呀？救命！"

铁摩菲痛苦地颠颠倒倒地走上门口的台阶，跑进了屋子。他听到屋角上的窒息和挣扎的声音。波罗夫则夫压在女人的身上，用一个枕头蒙了她的脸，而且正在扭着她的手，用一条毛巾把它们绑缚起来。他的肘在女人的移动着的柔软的乳房上滑过，在他下面，她的胸部带着弹性地陷落下去。当她要从波罗夫则夫下面挣脱的时候，他感到她的强壮的肉体的暧昧,她的心脏像被捕的飞鸟一样的剧烈地跳动。突然地,瞬间地,一种强烈的欲望在他身体里面燃烧起来,但是他咆哮着,愤怒地把他一只手伸到枕头下面,用力扭开女人的口,好像她是一匹马一样。在他的弯曲的指头下面,她的被撕裂了的唇皮好像橡皮一样的陷落,于是慢慢地滑开了;他的指头摸到了温热的血。但是女人不再发出长长的、压抑着的尖叫了,因为他把她的衣裙揉成一个球,塞进了她的口里,一直塞齐了她的喉管。

他把铁摩菲留在缚着的女人的旁边,于是像一匹患鼻疽病的马一样,呼吸很艰难地,走到了门口。

"火柴!"他要求着。

雅可夫·洛济支划了一根火柴。在薄弱的光线里,波罗夫则夫向诃普洛夫俯着身体,他仰面地躺在那里,他的腿子难看地蜷缩着,他的脸颊紧紧地贴在土地板上。他在呼吸,他的宽阔的胸脯不规则地起落着。每一呼吸,他的姜色的胡须都要浸在红色的血泊里。火柴熄了。波罗夫则摸着去探看诃普洛夫的被斧头砍伤的地方。碎骨在他的手指下面察察地响。左眼皮完全浮肿了。

"让我走……我不忍看见血。"雅可夫·洛济支小声地说。他好像得了疟疾一样的战栗着,他快要站不住脚了。但是,波罗夫则夫没有回答他的请求,吩咐道:

"把斧头拿来。在床那里水。"

水使得诃普洛夫苏醒了。波罗夫则夫把膝头压在这个哥萨克的胸口,用一种吹口笛一样的小声问道:

"你告发了吗,叛徒?说!"他转向雅可夫,"嗨,你,点一根火柴!"

火柴又在诃普洛夫的面孔和他半开着的眼睛上照了一两秒钟。雅可夫的手颤动着,小小的火焰也颤动着。黄色的光点在门口的屋顶上垂下来的芦苇的小束上舞动。火柴烧到了末尾,烧灼着雅可夫的指甲,但是他不觉得痛。波罗夫则夫把他的问话重复了两次，于是他开始反曲诃普洛夫的指头。受伤的人呻吟起来，突然翻身俯伏在地上，于是，慢慢地，痛苦地，他挣扎着把躯体撑在两只手和两个膝头上。波罗夫则夫发出紧张的喉声，又竭力把他翻转身来，但是这炮兵的熊一样的力气使他能够站起来。他用左手抓住洛济支的衣带，右手抱住波罗夫则夫的头颈。波罗夫则夫把下巴紧靠在他的胸口。避免诃普洛夫冰冷的手指扼他的喉管，于是叫道：

"灯！该死的东西！灯，我说！"在黑暗里他的手摸不着斧头。

铁摩菲从厨房门口伸出头来，用一种大声的耳语说道：

"嗨，你！截他的肚皮，用斧头的刀口截他的肚皮，这样他会说的。"

波罗夫则夫现在拿到了斧头，他用巨大的力气，挣开了诃普洛夫的搂抱，于是用斧头的锋利的刀口砍他：一下，两下。哥萨克倒下了，倒的时候，他的头撞在门口的长凳上，一个提桶被撞得飞开了，提桶落下的声音像是一声枪响。波罗夫则夫咬着牙齿，结果了倒在地上的诃普洛夫，他用他的脚探着他的头，于是用斧头劈了下去，他听到血像拔开了塞子一样的潺潺地流涌。于是他把洛济支强迫地推进屋里关上门，低声地说道：

"你是一个流涎水的胆小鬼！按着女人的头；我们得问问看他有没有来得及告密。你按住她的腿，我的小伙子。"

波罗夫则夫伏在被绑的女人身上。从他身上发出含着麝香的、苦味的汗臭。他小心地一个字一个字地发着音。问道：

"今天晚上你的丈夫回来以后，他到苏维埃或是别的地方去过吗？"

在屋子的薄暗里，他看着恐怖得发疯，加上被那没有流出的眼泪浸得肿起来了的两只眼睛和窒息得发黑的一副面孔，他开始感到不舒服，想跑到露天底下去。抑制着他的愤怒和嫌恶，他用指头抵着她的耳朵背后。她为了这种可怕的痛苦挣扎着。她暂时地失掉了知觉。于是她醒过

来,突然,用她的舌头,她抵出了那浸透着抵液的、塞在她口里的布球。但是她没有叫唤,仅仅用一种微细的、呜咽的小声恳求道:

"朋友,朋友!饶了我吧!一切我都讲!"

她认识雅可夫·洛济支,她和他一同做过人家的教父母;七年以前,她的外甥施洗的时候,她和他一同做了他的教父母,于是好像结舌一样,她艰难地动着她的可怕的被撕裂了的嘴唇:

"亲人!我的亲爱的!这算什么。"

波罗夫则夫惊骇地用他的宽阔的手掌掩着她的口。带着一种希冀对手发慈悲心的突然的希望,她竭力想用她那染血的嘴唇吻他的手掌。她是怎样地想活呵!她恐怖得要死。

"你的丈夫到什么地方去过吗?"他问。

她否定地摇着她的头。雅可夫·洛济支抓住波罗夫则夫的手臂。

"你……你老人家……亚历山大·安利辛莫维支!"他口吃地说,"不要触着她!我们要威吓她。她不会说!她永远不会说!"

波罗夫则夫把他推开了。在整整的这些时候,他第一次用他的手背揩他的脸,一面想道:"她明天会说了出去!但是她是一个女人,一个哥萨克女人,这对于我,对于一个军官是一种可羞的事……咒骂她!我要掩了她的眼睛,这样她看不见她的结局……"

当他把她那粗麻布衬衣包着她的头的时候,他的视线暂时间落在这个没有养过小孩子的三十岁的女人的均整的肉体上。像一只中了枪弹的巨大的白鸟,她一条腿缩着,侧身地躺着。在薄暗里,波罗夫则夫突然看见她的两个乳房中间的凹处和她的微黑的腹部开始闪着光辉,他仔细一看的时候,那上面很快地蒙着一层汗。"她猜着了我包住她的头的道理,她妈的!"波罗夫则夫叫了一声,把斧头口砍在包着她的脸的衬衣上。

雅可夫·洛济支突然感到一种长长的抖战震荡她的身体。叫人发呕的新血的腥味袭着他的鼻孔。他颠踬地走到火炉边,于是,一阵可怕的呕吐的发作震动他的身体，痛苦地把胃里的东西全吐了出来。

在门廊外面，波罗夫则夫像醉了酒一样摇荡着；他的嘴唇贴在栏杆上，舐着那新落在栏杆上面的羽毛一样的柔雪。他们走出了耳门。铁摩菲落在后面，绕过小屋，向学校方面透过来手风琴的琴音的地方走去。一群村里的男女聚集在学校附近，唱歌跳舞。铁摩菲推开姑娘们，走进了圈子里。向手风琴奏者要求手风琴。

"铁摩菲，替我们奏一个吉卜西的连环舞曲吧。"姑娘中间的一个要求他。

他打算把手风琴从它所有者的手里拿过来，却掉下了。他低声地笑着，再又伸出他的手，于是在他还没有把皮带套在左肩上面以前，再又把它掉了。他的指头不听他的话。他竭力地用指头在键上移动，笑着，于是把手风琴还了人家。

"他在什么地方喝醉了！"一个姑娘说。

"看，他真喝了酒吗？"

"他呕坏了一身衣。真好看。"

姑娘们离开了他。手风琴所有者不满意地吹落了风箱上的雪，开始不正确地奏着"吉卜西"舞曲。姑娘里面最高的一个，人们说她"生来做保镖"的乌利娜·阿克凡丁娜，走进圈子，她的矮跟的鞋子在雪里沙沙地踏着，她的手臂两边摊开，身躯像牛轭一样弯曲起来。"我要在这里一直坐到天亮，"铁摩菲好像想着人家的事情一样想着，"这样，要是调查的时候，没有人会想到我。"他站起来，于是，故意假装醉了酒，蹒跚地走到一个坐在学校的台阶上的姑娘身边，头倒在她的温暖的膝头上面。

"替我捉虱子，我的亲爱的。"他说。

但是雅可夫·洛济支尽情呕过以后，于是面孔像椰菜叶子一样青，一到家就睡倒在床上，再没有从枕上抬起头来。他听着波罗夫则夫在一个盆子里洗手，泼着水，发出粗声的鼻息，于是走进了他自己的房间。

半夜，队长走出来，叫醒主妇，问道：

"你有果汁吗？给一点我喝。"

他喝着果汁。（雅可夫·洛济支从枕头上用一只眼睛窥看着他。）他取出一片糖浸的梨，咀嚼着，于是走了出去，点起一支香烟，抚着他的女人一样平滑的、有绒毛的胸部。他走进他的房间，把他的赤脚伸到还很温暖的火炉背上。在晚上他喜欢暖着他的因为风湿病而疼痛的腿子。在一九一六年冬天，当他对皇帝带着忠诚、保卫祖国的时候，他游过布格河，冻坏了他的两只脚。从那时候起波罗夫则夫老是依恋着温暖，依恋着毡靴的温暖……

第十三章

达维多夫来到格内米雅其的一周间，许许多多的问题像一垛墙一样的竖立在他面前。晚上从村苏维埃或是设在铁推克的广大的房子里的集体农场办公处回来的时候，他很久很久地在他的房间里上下地走动，吸着烟，阅读《真理报》和《铁锤报》，于是又想到格内米雅其的人民，想到集体农场，想到过去一天中的许多事件。像一只被猎获的狼一样，他想从那和集体农场相关的思想的圈子里逃出，他想起了他的布替洛夫工厂的工场、他的朋友、他的工作。他想到那里一定有不少的变动，而且那一切都是在他不在的时候发生的；想到他再不能够整夜地坐在那里去想一个环带牵引的构图，竭力地去找出一个改良速度调节器的新的方法；想到另外一个人，也许是那个有自信的哥尔德·西密托正站在他的浮动的却很准确的机械旁边；想到虽然在送别二万五千动员工人的时候，他们有过许多热烈的演说，但是显然他们已经把他忘记了。当他想到这一切事情的时候，他感到一种轻微的忧郁。于是突然他的思想又转到了格内米雅其，好像有人在他的脑子里面鲁莽地推开了一座水门，把他的沉思的流，转变了一个方向一样。在他到乡下来工作以前，他并不是一个朴素的都会人，但是，在他没有来到格内米雅其的时候，他没有认识阶级斗争的一切复杂性、它的错杂的纠结和常是取一种秘密形式的进展。他不能理解，虽然集体农业有着很多的好处，大部分中农还是顽固地不愿意参加。他找不到理解许多人和他们内在关系的正确的锁钥。铁推克以前是一个游击队员，而现在是一个富农和仇敌。铁摩菲·波西奚夫是一个贫农，但却公开地拥护富农。像阿斯托洛夫罗夫这样一个很有才智的农民审量地加入了集体农场，但是拉古尔洛夫却对他采取了一种警诫的敌视的态度。格内米雅其所有的居民都在达维多夫的心眼面前映过。他们中间有许多为他不理解、隐藏在一种感触不到的帷幕之后的东西。村落好像是一座新型的复杂的摩托，达维多夫专心地、紧张地研究它，竭力想去理解它的机构，去看清每一细部，去注意这架复杂机器的每天连续地鼓动的每一个中断。

贫农诃普洛夫和他的老婆被神秘地惨杀，使他推断在这座机器里面一定有某种秘密的机件在动着。他模糊地推测诃普洛夫的死和集体化运动、和粉碎那正在崩溃的小农的城壁的这种新要素有着因果的关系。发现那两具尸首的早晨，他同拉兹米推洛夫和拉古尔洛夫谈了很久，他们也和他一样，还只能够猜想和推测。诃普洛夫是一个贫农，以前是一个白党，他对于村里的公共的生活并不积极地参加，却很奇异地做了富农拉普西洛夫的追随着。说抢劫是谋杀的动机的话，显然荒谬，因为他的财物都没有被触动，而且实在也没有什么东西可取的。拉兹米推洛夫对这问题这样地解答：

"一定是为了女人的事冲撞了人家。他一定是偷了什么人的老婆，为这样他们把他杀了。"

拉古尔洛夫没有作声；他不欢喜说出他的脑子里面的还欠考虑的事。但是当达维多夫推测富农的什么人和这事情有关系，而且提议把他们立刻逐出村庄的时候，拉古尔洛夫绝对赞成他。

"毫无疑义,杀死诃普洛夫的人是他们中间的一个,"他说,"把这些毒虫送到北极地方去吧!"

拉兹米推洛夫笑起来,耸一耸他的肩膀。

"当然,他们应当赶出村去,"他回答道,"他们在阻止人们加入集体农场。但是诃普洛夫不是他们谋害的。他和他们没有关系。不错,他依靠着拉普西洛夫,他常常替他做工,但那不是因为他要饱肚皮的缘故吗?他为他的穷困逼迫着,那就是他到拉普西洛夫那里去的道理。我们不能让一切都叫富农负责;不要想入非非吧,兄弟们!不,随便你们怎样说,这事情一定有一个女人夹在里面。"

从区镇上来了一位检察官和一位医生,对两个尸首施行了解剖,诃普洛夫和拉普西洛夫的邻居都受了讯问。但是检察官还是不能够找出一点可以发现谋杀者和他们的动机的线索。第二天,二月四号,在集体农场农民的全体大会上全场一致通过了一个把所有的富农家族逐出北高加索地域的决议。在这同一个会议上还批准了由临时代表选举出来的集体农场的管理委员。雅可夫·洛济支也选作了委员。他的候补资格,虽然有拉古尔洛夫的反对,但是得到了达维多夫和拉兹米推洛夫的有力的支持。另外几个委员是帕维尔·罗比西金、顿姆卡·乌沙可夫和勉强通过的阿卡提。第五个是达维多夫,他以一个满场一致、毫无异议的票数当了选。前天所接到的农业组合区办公处的来信,大大地帮助了达维多夫的当选,信上写着,党的区委会取着农业组合区部的同意,推荐区委代表达维多夫同志做集体农场管理委员会的主席。

大会花了很多的时间讨论着农场的名字。拉兹米推洛夫最后发言:

"我反对'赤色哥萨克'这个名字,"他说,"因为这是一个死去了的、污辱的名字。从前,工人们常常用'哥萨克'这个字眼去吓他们的孩子。同志们,集体农场的农友们,我提议,给我们到社会主义的路,给我们的集体农场,取了斯大林同志这名字。我们大家都知道他的事,我们知道从最初起他就取了一条正确的路,不偏向右边,也不偏向左边。我们要像熔岩的流一样的随着他走向那亲爱的社会主义，为了它，我们斗争过，抛掉了我们的妻儿，忽视了我们青春的生活，而且残忍地在我们自己的血和人家的血里，浸湿了我们的手。"

安德烈显然被激动了，他的前额上的伤痕变青黑了。在很短的一瞬间，他的易怒的眼睛蒙蒙地含着泪水。但是他恢复了他的抑制力，断然地说：

"兄弟们，我们的约瑟夫·维沙梁洛维支·斯大林同志的领导万岁！我提议我们站起来，脱掉帽子，对他表示敬意。"

大会全体站了起来；脱了帽子的光秃的头闪着光辉，有各种颜色的头发纠结着的头一齐露了出来。拉兹米推洛夫继续地说道：

"让我们同意用他的名字作我们自己的名字吧。而且，同志们，我还可以报告一些事实。我们防御查利金的时候，在炮火的前线上，我亲自看见了斯大林同志，而且亲自听到了他的声音。那时候他和伏罗希洛夫一道参加革命军事参谋会议；他穿着普通人的衣服，但是我要说，他是一个权威！在检阅的时候，在火线上他总是对我们战士们说不屈不挠的话……"

"你离开了本题，拉兹米推洛夫。"达维多夫打断他的话。

"离开了本题吗？那么，自然，我很抱歉。但是我断然地赞成我们用他的名字。"

"这一点我们都知道，我也赞成集体农场取名斯大林，"达维多夫说，"但这是一个责任重大的名字。我们不能辱没它。要是我们取了这名字，我们要使我们农场的工作，比这一区的任何其他的农场都要好些。"

"我们完全同意这一点。"老西奚卡说。

"当然，"拉兹米推洛夫微笑着说，"同志们，我用苏维埃主席的资格确定地说，没有比斯大林同志的名字更好的名字。我真想让一切集体农场都用他的名字。我们共产党是这样紧密、这样坚固地团结在斯大林同志的周围，而且是这样重视他，因此，要找一个更好的名字是不可能的。譬如，在一九一九年，我看见我们的红军步兵，占领了佐林姆河堤岸，在多波卡村一个水车附近……"

"你又谈起旧事来了，"达维多夫用一种恼怒的语调说，"谁领导会议把这问题具体地表决吧。"

"我很抱歉。我们付诸表决吧，公民们。但是当你回想到那些战争的日子的时候，你的心就痒发起来，你就禁不住要说了。"拉兹米推洛夫抱歉地微笑着，坐了下来。

大会全场一致地给集体农场采用了"斯大林"这个名字。

达维多夫还是住在拉古尔洛夫的家里。他睡在一个用低低的棉布帷幕和拉古尔洛夫夫妇的床隔离了的大柜上。前房住着房东，一个没有小孩的寡妇。达维多夫知道他使得玛加尔不方便，但是在格内米雅其最初几天的忙碌和不安，使他没有时间去找另外的住所。拉古尔洛夫的老婆罗加里亚老是对达维多夫表示亲密。但是在他和玛加尔谈过一次话，知道她和铁摩菲有关系以后，他差不多掩饰不了对她的敌意，而且和他们暂时住在一道也感到厌恶。每天早晨，虽然他不愿意和她谈话，但他常常斜眼看看她。她好像不过二十五岁。她的相当长的脸颊，密密地生着细小雀斑，她的有着斑点的脸使他联想到喜鹊的蛋。但是在她的深黑的眼睛里，在她那有点瘦弱但很端正的体态上，有着一种迷人的、淫猥的美丽。她的弯弯的、优雅的眉毛，老是微微地扬起；她好像常常在等待着什么快乐的事情一样；她的鲜丽的嘴唇的两角，总是浮漾着微笑，微微地露出她那密密的突出的牙齿。走路的时候，摇动着她的倾斜的肩膀，好像随便什么时候，她都在等待什么人从她后面拥抱着她那少女一般的纤细的背一样。她穿着村里其他一切哥萨克女人一样的衣服，不过，她也许要稍许整齐一点、清洁一点。

一个很早的早晨，达维多夫听到了帷幕后面拉古尔洛夫的声音。"我给你带回一副袜带，在我的短衣的口袋里，"他说，"你一定是要绥明给你买的吧,他昨天从镇上回来的时候要我带给你。"

"玛加尔,亲爱的,真的吗?"罗加里亚的温暖的、还残留着睡意的声音,快乐地抖颤着。她仅仅穿着衬衫,从床上跳下来,伸手去取那挂在钉上的她丈夫的毛皮短衣,她从口袋里拖出来的,不是套在腿上的橡皮袜带,却是有一根镶着蓝边的束带的都会女人用的合式的吊袜带。达维多夫在镜子里看见她的映像。伸出她的小孩样的瘦弱的颈子,她站着在她的细长的腿上试那新买的袜带。在镜子里,他看见她那闪耀着的眼睛上的微笑的影、她的有雀斑的脸颊上的淡淡的红晕。当她叹赏着紧紧地绷在她腿上的黑色袜子的时候,她转身对着达维多夫,他看见她的结实的微黑的乳房,像山羊乳头一样的披向两边,向下面突出着,在衬衣的隙处颤动,就在这个瞬间,她的眼睛越过帷幕,看见了达维多夫;她用左手把她的衬衣领子的两端拉拢,于是,没有转过身去,她的细眯着的眼睛,浮着一种长长的、悠然的微笑。"看我多么漂亮呵!"她的泰然自若的眼睛引诱着。

达维多夫满脸涨红着,倒在轧拉作响的大柜上。他用他的手指把他前额上的光泽的黑发拂到后面去,心里想:"见鬼!现在她会想着我在偷看她。我为什么要起来呢?她会想着,我对她感到了兴趣!"

"你不要在一个生客面前裸着身子走吧。"玛加尔听到达维多夫在惶惑地咳嗽的时候,不满意地喃喃地说。

"他看不见的。"她回答道。

"不,我看得见。"达维多夫在帷幕后面又咳起来。

"你要是看得见的话,那么,你就尽量看吧,"她从她的头上套上她的裙子的时候,这样漠不关心地说,"现在并没有什么生客,玛加尔。他今天是生客,但要是高兴的话,明天,他就是我的。"她笑着,跑去扑在床上。

"你是我的好乖乖,玛加尔!"她加着说,"我的小牛,我的亲爱的,可爱的小牛!"

早餐以后，两个人刚刚走出院子，达维多夫突然说。

"你的女人是一个没用的贱货。"他说。

"那不关你的事。"拉古尔洛夫低声地回答，没有看着达维多夫。

"但那是和你有关的事！我今天就搬家。我看着不舒服。像你这样一个体面的汉子，你却让她愚弄你！你自己告诉我，她和铁摩菲有关系。"

"那么，我要去打她吗？"

"不，但是你可以影响她！我老实告诉你，我知道，我是一个共产党员，可是对于那样的事我很容易激动。我会打她，而且把她赶出去！她在群众面前丢你的脸。而你一声不响。她整晚地上什么地方去了？当我们从会议上回来的时候，她还没有回来。我并不打算干预你的私事……"

"你结了婚吗？"

"没有。我看了你这种家庭生活以后，一直到死，我都不想结婚了！"

"你把一个女人看成你的私有财产……"

"哦，见你的鬼！你这个歪曲的安那其①！私有财产，私有财产！它不是还存在吗？你怎样废除它？家庭不是还存在吗？但是你……人家偷你的女人……你在宽容名义之下助长淫荡。我要在支部会议上提起这事情。像你这样做农民榜样的人应当受制裁。你做的好榜样！"

"唔，那么，我要杀死她！"

"那好极了！"

"唔，你听……现在不要来干涉我，"玛加尔在街心站住，恳求道，"我自己会处理这件事情的，但是现在不是时候。要是这事情在昨天才开始，那就要两样，但是我现在已经惯了……等一等，以后我们再看。

---

① anarchy 的音译，即无政府状态。——编者

我很欢喜她，要不然我老早就可以了结的。你要到哪里去，到苏维埃去吗？"他改了话题。

"不，我要去看看阿斯托洛夫罗夫，我要到他自己的家里和他谈一谈，他是一个很灵巧的农民。我想要他做农场经理。对这事情你怎样想？我们需要一个能够使我们集体农场的科比克变成卢布的经理，阿斯托洛夫罗夫显然是这样的人。"

拉古尔洛夫摇了摇手，愤怒地回答道：

"又把有用的钱瞎花了！你和安德烈都被阿斯托洛夫罗夫骗了。集体农场需要他正像主教需要他的……我反对这个提议。我要把他赶出集体农场！他缴纳了两年农业税和附加税，这个繁荣的毒虫。就是在大战以前，他也像一个富农一样的过活，我们还要提拔他吗？"

"他是一个科学化的农民。你想着我是要保护一个富农吗？"

"要不是他的翅膀折断了，他早就成了富农。"

他们没有同意，彼此深深不满意地分别了。

第十四章

二月……

大地被严寒冻得收缩了，碎裂了。每天早晨，太阳在一种白色的寒气里升了起来。风将雪吹散了的地方，在夜里，赤裸的大地发出深沉的冻裂的声响。草原里面的丘陵，好像成熟过度了的西瓜一样，布满了弯弯曲曲的裂痕。村庄那面，沿着冰冻了的犁沟，雪堆耀眼地、使人难以忍耐地闪耀着。小河岸上的白杨，浮饰着银花。早晨，笔直的、橙色的烟柱，像木材一样的从家家的烟突里升起。但因为寒气的缘故，打谷场里的麦稿更加发散带着蔚蓝的八月、中夏的风和夏天的天空的烧灼的气息的香味。

公牛和母牛整夜在寒冷的牛栏里徘徊着。到天亮的时候，秣槽里没有剩下一根草叶了。冬天生产的羊和山羊的羊崽不再留在羊栏里。在晚上，昏昏欲睡的女人们把它们抱到它们的母亲那里，于是又用帷裙把它们抱回发着雾气的温暖的小屋。羊崽的卷毛，发散着冰冻的空气、各种干草和甜蜜的山羊乳的优美的草昧时代的气味。在雪的一层表皮下面，雪是一粒一粒的、闪烁着光辉的、松脆的盐。半夜是这样的寂静，撒布着无数无数微小的星星的冰冷的天空，是这样的空漠，就好像生命已经抛弃了这个世界一样。一只狼在青色的草原里没有被人践踏过的雪上游行，它的柔软的脚掌在雪上没有留痕迹。但是，它的爪子搔开了雪的表面的冰块的地方，却有一种火花一样的伤痕，一种珍珠一样的足迹残留着。

要是一匹怀孕的母马，因为感到它的乳汁正流到它的绸子一样的黑色的乳房里面去，嘶叫起来，而夜又非常寂静的话，它的嘶叫，可以传到周围几里远。

二月……

黎明以前的青色的寂静。

荒凉寂寞的银河，渐渐地暗淡了。

家家的黑暗的窗子里，开始显露着摇漾的深红色的火光，那些燃烧着火炉的反照。

小河上面，鹤嘴锄击冰的声音，深沉地响着。

二月……

黎明还没有到来的时候，雅可夫·洛济支叫醒了他的儿子和女人们。他们烧起了火炉。雅可夫的儿子绥明在一个磨刀石上磨快小刀。波罗夫则夫队长小心地把布带扎在他的腿上的羊毛袜子上，穿上毡靴。于是他和绥明到羊栏去。雅可夫·洛济支有十七只羊，其中两只山羊。绥明知道哪一只羊正怀着孕，哪一只羊已经生育了。他捉住它们，用手触着把公羊、母羊和羊崽分别开来，把它们一个一个地赶进温暖的小舍。波罗夫则夫把他的白色的毛皮帽拉得低低地遮在眼睛上，抓住一只阉了的公羊的冷冷的、盘曲着的角，把它掀倒在地上。于是，他的胸部压在这个仰卧着的动物的身上，把它的头推到后面，用一把小刀割开它的喉管，放出一长流黑色的血。

雅可夫·洛济支很会理财。他不愿意拿他的羊肉去喂什么工厂的餐室里的工人或红军兵士。他们都是苏维埃方面的人,而在过去十年当中,苏维埃政府用税金和年贡苦累了他,不准他大规模地发展他的农场,不准他变得更阔气,更肥大。苏维埃政府和雅可夫·洛济支是势不两立的仇敌。雅可夫·洛济支整整一生像一个小孩迷惑着火光一样的迷惑着财富。在革命以前,他已经开始建立他的地位了。他曾经想着把他的儿子送到罗华溪卡斯军官学校去受教育,他曾经梦想购买一副榨油机,而且他已经积蓄了做这个用途的款子了,他曾经梦想请三个工人去耕种他的农场。在那些日子,他想到生活给他准备着的奇幻的境况的时候,他有时会快乐得心脏都停止了跳跃。他曾经计划开一个小店,于是从一个零落的本地的地主,一个哥萨克军官佐罗夫的手里,收买一座半荒废了的工厂。在他的思想里,雅可夫·洛济支常常想象着自己不是穿着廉价的皮子做成的哥萨克裤子,而是穿着肚皮上围着金链的绸裤。手并不像现在一样的生着硬结,而成了柔软的、白洁的手,从那上面,污脏的黑指甲,会像蛇蜕皮一样的脱落。他的儿子会做陆军上校,而且会和一个有教养的年轻的贵妇结婚。雅可夫·洛济支会不用四轮马车,而用那像地主罗华拔夫洛夫的汽车一样的自备汽车到车站去迎接他们……在那些不能忘怀的年代,当生活在他的手里,像虹彩色的百金纸卢布一样的闪烁着光辉、发出轻快的音响的时候,雅可夫沉醉在多少白天的梦里呵。革命把那不曾见过的震动的冷冷的气息,吐在他的身上,他脚下的地盘摇动了,但他从来不慌张。带着他独特的沉着和狡狯,他能够从很远看到快要到来的混乱,而且,没有被他邻人和同村人注意地,敏捷地处置了他所积蓄的财产。他卖掉了他在一九一六年买进来的蒸汽发动机,埋藏了装在一个罐子里的三十个十卢布的金币和一皮袋银币,卖掉了他的多余的牲口,减少了他的播种的地面。他准备好了。革命、战争和内战,像黑色草原的旋风吹过野草一样的从他上面经过;要是他们能够弯曲他,他就弯曲着,但是他们不能折断他,或者使他变成残废。在狂风暴雨里,只有白杨和橡树,会被吹折,会被连根拔起,但是强韧的荒草，仅仅把头低到地上，而以后，又会竖立起来的。但是雅可夫·洛济支竟没有机会重新竖立起来了！而这个，就是他反对苏维埃政府的缘故，因为他的生活像阉割了的公牛一样的寂寞。对于他，没有建树，也没有这种建树的陶醉的欢喜。因此，这时候，波罗夫则夫对于他，比他自己的老婆还接近，比他自己的儿子还接近。他要么是和波罗夫则夫站在一边，去取回从前的像百卢布的钞票一样闪着光辉、发着轻响的生活，要么，他就得抛弃他现在的生活！

如此，就是格内米雅其"斯大林"集体农场的管理委员之一的雅可夫·洛济支杀掉他的十四只羊的缘故。"与其让一只羊送到集体农场的羊栏里，为了喂那敌人政府的缘故，去养肥它，去使它繁殖，倒不如把它杀了，把它的尸体抛给那在波罗夫则夫脚边贪婪地舐着发散热气的羊血的黑狗吃。"洛济支想着。而有教养的波罗夫则夫队长说得很对："你应当杀了你的牲口！应当使布尔什维克的脚下的地盘崩溃。让那些牛由于缺乏照料死去吧！我们掌握了政权的时候，我们会得到更多的牛！他们会从美国、瑞典送牛给我们。我们要用饥馑、破坏、暴动去绞杀共产党！不要为着你的母马难过吧，雅可夫·洛济支！马匹充了公，是一件好事。这对于我们是便当的、有利的。当我们暴动起来，占领了村庄的时候，把马匹从公共畜舍里牵出来，放上马鞍，要比一家一家去搜索它们容易得多。"真是金言！波罗夫则夫队长的脑子像他的手臂一样，忠实地替他服务！

雅可夫·洛济支站在小舍的旁边，望着波罗夫则夫和绥明正在剥一个挂在横梁上面的羊体的皮，灯笼清晰地照出羊皮里面的白色脂肉。剥皮很不费力。雅可夫·洛济支看见一具羊尸，头割掉了，颈朝下面挂在那里，羊皮一直翻卷到青色的肚皮边上；后来又看见滚到了秫槽边上的黑色的头，他的脸色苍白了，好像被人在膝盖后面打了一记一样的站不住脚，在那有着巨大的、还没有失掉光辉的瞳孔的羊的黄色眼睛里，凝结着死的恐怖。洛济支突然想起了河普洛夫的老婆，想起了他口吃地恐怖地低声叫唤:"亲人!老朋友!这算什么?"他嫌恶地看着这紫罗兰色和蔷薇色的尸体,看着它露出来的腱和筋肉的肿块。刺鼻的血腥,正和上一回一样,催他呕吐。而且他开始作了呕了。他急急地转身跑出了小屋。

"我看不得肉……主!我连这气味也忍受不了。"他喃喃地说。

"你为什么来呢?我们没有你可以办得了的,你这神经过敏的家伙!"波罗夫则夫微笑着,开始用他那有血污和羊脂气味的手卷着一支香烟。

经过辛勤的工作,他们到吃早饭的时候宰杀完了。剥了皮的羊体挂在谷仓里。女人们煮着肥羊的尾巴。波罗夫则夫闭在他的房间,整个白天从来不走出房间。他们送了他一些用煮着的羊尾的汤汁烧成的新鲜的椰菜汤,雅可夫的媳妇刚刚收拾好他的空盆的时候,耳门轧拉地响了。

"父亲!达维多夫来了。"绥明叫着,他最先看见他走进了院子。雅可夫·洛济支变得比最细的白面粉还要苍白。达维多夫已经在门口用扫帚扫去了他的长靴上面的雪。他高声地咳了咳嗽,用一种很有确信的步子,走了进来。

"我完结了!"雅可夫·洛济支心想,"看他走进来的模样,这畜生!就好像他做了全世界的主人一样!好像他走进他自己的家一样!哦,我完结了!我想他是为了尼基塔·诃普洛夫的谋杀来逮捕我的。他知道了,这猪猡!"

门上敲了一下,于是一个嘶哑的次中音问道:

"我可以进来吗?"

"进来!"雅可夫·洛济支本来想大喝一声的,但是他的声音发出口来,却成了低低的细语。

达维多夫等了一会儿,于是打开了门,洛济支没有从桌边站起身来,因为他不能够,他甚至于要从地板上举起颤抖的、无力的腿子,这样,不至于使人听到他的长靴的后跟在地板上碰得发响。

"你好，老板！"达维多夫先开口。

"你好，同志！"洛济支和他的老婆齐声地回答。

"今天很冷……"

"是的，很冷。"

"裸麦不会冻坏吗，你想？"达维多夫问。他的手伸进他的口袋里，于是，拖出一条黑得像煤烟一样的手帕，捏在手里，去擤鼻涕。

"请进来吧，同志！请坐。"雅可夫邀请他。

"他什么事这样地惊慌，这傻瓜？"达维多夫看到阿斯托洛夫罗夫的苍白的脸色和颤动的嘴唇很奇怪。

"你想裸麦会怎样？"他问。

"不，那不会的……裸麦被雪好好地掩盖了。风把雪吹掉了的地方，也许要冻坏一点点……"

"他开始是谈谈裸麦，于是他会突然地说：'唔，准备好！'也许有人告发了波罗夫则夫。他会来一次检查！"雅可夫·洛济支想。他稍微减少了一点恐怖，血一时间又回到了他的脸上；汗从他的皮肤毛孔里渗透出来，从他的前额上滚下了他的灰色胡须和多须的下巴。

"你愿意同我们一道吃一点什么吗？请到前房来吧。"他邀请他。

"我要和你谈一谈，雅可夫·洛济支。在会议上关于集体农场的事，你说得很不错，很中肯。当然你说得很对，农场需要复杂的机械是说到工作的组织的问题，你是错了。事实如此！我们想要你来担任农场的经理。我听说你是一个第一流的科学化的农民……"

"进来，请雅可夫同志！加莎，把暖壶烧起来。你要不要喝一点椰菜汤，或者吃一点盐渍西瓜，进来，亲爱的客人，我们的走向新生活的领导者……"雅可夫开始快乐得透不过气来，他觉得好像是一座山从他的肩上移下去了一样，"是的，我科学地耕种着我的农场，你说得对。我要使我们的无知识的哥萨克摆脱他们的祖代的方法。看他们怎样犁田吧！他们只在土地上轻轻地掠过！我得了地方土地局一张褒奖书证明！

把那张我嵌好了的褒奖书拿来！不，不用麻烦，我们自己进去看吧。"雅可夫·洛济支差不多使人觉察不到地对绥明使了一个眼色，领了他的客人走进居室，他的儿子懂了他的意思，到走廊去关闭波罗夫则夫的房间的门。他向里面看了看，使他吃了一惊，房间里面没有人在。他走进客厅。波罗夫则夫脚上只穿着他的羊毛袜子，正站在通到居室的门边。他挥手叫绥明出去，他把他那好像捕食的猛兽的耳朵一样竖起来的软骨耳朵贴在门上。"胆大的鬼。"绥明离开客厅的时候，这样地想着。

阿斯托洛夫罗夫家里的巨大的、很冷的客厅在冬天是不用的。在油漆地板的一个角落里，年年堆着大麻的种子。在门边，放了一个装着盐渍苹果的琵琶桶。波罗夫则夫坐在桶边上。在这里，他可以听到达维多夫和洛济支的谈话的每一句话，一种蔷薇色的薄暗的光线，从那覆着霜的窗子的玻璃上透露进来。波罗夫则夫的腿子冻僵了，但是他坐着没有动，带着有腐蚀力的憎恶，倾听着和他只隔一张门的敌人嘶哑的次中音。"他在他的会议上把喉咙都叫哑了，这狼狗！我要打他……要是我这时能够的话……"波罗夫则夫把他的被血涌得膨胀了的拳头，紧紧地压在胸口，他的指甲嵌进了他的手掌。

从门的那面传来了这样的话：

"我这样说，我的亲爱的集体农场的主席。用我们的老法子去耕种是没有用的。就拿裸麦来讲吧！为什么它会冻坏呢，为什么一公顷收到二十普特，我们就要认为是丰收，而许多的人，甚至于连种子也收不回来呢？但是在我的田里，你再也不能够从我的麦穗中间，挤过身去。有个时候我骑了我的母马出去，麦穗会垂到马鞍头上来。穗有那么大，你的手掌放不下它。这都是因为我在我的田里保留了雪，使地面吸饱了水。另外一位公民把他的向日葵，齐根斩下了；他很贪馋，说那可以生火炉。这家伙好像在夏天没有工夫把马房里的马粪制成燃料一样，他是天生地懒惰，而习惯又缠住了他。他不懂得，要是只割下葵花头，它的茎会在田里保留着雪；风不会吹过它们，把雪吹到洼地去。到春天，这样的地面，比那在冬天休耕的最上等的秋耕地，要好得多。要是你不将雪保留在田里，雪会白白地融掉，而肥沃的多量的水，会消逝了去，人和土地，都得不到它的好处。"

"这对极了。"

"我们的保姆，苏维埃政府，决不会无缘无故地颁发一张褒奖书给我的，达维多夫同志。我明白事理！有些农业专家有时不十分对，但是他们的学问有许多是实在的。譬如我订的一种农业杂志，在那上面，有一位有很深的教养的教员先生写着，麦子不会冻变，但是没有盖一点雪的赤裸裸的地面，却会裂开，把麦根撕坏，使麦子枯死。"

"这是很趣味的事。我从来没有听到过！"

"他写的是实在的。我同意他。这个道理我甚至于亲身试验出来了。我掘几根麦子，看见那供养主要的根的小小的根须，那发芽的种子倚靠着去吮吸土的黑血、去取得它的养分的根须，通通碎断了。种子得不到养分，于是死去了。切断一个人的血脉管，他会活下去吗？谷物也是一样的道理。"

"是的，雅可夫·洛济支，你告诉了我许多实在的事。雪应当保留在田里。让我读一读你那些农业杂志，可以吗？"

"你读他们没有什么用，"波罗夫则夫心里想，"你没有工夫读它们了。你们在这世界上的日子很有限了。"他一个人私自微笑着。

"还有，怎么样在冬天把雪保留在休耕的田里呢？"洛济支继续地说，"你要做些障屏。我已经发明了用枯枝来做障屏。我们要和山谷里的积雪作战；每年，它们要劫掠我们一千公顷以上。"

"那是对的。但是现在请告诉我，有什么最好的方法，保持畜舍的温暖呢？一种又便宜又有效的方法，你可知道？"

"你是说的畜栏吗？这个我们可以做到！我们应当叫女人们用泥把篱笆糊好，这是一个方法。如果不这样，我们就应当在两道篱笆中间堆积许多干马粪。"

"是的。而那用化学的方法处理麦种，是怎么回事呢？"

波罗夫则夫想在琵琶桶上坐得更舒服点。但是桶盖在他的下面落了下去，发出一个啪啪的响声。他咬着他的牙齿，当他听到了达维多夫这样在问的时候。

"那里落下了什么东西？"

"我想是猫撞倒了什么东西。在冬天，我们的客厅是不用的。那要花费许多燃料。却是，我想给你看看我的精选的大麻种子。我是特别定购得来的。冬天我把它摆在那个客厅里。进去看看吧。"

波罗夫则夫向那通到走廊的门跳去，开门的时候，涂着油的门键，没有发出声音。让他们悄悄地通过了。

达维多夫离开阿斯托洛夫罗夫的家的时候，手臂下面挟了一包杂志，很满意他这次访晤的结果，更加确信阿斯托洛夫罗夫的有用。"有一个像那样的人，一年光景，我们就可以使这村庄改头换面。一个伶俐的农民，这魔鬼，而且读了不少的书。他是怎样地懂得农场和土地呵！一种真正的才器！我不懂为什么玛加尔这样地怀疑他。他对于集体农场将有很大的用处。事实如此！"达维多夫一面这样地想着，一面向村苏维埃走去。

第十五章

因为雅可夫·洛济支的影响，牲畜开始在格内米雅其每夜地被屠杀。暮色刚刚上来，就可以听到羊的短促而窒息的哀鸣、猪的临死的绝叫，或小牛的哮声，震破着寂静。不仅是那些加入集体农场的人，就是个别的农民也都在屠杀。他们把公牛、羊、猪，甚至连母牛都杀掉了；他们把那些繁殖用的牲口也都杀了。两夜的工夫格内米雅其有角的牲口的数目减少了一半。群狗拖着脏物在村里四处跑着，地窖和谷物仓装满了鲜肉。两天的工夫，合作社卖掉了在仓库里放了一年半的两百普特食盐。"杀吧，现在这不是我们的了！""杀吧，要是你不杀的话，他们会把它作为兽肉征收税拿去。""杀吧，因为在集体农场里，你是不会尝到肉味的。"这种种阴险的谣言，到处传播着。于是他们杀了。他们吃得走不动。每个人从最小的小孩到最大的老人，都患肚皮痛。晚餐时候，家家的食桌，被煮的和烤的肉的重量，压得咯咯地响。晚餐时候，每个人都有着一张油嘴，每个人都好像赴了丧礼的飨宴一样的暖气。大家都好像枭鸟一样的吃得昏头昏脑。

老西奚卡是首先杀掉去年夏天生产的小牛的人们中间的一个。借着他的老婆的帮助,他竭力想把兽尸挂在横梁上,以便更便利地去剥它的皮。他们挣扎了很久没有效力,因为肥硕的小牛太重了;老太婆甚至于在她竭力想举起小牛的臀部的时候,她的背部都被扭伤了,以后一个礼拜,替人医病的老女人玛米奚哈老在她的背上放着一个铁罐。但是第二天,老西奚卡亲自去烧饭,而且也许是因为他的年老的妻子受了伤他感到激恼,也许是由于极端地贪嘴,他吃了那么多的炖胸肉,以致有许多天,他没有走出院子一步,没有扣好他的粗麻布裤子,而且整整的二十四小时内,他老是在小舍后面的向日葵干的中间,在可怕的寒气里站着受苦。在那些日子,从西奚卡的破落的小屋旁边经过的每一个人,都看见老头子的毛皮帽子,在菜园里的向日葵干的中间,一动不动地突出了来。于是西奚卡自己,会突然从向日葵丛里出来,一面走一面用两手提着他那没有扣好的裤子,对小路一眼也不看地、痛苦地慢慢地向屋里走去。他困难地拖着他的两脚,疲倦地走到门边,于是突然,好像想起了什么紧急的事情一样,他回转身来,用细细的步子,跑回向日葵丛去,老头子的毛皮帽子重新又在向日葵中间,一动不动地、自尊自大地突了出来。寒气是怎样地伤人呵!风低低地吹扫着菜畦,在他的周围吹起了许多尖顶的雪堆。

到第二天的晚上,拉兹米推洛夫听到牲畜的屠杀带着一种大规模的性质的时候,他立刻跑到达维多夫那里。

"你还在做什么?"他问。

"我在读书,"达维多夫翻着一本黄色的小书的书页,沉思地微笑着,"这实在是一本好书,我的朋友!它会使得你的呼吸都停止!"他笑着,露出他的缺牙齿,伸出他那短短的、强壮的手臂。

"读小说!或是什么唱歌本吗!当村里……"

"你傻瓜!傻瓜!小说!唱歌本在哪里?"达维多夫大笑起来,要安德烈坐在他对面的一条长凳上,把书纳进他的手里,"这是安德里夫对洛斯多夫的党的活动分子的报告。这本书抵得十几本小说，我的朋友！事实如此！我一开始读！就是要忘掉吃饭。我读着读着。哦，该死的，我真讨厌得很。我想现在什么都冷掉了。"他的微黑的脸上带着懊恼和厌烦的神态。他站起来，把两手伸进口袋里，阴郁地扯起他的短裤，走进厨房里。

"你愿不愿意听我说话？"拉兹米推洛夫愤慨地问。

"为什么，当然，当然我愿意。等一等。"

他从厨房里端了一瓷碗冷的椰菜汤回来坐下。用他的疲倦的、细眯着的灰色眼睛，凝视着拉兹米推洛夫，他一口咬下了很大一块面包，牵动颊骨上面的筋肉，咀嚼着。闪着光辉的羊油的黄色斑点浮在冷汤的上面，一片肉像深红色的火焰一样的露了出来。

"汤里有肉吗？"安德烈用他那烟熏坏了的指头指着碗，怀恨地问。

达维多夫咽住了喉咙！困难地微笑着，满足地点了点头。

"但肉是从什么地方来的？"

"我不知道，但是怎么回事？"

"这么回事，他们把村里的牲畜杀掉一半了。"

"谁在杀？"达维多夫扭着一块面包，于是把它推开了。

"魔鬼们！"拉兹米推洛夫前额上的伤痕变红了，"集体农场的主席！"他讥笑他："你要组织一个巨大的农场，不错！谁在杀牲口！是你的集体农场的农民们。个别的农民们也一样！他们都发疯了！这些可恶的畜生！他们把一切都杀光了，我听见他们甚至于连种牛也在杀了。"

"你有一种爱叫的坏习惯，好像你在会场上一样，"达维多夫厌烦地说，又俯着身子去喝汤，"冷静地、扼要地告诉我吧，谁在杀牲畜，为什么他们要这样？"

"我怎么知道为什么呢？"

"你总是咆哮叫嚷。我闭着眼睛听好像亲爱的古旧的一九一七年，重新来到了。"

"等一下，你也会咆哮起来的我想！"

拉兹米推洛夫把他所知道的一切关于牲畜的屠杀的事，告诉了他。听到末尾，达维多夫差不多没有咀嚼地吃着。他的诙谐的情调消逝了，一种深深的皱纹的放射线聚集在他的两眼的四周，他的脸好像变老了。

"立刻去召集一个全体大会，"他吩咐，"去叫拉古尔洛夫……但是不用麻烦，我自己到他那里去。"

"开会做什么。"

"做什么？我们要禁止他们宰杀家畜，要是他不听，我们要把他们逐出集体农场。请他们吃官司。这是一个非常严重的事件。事实如此！这又是富农在捣我们的蛋。喂，请抽一支香烟，走吧！噢，不错，我忘记把我自己的愉快的事告诉你！"一种幸福的微笑，掠过达维多夫的脸，温暖了他的眼睛；不管他是怎样地皱起他的嘴唇，他都不能够掩饰他的快乐。

"我今天接到了从列宁格勒寄来的一个包裹。是的，朋友们给我寄来的一个小小的包裹……"他快乐得脸红了，弯下身去，从他床底下拖出一个小小的箱子，他揭开箱盖。箱子里面，香烟包、饼干盒、书籍、一个雕镂了的木质香烟盒和其他许多包着捆着的东西，杂乱地堆积着。

"同志们记起了我，看他们送给我的东西吧……这是我们列宁格勒的香烟，我的朋友。他们甚至于还送了些巧克力来，你看见吗？我要这个有什么用？我要把它送给什么人的小孩子去……但是这都不要紧，要紧的是他们送了这些东西来的这事实，不是吗？重要的是他们记起了我，送了我这一箱东西，而且还有一封信……"

达维多夫的声音特别地柔和。这样一个快乐到不知所措的达维多夫同志，安德烈以前从来没有看见过。他的兴奋，奇妙地传染给了拉兹米推洛夫，于是想要说几句愉快的话，安德烈这样地嚷道：

"唔，很好！你是一个大孩子，那就是他们送你这箱东西的缘故。看吧，整个这一切要不了一个卢布。"

"那不要紧。事情是这样：我，可怜的人，是一个孤儿，没有老婆，没有任何亲人。事实如此！于是这包东西突然到来了！这是一件感动的事！看吧，多少人在这封信上签了名。"达维多夫一只手拿着一盒香烟，另外一只手拿着一封有许多人签名的信。他的手抖颤着。

拉兹米推洛夫点起了列宁格勒的香烟，问道：

"唔，你觉得你的新的住所怎样？房东太太很不错，是不是？你洗衣服怎么办？要是你愿意的话，你可以拿给母亲去洗。或者你可以和这里的女人商量。你穿在身上的那件衣服太脏了，而且发出死马的味道一样的汗臭。"

达维多夫的脸孔涨红了，急急地说：

"是的，我的衣服要洗一洗了。我和拉古尔洛夫住在一道的时候，什么都不方便。有什么东西要缝，我自己缝，我也自己洗衣服。我到这里以来，还没有好好地洗濯过，那是事实。而我的汗衫也……村庄的店子里没有肥皂买。我已经要求这里的女人替我洗，而她说：'给我肥皂吧，我可以替你洗。'我要写信给朋友们叫他们替我送点家用的肥皂来。但是住所还不坏！没有一个小孩子，我可以安安静静读点书，而且大体……"

"你把那要洗的衣服给母亲去洗吧。她会替你洗的。不要害羞。母亲是一个好人。"

"不要操心吧，我总有办法的。谢谢你的好意。我们一定要替集体农场建筑一个浴室，那才是一个好主意！我们要做到！事实如此！唔，去吧，去召集一个大会。"

拉兹米推洛夫吸完了他的香烟，走出去了。达维多夫无目的地重新理着箱子里面的小包，叹息着，整好了他的污脏的、黄褐色的汗衫的下垂的领，抚平了他的竖立起来了的黑头发，开始穿了衣服走出去。

在途中，他去看了拉古尔洛夫，拉古尔洛夫皱着眉毛，眼睛看也不看他地迎接了他。

"他们在屠杀牲畜，"他们互相问候以后，他这样喃喃地说，"他们可惜他们的私有财产。小资产阶级中间起了这么一种难以言语形容的惊恐。"他转身向他的老婆严厉地说："你立刻离开这里，罗加里亚。去和房东太太坐一会儿；你在旁边，我话都说不出了。"

罗加里亚忧愁地走进厨房。自从铁摩菲和富农的家族们一道乘着车子去了以后，她垂头丧气地到处彷徨着。她的眼睛下面躺着两个青色的悲伤的池沼，连她的鼻子也好像死尸的鼻子一样的尖了。显然和她的情夫离别，她的心里是很悲哀的。富农被送到寒冷的北极地方去的那一天，她一早起，公开地、不害羞地在波西杰夫的院子的附近徘徊，等着看看铁摩菲。到黄昏，橇子载着富农家族和他们的财物从格内米雅其出发的时候，她发出了一种凶兆的、歇斯底里的尖叫，扑在雪地上。铁摩菲待要离开橇子，向她跑去，但是他的父亲用一种威吓的唤声，叫住了他。铁摩菲跟着橇子的后面走去，咬着他那被燃烧着一样的仇恨弄得惨白了的嘴唇，一次又一次地回转头去看着格内米雅其。

像白杨树上的叶子一样，铁摩菲的爱怜的言语，在罗加西亚的心里怀怨地喃喃着：显然她是再也不会听见他的这种言语了。一个女人带着这种无力的恋慕怎么能不消瘦下去呢？她怎么能不感到挫折？现在还有谁会多情地凝视着她的眼睛，对她说："那件绿色的衬衫你穿了非常合身，罗加里亚你穿了这件衣，比以前的任何官家太太都漂亮。"或者，还有谁会用一种女人的歌词："原谅我吧，再会了，我的美人。你的美丽对于我是一种无穷无尽的快乐。"只有铁摩菲能够用谄媚和感动人心的不害羞的话去搔乱她的灵魂的深底。

从那天起，她完全和她丈夫疏远了。平静而有力地、带着平常没有的雄辩，玛加尔对她说道：

"同我再住几天，以后就收拾你的零碎东西、你的吊袜带和香油盂，到你高兴去的什么地方去吧。我为着爱你的缘故，忍受了许多羞耻，但是现在我的忍耐力断绝了。你和一个富农的儿子勾搭，我没有作声。但是现在你在集体农场的一切有阶级意识的人们面前为着他哭，我再也不能忍耐了。不但是我背负着你，就不能够走到世界革命，而且我也许要完全落伍。你是我的背上的一个不必要的负担。我要把这个负担抛掉了。你懂吗？"

"我不懂的。"罗加里亚回答着，再没有说旁的话。

同一个晚上，达维多夫和玛加尔密谈了一次。

"那个女人把你带进了污泥！你现在怎么去和集体农场的人们见面呢？"达维多夫问。

"你又这一老套了……"

"你是一个蠢东西！你这个牛胃！"达维多夫一直齐颈根地涨红了，青筋在他的前额上突了出来。

"人家怎么好同你说话呢？"拉古尔洛夫在房间里走上走下，响着他的指头浮着一种沉静的、狡猾的微笑，"你差不多一句别的话也不说，你竭力想用下面的话来压倒我：'安那其主义者，偏向者！托洛茨基主义者！'你知道我对我的老婆怎样地作想，而且为什么我要忍受这一切。我已经告诉过你，我并没有把她摆在心上。你曾经停下来考虑过一个羊的尾巴吗？"

"没有！"达维多夫慢慢地回答，拉古尔洛夫的突然转换话题，使他吃惊了。

"唔，我考虑过。我常常奇怪羊的尾巴对于它有什么用。这是天生地特别地重。但是这好像什么用处也没有。牛、马或狗可以用它们的尾巴赶苍蝇。但是羊的尾巴上吊着八磅重的脂肪，它可以摇动它，却不能用它赶苍蝇。有着这么一个尾巴，夏天是很热的，粟子壳还要刺在它上面。"

"你尽管谈着羊的尾巴和其他的尾巴，是什么意思！"达维多夫又开始暗暗地愤怒了。

但是拉古尔洛夫平心静气地继续道：

"我想这是附在它的后面遮羞的。这不方便，但是你能够出什么别的东西代替呢？而我的女人我是说我的老婆，对于我的必要，正好像尾巴对于羊一样。我醉心世界革命，我在等待它，等待我的这情妇。而我的女人在我是没有什么的。她只是附带的东西，但是没有她，你又不能过活，你得遮掩你的羞耻。我是一个彻头彻尾的男子。就是病了也是一样，我时时刻刻可以尽着男子的任务。要是她不能在我这里得到满足的话，唔，见她的鬼去！我有一次对她说过：'你一定要和其他的男子勾搭的话，随你的便吧；但是不要把污秽沾在你的裙子上面带回家来，而且不要在你的衣服上露出你在什么地方睡了觉的痕迹，不然的话，我会打偏你的头。'但是现在你，达维多夫同志，这样的事，你一点也不懂。你像一条折叠的铁尺。你并不和我采取同样的方式去等待革命的到来。但是你为什么要为着我的老婆的罪恶来骂我？她使我感到满足。但至于她和一个富农勾搭上了。而且为着他，为着一个阶级敌人哭泣，因为这点，她是一个毒虫，而且无论怎样，我都要把他逐出我的家。但是我没有力量去打她。我正在走进新的生活，我不愿意污了我的手。你会打她吗？但是，喂，那样一来，你一个共产党员，和旧时代的什么人，什么军官之类，有什么不同呢？他们常常打老婆就是这样。不，兄弟，你再不要和我谈罗加里亚的事了呢。我自己会和她算账的。这种事情，用不着你帮忙。一个老婆的问题，是很严肃的问题。有许多事都靠着她。"拉古尔洛夫做梦一样地微笑着，于是热心地继续说道："等到我们消灭了一切国界的时候，我是第一个要叫起来：'快和外国女人结婚吧！'大家都曾混杂起来，就不会有这类的怪事了：一个人的身体是白色的，另外一个人是黄的，第三个人是黑的，白种要骂另一种有色皮肤的人，而且把他们看得比自己低级。大家都生着副可爱的微黑的面孔，大家都是一样。在晚上，我常常想着这事情……"

"你完全在梦里过活，玛加尔！"达维多夫不满意地说，"有许多地方我不理解你。关于种族的差别……那是十二分对的，但是至于其他的事……许多日常生活的问题我不能够同意你。唔，随你的便吧！只是我再不和你住在一道了。事实如此！"

达维多夫从床底下拖出他的皮箱，使皮箱里面的器具发出深沉的响声，于是走了出来。拉古尔夫陪了他走到他的新的住所，走到没有孩子的集体农场农民菲立莫洛夫夫妇的家里。在到菲立莫洛夫的家去的路上，他们一路谈着春天播种的事，他们没有再谈到家庭和生活的问题。那时以后，他们两个人中间的关系有了一种更容易觉得到的冷淡。

因此，现在，在谈到牲畜的屠杀的时候，拉古尔洛夫用一种侧面的垂头丧气的眼光迎着达维多夫。但是在罗加里亚出去了以后，他的谈话比较起劲了。

"他们在屠杀牲畜，这些毒虫！"他说，"他们宁可准备被肉呛死，也不愿意把家畜交给集体农场。我提议，我们召集一个大会，通过一条要求允许枪决那些故意屠杀牲畜的人的决议案。"

"什么？"达维多夫懒声懒气地问。

"枪决他们，我说，枪决他们，我们得要求什么人的允许？人民法庭不能允许，能吗？杀掉两个屠杀了怀孕的母牛的人，我想，其余的人一定会觉悟过来。我们现在一定要用最严厉的手段来处置。"

达维多夫把他的帽子丢在大柜上，在房间里面走上走下。他说话的声音里有一种不满的和犹豫的音调。

"你又走极端了！拿了你真没有办法，玛加尔！想一想你真正能够为着人民杀掉自己的母牛，枪决他们吗？没有那样的法律。事实如此！中央执行委员会有一条决议案，而它用这么多的字写着：'监禁两年，土地没收，故犯者驱逐出境。'而你却提议要求枪决他们！你真是……"

"唔，我是什么？我什么也不是。你老是考量和计划。但是我们用什么去耕种？要是他们在参加集体农场以前杀掉了他们的耕牛的话，用什么去耕种？"玛加尔大步地走到达维多夫的面前，手放在后者的宽阔的肩膀上。他比达维多夫高一个头，当他低头看他的时候，他补充道：

"绥明！我替你难过。你怎么生一个这样懒惰的脑子？"于是他差不多叫嚷起来："你不看见我们要是不能设法耕种的话，我们就完结了吗？你看不清楚吗？为这事情，我们非枪决两三个毒虫不行！我们应当把富农们枪决！这是他们的工作！我们应当要求较高当局的允许。"

"你这傻瓜！"

"又来了你的'傻瓜'！"拉古尔洛夫忧郁地垂着他的头。但是他好像一匹马感触到了骑者的膝头一样，立刻又抬起头来，叫道，"他们都在屠杀！我们已经像在内战期间一样，到了阵地战的时候了。敌人在我们四方八面起来了，而你呢？像你这样的人会糟蹋许多世界革命的机会。世界革命决不会由你们这些迟钝的家伙造成！我们的周围到处有资产阶级在虐待劳苦民众，在窒杀中国×军，在殴打黑种人，而你却要爱惜敌人！你看呵！真是一种可怕的耻辱！当我想到在外国受资产阶级虐待的我们自己的血亲兄弟的时候，我的血都冷了！因为这缘故，我不能读报。我看见报的时候，我的肠肚通通要翻了出来。而你！你对于被我们的敌人关在囚牢里腐烂的我们的血亲兄弟，怎么想呢？你并不怜惜他们！"

达维多夫用他的手指搔着他的光耀的黑头发，嘶哑地带着鼻音叫道：

"见你的鬼！我不怜惜他们吗？请不要那样号叫！你自己有点神经病，你要使人家和你一样。我在战争中和反革命算账是为了罗加里亚的眼睛吗？你所提议的是什么。你清醒一点！不能讲枪决！你还是多做点群众工作，说明我们的政策。但是枪决！谁都能够干！你老是这样！有一点点混乱，你就马上走极端。事实如此！但是在这事开始以前，你在哪里？"

"和你在一块！"

"对了！我们太没有注意这些了，但是现在我们应当整顿一下，不要谈枪决吧！你的歇斯底里已经发够了。去工作吧。你是一个姑娘，咒你！你连一个染红了指甲的姑娘都比不上！"

"我的指甲是用血染红的！"

"所有一切不戴手套作战的人全是一样。事实如此！"

"绥明，你怎么可以叫我作姑娘？"

"这是随便说说的！"

"收回这句话！"拉古尔洛夫低声地要求。

达维多夫静默地看了他一会儿，于是笑起来。

"好。你平静点吧，让我们到会场去。属于这个屠杀的事件，我们一定要有点吃力地宣传。"

"我昨天花了一整天工夫，从一家跑到一家，和他们辩论这件事。"

"这倒是一个好方法。我们再去，我们大家都去。"

"你再去吧！我昨天离开一家人家的时候，我想：'唔，我似乎已经说服他们了。'但是我刚刚跑到外面，就听见一只猪在刀下尖声叫起来。我花了整整一个钟头和一个私有主义的毒虫谈世界革命和共产主义！我是怎样地说着呵！连我自己都感动得流泪了。不，和他们讲道理是没有用的，你得打他们的头，打他们同时告诉他们：'不要听富农的话，你这危险的毒虫！不要跟他学着爱财产。不要屠杀你的家畜，你这废料！'他想他不过是杀了一只牛，但是实际上他是在世界革命的背上刺了一刀。"

"有的该打，其他的该给他教育。"达维多夫这样地主张。

他们离开了院子。一种细微的、潮湿的雪，撒在地上。有黏性的雪片掩盖了旧雪，在屋顶上融化。通过石板一样的黑间，他们向学校走去。村里的居民只有一半到了会。拉兹米推洛夫朗读了人民委员会关于"对故意屠杀家畜的斗争方法"的决议案。以后，达维多夫演说了。在他的演说的末尾，他向大会说了这些话：

"公民们，我们又接到了三十六个要求加入集体农场的请求书。在明天的会议上我们要审查他们，那些自己去上了富农的钩，在他们加入以前杀掉了他们的牲畜的人,我们要拒绝他们的请求,事实如此!"

"但是假如已经参加了的人杀了一只小牲畜,怎么办呢?"罗比西金问。

"我们要把他驱逐出去!"

会场的人都感叹着,于是起了一阵深沉的埋怨的声音。

"这样,你不如解散集体农场的好!村里没有一家没有屠杀牲畜的。"波西杰夫叫着。

拉古尔洛夫摇着拳头,对他骂着:

"你住嘴,你这小富农!关于集体农场的事不要你插嘴。没有你,我们可以干下去。你自然已经把你的阉牛杀了,是吗?"

"我可以随我的高兴处置我自己的家畜。"

"好!我明天把你送到监狱里去,在那里你可以随你的高兴去干你的!"

"你太严厉了!你的决定太严厉了!"有人用一种嘶哑的声音这样地叫。

会场的人数虽然少,讨论却很激烈。散会的时候,村民们沉默地走去,只有在他们离开了学校,散作了许多小群的时候,他们才边走,边交换意见。

"鬼迷着我杀了两只羊!"集体农场的农民绥明·古金可夫向罗比西金诉说道,"你现在把那些肉从我的喉咙里拖出来吧……"

"我自己也做了一件糟糕的事,我的朋友。我杀了一只山羊,"罗比西金沉重地叹息,"现在我怎么好站在会议的前面呢?都只怪我的老婆,该死的她!她劝我犯罪,诅咒这魔鬼!只是'杀''杀'!没有别的话!她想吃肉!哦,这个女妖精!我到家的时候,我要敲掉她的牙齿!"

"她是应该好好地给教训一顿,她应该!"罗比西金的岳父,安金姆·普斯格内布洛夫告他,"这使得你很难看,我的孩子,因为你是一个集体农场的农民。"

"正是呀。"罗比西金叹了口气,在黑暗里揩掉了他的胡须上面的雪,脚跌在车辙里,颠踬着。

"你不是把你那有斑点的公牛杀了吗,老安金姆?"顿姆卡·乌沙可夫,他住在普斯格内布洛夫的隔壁,咳嗽着问。

"我是杀了,我的朋友。但是我另外有什么办法呢?这公牛折断了它的腿子,这该死的畜生!恶魔把它引到地窖边上,它掉了下去,折断了它的腿子。"

"我好像在天亮的时候,看见你和你媳妇一道用枯树枝把阉牛赶到地窖那里去……"

"你说什么?你说什么?顿姆卡收回那句话!"老安金姆吃了一惊,站在街心,在那不能透视的夜的黑暗里频频地闪着眼睛。

"走吧,走吧,老头子!"顿姆卡抚慰地说,"你像一个半埋在土里的犁头一样的站在那里干什么?你把阉牛赶进地窖……"

"是它自己走去的,顿姆卡!不要那样造孽吧!这是一种极大的罪过!"

"你很狡猾,但是比阉牛狡猾不了许多。一头阉牛的舌头可以达到它自己的尾巴的下面,但是我想你不一定能够,你能够吗?你想着你把它弄得跛了脚,于是可以借口杀掉它。是不是?"

潮湿的风狂暴地吹过村庄。白杨和柳树在溪边的草地上骚然地呼号。一种黑得刺眼的黑暗笼罩了一切。被湿气包住的人声在小路上随时可以听到。雪不绝地下。冬天是在倾出她的最后的迟暮的礼物。

第十六章

达维多夫和拉兹米推洛夫一道离开了会场。正在降落的雪,很密很潮湿。小小的灯光在黑暗里到处闪动。被一阵一阵的风吹得断断续续的狗的吠声,悲悽地、频频地响过村庄。达维多夫想起了雅可夫·洛济支保留田里的雪的谈话,叹息道:"不,今年我们办不到。在这样一种大风暴里,会有多少雪留在耕地上呢?这是一种羞耻,事实如此!"

"让我们到马厩去看看集体农场的马匹。"拉兹米推洛夫提议。

"好!"达维多夫同意。

他们转到了一条小路。他们很快地看见了一点灯光:在那作了马厩的拉普西洛夫的干草屋的外面,挂着一个灯笼,他们走进院子,在马厩门边的屋檐下面,站着七八个哥萨克。

"今天谁值班?"拉兹米推洛夫问。有一个人在长靴上擦熄了他的香烟,回答道:

"康德拉脱·梅谭尼可夫。"

"但是为什么这样一大群人站在这里?你们在这里做什么?"达维多

夫问。

"唔,达维多夫同志……我们站在这里,大家抽一抽烟。"

"我们今天晚上从打谷场把干草搬过来了。"

"我们站在这里抽一抽烟,谈谈天。我们想着我们要等到雪停。"

马匹在马厩里很规律地咀嚼着,汗、马粪和马尿的气味,和那杂着苦蓬的草原里的干草的轻淡的、发散蒸气的香气掺和着。马厩对面的木架上,挂着马的项圈、缰绳和挽革。沿着马厩的走路扫得很干净,少许撒了一点黄沙。

"梅谭尼可夫!"安德烈叫着。

"哦!"一个声音从马厩的一端答应。

梅谭尼可夫正在用一个干草叉叉着一束麦稿。他从门边走进第四号厩室去。用脚去踢起一匹黑马,把干草撒下。

"回转来,畜生!"他愤怒地叫着,对这昏昏欲睡的马挥着干草叉的柄。在惊讶的当中,这畜生用它的蹄子在木地板上滑动着,踏得格格作响,于是喷着鼻子,把它的头伸到秣槽里,显然在想着,还是重新睡下的好。康德拉脱沾着马厩和麦稿的气味,走到达维多夫面前,伸出他的粗糙的冷手。

"唔,怎么样,梅谭尼可夫同志?"

"不错,集体农场主席同志。"

"你打的好官话,你的'集体农场主席同志'。"达维多夫微笑着。

"你知道,我现在是在上差呀。"

"那一大群人站在马厩外面是做什么的?"

"去问他们自己吧!"在康德拉脱的回答中,含着一种恼怒的音调,"在晚上我刚刚开始喂马的时候。他们都到这里来了。人们无论怎样也不能摆脱那私有的感情。站在那里的都是马的主人!他们走来问:'你拿了一点干草给我的那匹栗色的马吃吗?''你替我那黄褐色的家伙铺了点卧稿没有?''我的小母马好好地在马厩里吗?'但是他的小母马究竟会跑到什么地方去呢？我会把它吞掉吗？他们大家走过来要求：'让我来帮你忙喂马。'每个人都竭力要多拿点干草给他自己的马。这样不好！我们一定要通过一条禁止闲人到这里来的决议案。"

"你听到吗？"安德烈对达维多夫闪着眼睛，困恼地摇摇头。

"驱逐他们离开这里！"达维多夫严厉地命令道，"除了值班的人和他的助手以外，其他的人一概不准到这里来。你拿多少干草给马吃？每次喂草的时候，你量过吗？"

"不，我没有。每一匹马大概半普特，我想。"

"你给它们通通铺卧稿吗？"

"为什么不，当然要铺的！"康德拉脱猛烈地点点他的戴着布做的军帽的头，细微的干草粉末撒落在他的微黑的颈脖上和穿旧了的塞着棉花的上衣领子上，"我们的经理阿斯托洛夫罗夫，我是说雅可夫·洛济支，来对我说：'拿马匹吃剩的干草铺在马厩里去作卧稿。'这是一道很好的命令吗？大家都认为他是一个科学化的农民，这魔鬼，而他给我这样一道愚蠢的命令！"

"为什么，这有什么不对呢？"

"当然，这是不对的，达维多夫同志！马吃剩的干草都是很好的食料。那里面的每一根苦蓬都软柔好吃，杂草也是一样。羊和山羊会把它们都吃光，吃得一根不剩。而他要拿去铺着让马睡！我开始和他争辩，而他说，教训他不是我的职责。"

"不要拿去作卧稿吧，你是很对的！我们明天去教训他。"达维多夫约定着。

"还有一件事情。他们在开始用那堆在水井旁边的干草。为什么，我想知道。"

"雅可夫·洛济支告诉过我，那是很坏的干草。他要在冬天用坏的草料喂牲畜；把好的留到春耕的时候用。"

"唔，如果是这样，他是对的，"康德拉脱同意了，"但是你明天会把用好干草铺地的事告诉他吗?"

"我会的。唔,现在抽一支列宁格勒的香烟吧,"达维多夫咳着,"我的工厂里的同志送给我的……所有的马匹都好吗?"

"谢谢你。给我一点火吧。是的,所有的马匹都很好,我们的骑乘用的马,以前拉普西洛夫的那一匹,昨晚倒下了,但是他们都注意到了。其他的马都好。有一匹小东西简直不肯睡下去。它整夜地站着,他们告诉我。我们明天要替它们的前足换蹄铁。它们前蹄上的蹄铁太滑了,冰把那上面的尖铁通通磨平了。唔,再见!我还有许多卧稿没有铺好。"

拉兹米推洛夫同达维多夫一道到他家里去。他们一边说话,一边走,但是走到一个通达维多夫的住屋的转角,在别个的农民罗加·戚巴可夫的院子的外面,拉兹米推洛夫触触达维多夫的肩,要他停步,低声地说:

"看!"

离开他们约莫三步远,在耳门边,有一个人的侧影。拉兹米推洛夫突然很快地向他跑去。他用右手紧握着他的手枪柄,用左手抓住站在门里的那个人。

"是你吗,罗加?"他问。

"这是你吗,安德烈·斯推潘尼支?"

"你右手里面拿的什么?喂,拿过来。快!"

"为什么,怎么一回事?拉兹米推洛夫同志。"

"拿过来,我说,要不然我要开枪了!"

听到吵闹起来的声音,达维多夫走了上来,近视地闪着眼睛。"你要从他手里夺什么东西?"他问。

"拿过来,罗加!要是你不,我就开枪!"拉兹米推洛夫坚持着。

"那么,拿去吧!你发什么疯?"

"看他拿着什么东西站在门边!哦,你这魔鬼!你黑夜里拿一把刀,站在这里干什么？你在等谁？你是在等达维多夫吗？我问你，你拿一把刀，站在这里干什么？你是一个反革命吗？想做一个暗杀者吗？"

只有安德烈的锐利的猎人的眼睛，才可以看见站在耳门边上的人的手里拿着的刀的白刃。他跑去缴了他的械。但是当他叹息地开始讯问惊慌失措的罗加的时候，这个人打开门，用一种变了的声音说道：

"如果你是这样的误会我，我不能不作声了。你把我怀疑得太坏了，绝不是这样的！同我进来吧，安德烈·斯推潘尼支。"

"到什么地方去？"

"到羊舍去。"

"做什么。"

"你来，你就可以知道我手里拿一把刀在望着大路的道理。"

"让我们去看看吧，"达维多夫提议，自己先走进了罗加的院子，"我们向那里走。"

"随我来吧。"

布着一堆散碎的马粪燃料的羊舍里，有一条放着一盏点起来的提灯的凳子。凳子的旁边，罗加的老婆蹲在那里，她是一个长着细细的眉毛的漂亮的圆面孔的女人。当她看见生人的时候，她站起来，竭力想用身躯遮住墙壁旁边的两个水桶和一个水盆。在她旁边的那个角落里，一只肥猪正在那显然是刚刚铺下来的干净的草稿上践踏着。它的头伸进一个巨大的食槽里，正在咀嚼着，狂饮着饲料。

"你知道是怎么一回事了吧，"罗加指着猪，惶恐不安地说，"我们想偷偷杀掉这只老猪。我的老婆正在喂它的食料，而我正要掀翻它，刺它的喉管的时候，我听见街上有人声。因此我想出去看看有没有什么人在听。我就这样走了出去，我的袖子卷起，围巾系上，刀拿在手里。恰恰碰到你们来了！你想着我在做什么，你去杀人，要卷起袖子，系着围巾吗？"罗加解去他的围巾，羞怯地说，于是带着一种压抑着的愤怒，向他的老婆叫道："唔，你站在那里干什么，小傻瓜，把猪赶出去！"

"不要杀它吧，"拉兹米推洛夫多少感到一些困惑地说，"我们刚刚举行了一次会议，不准你们屠杀你们的牲畜。"

"唔，我现在不了。你已经吓退了我所有的欲望……"

在到他家里的其余一段路上，达维多夫老是取笑着安德烈：

"防止了一次暗杀集体农场主席的图谋！缴了一个反革命的械！真英雄！事实如此！哈，哈，哈！"

"但是我救了一只猪的命！"拉兹米推洛夫还笑着。

第十七章

第二天，在格内米雅其党的支部的一次秘密会议上，全场一致决定把格内米雅其"斯大林"集体农场的农民们的一切牲畜，不论大小，全部作为公有；同时决定，家畜以外，家禽也一样处置。

最初，达维多夫顽强地反对小家畜和家禽作为公有。但是拉古尔洛夫断然地声言，要是在下一次集体农场会议上，不通过这样一个决议的话，春天的播种运动会遭受挫折，因为所有的牲畜都会被杀，家禽也一样。拉兹米推洛夫支持他的意见，于是稍微踌躇了一下以后达维多夫同意了。

此外，会议还决定了而且记入了议事录：为了终止一切故意的屠杀，应当开始一个广大的宣传运动，为了这样，每一个党员都自动地担任在那一天去访问每一个农家。至于对那些已经被发觉屠杀了家畜的人的法律处置，会议决定暂时还不是对一切的人都能适用，要等着看到了宣传运动的结果再说。

"这样一来，家畜和家禽都要比较的安全。要不然，到春天，村里会听不到牛鸣和鸡叫了。"拉古尔洛夫快乐地说，当他把会议的议事录纳进一个纸挟里面去的时候。

集体农场全体大会，欣然通过了一切牲畜全部公有的决议，因为劳动用的家畜和取乳用的母牛都已经这样地处置了，这决议仅仅关系着仔牛、仔马、羊和猪。但对于公有的东西要包括家畜在内的提议，却引起了长长的、热烈的争论。女人们特别反对。但是她们的固执终于被克服了。这个，主要是拉古尔洛夫的功绩。是他，用他那长长的手掌按着他的胸口上的勋章，热情地说：

"女人们，我的亲爱的女们！不要留恋你们的鸡和鹅吧。你们以前没有留难过我们，现在你们不应当留难我们。让家禽养在集体农场里面吧。到春天，我们要定购一架孵卵器，这机器会代替母鸡来为我们孵化小鸡，每次孵化好几百。孵卵器是很神妙的孵化小鸡的机器。请不要固执你们的意见吧。鸡依旧是你们的鸡。不过养在公共鸡舍罢了。我们不应当对母鸡存着任何私有的观念，我的亲爱的姊妹们。而且还有，鸡对于你们有什么好处呢？横竖现在它们又不会生蛋。而且在春天到来的时候，看你们为了它们要遭受多少麻烦呵。它们会跳进菜园去把种子啄掉，一会儿，你们又要发现这些东西把它们的蛋藏在谷物仓下面的什么地方了，或者是一只臭猫会扭断它们中间的一个的颈子。在它们身上发生的意外的事，会没有尽头的，而且你得常常走到鸡舍去，探着看它们哪一只要生蛋了，哪一只肚皮还是空的。你走进鸡舍。你会惹着鸡虱或其他什么恶毒。它们对于你，只有麻烦和灾害。但是把它们拿到集体农场去喂的时候，怎么样呢？那是再好不过的！它们会受着适当的照顾，我们要请一个独身老人，譬如像安金姆·普斯格内布洛夫一样的人去照料它们，让他一天到晚去探看鸡的蛋，去爬到栖木上去吧。他会觉得这是一种恰恰适合老年人的、愉快而又轻松的工作。他干这工作，他一辈子都不会患疝气病！让我们同意吧，我的亲爱的姊妹们！"

女人们笑着，微微叹着气，相互地商量了一会儿，于是同意了。

会议完了以后,拉古尔洛夫和达维多夫立刻一道去一家一家地访问。从他们在最初几家调查的结果看来,显然,每一家都有鲜肉。正在午餐时候以前,他们走去看老西奚卡。

"他是集体农场的一个积极的拥护者,而且他自己说过,我们应当爱惜小家畜。他是不会杀掉他一只牲畜的。"拉古尔洛夫这样向达维多夫保证,当他们走进西奚卡院子的时候。

他们发现这位"积极的拥护者"正两腿朝天地躺在床上。他的衬衫一直卷到他的杂乱的、稀少的胡须边上,一个约莫有六公升容量的瓷罐的锐利的边缘,紧紧地嵌在他那满生着蓬松的白毛的苍白的、憔悴的肚皮上面。两个放血杯好像水蛭一样吸在他身体的两边。他没有抬起头来看看进来的客人。他的两只手颤抖着,交叉在他胸上,好像他死了一样;他的眼睛突出了眼窝,而且浮着苦痛得昏昏沉沉的表情,慢慢地向两边滚动。拉古尔洛夫觉得他闻到了这屋子里有一种死尸的臭味。西奚卡的肥胖的老婆正站在火炉旁边,替人医病的女人玛米溪卡,那位敏捷得像老鼠一样灰色的老女巫,正在床边忙碌着。玛米溪卡因为精于使用吸角、叠铁罐、接骨、放血、止血,用编织的铁针来打胎,这样,她在区里很有名。现在她在这里"治疗"这位非常不幸的西奚卡。

达维多夫走进来的时候,他的眼睛圆睁着。"早上好,老头子!"他说,"你肚皮上面放的是什么东西?"

"我痛得要命!我的肚皮!"老头子困难地说,一句话切成两截。立刻,他又用一种细微的声音,像一只小狗一样的号叫道:"把罐子拿掉!把它拿掉,你这老巫婆!哦,我的肚皮要破了!哦,大家来救救我吧!"

"忍耐点,忍耐点!一会儿就要好过一些的。"老妇人小声地和他分辩。竭力想拔去那深深地吸进了皮肤里面的罐子的边缘,却没有成功。

但是老西奚卡突然像一只野兽一样咆哮起来,一脚踢开了那女人,两手抓住罐子。达维多夫急急地跑去帮他;从火炉上面拿了一根木面棒,他推开老女人,用面棒在罐子的底上敲打。罐子打破了,空气从碎片间呼啸地冲了出来。老西奚卡从腹底打出了一个呃,苦重地喘息着,放心地叹了一口气,毫不费力地把吸角移开了。达维多夫瞥了一眼老头儿的那有着一个在罐子的破片间突了出来的青色的大肚脐的肚皮,他退到长凳那里,被一阵狂笑弄得窒息了。眼泪从他的脸颊上滚了下来,他的帽子落下了,几束黑色的头发垂到他的眼睛的前面。

老西奚卡是不容易死的!玛米溪卡开始伤心打破了的罐子的时候,他已经把衬衫拉下去遮掩了他的赤裸裸的身体,站了起来。

"哦,你这老恶汉!"女人一面啜泣,一面尖声地叫,"魔鬼把我瓷罐打破了!我给你们这样的人医病,你们一点也不晓得好处。"

"滚出去,女人!立刻滚出去!"西奚卡指着门,"你刚才几乎把我的命都送掉了。你的罐子应当在你的头上敲碎。出去,要不然我要杀人了。我动了火的时候,我是一个很厉害的人。"

"到底是怎么一回事?"拉古尔洛夫在玛米溪卡出去时差不多还没有把门带关的时候,这样地问。

"哦,我的孩子,好朋友!相信我!我刚才差一点点完结了。足足两个整天,我没有走出我的院子一步,我用我的手扯着裤子走路。我的肚皮泻得这样厉害,简直忍不住!我好像身上有个漏洞一样,好像我是一只污秽的小鹅一样的下个不停。"

"你是不是吃太多肉了?"

"肉……"

"你杀掉了你的小牛吗?"

"小牛已经没有了……它对于我没有什么用处……"

玛加尔咳了咳嗽,恶憎地在这老人身上上下地看着,嗞声地叱道:

"你这老魔鬼,你的肚皮上不应当放一个瓷罐,应当搁一个可以装六加仑东西的圆筒。这样,它可以连你肠肚一道吸了进去!等着看我们把你赶出集体农场吧,那时候,你就更加痛得忍不住了!你为什么要杀掉你的小牛?"

"我犯了罪,玛加尔,亲爱的!老太婆要我这样干的,你知道,在晚上叫的杜鹃,常常叫得最响。可怜我吧……达维多夫同志!你和我做过好朋友,你不会把我赶出集体农场吧?我为着我的罪已经受够了磨难……"

"唔,你拿他有什么办法?"拉古尔洛夫挥着他的手,"走吧,达维多夫!你这害病的老家伙,你把擦枪的油调着盐水喝下去,喝了会好的。"

西奚卡的嘴唇愤怨地颤动着。"你和我开玩笑吗?"他问。

"我对你说的是真话。以前在军队里,我们常常用那方法来治肚皮痛。"

"什么,你以为我是铁做的吗?我会去吃他们擦那没有生命的枪支的油吗?我不!我宁可死在向日葵的中间,但是我不吃擦枪的油!"

就在那第二天,没有死成功,西奚卡在村里到处一拐一拐地走着,告诉他所碰到的每一个人:达维多夫和拉古尔洛夫怎样去访问了他,问了他关于春天耕种的农具修缮和集体农场其他事务的意见。在他的故事的末尾,老头子停了很久不说话,于是,移开他的香烟,叹息道:

"我有点不舒服?所以他们来看我。他们没有我,是不能够使事情好好地进行的。他们劝我吃一种药。'快医治吧,老人家,'他们说,'要不然,你会死,这是万万不行的,我们没有你会感到损失。'他们的确会感到损失!一点点事情,他们就要叫我到支部里去看看,给他们意见。我不多说话,但是我说的都中肯。我想我的话不会白讲的!"他抬起他的失去了光泽的、充满了欢喜的眼睛,看看听他说话的人,竭力想探出他给予了他什么样的印象。

第十八章

在集体化运动的最初几天以后,渐渐平静下来了的格内米雅其村,又开始骚扰起来了。家畜的屠杀停止了。两个整天各种毛色的羊和小羊被牵到或赶到公共畜舍去,鸡都装在口袋里运了去。村里充满了家畜的号叫和家禽的咯咯和喔喔的啼声。

已经有一百六十家农家加入了集体农场。已经有三个突击队组织起来了。农场的管理委员会委任雅可夫·洛济支把富农的羊皮衣、长靴和其他衣物分配给那缺乏这些东西的贫农们。他们预先拟了一个穷困的人的名单,照名单看,管理委员会显然没有使得人人满足的能力。

雅可夫·洛济支在分配没收得来的富农的衣物的铁推克的院子里,一直到晚上,整天地可以听到不断的喧叫的声音。哥萨克们就在那里的雪地上,在谷物仓的进口,脱掉自己的衣着,去试那富农的上等长靴,去穿那些上衣、男人短衣、女人短衣和羊皮衣。用将来的劳动作抵,从委员会赊借了衣服和长靴的幸运的人们,就在谷物仓的外面裸露着身体,于是,满足地发出喉音,眼睛闪着光辉,微黑的面孔闪耀着谨慎的、颤动的微笑，急急包好他们的补了又补的破旧衣服，穿上新衣，这样他们的肉体不再露出来了。在任何一件衣服拣好以前，要经过多少讨论、多少忠告、多少怀疑的话、多少咒骂呵！达维多夫吩咐给罗比西金一件短衣、一条裤子和一双长靴。含怒的雅可夫·洛济支从一个大柜里拖出一包衣服，抛在罗比西金的脚边，说道：

"凭你的良心去拣吧！"

罗比西金的胡须抖动，两手战栗着。他把衣服翻了一遍。选了一件短衣。但是那时候他满身流着汗。他用牙齿去咬一咬布料，在亮处扯起来看是不是有虫钻进去了。他的周围人群口吐着热气，七嘴八舌地叫道：

"快拿了这件吧，这个传到你的孩子的一代，还可以穿！"

"什么，你的眼睛在哪里？你没有看见这是翻转来了的吗？"

"你说谎！"

"你自己看。"

"拿了那件，帕维尔。"

"我不。你试一试另外一件看！"

罗比西金的面孔好像烧热了的砖头一样的通红。他衔着他的黑胡须，像一头被猎人赶着的野兽一样的朝四面看，他伸手去取另外一件短衣。他选了一件。是无论从哪一点讲，都算很好的一件短衣。他把他的相当长的手臂伸进衣袖里，而衣袖仅仅达到他的臂弯，衣缝又在他的肩膀上裂开了。于是，带着困惑和兴奋的微笑，他又在衣堆里搜索起来。他的眼睛好像在市场上看见一大堆玩具的小孩子的眼睛一样的睁着，而嘴唇上又泛着这样一种清朗的、孩子样的微笑，使得随便什么人都想在这个六尺高的罗比西金的头上，给他一种父亲一样的爱抚。中午过了，他还没有选定。他穿上他选好的裤子和长靴，于是吞了一声叹息，向含怒的雅可夫·洛济支说道：

"我明天再来选一件上衣。"

穿着咯吱作响的长靴和两个裤管上有两道条纹的新裤,他离开了院子,立刻显得年轻了十岁。然而大街并不是他回家去的最近的路,他却故意从那里走过,而且一次又一次地在街角上停下来吸烟,或者和过路的人们谈话。他花了三个钟头才回到家里,一路夸耀着,于是到晚上,这样的谣言传遍了整个的格内米雅其:"罗比西金好像要从军去一样的装扮起来了。他今天花了一整天工夫挑选他的衣服。他全身穿着新衣,穿着休假日的裤子走回家去。他好像一只鹤一样的飘飘然地走着,我想,他的脚不一定触到了地面吧。"

顿姆卡·乌沙可夫的小小的老婆一动也不动地呆伏在一个大柜上,好容易她才被推开了。她穿了铁推克的老婆的一件绉边的毛织的裙,把她的脚伸进一双新鞋里,把一件有着华丽的颜色的披肩包住她的肩膀。只有到那时候,人们才知道顿姆卡的老婆并不难看,才知道她有一种端正的体态。可怜的女人,她在整个的悽苦的生涯里,从来没有吃过一顿好饭,从来没有穿过一件新衣,看着集体农场的这些财物,怎么能够不晕厥过去呢?当雅可夫·洛济支从大柜里拉出一大堆女人的华丽的衣裳来的时候,被不断的贫苦和饥饿褪去了颜色的她的嘴唇,怎么能够不变得苍白呢?年复一年地,她生育着小孩,用腐朽的破布和破旧了的羊皮衣服的碎片包裹着她的吃奶的婴儿。而她过去的美丽、健康和少女的元气,都被忧愁和无穷无尽的贫穷消退了,她自己在整个的夏天都穿着一条稀薄得像筛子一样的短裙;在冬天,当她那件满是虱子的裙子脱去洗濯的时候,她要赤裸着身体同她的孩子坐在火炉边上,因为她再没有别的东西好穿了。

"我的亲爱的……我的最亲爱的……等一等,也许我还是不要这条裙子……我要换一条……也许有什么给孩子们穿的……给米霞……多尼亚……"她的燃烧着的眼睛没有离开那五光十色的衣堆,紧紧地攀住大柜的盖,狂喜地啜嚅着。

偶然在场的达维多夫望着她的时候,他感到他的心脏抖动了。他走到她的面前，问道：

"你有多少小孩子，女公民？"

"七个。"顿姆卡的老婆小声地回答，在她的期待的甜蜜中，她怕抬起她的眼睛来。

"这里有什么儿童的衣裳吗？"达维多夫低声地问维可夫·洛济支。

"有的。"

"这个女人替她的孩子们所要求的一切，你都给她。"

"这样她要阔起来了！"

"你说的什么话？唔？"达维多夫愤怒地露出他的缺牙齿，雅可夫·洛济支急急地俯向着大柜。

平常最爱饶舌，而且嘴巴非常厉害的顿姆卡·乌沙可夫，现在站在他的老婆的后面，一声不响地舐着他的干燥的嘴唇，凝住了他的呼吸，但是听到达维多夫最后一句话的时候，他抬头望着他。从他的斜眼睛里，眼泪突然好像果汁从成熟的果子里涌溢出来一样的淌着。他从他站着的地方走开，向谷物仓的进口跑去，用他的左手推开众人，用他的右手遮了他的眼睛。跳下谷物仓的台阶，顿姆卡大步地走出了院子，害羞地竭力想掩饰他的眼泪。但是眼泪却从他的黑色的手掌下面一滴追逐一滴地滚下他的脸颊，像露珠一样的灿烂和闪耀。

快到傍晚的时候，老西奚卡想来分点东西，他闯进集体农场的办公处，于是，差不多还没有透过气来就向达维多夫叫道：

"你好。达维多夫同志！我看你的元气很好。"

"写一道命令给我。"

"什么样的命令？"

"一道我去领取衣服的命令。"

"你为了什么要衣服？"坐在达维多夫的旁边的拉古尔洛夫扬起了他的眉毛，"为了你宰杀了小牛吗？"

"过去的事应当忘记，玛加尔。你不知道吗？你的'为了什么'是什么意思？当我们驱逐富农铁推克的时候，谁吃了苦头？我和达维多夫同志！他的头打破了，但是那个不算什么。那只狗把我的羊皮衣弄得怎样了呢？那件衣只剩下做脚绊的碎片了。我是苏维埃政府的一个殉道者，而你说我不需要什么吗？我宁可让铁推克粉碎我的头，也不愿意触动我的羊皮衣。羊皮衣是我的老太婆的，不是吗？为了这件衣，她要把我杀死，那么事情将怎样呢？呵哈，就是这样！"

"要是你不跑的话，你的羊皮衣一定到现在还是好好的。"

"但是我怎么可以不跑呢？你没有看见铁推克的那个老妖精老婆对我怎样吗？她唆狗来追我，叫道：'抓住他，咬他！他是他们中间最坏的一个家伙！'达维多夫同志可以告诉你，这是实在的。"

"你是一个上了年纪的人，但是你最会吹牛皮。"玛加尔说。

"达维多夫同志，我请你证明。"

"我记不清楚了……"

"她的确是那样叫的，我发誓！唔，恐怖降临到我，当然，我转身离开了院子。要是那只狗是其他任何一只狗也好点——但是它比老虎还凶。"

"没有人唆狗来追你；这一切都是你捏造的。"

"玛加尔，你一点也不记得，我的朋友！你自己那样地吓得魂飞魄散，因此，你怎么能够记得呢？对不起你，在那时候，我就想着：'玛加尔马上就要抽身逃跑了。'那狗是怎样地拖着我绕着院子跑呵！我都记得清清楚楚。如果不是那只狗的话，铁推克绝不能够活着从我的手中逃脱的，我可以赌！我是一个很厉害的人，我真是！"

拉古尔洛夫好像患着牙痛一样的蹙着他的脸，对达维多夫说道：

"快给他一张领物证，让他滚吧。"

但是这时候，老西奚卡比平常更爱说话。

"我在年轻的时候，玛加尔，每一次斗拳，我可以和任何人……"

"哦，不要多讲了吧，你的这些话我们以前都听到过！要不要我们替你发一张领铁罐的领物证？你将来用什么来医治你的肚皮痛呢？"

深深地被激怒了，西奚卡默默地拿了领物证，没有告辞地走了出去。但是他从雅可夫·洛济支那里领到一件宽大的、硝过的羊皮衣服以后，他又恢复了他的愉快的心情。他的小小的眼睛满足地收缩着，充满着欢喜。好像挟着一撮食盐一样，他用他的食指和拇指挟着羊皮衣服的边缘，好像一个女人跨过污水潭的时候提起她的裙边一样的提着衣服的一边，舌头发出啧啧的声音，在所有的哥萨克的面前夸耀着：

"真是一件好羊皮衣！我是用我自己的劳苦赚到的。谁都知道，当我们驱逐铁推克的时候，他拿一根铁棒去打达维多夫同志。'我的朋友完了。'我想。于是立刻我好像一位英雄一样的扑去救他，把铁推克打走了。要不是我的话，达维多夫早进了棺材。"

"但是他们都说，你是被一只狗吓跑，跌倒在地上，狗跑来撕你的耳朵，好像你是一只猪猡一样！"他的听众中的一个这样地反驳着。

"那些都是造谣。人真是没有办法，随便什么，他们总要歪曲。狗是什么东西？狗是又愚蠢又恶浊的畜生。它听不懂半句人话。"于是老西奚卡很巧妙地把谈话转到了另外一个方向。

第十九章

夜……

从格内米雅其村向北,远远地越过起伏的、暗淡的草原高地,越过山峡和山谷,越过绵延不断的森林,那边就是苏维埃联邦的首都。它的上面,是电光的泛滥。像是一场无声的火灾的反照一样,它们那战栗的青色闪光,笼罩在多层的建筑物的上面,夺去了半夜的月亮和星星的不必要的光辉。

离开格内米雅其村一千五百启罗米突。石头装砌的莫斯科,就是夜里也生活着。火车的汽笛挑战一样地尖叫,汽车的喇叭好像一个巨大的手风琴的音调一样鸣叫,电车发出玎玲、碾轧和摩擦的声音。但是在列宁陵墓的后面,在克里姆林宫墙的后面,红旗在回转的寒风里、在灿烂的天空中飘荡着,被电光的白热从下面所照耀,旗燃烧着,而且好像飞迸出来的深红的血一样漂流。风像漩涡一样回旋,一瞬间,它把那沉重地垂着的旗子卷了起来,不久旗又展开来,旗尾一会儿飘到西边,一会儿飘到东边,燃烧着反叛的红焰,号召着斗争。

两年以前的一个晚上，为着参加全俄苏维埃大会来了莫斯科的康德拉脱·梅谭尼可夫走到红场上。他看着陵墓，看着在天空中胜利地闪着光辉的红旗，慌忙地脱下他的帽子。很久很久地，他光着头，穿了他那敞开的手织的短衣，一动不动地在那里站着。

　　但是在格内米雅其村，夜带着深深的寂静。四围荒凉的高地，撒满了鹄的绒毛一样的新雪，闪烁着光辉。深蓝的阴影，在一切山谷、山边和丛林间泛滥着。北斗七星的柄，差不多触到了地平线。生长在村苏维埃旁边的白杨树，像黑色的蜡烛一样的伸到了高到使人感到压抑的黑暗的天空。流到小河里去的泉水，迷人地发出玎玲和潺湲的音响。在流动着的河水里，你可以看见那不再照耀大地了的将落的星星。听听那夜晚的虚幻的沉默吧，你会突然听到野兔用它那被树液染污了的牙齿，在树枝上吃着、咬着和挖掘着的声音。在樱桃树干上凝结的树脂的琥珀一样的小珠，在月光之下暗淡地闪耀着。剥下一颗来看吧：那树脂的小小的凝块，好像成熟了的、没有被人触过的梅子一样，被一层柔软的烟雾一样的粉衣掩蔽着。间或，有一块包着树枝的冰壳落了下来，夜把这清澈的响声，包裹在静寂里。有着被孩子们称为"杜鹃的眼泪"的有细缝的灰色垂花的樱桃树枝的新芽，好像死了一样的固定着不动。

　　寂静。……

　　只有在天亮时，在莫斯科的风，从北方、从密云之下飞驶过来，用它那冷冷的羽翼轻抚着雪的时候，早晨的生命的声音，才开始在格内米雅其村里响动起来。白杨的赤裸裸的树枝，在河边的树林里沙沙地作响，在村庄附近过冬，到晚上要飞到打谷场来觅食的鹧鸪，开始啾啾地啼啭，相互地呼唤了。白天，它们飞到山谷的沙坡上面的苦蓬丛里去，在谷壳仓附近的雪地上，它们留下了一堆堆的草屑和一种绣花一样的交错的脚印。小牛要到它们的母亲那里去，开始在吼叫；公有的雄鸡，叫得更凶了，燃烧着的干粪的浓烈的苦味的烟，笼罩着村庄。

　　但是当夜的帷幕落在村庄之上的时候，康德拉脱·梅谭尼可夫无疑地是整个格内米雅其唯一的没有睡觉的人。他的口里有着家种烟草的苦味，他的头好像砝码一样的重，他抽烟抽得要呕了。

半夜，康德拉脱在他的空想里能够看见莫斯科天空的灯火的欢悦的反射，看见深红色的旗子的威吓的、愤怒的旗面，翻展在克里姆林宫的上面，翻展在那有着许多住在苏联国境以外像康德拉脱自己一样的工人滚滚地流着眼泪的无边的世界之上。他想起有一次，他死去了的母亲，为了要止住他的儿时的啼泣所说的话来了：

"不要哭，亲爱的小康德拉脱，不要让上帝生气吧。全世界穷人每天都这样地哭着，他们对上帝诉说他们的穷苦，反对那些把一切好的东西通通拿走了的富人。但是上帝吩咐穷人忍耐。因此，现在，当这些穷困饥饿的人们总是哭个不休的时候，他生气了，他收集了他们的眼泪，用它们制成了雾，撒在蓝色的海上，遮蔽了天空。于是船只开始在海里彷徨着，迷失了它们的水路。有一只船在海里撞着暗礁，沉没了。或者，有的时候，主用眼泪造成露水。在一个晚上，这咸的露水落在全世界我们的和人家的谷物上，谷物就被苦泪烧坏了，于是全世界发生了大大的饥馑和瘟疫。所以现在，穷人无论如何不能再哭了，因为这样，他们只是自己害自己。……你明白了吗，小东西？"于是，她严厉地结束道："祷告上帝吧，康德拉脱！你的祷告会比人家快一些地被他听到的。"

"但是，我们是穷人吗，妈妈？爸爸是穷人吗？"小康德拉脱问他的信心很深的母亲。

"是的，我们是穷人。"她回答。

康德拉脱跪在旧教的黑暗的圣像面前祈祷，为了不使一个愤怒的上帝看见，他揩干了他的眼泪。

康德拉脱躺在床上在解着过去，好像过去是一张渔网一样。他是顿区一个哥萨克的儿子，现在他是一个集体农场的农民。在集体农场成立的最初几晚，他想了许多心思，这些心思又多又长，好像草原里面的路一样。他的父亲在服兵役的时候,他的中队曾经鞭打过、砍杀过伊凡诺渥·渥兹尼先斯克的罢工织工,保护了工厂主的利益。他的父亲死了,康德拉脱长大了,在一九二〇年他杀过波兰的白党和弗约格尔的军队,在工厂主和他们的走狗们的攻击中,保护了他的苏维埃政府,也就是那些渥兹尼先斯克的工人们的政府。

康德拉脱老早就不信仰上帝了,现在,他信仰领导全世界的劳苦群众走向自由,走向阳光充满的将来的共产党。他把他的家畜都送到了集体农场的公共畜舍,家禽也一只也不留地带去了。他赞成只有劳动的人才准吃面包,才准踏青草。他紧密地、不可分离地结合在苏维埃政权上面。可是他晚上还是睡不着。他睡不着,是因为他对于他的私有财产,他自动放弃了的财物,还感到一种腐蚀的眷恋。这种腐蚀的哀惜,在他心里成长着,带着悒郁与哀愁,冷彻了他的心。

以前,他从早到晚都忙碌着;早晨,他要去喂公牛、母牛、羊和马饲料,带着它们去喝水;中午,他得把干草和麦稿再度从打谷场运走,生怕失落了一根草梗。以后,到晚上他又要收拾一趟。就是在夜间,他也要到畜舍去好几次,看看一切是不是都很妥当,把那散在牲畜脚下被践踏的草,捡回秣槽。他的心沉醉在他的农民的悬念里。但是现在,康德拉脱的畜舍空了,死了。已经没有什么要他照料。秣槽是空的,柔枝网造的门大大地敞开着,在整整的长夜里,连一声鸡叫也听不到。再没有东西来报知黑暗里的时间和时刻的消逝了。

只有轮到他去照料集体农场的马厩的时候,他才免除了悒郁。白天他老是想着离开他的家,去避免看见那可怕的荒凉的畜舍,去避免看见他的老婆的悲伤的怀怨的眼睛。

现在,她正睡在他的身边,平匀地呼吸着。他们的小女儿克立丝蒂西卡在火炉上面转动,甜蜜地响着她的嘴唇,在睡梦里喃喃地说:"爸爸,轻轻地……轻轻地……"在她的甜睡里,她看见了她的灿烂的孩子气的梦;她轻快地生活着,轻快地呼吸着。一只空的火柴盒就能够使她欢喜,她用它来做她的碎布玩偶的橇子。她可以整天地玩着这橇子,而第二天,又会给她带来一种新的娱乐的微笑。

但是康德拉脱有他自己的思想。他像鱼在网里一样的在这些思想里挣扎。"你要到什么时候才离开我呢,该诅咒的怀恋?什么时候你才会灭绝呢,你这危险的魔鬼。但是,这个到底是什么道理?我从马厩旁边经过,别人的马站在那里,我一点也不感到什么。但是一走到我自己的马的前面,看看它那有印记的左耳和它那有一条从头到尾的黑色条纹的背,我就开始窒息了,那时候,它好像比我的老婆还要亲近。我还是竭力要给它一些香一点的、细一点的草。别的人也是一样:每个人都爱他自己的马,别人的就毫不关心。但是,现在并不是什么'别人'的了,它们都是我们的。可是困难就在这里……他们都不愿意照拂这些马匹,他们有许多人还没有习惯。昨天是古金可夫值日;他没有带马去喝水,只派了一个小孩子去领它们。小孩子骑在一匹马的赤裸裸的背上,赶着整群的马飞跑到河边。不管它们都喝了水没有,他又骗着它们跑回了马厩。这样的事你不能对任何人说,因为他们会只是露出他们的牙齿,笑道:'哈,你想比我们大家都吃得到多点吗?'这一切都是由于我们过去的生活太苦的缘故。我想那些一向富裕的人,不会这样地关心。我明天一定不要忘记告诉达维多夫,古金可夫是怎样给这些马去喝水的,要是它们是那样地被照料的话,到春天,它们会连耙都拉不动了。而且明天我一定要去看看他们怎样在照料那些家禽;女人们说,因为太挤,已经死掉七只了。哦!真难!他们为什么一下子要把一切家禽通通收集了去呢?他们应当给每一家留一只雄鸡来代替时钟。合作社什么都没有,克立丝蒂西卡在赤着脚跑。随便你怎样,她至少要有一双鞋呀。我的良心不让我向达维多夫讨一双。哦,唔,让她在火炉上面过了这一个冬天吧,夏天她就不需要鞋的了。"

康德拉脱想到国家为了实行五年计划正在遭受的贫乏,他在粗布被单下面紧握着拳头,脑子里恨恨地向那些不是共产党员的西方工人辩论道:"你们为了从你们的主人那里得到好的薪水把我们出卖了!你们为了肚皮吃得饱饱的,你们背叛了我们,兄弟们,你们为什么不建立苏维埃政府呢?你们为什么这样落后。要是你们过的是腐烂的生活的话,现在你们就应该革命了;但是很明显地,发怒的雄鸡还没有啄到你们的屁股。你们只会胡闹,你们绝不能够行动起来,你们迟疑,你们都动摇不定。但是鸡会啄到你们的!它会啄得你们痛极了!你们在国外看不见为了建立我们的经济生活,我们是多么艰苦吗?我们遭受着怎样的贫乏,我们是怎样地半裸着身体,半赤着脚。但我们是怎样地咬着牙齿来工作,这一切,你们都看不见吗?等到一切都好了,你们再进来,那是可耻的,兄弟们!我很想竖起一根你们大家都能够看见的高大的柱子;我爬到顶上去,在那上面痛骂你们!"

他睡着了。香烟从他的嘴上滑落下来,把他的仅有的衬衫烧了一个大黑洞。火烧的剧痛痛醒了他。他起来一面低声地咒骂着,一面在黑暗中摸索一根针,好去缝好那破洞。不然的话,安娜会在早上看见,她会噜噜苏苏地责备他两个钟头。但是他找不着针。

他又睡着了。

天明亮的时候,他起来,走到院子里去小便。当他走去的时候,他突然听到了一种特别的骚音。晚上关在一个棚子里的公有的雄鸡,好像一个有种种样样的声音的、有力的合唱队一样,齐声地在啼叫。康德拉脱惊讶地睁开了他的浮肿的眼皮,有两分钟,他听着这杂多的不断的鸡声,当那落在后边的最后一声"喀……喀……咯啰"消逝了的时候,他睡眼蒙眬地浮着微笑。"它们是怎样地在叫呀,这些魔鬼!"他想,"正好像一班音乐队一样。住在它们附近的人都不要再想睡觉或安静了。以前是一个在村庄的这一头开始,别一个在另外一头,没有次序,也不和谐。生活!"于是他做他的事情去了。

吃过早餐,他到了鸡舍那里。老安金姆·普斯格内布洛夫用一种愤怒的叫嚷迎着他:

"唔，早晨这样早，你到处乱跑干什么？"

"我是特来拜访你和鸡的，你好吗，老爹？"

"我本来很好的，可是现在……上帝保护我吧！"

"为什么，什么一回事？"

"照料这些鸡，等于把我慢慢地杀死。"

"怎样？"

"你到这里来过一天，你马上可以知道了！这些穷凶极恶的雄鸡一天到晚地打架，跟着它们跑，把我累死了。你也许要说母鸡是女性吧，但就是它们也互相啄着鸡冠，而且在院子里到处跑。我做的这种工作，真是该死的，我今天要去找达维多夫，要求他让我照料蜜蜂去。"

"它们就要习惯的，老爹。"

"等到它们习惯了的时候，老爹也要脚趾朝天了！而且究竟还是男人的工作吗？不管我像个什么样子，我总归还是一个哥萨克呀，我参加过土耳其战争。可是在这儿，我得让你知道，我被封为鸡的总司令了。我就职了两天，但是我没有法子躲开那些顽皮的小孩子。我回家的时候，他们跟在我后面叫着：'鸡的老爹'，'鸡的安金姆老爹。'难道我一生受人尊敬，老了的时候，却要带了'喂鸡的'这个绰号进坟墓吗？我不要这样。"

"算了吧，安金姆老爹。干吗要和顽皮的小孩子们赌气呢？"

"要是只有小孩子们戏弄我，倒也罢了！可是还有几个女人杂在他们里面。昨天我回家去吃晚饭的时候，娜斯提亚·多内兹可瓦正站在井边汲水。'是你在看管鸡吗，老爹？'她问。'是的，是我在看管鸡。'我说。'有母鸡生蛋吗，老爹？''有的在生蛋，'我说，'但是不十分好。'她是怎样地用鼻子嗤笑呵，这匹卡米克的母马！'记着，到春耕的时候，一定要有一篮子鸡蛋，'她说，'要不然，我们要请你自己去和母鸡交尾。'对这种玩笑，我有了这样大的年纪，真受不了。这工作太不愉快了。"

老人还要说些什么,但是篱笆旁边,有两只雄鸡胸口对胸口地打起来了。血开始从它们中间的一只的冠上流了出来,另外一只的胸口上,扯落了一把羽毛。老安金姆手里拿了一根枯树枝,跑了过去。

虽然时候还是这样的早,集体农场的办公处已经挤满人了。两匹驾在架子上的马站在门口等达维多夫,他准备乘着车子到区镇去。拉普西洛大的上了鞍的快马,在踢着雪,罗比西金在忙着把马的肚带拉紧。他准备骑马到拖浜斯科去,在那里他要和当地集体农场的管理商量选种机的事。

康德拉脱走进了第一间屋。一位不久才从城里来的簿记员正在翻检他的账簿。几天以来,两颊陷了进去,而且显得很忧郁的雅可夫·洛济支,正坐在他对面写字,在这同一间屋子里,挤满了监工派来搬运干草的集体农场的工人。在一个角落里,阿卡提和第三突击队队长麻脸阿加芬·多布佐夫正在同村里唯一的铁匠意坡里特·莎利争论着什么。隔壁房间里,传来了拉兹米推洛夫的尖锐的愉快的声音。他刚刚到,匆忙地,带着哄笑,在向达维多夫说:

"今天早上很早,有四个老太婆来看我。密西卡·意格兰顿洛克的母亲老乌里安娜领头。你认识她吗?不认识?他的年纪很大,足足有七普特重,她的鼻子上有一个疣。唔,她们走来,乌里安娜妈妈大闹特闹。我听不懂她在说些什么,她是那样的生气,她鼻子上的疣都变紫了。她好像一个泼妇一样的痛骂我:'你……'她这样地骂下去。那时,有许多人在苏维埃,而她就在那里诅咒、谩骂。当然,我严厉对她说:'闭上你的嘴,不要那样地骂吧,要不然,我要把你送到区里去,说你侮辱政府。'后来我问她:'什么事使你这样的生气?'她回答道:'你们为什么要在老太婆身上开玩笑?你们怎么可以嘲弄我们这样上了年纪的人?'花了我许多时间,我才明白这是怎么一回事。原来是她们听说到春天,集体农场管理委员会要把所有六十岁以上不能做工的老妇人分派去……"安德烈为了竭力忍住他的笑,几乎窒息了。"……她们听人说,因为没有蒸汽化机孵卵，老妇人们被分派了这件小小的差使！她们气疯了。乌里安娜妈妈好像在被杀一样的叫着：'你这畜生！你要我去孵鸡蛋吗？我一只鸡蛋也不孵！我要用我的烧菜的锅子把你们饱打一顿，然后我自己去投水。'我好容易喝住了她们，说道：'不要投水吧，乌里安娜妈妈；我们河里的水，无论如何不够淹死你。这都是说谎，都是富农造的谣。'但这是怎样的一种奸计呵，达维多夫同志！我们的敌人正在散布那样的谣言来阻止我们的工作。我开始查问她们这些话是从哪里来的，才知道前天从华意斯科华意来了一个尼姑，晚上住在铁摩菲·波西杰夫的小屋里，告诉她们，鸡充了公是要送到城里去做汤吃的。她还说，有一种特别的小小的椅子，底下铺着草，是做给老妇人用的，她们要被强迫坐在那种椅子上去孵鸡蛋，那些不肯孵的人，会被他们绑在椅子上！"

"那尼姑现在在哪里？"留心在谛听的拉古尔洛夫这样地问。

"她跑了。她不是傻瓜！撒完她的谎就逃了。"

"像她这样的黑尾鹊，应该逮捕起来，送到她该去的地方去。要是我看见她就好了。我要把她的裙子扎着她的头，鞭打她一顿。但你是苏维埃的主席，随便什么人可以随便在你的村里过夜。这真是好现象！"

"见鬼，我能够看守每一个人吗？"

达维多夫在他的外套上披了一件大的羊皮衣，坐在桌子旁边，在把那集体农场大会可决的春耕的计划，做最后一次的审察。没有抬起他的眼睛来，他说：

"造我们的谣，是敌人的惯技。他是寄生虫，他想捣乱我们的一切建设的工作。而有的时候，我们又使他们有机可乘，像我们对于家禽的事……"

"家禽的事怎么样？"拉古尔洛夫张开他的鼻孔。

"我是说家禽公有的事。"

"那是没有关系的。"

"有关系的！事实如此！我们不应该在小的变动上找麻烦。我们种麦还没有准备好，我们却管到家禽去了！十足地蠢笨！现在我真可以打我自己的嘴巴。而且我到了区委会的时候，关于种麦的事他们会责骂我的。事实如此！却是一个非常不愉快的事实。……"

"告诉我，为什么家禽不应该公有。那不是大会的决议吗？"

"这不是大会不大会的问题，"达维多夫皱着眉，"家禽不过是一个枝节的问题，我们应当决定主要的问题：巩固集体农场，把集体化的比率增加到百分之百，最后是播种，这些，你为什么不懂呢？而且我要严重地提出来说关于那该死的家禽，我们在政治上犯了错误。我们错了，事实如此！昨天晚上我读了一点讨论集体农场的组织问题的书，我认识我们在哪里错了。你知道，我们建立了一个集体农场，这是一种合作社的组织，我们却竭力要把它变成一个公社。那是对的吗？那是有"左倾"的毛病的。事实如此！你去想一想吧。要是我处在你的地位（这是你提议而且一定要我们接受的），我一定要以布尔什维克的勇气，承认了这个错误，并且吩咐把鸡和别的家禽再分配到各自的农家去。要是你不愿意这样办，我回来的时候，我马上单独来办。唔，我走了。再见。"

他迅速地戴上他的帽子，翻起他那件从富农那里没收得来的发着樟脑香味的羊皮短衣的高领，一面扣好他的文件包，一面说道：

"到处活动，造我们的谣的尼姑，还多着，她们竭力想煽动女人和老人来反对我们。但是集体农场的事业，还是这样地年轻，而且又这样可怕地必要。每个人都应当站在我们这边；老妇人和别的女人们，都一样需要。在集体农场，女人也有她们的任务。事实如此！"他迈着沉重的大步走了出去。

"去吧，玛加尔，把鸡都发还它们的主人家去。达维多夫说的是对的。"拉兹米推洛夫很长久地凝望着拉古尔洛夫，等待着一个回答。玛加尔坐在窗槛上，解开了他的羊皮衣的扣子。他把帽子拿在手里转动，他的嘴唇无声地动着。这样过了三分钟。于是，玛加尔很快地抬起头来,拉兹米推洛夫碰到他的瞪着的眼睛的视线。

"那么,去吧,"他说,"我们错了,那是够实在的。达维多夫算是说中了,这个缺了牙齿的魔鬼。"他微带羞怯地微笑了。

达维多夫走进院子的时候,康德拉脱·梅谭尼可夫站在那里和他说话,一面挥动着他的手臂,一面愤怒地讲着他话。车夫不耐烦地把缰绳收拢。把那插在座位下面的马鞭扶正了一下。达维多夫咬着他的嘴唇倾听着。当拉兹米推洛夫走下台阶的时候,他听见他说道:

"不要兴奋!冷静一点吧。一切都在我们的掌握中,我们要把一切弄得很妥当的。事实如此!我们要建立一种惩罚制度,我们要使突击队队长个人负责。唔,再见吧!"

鞭子在马背上挥动,呼啸。橇子在雪上留下它的滑板的圆圆的、青色的痕迹,在门外消逝了。

整千整百的母鸡,好像颜色斑驳的小圆石一样,散在鸡的院子里。老安金姆拿着一根枯树枝在里面看管。微风吹拂着他的灰色胡须,吹干了他的额上的汗珠。"喂鸡者"在鸡的院子里到处走着,用他的毡靴赶开那些阻着他的去路的鸡,他的肩上背着装满半袋粗谷的布袋,他把谷物从谷物仓到棚舍,一路撒成一条细线。鸡在他的脚边好像沸汤一样骚动,不停地发出它们的慌乱的、不安的啼叫。

在那用木栅和院子的其他部分隔开了的打谷场,鹅群好像凝固的石灰块块一样的雪白。从那里面传出鹅的洪亮的喉音、扑翼声和嘎嘎的声音,好像打谷场就是春天移栖的时候的涨水的田野一样。

一大堆人聚集在棚舍旁边。从外面看,只露出一个圆圈的背和臀部。他们的头都低着,他们的眼睛都注视着圈子当中他们脚下的什么东西。

拉兹米推洛夫走近他们,从他们的背上看过去,想知道圈子里面发生了什么事。人们沉重地呼吸着,用低声互相在谈论。

"红的要赢。"

"绝不会的！看吧，它的冠子已经倒了。"

"你没有看见它给对手重重的一啄吗？"

"它的嘴大大地张着。它没有劲了。"

吵嚷着，老西奚卡的声音盖过了其他的人的声音：

"不要管它。它会自己开始的。不要管它，你这笨货。我要打穿你的胸口。"

圈子里面有两只雄鸡，张开翅膀飞扑着，一只作灿烂的红色，另外一只长着青黑的乌鸦的毛羽。它们的冠都啄破了，被凝血染成了黑色。它们的脚踏在黑色和红色的羽毛上。这两位战士都疲倦了。它们各自走开，假装在啄什么东西，用它们的爪子，在半融化了的雪地上搔着，用谨慎的眼光互相地窥看。它们这种假装的漠不关心的样子，没有保持很长久。那黑色雄鸡突然蹴着地面，好像火焰里的火花一样的飞跃起来；红色雄鸡也跳了起来，它们在半空中一次又一次地冲击着。

老西奚卡看着它们，完全忘掉了世界的一切。一颗冰冷的水珠在他的鼻尖上颤动着。但是他并没有管它。他所有的注意力都集中在那只红鸡身上。红的非赢不可，因为西奚卡和沉默的代米德打了赌。他的紧张的注意被一个什么人的手突然扰乱了：这只手粗暴地抓住老头儿的羊皮短衣的领子，把他从圈子里拖了出来。西奚卡的脸因为愤怒歪曲了，他转过身来，用一只雄鸡的决断向着抓他的人扑去。但是，他的表情突然变了，变成了一副温柔和欢迎的脸色：那是拉古尔洛夫的手。玛加尔皱着眉赶散了那些观众，赶开了那两只雄鸡，很不高兴地说道：

"你们在逗着雄鸡打架吗？去干你们的工作去，你们这些懒鬼。要是你们没有别的事做，去把干草运到马厩里，或者把马粪运到菜园去。你们中间找两个人到各家去，叫那些女人到这里来领回她们的鸡。"

"你在解散这个集体鸡场吗？"一位斗鸡的看客这样地问。他是一个决定不加入集体农场的农民。"显然，它们的阶级意识还不够强，还不能加入一个集体农场。但是请告诉我，在社会主义之下，雄鸡可还打架不打呢?"

拉古尔洛夫的脸色苍白了,他用一种严重的眼光打量着这个发问的人。

"你开玩笑,可是你知道你在开什么东西的玩笑吗?"他问,"人类的最好的花,都为着社会主义牺牲了,你是什么人,敢开它的玩笑,你这狗粪?滚开,反革命,要不然,我要把你送出这地球。滚开,毒虫,不要让我打死你。你知道,我也会开玩笑的!"

他离开了这些羞赧的哥萨克,向那院子和蜂拥的鸡群,投了最后一瞥,忍住一声深深的叹息,弯着背,慢慢地向大门走去。

第二十章

在区委会的房间里，烟草的烟腾成了青色的涡卷，一架打字机轧拉地响着，荷兰火炉发散着热气。区委会在下午两点钟要开会了。区委书记，面孔修饰得光光的，因为房间里面热，他冒着汗，他的布做的衬衫的领子解开了，他很忙碌。对达维多夫指着椅子，他搔着他的光光的肥满的白颈，说道：

"请注意，我没有很多的时间。唔，情形怎么样？集体化的比率怎么样？你们很快要达到百分之百了吧？简单地说。"

"我们快要达到了，"达维多夫回答道，"但是问题不在比率，而在集体农场内部的情势将要怎样的事。我带来了一个春耕工作的计划，你要看吗？"

"不，不！"书记惊讶地说，于是，困苦地细着他的膨胀的眼睛，用手帕揩拭他的额上的汗，"把它拿到农业联合会区分会的罗披多夫去那里吧。他会审查它、确定它的；我没有时间。地方委员会来了一个同志，几分钟以后就要举行书记局会议。但是我们得问你，你们把富农送到我们这里来，到底是为了什么？现在，你摆不脱你的责任！我不是用清清楚楚的俄国话告诉你，警告了你吗：'当我们没有得到明白的指令以前，我们不应当草率地处理那问题。'你们与其在建立你们的集体农场以前就驱逐富农，开始没收他们的财产，不如实行完全集体化的工作。是的，你们的种麦准备怎样了呢？你们接到了区委会要你们立刻准备种麦的指令吗？那么，为什么，你们为了执行那指令，一样事情也没有干呢？就在今天的书记局会议上，我一定要提起你和拉古尔洛夫的问题。我一定要主张把你们记在黑表上。这实在是一种耻辱！你当心，达维多夫！区委会的最重要的指令不执行，对于你，会招致不愉快的组织的结果的。你们在最近一次报告以后收集了多少谷物种子？我马上查一查看！"他从抽屉里拿出一张格子纸，用他的细眯着的眼睛看了一遍，于是他的脸马上涨得通红："唔，我知道一定是这样的！一普特也没有增加。你为什么一声不响？"

"可是，你不许我有说一句话的机会。我们还没有提起谷物准备的问题，这是实在的。我今天回去。我们就开始。这整个的时间，我们每天都忙着开会，组织集体农场，组织管理部和突击队。事实如此！我们要做的事情太多了，我们不能够恰恰像你所想的一样的去做，一声号令，一，二，于是集体农场组织好了，富农驱逐了，谷物种子也收集起来了。这一切我们都要完成；不要太性急地去记我的过吧，你的时间多着。"

"你是什么意思，'不要太性急'？而地方委员会和省委老在逼迫我们，使我们透一透气的时间都没有！种麦准备应当在二月一号完成，而你……"

"而我却要到十五号完成！事实如此！我们并不要在二月间播种，我们要吗？我今天派了管理委员会的一个人到拖滨斯科去取选种机。那里的集体农场的主席古内多伊夫糊涂极了；我们写信去问他们的选种机什么时候可以用完的时候，他回信道：'在将来。'真是一位自学的幽默大家！事实如此！"

"不要你讲别人的事。讲你自己的集体农场的事情吧。"

"我们发动了一个反对家畜屠杀的运动，现在屠杀已经停止了。一两天以前，我们通过了一条把家禽和小动物通通作为公有的决议，因为我们害怕这些也会被屠杀，而且因为一般地说……但是今天我叫拉古尔洛夫把家禽重新发还人家。"

"为什么？"

"我认为小动物和家禽的公有是一种错误；在集体农场，它们还不需要。"

"集体农场的大会通过了把它们作为公有的决议吗？"

"通过了。"

"唔，那么，有什么错误？"

"我们没有什么鸡舍，而且集体农场的农民都不高兴这样。事实如此！小小的事情使得他们兴奋，是不必要的。家禽公有，并不是绝对的必要；我们建立的不是一个公社，而是一个集体农场。"

"一套非常漂亮的理论！但是把家禽发还又是什么道理呢？当然，你们不应当收集它们，但是一旦收集拢来了，就用不着发还。你们有点老在同一个地方踏着步子，而且言行不符的样子。你们应当实实在在地振作起来！你们没有完成谷物种子的收集，你们没有做到百分之百的集体化，你们没有修好你们的农具……"

"关于这事，今天我们和铁匠商量过。"

"你看，那就是像我所说的。你们没有前进一步，没有问题的，我们应当派一个宣传队到你们那里去，他们将要教导你们怎样去工作。"

"一定派来吧！那好极了。事实如此！"

"但是不用你忙的地方，你却要马上开步走了。抽一支烟，"书记把他的烟盒伸给达维多夫，"你们载满了富农的橇子，驶到这里来，真好像晴天来了一声霹雳一样。查哈琴科从政治警察局打电话给我，问道：

'我把他们怎么办呢?我没有得到地方的命令。我们要替他们准备车子,我把他们解到哪里去呢,怎样解法?'你看你做了怎样的事?没有得到同意,没有给你指令,你就这样干了……"

"唔,要我把他们怎么办?"达维多夫生气了。他生气的时候,他的话说得比较快,他的发音有点含糊,因为他的舌头滑进了他的牙齿中间的缺口,使得他的话听不大清楚。现在,他微带含糊地发出一种特别的吮吸的声音,兴奋地提起他的粗鲁的次中音:"我得把他们吊在我的颈子上面吗?他们把贫农诃普洛夫和他的老婆杀了……"

"审判并没有证明这点,"书记打断他的话,"那里面,也许有着其他的原因。"

"他是一个可怜的审判者,那就是没有证明这点的道理。而你的'其他的原因'不过是瞎说!这是富农干的勾当。事实如此!他们不断地妨碍我们的集体农场的组织,散播种种反宣传。因此,我们把他们驱逐了!我不懂你为什么再要提起这件事,就像你有什么不服一样……"

"这是蠢话。你讲话得留心一点。我反对在游击战式的活动代替了计划和计划的工作的时候的单独行动。第一,你们是够聪明地把你们村里的富农抛出来,这样,为了放逐他们,使我们陷入了可怕的困难的境地。其次,你们只考虑着你们地方上的利益,因此,你们用你们的橇子只把他们送到区上。为什么不一直送到火车站,送到地区去呢?"

"因为我们要用那橇子。"

"那就是像我所说的——只考虑着你们地方上的利益!哦,够了吧。这里是你最近的将来的任务:把谷物种子全部收齐,到播种的时候,把农具修好,实现百分之百的集体化。你们那个集体农场将要完全独立。它和区里的其他居住区域离开很远,而且不幸,它又不能并入'巨人农场'。不过,在地区办公处,他们现在还没有弄清楚,见他们的鬼!最初,他们要求建立'巨人农场'。后来,他们又说:'把它们分开吧。'这事情够使你发疯!"他抱着他的头,默默地坐了一会儿,于是,用一种变了的声调说道：

"去把你的计划拿到农业联合会区分会去确定了，再到食堂里去吃饭吧。或者，要是你到那里去吃饭太迟了，到我家里去，我的老婆会替你弄一点食物。等一等，我写一张字条给你。"

他在一张纸上，迅速地草了几个字，递给了达维多夫，于是，一面重新低头看着他的文件，一面伸出一只冷冷的、潮湿的手。

"那么，马上回到格内米雅其去吧，"他加着说，"再见。在书记局会议上，我要提起你的问题。但是，也许我不。不过，你得振作起来。要不然，对于你，会有组织上的责罚的！"

达维多夫走了出来，打开字条来看。上面是用蓝色的铅笔，用一种流畅的笔迹写着下面的字：

"丽查！我明确地指示你，你得立刻无条件地供给这张字条的持有者一顿午餐。G·科琴斯基。"

"不，我与其拿了这样一道命令去吃饭，宁可饿着肚皮回去。"肚皮很饿的达维多夫困苦地这样决定着，当他转身向着农业联合会区分会走去的时候。

第二十一章

　　根据拟定的计划，格内米雅其村在那个春天要耕种四百七十二公顷的土地，里面有一百一十公顷是处女地。去年秋天，个别的农民曾经耕种了六百四十三公顷，冬天的裸麦种了二百一十公顷。在春天播种的整个面积中，分配了六百六十七公顷种小麦，二百一十公顷种裸麦，一百〇八公顷种大麦，五十公顷种燕麦，六十五公顷种粟，一百六十七公顷种玉蜀黍，四十五公顷种向日葵，十三公顷种大麻。共计一千三百二十五公顷，此外，还有横亘在格内米雅其村和南乌佳奇拉山谷间的栽种西瓜的九十一公顷沙地。

　　在二月十二号举行的一次生产会议，有四十个以上的集体农场的活动分子出席，关于种麦准备的建立、田间工人的生产额的标准、播种时期必要的农具的修理，以及春天田间工作的粮秣分配，会议上都讨论了。参照着阿斯托洛夫罗夫的意见，达维多夫提议，每公顷必须准备七普特谷物种子，总数是四千六百六十九普特。立刻起了一阵震耳的叫嚷。每个人都只顾自己叫，不听别人的话。铁推克的家里的窗上的玻璃被喧闹震得颤动发响了。

"太多了。"

"当心你不要胀破了肚皮!"

"我们以前在一公顷土地上从来没有种过这样多,就是在沙地上也没有过。"

"够使一只母鸡发笑!"

"顶多一公顷种五普特。"

"或者五普特半。"

"需要种七普特的肥地,我们只有麻雀的嘴那样大的一点点!我们应该耕种那些家畜排过粪的土地;关于这个,政府打算怎样办?"

"或者是潘尼西金的小屋旁边的那一块田地。"

"嘿!你想去耕那块杂草最多的土地。那是找麻烦。"

"告诉我们,你的每一公顷要几公斤种麦?"

"不要拿你的公斤来扰乱我们吧。照普特说。"

"公民们!公民们!不要这样闹!"第二突击队队长罗比西金尽他嗓子喊着,"公民们,你们这些该诅咒的东西!你们都发疯了。你们这些该诅咒的笨货!让我说一句话!"

"随便你说多少。我们让你说!"

"一群什么东西,腺他妈的!简直是一群畜生!意格拉特,你为什么像一只公牛一样的吼叫?你叫得全身都发青了。……"

"唔,你的嘴边浮着白沫,好像一只疯狗一样。"

"让罗比西金说话吧。"

"我真受不了,耳朵要吵聋了。"

会议的骚闹很猛烈。最后,当闹得最凶的人稍微静了一点的时候,达维多夫带着一种不常有的愤怒叫道:

"什么人听到过这种样子的会议?你们到底为什么要这样地叫?让每一个人依次发言,其余的人都住嘴。事实如此!用不着强盗般的行径。你们要运用你们的理智，"稍微冷静了一点，他接着说，"你们应该从工人阶级学到怎样用一种有组织的形式举行会议。譬如我们工厂里或俱乐部开会，大家都很守秩序，事实如此！一个人发言，别的人听着。但是你们是大家一齐叫起来，没有人能够听懂一句话。"

"别人发言的时候，如果什么人要叫，我就用这根棍子敲他的头。我准要这样干！这样要使他脚趾朝天！"罗比西金站了起来，挥动一根粗大的橡木棍。

"那样，等到闭会的时候，你要把我们通通打坏了！"顿姆卡·乌沙可夫表示着他的意见。

会场上的人们笑着，燃点着香烟，于是又回到了每一公顷要播种多少的严肃的审议。现在看来，似乎并没有什么理由要那样厉害地叫嚷和争辩。雅可夫·洛济支首先发言，他立刻解决了一切矛盾的意见。

"你们叫得嗓子都哑了，却是一点用处也没有，"他开始说，"为什么达维多夫同志提议七普特呢？这问题可以非常简单地回答：这是我们大家的意见。我们不是要选别种子，而且要化学地处理它吗？我们要的。会有抛弃的废物吗？会有的。而且也许有不少，因为你也许有着那些疏懒的农民带来的和鸡饵分不开的谷物种子。他们把谷物种子和食用的弄作一道，他们就是这样播种的。唔，要是播种以后，还有剩的，就会浪费掉吗？不，我们要用来饲养家禽和家畜。"

会议同意了每一公顷准备七普特。但是当讨论到每一架犁要耕多少土地的问题的时候，事情又不怎么容易了。大家的意见是这样的分歧，真使达维多夫吃惊了。

"要是你不知道今年是一个怎样的春天的时候，你怎么能够预先决定每一架犁耕多少地面呢？"第三突击队队长，麻脸的、强壮的阿加芬·多布佐夫向达维多夫叫道，"你知道雪会怎样地融，雪的下面将是怎样一种土地，是潮湿的，还是干燥的？你能看透地面吗？"

"那么你有什么提议，多布佐夫？"达维多夫问。

"我提议,现在我们不要白费纸张,不要写什么。等到播种一开始,我们就会知道的。"

"亏你还是一个突击队队长,你要这样地瞎说,来反对拟定计划吗?你觉得计划是不必要的吗?"

"你不能预先说出多少和怎样,"雅可夫·洛济支出人意料地支持多布佐夫的意见,"你也许有三对很好的老公牛,而我的也许不过三岁,还没有发育完全。我能够赶得上你吗?一辈子也不能够。"

但是康德拉脱·梅谭尼可夫插言了:

"我们从经理阿斯托洛夫罗夫口里听到这种话,是非常奇怪的,你怎么能够去做没有计划的工作呢?你要照上帝吩咐我们的去做吗?我的手整天地不离开犁的把手,你却在太阳下面晒你的背。我们可以取得同样的报酬吗?你会干得好的,雅可夫·洛济支!"

"谢谢上帝,康德拉脱·克里斯多芬里支。但是你怎么可以拿牛的力量来和土地相比呢?假使你的是松软的土地,而我的是硬地;你的田在洼地,我的田却在山边。你既然这样聪明,那么请你告诉我怎么办?"

"硬地和松软的土地的耕法各不相同。驾犁的牛是可以比较的。什么都可以考虑,请你不要教训我!"

"乌沙可夫要说话。"有人宣告。

"说吧。"

"我想要说的,兄弟们,是我们一定要同平常一样地办理。播种的前一个月我们一定要用好的粮秣:好的干草、玉蜀黍和大麦去喂家畜。我们怎样设法去喂家畜,这倒是一个小小的问题。谷物的征收夺取了太多的谷物。……"

"等一会儿我们要谈到家畜的,"达维多夫插嘴说,"现在,那不是主要的问题。事实如此!我们一定要确定每天耕作多少土地的问题:硬地有多少公顷,一架犁要耕多少地面,一架播种机要种多少地面等等问题。"

"播种机也各有不同。我不能用一架十一列的播种机工作得和一架十七列的播种机一样多。"

"事实如此！那么你的意见怎样？还有你，公民，你怎么一直不说话？你是活动分子之一，可是我还没有听见你说过一次话。"

沉默的代米德困惑地望着达维多夫，用他那深沉的低音回答道：

"我赞成。"

"赞成什么？"

"我们得耕作……播种。"

"唔？"

"这就是我所要说的一切。"

"一切？"

"嗯！"

"你总算是说了话！"达维多夫微笑着，他的其余的话淹没在大家的笑声里面听不见了。于是老西奚卡替代米德说明道：

"他是村里有名的'沉默'的代米德，达维多夫同志。他一生都沉默着，只有很少的时候他才说话，他的老婆就是为了这点离开他的。他并不是一个蠢笨的哥萨克，但是他有点傻，或者说得好听一点，他有点神经病，或者也许是在他做小孩子的时候，他的头被打伤了。我记得他小的时候，他是一个垂着鼻涕、没有一点用处的孩子，他裤子也不穿地到处跑，没有人看到他有点什么聪明。可是现在他长大了老是沉默着。在帝政时代，那拖滨斯科的牧师甚至于为了这个，不肯给他行圣餐礼。忏悔的时候，他用一条黑头巾蒙着他的头——我想这是在四旬斋，在斋期的第七个礼拜的时候——他问道：'你偷盗吗，孩子？'代米德沉默着。'你犯过奸淫吗？'他还是沉默着。'你吸烟吗？''你和女人犯过奸淫吗？'他还是沉默着。这傻瓜只说：'我是一个有罪的人，神父。'于是从那时起，他的罪就都被赦了……"

"哦，住嘴吧！"从屋子的后面传来一个声音和大笑。

"我快说完了！唔，他只是啜着鼻涕，好像一只羊看着一道新的门一样的凝视着。牧师绝望了；他很吃惊，而且开始战栗起来，但是他继续地问道：'也许你垂涎过人家的老婆，或者你的邻人的驴子，或是他的其他的牲口吧？'他还提起了根据福音书上的种种问题。代米德还是保持着沉默。他能说什么呢？不管他垂涎什么人的老婆，但是都不会成功的。没有一个女人，甚至村里最下等的女人……"

"不要说了吧，老爹！你的故事和现在的事毫无关系。"达维多夫严厉地命令了。

"马上就会有的，我现在就要说到今天的事情上来了。这只是个引子。再一秒钟！你打断了我的话。……你的心好像卷心菜的心一样硬。我忘了我刚才说的话了。上帝帮助我想想！诅咒我的坏记性！我想起来了！"西奚卡用他的手拍着他头上的秃顶，好像机关枪一样断断续续地吐出他的语句，"因此，想人家的老婆，在代米德是没有希望的，他要驴子或是别的什么神圣的牲口干什么？他也许垂涎过吧，因为他没有马种田，可是我们的村里没有驴子，而且他整个一生都没有看见过驴子。我问你们，公民们，我们那里有过什么驴子，从开天辟地起，我们这里从来没有过这东西。老虎或是驴子，或者甚至于骆驼……"

"你现在住不住嘴？"拉古尔洛夫问道，"或者，你要我把你赶出会场吗？"

"五一节那天，你在学校里讲演关于世界革命的的事，从中午一直讲到太阳落山的时候，玛加尔。你把我们烦死了，实在地，你老是翻来覆去说着同样一件事。我悄悄地缩在长凳上睡着了。但是我不能够打断你的话。可是你却来打断我的……"

"让老爹说完吧。时间还有。"拉兹米推洛夫说。他是喜欢笑话和趣事的。老头子的时间又延长了两分钟，于是，他咽住他的话，结束道：

"也许那就是他为什么沉默的原因吧。没有人知道。牧师惊讶极了。他把他的头伸到头巾下面问代米德：'你是哑巴吗？'代米德告诉他：

'不，我不是哑巴，我讨厌你。'牧师气疯了，实在地，他的脸都变青了。他用那连那些站在旁边的老妇人也听不见的低声说道：'那么，你为什么像木头一样一声不响呢，你这畜生？'于是他用烛台在代米德的两眼中间打了一记。"

代米德的深沉的低音压倒了笑声：

"你说谎！他没有打我。"

"他真没有吗？"老西奚卡非常吃惊，"唔，他总归是想打的，我想。这样，他不肯给他行圣餐礼。唔，公民们，代米德是沉默的，可是我们要说话，他的沉默和我们没有关系。虽然一句好的话，譬如像我所说的是银子，而沉默是金子。"

"你应该把所有的银子都换成金子。那样，对于别人要清静得多。"拉古尔洛夫劝告他。

像枯木燃烧起来一样的爆发了大笑，不久笑声消逝了。西奚卡的故事好像把会议上的事务式的情调扫荡了。但是达维多夫抹去了脸上的笑容，问道：

"关于工作的标准，你有什么话要说？请明白地说吧。"

"你是问我吗？"西奚卡用他的衣袖揩了揩他的汗湿的前额，闪着眼睛，"我没有什么话要说。关于代米德的问题，我说清楚了。工作标准的问题和这个没有关系。"

"我禁止你在这次会议上再发言。你得讲到本题。闲话留着以后可以讲。事实如此！"

"每架犁每天耕一公顷。"一个集体农场的农民，伊凡·巴塔西溪可夫这样提议。

但是，多布佐夫愤怒地叫道：

"你疯了！把你的神话对你老太婆说去吧！你做得满头大汗，但是你一天再也耕不了一公顷。"

"我以前耕过。也许稍微少一点……"

"是的，少一点！"

"在硬地上，每架犁耕半公顷。"

经过了长久的争论以后，决定了每天的耕作标准，在硬地五分之三公顷，松软的地面是四分之三公顷。播种的标准，十一列的播种机是三又四分之一公顷，十三列的机子是四公顷，十七列的是四又四分之三公顷。

格内米雅其村有一百八十四对公牛和七十三匹马，因此，这个春耕计划是并不过度的。而且，雅可夫·洛济支这样指出了：

"要是我们拼命地做，我们可以很早完成播种的。算起来在整个春天，每一联牛马只要耕作四公顷半。那是不算什么的，兄弟们。"

"在拖滨斯科，每一联要耕八公顷。"罗比西金说。

"要是他们高兴的话，随便他们流多少汗吧！去年秋天，我们一直耕种到十一月第一次下霜的时候，而在十月初，他们已经开始分柴烧火了。"

其次，他们决定了三天以内一定要把谷物种子收齐。以后他们听了铁匠意坡里特·莎利一篇乏味的报告。因为有点聋，他大声地说着，站在那里，用他那做工做坏了的黑色手指，把他那被煤烟染脏了的三角帽不绝地转动着，因为他在这样广大的一群听众面前说话，有点害羞。

"我们可以把一切都修好，"他说，"我是不会耽误工作的。但是至于铁却无论如何怎样都得想法立刻弄点来。我们没有铁来做犁头和犁刀，我们没有东西好做。明天我先开始修理播种机，我要一位助手和煤。而且集体农场将给我怎样的报酬呢？"

达维多夫向他担保了关于报酬的事，而且提议雅可夫·洛济支第二天就得到区镇里去买煤和铁。建设春耕期间的饲料仓库的问题，很快就解决了。随后雅可夫·洛济支做了下面一篇演说：

"我们应该仔细地考虑，兄弟们，在什么地方播种和播种什么，而且我们一定要选出一个有学识而且懂得他的职责的、很好的农学专家。

你知道在集体农场成立以前，我们有五位农事官吏，但是他们什么事情也没有做出来给我们看。我们一定要从老哥萨克当中选出一个农业专家，他熟悉我们所有的土地，不论远近。在我们的新的耕种法还没有很好地建立以前，他对于我们有很大的用处。这是我要说的话：现在差不多全村的人都加入了集体农场，他们渐渐地大家都进来了。只有五十家左右的农场还是个别的农民耕种，而且他们不久就会觉悟，参加集体农场的。因此，我们要像科学所告诉我们一样的科学地耕种。我主张用那决定了重耕的两百公顷的一半，来试验'黑尔逊'式的耕种法。我们这个春天要开垦一百一十公顷的处女地，无论如何，今年我们是不会有很好的收成的，所以我提议在那上面试验'黑尔逊'式的耕种法。"

"你说的这个'黑尔逊'式的耕种法是怎样的？"

"我们从来没有听见过。"

"请具体地说明它。"达维多夫要求着。他对于他所推荐的深有经验的经理显露的学识，暗暗地感到荣耀。

"呃，这是耕种法的一种，有时候被称为'走廊式'或'美国式'耕种法。这是一种非常有趣而且想得很妙的方法。譬如，今年在你的土地上播种玉蜀黍或向日葵，播种的时候，你把行列隔开得远一点，行间的距离比平常要宽一倍，这样，你只能得到平常的收获的百分之五十。然后你摘掉玉蜀黍的头，或者弄掉向日葵的花冠，把梗子留着竖立在田里。同年秋天你在那梗子中间的走廊播种小麦。"

"但是你怎样去播种呢？难道播种机不会冲倒那些梗子吗？"张大着口在倾听着的康德拉脱·梅谭尼可夫热心地问。

"怎么会冲倒它们呢？行列通通隔开很远，因此，播种机绝不会触到那些梗子，只是在它们中间通过。于是害怕雪落下来堆在这些梗子的中间。雪的融化很慢，给土地更多的湿气。于是到春天，当小麦开始生长的时候，这些梗子都死掉了枯萎了。这是想得非常巧妙的。我自己还没试验过，但是我打算今年试一试。这个想得很周到，不会有错。"

"我同意这个提议,我附议,"达维多夫在桌子下面轻轻触了触拉古尔洛夫的腿,低低地说,"怎么样?你老是反对他的……"

"我还是反对他。"

"这只是你的顽固。事实如此!你好像一只公牛一样的倔强。"

会议采纳了他们的经理的提议。讨论和决定了许多零碎事项以后,他们散会了。当达维多夫和拉古尔洛夫刚刚走近村苏维埃的时候,一个穿着敞开的皮短衣的矮胖青年,从苏维埃的院子里向他们走来。他用一只手按住他的城市式的棋盘格的帽子。在猛烈的大风里挣扎着,迅速地向他们走来。

"好像是区里来了什么人。"拉古尔洛夫细眯着眼睛说。

青年一直走到他们的面前,把手举到他的帽子的遮檐边上,行了一个军礼,问道:

"你们是不是村苏维埃的人?"

"你要找谁?"

"本地的支部书记或者苏维埃的主席。"

"我就是支部书记,这位是集体农场的主席。"

"那好极了!我是宣传队的一个队员,同志们。我们刚到,我们正在苏维埃等你们。"

这位塌鼻孔的面孔微黑的青年,眼睛在达维多夫的脸上打量了一下,疑问地微笑着。"你就是达维多夫吗,同志?"他问。

"是的,我叫达维多夫。"

"我好像认识你。两个礼拜以前我们在地方委员会的办公处碰见过。我在城里一个油厂里做榨油工人。"

到这时候,达维多夫才明白为什么这位年轻人走近他们时,他闻到一股向日葵籽油的香气。青年的油污的皮短衣上充满了不容易挥散的可爱的香味。

第二十二章

一个矮胖的人站在苏维埃的门口,背向着院子。他穿着一件有褶襞的皮毛里子的黑色皮短衣,戴着一顶有耳套,帽顶有一个白色十字徽章的黑色小帽,他的肩膀特别地宽,他的宽阔的背在门柱当中把门都塞满了。他摆开他那两条短而强健的腿子站在那里,看去好像草原里面一株榆树一样的短粗有力。他的有着皱了的靴筒和磨掉了一边的后跟的长靴,好像在门口的地板上生了根,而他那熊一样的身体的重量好像要把地板压破一样。

"那是我们宣传队的队长康德拉脱柯同志。"青年一面和达维多夫并肩地走着,一面这样地说。于是看到达维多夫的微笑,他低声地加着说:

"我们好玩地叫他作'四角老爹'。(俄文四角一字的音和康德拉脱柯略同——译注)他是罗干斯克机关车工厂的旋盘工人。他老得可以做我的父亲,但是他还是一个大孩子。"

那时候,康德拉脱柯听见了人声,他的深红的面孔向着他们这方面转了过来，在微笑里，他那下垂的褐色髭须下面，闪烁着白色的牙齿。

"啊哈，我想你们就是本地的当局，"他叫道，"你们好吗，兄弟们？"

"你好，同志，"达维多夫回答，"我是集体农场的主席，这位是支部书记。"

"好！到屋子里去吧，我的孩子们都在那里等着你们。我是这个宣传队为首的人，因此，我马上可以和你们谈谈。我名叫康德拉脱柯，要是我的任何一个孩子告诉你们，说我叫作'四角'的话，不要相信他们，因为他们都是你不会相信的那种混蛋。"当他侧着身体挤进门口的时候，他用一种雷一样的低音这样地说。

奥西普·康德拉脱柯在南俄做了二十多年的工。他最初是在于塔加罗格，后来经过顿河下游的洛斯多夫，转到了马里乌普，最后到了罗干斯克。在那里，为要用他的宽阔的肩膀，支持年轻的苏维埃政府，他参加了赤卫军。这些年来，他都住在俄国人当中，他失去了他的故乡乌克兰话的纯粹，但是他的外貌、他的下垂着的西夫钦可（有名的小俄罗斯的国民诗人——译注）①式的胡须，依然显露着他是乌克兰人。一九一八年，他和顿内兹的矿工一道，在伏洛希罗夫的领导之下突破了燃烧着火焰的反革命和叛乱的哥萨克村落，进攻查利金。直到后来，每当谈话偶然提到那战争的回响，在参战者的心灵和记忆里永远不会消失的国内战争的年代的时候，康德拉脱柯就会带着静静的夸耀说："我们的格内蒙特是罗干斯克的人。我们以前很熟，也许迟早我们可以再见面。在我是'一见不忘'的。当我们在查利金附近和白党战斗的时候，他常常和我开玩笑。'唔，康德拉脱柯，怎么样？'他问，'那么你还活着吗，你这老狼？''还活着，'我说，'格内蒙特·伏洛希罗夫。我还不能撒手死

---

① 即舍甫琴科（Taras Shevchenko, 1814—1861）。乌克兰诗人，通过诗歌号召乌克兰脱离沙俄统治。——编者

去，当我们还有这样多疯狂的反革命者要杀的时候。'要是我们再见面的话，他会立刻和我拥抱的。"康德拉脱柯很有自信地结束他的话。

战争以后，他回到了罗干斯克，在非常委员会的运输部做事。后来他调去做党的工作，终于又回到了机关车工厂，后来党动员他，把他派去帮助乡村集体化的工作。最近几年，他发胖了，而且肩膀也更宽了。他的老同志没有一个会认得出他就是曾经在一九一八年进攻查利金的时候，砍杀了四个哥萨克，砍杀了那个"因为勇敢"由弗伦格尔亲自奖授了一把金镂佩刀的古班骑兵中队长马里马加的那个奥西普·康德拉脱柯。奥西普已经发育到了"中年的极度"，而且开始显得老了；小小的青色和紫色的筋络在他的脸上显露出来了。好像一匹马，在急速的、疲乏的疾驰之后，浑身蒙了一层灰色的泡沫一样，时光也用灰色触着奥西普了；就是在他的下垂的胡须里也有了这种叛逆的颜色。可是他的意志和力量还是为他效忠。至于他的没有止境的发胖，那是没有关系的。"泰拉斯·巴尔巴（戈郭里一中篇小说中的老哥萨克英雄——译注）① 比我还胖，可是看看他是怎样地砍杀波兰人啊！就是这样。如果我要再去打仗的话，我还是够把一个军官变成两个的！我年过半百有什么关系？我的父亲在沙皇时代活到了一百岁，在我们自己的政府下面，我要活到一百五十岁！"当任何人讲到他的年纪和发胖的时候，他就这样地说。

康德拉脱柯领着路走进村苏维埃。"不要响了，孩子们！"他大声地说，"这里是集体农场的主席和支部书记。他们一定会立刻告诉我们，这里的情形怎样了，然后我们就会知道我们要做些什么。请大家都坐下来吧。"

大约有十五个宣传队的队员，在房间里围着坐下，另外两个跑出院子里照料马匹去了。当达维多夫看着这些新来者的面孔的时候，他认识三个从区里来的工作者：一个农业专家、一个高等小学校的教师和一个

---

① 即果戈理的历史小说《塔拉斯·布尔巴》。——编者

医生。其余的人都是地方中心派来的，而且看他们的外貌，他们中间有几个是产业工人。当他们一面移动椅子，咳着嗽，一面坐了下来的时候，康德拉脱柯向维达多夫低声地说：

"请吩咐用干草喂我们的马，而且叫车夫们留在那里照拂它们。"他狡猾地眨眨眼睛，加着说："或者，你也许有点燕麦相让吧。"

"我们没有剩下什么燕麦了，除了留着播种的以外。"达维多夫回答他。立刻，他的心里冷了下来，而且起了一种困惑的、讨厌自己的痛切的感觉。他们还剩了一百普特以上的作饲料的燕麦，可是他拒绝了康德拉脱柯的要求，因为他要把这些燕麦留到春天播种工作开始的时候用，把它们看得好像他的瞳神一样珍藏着。雅可夫·洛济支把这种宝贵的谷物只分给集体农场管理部的马吃，而且只有在它们长长的、艰困的旅行以后才给它们吃，就是这样，他也差不多要流眼泪。

"这是小有产者的本能！这个甚至于传染到我了！"达维多夫想，"我以前从来没有那样的感觉。事实如此！也许我还是给他们一点燕麦好吧？不，现在这样会很难看的。"

"那么，你们也许有点大麦吧。"康德拉脱柯问。

"我们也没有大麦。"

那是实实在在的，但是在康德拉脱柯的微笑和领悟的凝视之前，他面孔绯红地说：

"我说的是真话。我们没有大麦。"

"你可以做一个很好的农民。甚至于还可以做富农……"康德拉脱柯的胡须里浮着微笑，这样地说。但是看到达维多夫皱起了眉头的时候，他拥抱着他，微微地把他举得离开了地板。"喏，喏，我只是说着玩的。要是你没有，唔，你就没有好了。你们尽可能地节省吧，这样，你们可以使你们自己的家畜有东西吃。那么现在，兄弟们，谈正经事吧。请绝对静默，"转身向着达维多夫和拉古尔洛夫，他说，"我们是来帮你们的忙的；我想你们知道。所以，请告诉我们，你们这里的情形怎么样。"

达维多夫作了一篇关于集体化运动的进行状态和种麦准备的建立的详细报告以后,康德拉脱柯决定道:

"在这里我们没有什么事情可以做。"

清除了他的喉咙,从他的口袋里掏出一本记事簿和一张地图,他用他的肥大的手指,在地图上面寻索。"我们要到拖滨斯科去,"他说,"我相信,从这里到那个村庄去,路非常近。我们要留三个人在这里帮助你们工作。至于为着要快点收集谷物种子的事,我劝你们首先召集一次会议,把这一切向工人们说明,然后开展你们的群众工作。"他不慌不忙地继续地说。

达维多夫满意地听着他的话,虽然他常常听不懂康德拉脱柯许多乌克兰土话,可是他强烈地感觉到,一般地说,这个人拟定了一个谷物种子收集运动的正确的计划。康德拉脱柯又不慌不忙地指示了,对于村里那些个别的农民和比较富裕的分子,要是和预料相反,他们继续地执拗和反对谷物种子收集的话,对付他们所必须采取的步骤。他说了宣传队从他们在其他村庄的经验中所获得的最有效的许多方法。他全部的话,都说得很柔和,没有表露半点指导或教训的意味。在说话当中他常常转过身来向达维多夫或拉古尔洛夫,或是到后来也到了场的拉兹米推洛夫去商量。"这事情一定要像这样地开展。你们格内米雅其的人以为怎样?""这正是我所在考虑的。"这一类的话老是挂在他的嘴唇上。

达维多夫微笑地望着旋盘工人康德拉脱柯的深红色的、青筋满面的面孔和他那深深地陷了进去的眼睛里面的狡猾的闪光,他想:"他是一个聪明的家伙!他不要束缚我们的独创力,所以他好像是给我们忠告一样。但是你试一试反对他的正确意见吧,他会很容易地把你转到他的想法上去的。事实如此!我以前看见过像他这样的人。"

还有一件小事加强了他对康德拉脱柯同志的好感。这位乌克兰人和他的宣传队乘着车子离开以前,他把那留在格内米雅其的三个人中间的一个叫到一边,和他作了简短的谈话。

"把你的手枪挂在短衣外面做什么?"他问,"快把它拿下来吧!"

"但是,康德拉脱柯同志,富农……阶级斗争……"

"你在对我说什么?富农!唔,富农怎样?你是到这里来宣传的。但要是你怕富农,你可以带手枪,不过不要把它挂在你的短衣外面!你真是一个聪明的孩子!你有一支手枪,不是吗?你好像一个很小的小孩子一样!佩着你的手枪到处跑,好让大家都看见!快把它收进口袋里去吧,这样,富农的拥护者就不能说你:'他们的宣传方法真巧妙,带着手枪!'"于是他从牙齿间,透出声音来,加着说,"你这傻瓜!"

当他爬上他的橇子的时候,他把达维多夫叫到他的面前,一面扣着他的上衣纽扣,一面说道:

"我已经给了我的孩子们一种周密的训练!他们现在会拼命工作的。你也好好地干吧,这样,使得一切都尽快地完成。我在拖滨斯科,要是发生了什么事,请让我知道。我们到那里的时候要演一次戏,也许就是在今天晚上。你看我扮演富农的角色吧!我这样的大块头,可以把这角色演得活神活现!噢,老康德拉脱柯到了老年还是多么卖力!不要为了燕麦的事难受,我不会为了这事怀恨你的。"他一面微笑着,一面把他那宽阔的肩膀靠在橇子的靠背上。

"多么大的头,多么大的肩膀,多么大的腿子呀!他好像一架耕种机一样的大,"拉兹米推洛夫笑着,"把他架在犁上,让他拖,这样,你可以节省三对公牛。我不能不奇怪,这样的人到底是从什么地方弄来的。你觉得怎样,玛加尔?"

"你快要和老西奚卡一样,变成一只很爱叽叽咕咕的喜鹊了。"玛加尔生气地回答。

第二十三章

　　波罗夫则夫队长住在雅可夫·洛济支的家里，正忙着春天暴动的积极的准备。晚上，他在他的小房间里一直坐到鸡鸣，写着字，用一支制图铅笔绘着地图，或者读着书。有时候雅可夫向里面看看，他就看见队长把他的巨大的前额俯伏在小桌上，当他读书的时候，他不发声地动着他的刚毅的嘴唇。但有时他看见他正沉浸在深思的状态里。这种时候，他总是用他的手托着他的头，把他的手指伸到稀疏的长长的金发里去。他的严峻的颚，好像在咀嚼什么太硬的东西一样的动着，他的眼睛半闭起来。等到雅可夫叫了他几次以后他才抬起头来，于是他的恼怒就会在他那小小的、可怕的、固定不动的瞳神里燃烧起来。"唔，你要干什么？"他会用他的低音这样地叫。在这种时候，雅可夫·洛济支会对他感到更大的恐怖和不能自禁的尊敬。

　　每天把村里和集体农场里所发生的一切事情报告波罗夫则夫，是阿斯托夫罗夫的任务的一部分。他正直地报告，但是每天都给波罗夫则夫带来新的痛苦，加深了他的两颊的皱纹。

富农被逐出格内米雅其以后的那天晚上,队长完全没有合眼。他的沉重而又静静的脚步声一直到天明都可以听到。雅可夫·洛济支用脚尖走到小房间的门边,听见他咬着牙齿在那里喃喃地说:"他们使得我的脚下的地盘崩溃了,夺去了我们的基础。一定要杀死他们,毫不饶恕地杀死他们!"以后他沉默了,又来回地走着,穿着他的毡靴静静地走着,习惯地用他的手指搔着他的身体,抓着他的胸口。于是他又喃喃地说着:"杀死他们,杀死他们。"他又更加低声地、声音里带着一种含混的尖叫说:"全知全能、正直慈悲的上帝!救助我们!那个日子什么时候回来呢?主,快把你的责罚降给他们吧!"

天亮的时候,不安的雅可夫·洛济支又走到那房间的门边,把他的耳朵贴在钥匙孔上。波罗夫则夫在喃喃地祷告:他呻吟着,跪了下去,在地板上叩头。于是他熄了灯,躺在床上,但就是在他半睡半醒的时候,他还再度清楚地低低地说着:"杀死他们……杀得一个不留!"于是他又呻吟着。

几夜以后,雅可夫·洛济支听到有人敲窗板,他走到门口。

"谁?"他问。

"开开门,老板!"

"是谁呀?"

"我要见见亚历山大·安利辛莫维支。"从门外传进这样一句小声的话。

"要见谁?这里没有叫这个名字的人。"

"告诉他,说我是从曹里来的,带了一个小包裹。"

洛济支稍为踌躇了一下,把门打开了。"要来的事,让它来吧。"他想。一个用头巾包住了头的、矮胖的人走了进来。波罗夫则夫带他走进了他的房间,紧紧地把门关了。有一个半钟头,可以听到小屋里急速的谈话的含混的声音。同时,雅可夫的儿子给了新来者的马一些干草,松了鞍带,从它的嘴里解除了铁嚼口。

从那时起,骑马的差人差不多每天都要来,不是在半夜,而是在快要天亮的时候,通常总是在早晨三四点钟光景。显然,他们是比第一次的来人来得更远的。

在这些日子,雅可夫·洛济支过着一种奇妙的二重生活。每天早晨,他走到集体农场的办公处,和达维多夫、木匠们、突击队长们谈话。他对于畜舍建筑、谷物处理和农具的修缮的关心,使他没有一分钟时间去想别的事。连他自己都料想不到,这位精力丰富的雅可夫·洛济支对于这种积极忙碌和不停不息的关心,感到非常愉快。和他的过去生活的唯一的根本不同的地方是他现在骑着马在村里到处跑,并不是为了自己的利益,而是为了集体农场的工作。但是他能避免那暧昧的思想,或完全避免思想,他已是够喜欢了。他被他的工作所吸引,他只想他的工作做得很好,他的脑子老是在拟定各种各样的计划。他生气勃勃地着手畜舍休整和大马厩的建筑的工作。他指挥人们迁移许多仓库。建筑一座新的集体农场的仓库。但是,到晚上,一到白天的忙碌停止了,他该回到家去的时候,他一想起在孤独中阴郁可怕的波罗夫则夫,好像一只停在陵墓上面的食尸的兀鹰一样的坐在他的小房间里,他的心窝就要感到软弱,他的动作很迟缓,而他的身体感到一种形容不出的疲倦。他回到家里的时候,在吃晚饭以前,他总要进去看看波罗夫则夫。

"把消息告诉我。"队长吩咐他,手里卷着香烟,准备专心地倾听。而雅可夫·洛济支就会把这一天在集体农场的活动告诉他听。平常,波罗夫则夫总是一声不响地听着,只有一次,当雅可夫把那分配富农的衣服和靴子给贫穷的哥萨克的事报告他听的时候,他打断了他的话:

"到春天,我们要把每一个得到什么东西的家伙的喉管戳破,把他们全体……把所有那些猪猡开一张名单给我。你听见没有?"

"我已经弄到了一张名单,亚历山大·安利辛莫维支。"

"带来了吗?"

"带来了。"

"给我。"

波罗夫则夫接过名单来,小心地抄了一份,写下了他们的教名、父名和姓,以及每一个人得到的东西,而且在每一个得到了衣服或靴子的人的名字上,划了一个十字。

和波罗夫则夫谈完了话,雅可夫·洛济支就去吃晚饭。但在就寝以前,他还要回到他那里去接受第二天的指令。

在波罗夫则夫的教唆之下,在二月八号雅可夫·洛济支吩咐第二突击队的队长派遣四辆橇子和人夫,把河沙运到牛舍去。沙运来了。洛济支吩咐把牛舍的土地板通通打扫干净,于是把沙子撒在上面,这工作快要完了的时候,达维多夫走进了分派给第二突击队的院子。

"你们运了这些沙子来做什么?"他向那被派作突击队的牛舍工人代米德问。

"我们要把沙子撒在牛舍里。"代米德回答。

"为什么?"

没有回答。

"为什么,我问你?"

"我不知道。"

"谁吩咐你这样做的?"

"经理。"

"他说什么?"

"他说,要拿这个来保持地方的干净。他替我们新发明许多工作,这畜生!"

"这是一个好主意!事实如此!地上的确要弄干净,到处都是牛粪,会使牛染到疾病。它们也得保持清洁,兽医这样说。事实如此!你……不满意,是不行的。看吧,现在牛舍好看多了,铺上沙子,是这样的干净了。不是吗?你不这样想吗?"

但是达维多夫没有法子可以使得代米德再说话;这位沉默着走到壳

谷仓里去了，而达维多夫心里暗暗地称许他的经理的独创力，回家吃饭去了。

黄昏以前，罗比西金跑到他那里，愤怒地问道：

"那么，以后我们就用沙子代替干草来给牛铺地吗？"

"是的，不错。"

"这是你的阿斯托洛夫罗夫发下来的命令吗？他疯了吗？以前谁听到过这样的事？你怎么样，达维多夫同志？你当然不会赞成这样的蠢事的吧？"

"不要兴奋，罗比西金。这完全是一个卫生的问题，阿斯托洛夫罗夫是十分对的。弄干净以后要比较安全些，不会染到什么传染病。"

"什么卫生卫死的，见你的鬼？牛睡在什么上面？而现在，正是很冷！牛睡在草里可以保持温暖，你自己去躺在沙上试一试吧，看你高不高兴！"

"喂，请你停止反对吧。我们得放弃那些照料家畜的旧式方法。我们要把一切都放在一种科学的基础之上。"

"但是这叫作什么基础？"罗比西金把他的黑帽子，在他的靴筒上敲了一下，面孔涨得比甜菜根还红，冲出去了。

到早晨，有二十三只公牛，在牛舍的地上爬不起来了。晚间结了冰的沙子吸收不了牛的尿，牛躺在尿里面，都紧紧地被冻结在潮湿的沙上了。有几只挣扎地站起来，它们的皮一片片地被扯在石块一样的冻沙上，有四只扯落了它们的冻了的尾巴，其余的牛都病倒了。

为着实行波罗夫则夫的指令，雅可夫·洛济支做得太过分，几乎把自己的位置也弄掉了。"我们要把他们的公牛冻死，"波罗夫则夫在他商定撒沙的那个晚上，这样说过，"他们是傻瓜，他们会相信你这样做，是为了清洁的缘故的。但是好好地照料马匹吧，这样，我们今天晚上要用它们，立刻可以牵出来用。"洛济支实行了这个指令。

早晨，达维多夫把他叫了去，紧紧地关上门，于是，没有抬起他的眼睛问道：

"你玩的什么把戏……"

"我错了，亲爱的达维多夫同志。而我……我的上帝……我快要把我的头发都扯掉了……"

"你玩的什么把戏，你这毒虫？"达维多夫脸色变白了，他的眼睛里充满了愤怒的眼泪。他突然抬起头来，凝视着雅可夫："你是破坏吗？你不知道你不能把沙子铺在牛舍的地上吗？你不知道牛会冻在上面吗？"

"我想要那些牛……上帝知道，我不知道。"

"不要响！我不相信，像你这样一个能干的农民会不知道。"

雅可夫·洛济支哭了起来，一面啜着鼻涕，一面反复地说着：

"我想让牛舍保持干净。……我不高兴牛粪摊在那里……我不知道，我没想到结果会这样……"

"去把你的工作交给乌沙可夫。为这件事我们要你受审判。"

"达维多夫同志……"

"出去，我告诉你！"

洛济支走了以后，达维多夫冷静一点地把这件事想了想。他开始觉得猜疑洛济支存心破坏，是没有道理的。究竟，阿斯托洛夫罗夫不是一个富农。要是有谁那样叫过他，那纯粹是由于私人的仇恨。阿斯托洛夫罗夫被任为经理以后不久，罗比西金曾经这样偶然地说过："阿斯托洛夫罗夫以前是一个富农。"达维多夫立刻去调查，知道几年以前，雅可夫·洛济支的确是生活得够富裕的，但是后一次收成不好毁了他，使他变成了中农。达维多夫想了又想，终于得出这样的结论："关于这次牛的不幸事件，洛济支是不应被责难的；他吩咐在牛舍里撒沙是由于清洁的想望，而且也许一部分是由于他自己对于新式方法的不断热衷。如果他是一个破坏者，他做事决不会那么努力；而且他自己的一对公牛，也遭了殃。"达维多夫想："不，阿斯托洛夫罗夫是一个忠实的集体农场工作者，撒沙的事件，不过是一个不幸的错误罢了。事实如此！"他记起洛济支曾经怎样谨慎而勤勉地把温暖的冬季牛舍建筑起来，怎么节俭地使用干草。有一次，当三匹集体农场的马病倒了的时候，他是怎样整夜地留在马厩里，亲自给马去灌肠，把大麻油灌进马的肚皮里去，止住它们的腹痛。他最先主张把那使得马匹害病的责任者——第一突击队的管厩人古金可夫，赶出集体农场，他们发觉古金可夫整整一礼拜只拿大麦秸去喂马。按照达维多夫的观察，洛济支照料马匹，比谁都好。想起了这些，对于自己的无理的暴怒的爆发，他感到羞耻和歉意。对于一个很好的集体农场的工作者，一个被他的同村人非常尊敬的管理委员会的委员那么粗暴地咆哮，而且甚至于因为他有一桩不谨慎的过失，就猜疑他是在破坏，这样的事，他很感到难堪。"多么没意思！"达维多夫搔乱了他的头发，很厌烦自己似地使劲清了清喉咙，走了出去。

他看见雅可夫·洛济支手里拿着一串钥匙，正在和簿记员说话，他的嘴唇带着愤怒战栗着。

"喂，阿斯托洛夫罗夫，"达维多夫说，"不要把你的工作交给乌沙可夫了。你干下去。不过要是这样的事再发生……我告诉你……去把区里的兽医请来，叫突击队长们让冻坏了的公牛休养一下。"

阿斯托洛夫罗夫破坏集体农场的最初的企图，这样够便宜了他地渡过了。波罗夫则夫暂时没有吩咐他新的工作，因为队长正在忙着别的事情，另外有一个人来看了他，和平常一样，是在晚上。他一走进屋子，波罗夫则夫马上把他带进了他的小房间，吩咐谁都不准进去。他们一块儿一直谈到很早的早晨，第二天，波罗夫则夫带着一种比平常快活得多的神情，把雅可夫·洛济支叫到他的房间里。

"这位是我们同盟里一个盟员，我的亲爱的雅可夫·洛济支，"他说明着，"就是所谓战友瓦兹拉夫·阿夫加斯托维支·廖切夫斯基副官，好好地照拂他吧。这是我的东家。"他转向新来者这样地说："是一个老式的哥萨克，现在却是集体农场的经理。可以说，是一位苏维埃的官吏哩。"

副官从床上站起来，向雅可夫·洛济支伸出他的宽大的白手。他看来有三十岁左右，面孔很黄，很消瘦。他的卷曲的黑发向后梳着，一直垂到他的黑缎衬衫的硬领上。稀薄的胡须盘曲在他那浮着微笑的嘴唇上。他的左眼始终细眯着，显然这是受伤的结果；在那下面，皮肤皱成了没有生命的褶痕，好像秋天的树叶一样的枯了，死了。但是这细眯的眼睛不但没有破坏副官以前的脸上的那种幽默的表情，反而把它强调了。栗色的眼睛，好像要恶毒地闪动一样，皮肤伸展着，放射状的皱纹一直伸到太阳穴。而精神焕发的副官，好像要发泄一种青春的、有传染性的大笑一样。他的衣服的显而易见的宽大是故意的；这样的衣服不会拘束穿者的快捷的动作，不会隐蔽他的潇洒的身姿。

那一天，波罗夫则夫非常快活，甚至于对雅可夫·洛济支也亲热起来了。他很快地结束没有意思的谈话，于是，转身向着雅可夫·洛济支，通告他道：

"廖切夫斯基副官要在这里住一两个礼拜，但是我等到天一黑就要走。供给瓦兹拉夫·阿夫加斯托维支需要的一切，他的命令，就是我的命令，你懂吗？那么好，雅可夫，我的亲爱的洛济支！"他把他的浮着筋络的手，放在雅可夫的膝上，相当强调地加着说："我们现在快要开始了，我们只要再等一个很短的时候。把这话告诉我们的哥萨克，让他们振作起来吧。现在你可以去了；我们的话还没有谈完。"

一定有了什么事情发生，使波罗夫则夫不得不离开格内米雅其村两个礼拜。雅可夫·洛济支燃烧着想要知道这是怎么一回事的好奇心，抱着要探听出来的希望，他跑到波罗夫则夫曾经在那里窃听过他和达维多夫的谈话的客厅里，把他的耳朵贴在薄薄的板壁上，他只能听到在隔壁房间里进行的谈话的断片。

"没有问题，你一定要和皮加多洛夫联盟，"他听到廖切夫斯基说，"自然你会见他的时候，他会告诉你，那计划……有利的形势。……这是很好的。……在沙斯加地方……装甲列车……要是失败的时候……"

"唏!"波罗夫则夫说。

"不会有人听见我们的话吧,我想?"

"但还是……谋叛的计划常常……"

廖切夫斯基说得更轻了,这样,雅可夫不知不觉地失去了他的谈话的联络。"失败……当然……阿富汗……有他们的援助,我们可以突破……"

"但是经费……政治警察……"波罗夫则夫的其余的话,是一种杂乱的声音。

"另外有一个主意:突过边境……明斯克……避免……我保证……边境的守备……参谋本部毫无问题地会接受……一位陆军上校,我知道他的名字……有条件地参加……那是一个非常有力的援助!这样的后援……这并不是军费的问题……"

"他的意见呢?"

"他确信将军会重复……很多。他口头地告诉我……极度紧张……利用……一分钟也不要错过……"

声音变成了低声的耳语,雅可夫·洛济支听不清楚这种不相连贯的谈话,叹了叹气,走到集体农场的办公处去了。他走近那从前是属于铁推克的房子,而且照例朝那钉在门上边的白板看了一眼,板上写着"格内米雅其'斯大林'集体农场本部"。他又感到了被两种力向两个相反的方向拉着的惯常的感觉。但是后来他想起了廖切夫斯基副官和波罗夫则夫的很有确信的话:"现在我们快要开始了。"于是带着心境不好的快活,带着一种对于自己的憎恶,他想:"愈快愈好!要不然,在他们和集体农场之间,我会像在溜滑的路上的公牛一样,要裂成两半了。"

那天晚上,波罗夫则夫把他的马上了鞍,把他所有的文件都放进他的鞍囊里,带了些旅途的食粮,告辞了。雅可夫·洛济支听到休养了很久的队长的马,发出一种干燥的踏踏的蹄声,跳舞一样地从窗下跃走了。

新来者不是一位沉静的人，而是带着军队式的无礼貌的男子，他整天在家里各处走动、快活和微笑，和女人们说说笑话，使那恨死了烟草的烟的雅可夫的老母亲得不到一刻安静。他到处走着，好像他并不害怕走进屋里来的外边人一样，以致雅可夫不得不去提醒他：

"你得小心点。……要是有人走进来，看见了你，怎么办呢，大人？"

"我的前额上写着我是'大人'吗？"

"没有，不过他们会问，你是谁，从什么地方来的。"

"我的口袋里装满了证书，我的朋友。而且要是形势糟了，他们不相信，我可以拿出这里这个委任状给他们看。带着这东西，到处都可以通行！"他从怀里掏出一支黑色的、发着阴暗的闪光的毛瑟枪，一面微笑着，他那半掩在胀起的皮肤褶痕下面，一动不动的眼睛，挑战一样地凝望着。

这位大胆的副官的潇洒，完全不合阿斯托洛夫罗夫的脾胃，特别是在一天晚上，他从办公处回来的时候，看到了一件意外的事情以后，他更讨厌他了。那晚在门口，他听见喃喃的人语、一种窒息的笑声和声响。擦燃一根火柴，他看见副官一只眼睛闪着光，站在一个角落里的糠桶后面，雅可夫的媳妇站在他的旁边，她的面孔涨得好像红色的羽毛布一样的通红，仓皇失措地把裙子拉下，扶正她那滑到她的脑后去了的头巾。雅可夫·洛济支没有说一句话，正要经过他们走到厨房去，但是廖切夫斯基在门槛那里追上了他，在他的背上拍了拍，低声地说：

"不要作声，老爹！不要去挑动你的小儿子！你知道我们军人的方式是怎样的！迅速和奇袭！有谁在年轻的时候不放荡呢？来，抽一支香烟吧。我想，你自己也一定和你的媳妇有过一手。你这老流氓！"

雅可夫·洛济支惊慌失措地接了香烟，从廖切夫斯基的火柴上点着以后，立刻走到厨房去了。这位副官替他的东家点起火柴的时候，他忍住了一个呵欠，用一种教导的口调说道：

"有什么人服侍过你，譬如，替你擦一根火柴的时候，你应该说声'谢谢你'。你的礼貌很不好。亏你还是集体农场的经理！在以前的时代，你要做我的跟班，我也不要你！"

"魔鬼送了这样一个客人来缠着我！"雅可夫·洛济支心里想。

廖切夫斯基的侮辱，使得洛济支感到不堪。他的儿子没有在家，到区里请兽医去了。雅可夫决定不把这件事情告诉他，但是他把他的媳妇叫到了谷物仓里，他在那里悄悄地教训她。用马的肚带给了她一顿饱打。他不打她的脸，只打她的背和屁股，这样，她被打的痕迹不会被人看见。连绥明回来，也没有看出什么。他天黑以后才回到家里，他的老婆已经替他把晚餐预备好了。当她坐在长凳的边缘上的时候，绥明天真地叫道：

"你为什么那样坐法，好像一位客人一样？"

"我烫了。"她突然生了气，从座上站了起来。

"你应该嚼一点面包和洋葱，做一个膏药敷上；这样，可以立刻把烫伤消去。"雅可夫·洛济支正坐在火炉边搓着一根缝靴的蜡绳，这样怜惜地忠告着她。他的媳妇用她闪烁的眼睛怒视着他，却又温柔地回答道：

"谢谢你，父亲，它自己会好的。"

间或，有差人带了些信件来给廖切夫斯基。信读完以后，他立刻投在火炉里面烧掉了。以后他开始在晚上喝酒，不再和雅可夫的媳妇调情，他变得很阴沉，而且愈来愈多地把那发出清脆的响声的十卢布的新钞票塞到雅可夫或绥明的手里，叫他们替他买"半公升酒"。他喝醉了的时候，喜欢谈到政治，有意发表广阔的一般的概论，并且说明他自己对于现状的客观的评价。有一天他把雅可夫·洛济支完全扰乱了。他把他叫到他的屋里去，请他喝伏特加酒，带着讥讽的眼光问道：

"你在捣毁集体农场吗？"

"不，我为什么要捣毁它？"雅可夫·洛济支装作吃惊的样子。

"那么，你用的是什么方法呢？"

"你是什么意思？"

"你在做什么工作？你是一个破坏者，你知道。那么你在那里做了些什么？你用马钱素（一种毒药——译注）毒害马匹吗？你在毁坏农具，或是别的什么吗？"

"并没有人叫我去触动马；而且实际上，相反的。"雅可夫这样地表白着。最近他不大喝酒，所以一杯伏特加已经使他微微地醉了，使得他想要坦白地说话。他几乎要诉说，他要建设村里的共同农业，同时又要破坏它，他是多么受苦，但是廖切夫斯基不让他说话。这位副官喝干他自己的伏特加酒，而且没有再替洛济支酌酒，他问道：

"但是你为什么加入我们一起呢，你这蠢东西？我问你，为什么？到底为什么？波罗夫则夫和我是没有别的法子想，我们在向我们的死路上走。是的，向我们的死路上走！我们也许会胜利，可是，哈姆雷特，机会是非常少的。……百分之一，不会再多！但是，像那些共产党所说的，我们失去的只是我们的锁链。但是你怎样呢？我看，你不过是一个晚间的祭物。你没有理由，不再活下去，不再像傻瓜一样的活下去。我不相信，像你们这样的哈姆雷特能够建设社会主义；但是这个没有关系，你们还是可以在世界的泥沼里，把泥水搅起来的。不过，现在，快要发生一次暴动了，他们会打死你，你这白头魔鬼，或者他们会把你拘捕起来，当作一个无意识的阶级敌人，送到阿堪遮省去。叫你在那里砍松树，直到共产主义的救世主的再临。噢，你这驴子！我知道为什么我们要暴动，因为我是一个贵族。我的父亲有五千多公顷可以耕种的田地，有将近八百公顷的森林。对于我和我这样的人，要离开我们的国家，在流亡的地方，像他们所说那样，自己的额上流着汗来赚每天的面包是一种莫大的羞耻。但是你呢？你是什么东西？一个种谷的和吃谷的。一条粪虫！内战的时候，他们真没有把你们这些哥萨克畜生杀够！"

"但是我们不能像现在这样过下去，"雅可夫·洛济支反对着，"他们用赋税来窒杀我们,他们把我们的家产抢掉。个别的农民没有生路了。如果不是这样,我们也不会需要像你们这样的贵族。不是这样,我是再也不会走这样一条路的。"

"赋税吗,你想一想吧!好像别的国家的农民都不要纳税一样。他们纳税比你们还多哩!"

"那是不会的。"

"我保证,这是真的。"

"但是你怎么知道他们怎样地生活,他们纳多少税呢?"

"我在那里住过,就这样知道的。"

"那么你是从外国回来的吗?"

"那和你有什么相干?"

"我不过是好奇地问问。"

"要是你知道得太多你就要老得太快了!去再给我买点伏特加酒来。"

雅可夫·洛济支打发他儿子绥明去买伏特加酒。于是,感到他需要孤寂,他走到了打谷场,在一个麦稿堆的下面,坐了两个钟头。"该诅咒的丑鬼!他说得我的脑子都胀起来了。也许他是要看我说什么,看我是不是反对他们,于是等到亚历山大·安利辛莫维支回来的时候,他要告诉他,而他们要像他杀诃普洛夫一样的杀死我。或者,也许他真是那样地想吧?醉汉常常说出清醒的人的心事。也许我不应当和波罗夫则夫纠缠:我应当在集体农场忍耐一两年。也许政府看到情形不好,一年半载会解散集体农场。到那时候,我又会开始像人一样的生活了。噢,我的上帝,我的上帝!我现在怎么办呢?我的头会受不住……现在都是一样。……拿枭去撞树桩,或是拿树桩去撞枭,对于枭都是一样,它都活不了。"

一阵风透过柔枝编造的篱笆,扫过打谷场。风把那散落在门边的麦稿,吹到了麦稿堆上,把它吹进了狗做的窝里,梳理着麦稿堆的凌乱的角,又从顶上把干的粉雪拂落。风很强,而且很冷。雅可夫·洛济支花了很久的工夫，竭力想去决定风的方向，但没有成功。它像是吹打着麦稿堆的各方面，而且是轮流地从各方面吹来一样。老鼠被风惊起，在麦稿堆里仓皇地乱跑。它们在它们的秘密的洞窟里一面尖锐地叫，一面跑，有时候离开靠在堆上的雅可夫的背非常的近。倾听着风声、麦稿的沙沙声、老鼠的尖叫和井上的抽水筒的摩擦声，雅可夫·洛济支好像要睡了，因为这一切夜间的声响，好像是一种辽远的、悲悽的音乐一样。用半闭着的、充满了泪水的眼睛，他凝视着星空；他呼吸着麦稿和草原的风的香气；他周围的一切，都好像美丽而又单纯。

但是在半夜，从波罗夫则夫那里，来了一个骑马的差人，波罗夫则夫在华意斯科华意。廖切夫斯基读了那信封上写着"十万火急"的信。叫醒了睡在厨房里面的洛济支。

"喂，看一看这封信吧！"他说。

雅可夫揉着他的眼睛把信拿了过来。字是用绘图铅笔写在从记事簿上撕了下来的一页纸上的，字迹很清楚，用着废去了的沙皇时代的字母。

> 副官阁下：
> 我们得到了可靠的消息：布尔什维克中央委员会向农民收集谷物，表面上是作为集体农场的播种之用，但实际上是要把谷物卖给外国。农民们，连集体农场的农民在内，将要遭受无情的饥馑。苏维埃政府预感到它的不可避免的迫近的末日，正在卖尽一切谷物，而完成俄罗斯的毁灭。我命令你立刻在目前作为我们同盟的代表的格内米雅其村的居民中间，发动一个反对所谓谷物种子的征收的宣传。把这封信的内容，告诉 Y·L，通知他立刻开始解说的活动。无论如何，阻碍谷物的征收，是目前最迫切的急务。

第二天早晨，雅可夫没有到集体农场的办公处去，他走去访问了班尼克和其他被他邀进了"顿区解放大同盟"的个别的农民。

第二十四章

被宣传队长康德拉脱柯留在格内米雅其村的三人组成的突击队,着手收集谷物的种子了。富农空下来的一所房子做了他们的本部。在这里,他们中间的一个,年轻的农学专家维丢脱尼夫,借着雅可夫·洛济支的帮助,每天花了大部分时间,来规定春天播种的计划的细节,而且向哥萨克们提供农业问题上的忠告。其余的时间,他监督运进谷物仓里的谷物种子的选择和收拾,间或去诊察病了的母牛和羊。每一次"出诊",他常常受到现物的报酬,常常同牲畜的主人一道晚餐,有时还要带回一瓷瓶牛乳或者一盆煮熟的马铃薯。另外两个人,区镇上国立面粉厂的工人坡菲利·罗波洛和在植物油厂做工的共产主义青年团团员伊凡·内丁洛夫,把格内米雅其的农民们召集到他们的本部,按照仓库管理人准备的表,去查核每一个公民拿来的谷物种子,进行鼓励输送谷物的不断的宣传。

在他们的活动的最初的几天,就可以看出,要在一定的期间收集谷物的种子,显然是非常困难的事,突击队和当地支部为了加速种麦的收集所采取的一切方法，遭受了集体农场大部分的农民和个别的农民的猛烈反对。谣言传遍了全村，说谷物是收集起来运到外国去的，说那一年不会播种了，而且战争不久要来。拉古尔洛夫每天召集会议，借着突击队的帮助去说明形势，反驳荒诞的谣言，威吓着，被发觉有"反苏维埃宣传"行为的人，要受最严厉的处罚。但是谷物的集聚，还是非常迟慢。哥萨克们在很早的早晨就借口离开了家。他们到森林去砍柴或采野草，或者和他们的邻人一道跑到什么隐秘的地方去消磨这种不安的日子，去避免村苏维埃和突击队本部的召请。女人们完全不到会了，而且当苏维埃的代表来访问她们的时候，她们用下面这种简单的话谢绝他："我的丈夫不在家，这事情我什么也不知道。"

好像有什么有力的手把谷物阻拦了。

在突击队本部每天可以听到下面这样的对话。

"你的谷物种子拿来了吗？"

"没有。"

"为什么没有？"

"我没有什么谷物。"

"你是什么意思，'没有什么'？"

"就是我说的那意思，这是很简单的……我想着我要留一点作播种的用，但是后来我缴出了我所有多余的谷物，作谷物税，我连吃的都没有剩下，因此，我把谷物种子也吃掉了。"

"这样，你今年不想播种吗？"

"我想是想着，可是我没有什么拿来播种了。"

许多人都借口他们的谷物种子做了谷物税。达维多夫在办公处，内丁洛夫在突击队本部，检出名单和谷物税的收据，调查了那些记载，揭发了顽固者的不正确的报告，因为做种子的谷物显然是留下了的。有时为了这样，还需要概算去年秋天收获的谷物的大概数量，估计所缴纳的谷物税的总量，而且还要算出两个数目的差数。但就是证实了谷物还有盈余的时候，哥萨克们还是顽固地拒绝输缴。

"不错，我们还剩了一点谷物。但是你知道一个农家是怎样过活的，同志，我们吃谷不称，用谷不量的。他们替我们每个人每一个月留下了一普特，但是譬如我，每天要吃三四磅，那就差不多需要三普特。我要吃这么多的面包，是因为很少有别的东西吃。因此，我们把谷物通通吃光了。我们没有剩下一点了；要是你高兴，你可以搜查。"

在支部会议上，拉古尔洛夫提议搜查村里没有输缴谷物的比较富裕的居民。但是达维多夫、罗波洛、内丁洛夫、拉兹米推洛夫都反对这个提议。而且，区委会关于谷物种子收集的指令，严格地禁止家宅搜查。

三天辛苦活动的结果，仅仅从集体农场的农民中间收集了四百八十普特，从个别的农民手里收集了三十五普特。集体农场的活动分子，完全缴出了他们应出的一份。康德拉脱·梅谭尼可夫、罗比西金、多布佐夫、沉默的代米德、老奚西卡、商人阿卡提、铁匠莎利、安德烈·拉兹米推洛夫和其他的人，都在第一天，就把谷物运来了。第二天早晨，雅可夫·洛济支和他的儿子绥明驾着两辆橇子到了公共仓库。洛济支立刻到办公处去了，绥明开始把一袋袋的谷物从橇子上运进仓库里去。顿姆卡·乌沙可夫接着称它们。绥明倾倒了四袋，但是当他正要解开第五袋的时候，乌沙可夫好像鹰一样向他扑去：

"这是你父亲拿来播种的谷物吗？"他拿了一把种子伸到绥明的鼻子下面，这样地问。

"怎么一回事，"绥明突然大怒，"用你的斜眼睛你好像把小麦看作玉蜀黍了！"

"不！我没有。我的眼睛也许斜，但是我比你还看得清楚，你这贼棍！你和你的父亲是一对好的家伙，我们知道！这是什么？种麦吗？不要转过脸去！你把什么东西倒进了我的纯净的小麦里，你这毒虫怪物！"

顿姆卡把他的手掌伸到绥明的面孔的前面，手掌上放了一把杂着泥土和小巢菜籽的污脏的小麦。

"我要叫大家来看！"他威吓着。

"不要兴奋吧！"绥明吃惊地说，"一定是我错拿了袋子，我马上拿回去掉。真奇怪，上帝知道！你像一匹马一样的生气干吗？我说了我要掉的；这是在什么地方弄错了。"

顿姆卡从绥明十四袋谷物当中，选掉了六袋。而且当绥明要求他帮忙把一袋选落的谷物捐到他的肩上的时候，顿姆卡转向秤的一方面去，好像没有听见一样。

"那么，你不愿意帮忙吗？"绥明问，他的声音颤动着。

"你在想什么？你在家里捐上它们的时候，它们都是够轻的，现在突然变重了，你自己去捐。你这魔鬼！"

因为用力，面孔涨得绯红，绥明把麦袋捐回了橇子。

以后两天，差不多完全没有谷物送来。在支部会议上决议去挨户地访问。前一天晚上，达维多夫到了邻区的一个选种农场，想去找到一些至少可以播几公顷的耐旱的春麦。去年，这种麦子，在农场的试验田土里，曾有过一次很好的收获，雅可夫·洛济支和突击队长阿加芬·多布佐夫常常谈到这个由舶来的加利福尼亚麦和土产的白粒小麦杂交而成的新的种麦。最近研究了几夜农学杂志的达维多夫，决定去把这种新麦找一点来。

三月四号，他从这次旅行回来了，但是在他回来的前一天，玛加尔·拉古尔洛夫卷入了一个不幸的事变里面。在早上，隶属突击队第二队的玛加尔和罗比西金一道去访问了三十家左右的农家，到了晚上，当拉兹米推洛夫和书记离开了村苏维埃的时候，他把那些在白天他没有能够去访问的农民叫来。他会见了四个人，没有得到一点明确的结果。"我们没有什么做种子的谷物。""让国家供给吧。"他们说。开始的时候，拉古尔洛夫用着冷静的说服的方法，但是过了一些时候，他开始用他的拳头，在桌上敲击了。

"你们怎么可以说没有谷物？"他问，"譬如你，康斯坦丁·加佛里洛维夫,你去年秋天收了三百普特。"

"你替我拿了多少给国家?"

"你缴纳了多少?"拉古尔洛夫问。

"唔,一百三十普特。"

"剩下来的到哪里去了?"

"你不知道到哪里去了吗?吃掉了!"

"你说谎!要是你吃这样的麦子,你的肚皮胀破了!你的家里一共只有六个人吃饭!不要再说空话,便把麦子拿来,要不然我立刻就要把你赶出集体农场。"

"把我赶出农场!随你的便吧,但是,我可以赌咒,我没有什么谷物!让政府借谷物给我们吧,我们出息……"

"你们吮吸政府,已经成了习惯。你们从信用组合借来购买播种机和收割机的钱还了吗?就是这么一回事!你们花了那一笔钱,而现在,你们又要借谷物了,是吗?"

"收割机和播种机现在总归已经属于集体农场了,我永远没有使用它们的机会,因此不要提起那个来责备我吧!"

"你把谷物拿来,要不然对于你没有好处。你是一个无情的埋怨者。你羞吧!"

"我会把谷物交出来,而且很高兴地交出来,要是我有的话。"

不管拉古尔洛夫怎样地争辩和威吓,他只好让他们一点也没有预约缴纳谷物地走了。他们走出来,在门口谈了一会儿,于是台阶轧拉地响了。没有好久,个别的农民格里哥·班尼克走了进来。他大概已经知道了和拉古尔洛夫刚刚打发出去的集体农民的谈话的结果,因为一种很有自信的、挑战的微笑藏匿在他的嘴唇角上。拉古尔洛夫用颤抖的手整理平桌上的名单,用一种深沉的声音说道:

"请坐,格里哥·马特维支!"

"谢谢你的殷勤。"班尼克坐了下来,两条腿子摆开很远。

"为什么他不把你的谷物种子拿来,格里哥·马特维支?"

"我为什么要拿来呢?"

"这是全体大会的决定。集体农场的农民和个别的农民都得把种麦拿来。你有吧?"

"我当然有。"

拉古尔洛夫看了看名单。在班尼克名字下面,在"一九三〇年春季播种预定面积"一栏,写着一个六字。

"那么,今年春天,你打算种六公顷小麦吗?"他问。

"对的。"

"那就是说,你有四十二普特种麦吗?"

"我十足地有,是像黄金一样好的筛好拣好的麦子。"

"唔,你是一位英雄!"拉古尔洛夫称赞他,放心地感叹着,"明天拿到公共仓库来吧。你可以让它放在你自己的麦袋里。我们收着个别农民的谷物,可以让他们用自己的袋子装着,要是他们不愿意和人家的混杂的话。拿来让仓库管理人称一称。我们会将你的袋子封好,给你一张收据,而且到春天你可以拿回你的谷物的全部,但是有许多的人,他们诉苦,说他们没有剩下谷物,他们吃掉了。但是摆在公共仓库里要稳当得多。"

"你可以打消那主意,拉古尔洛夫同志!"班尼克装腔作势地微笑着,抚着他的金色的胡须,"这玩意不行了。我不愿意把我的麦子拿来给你。"

"为什么不,我可以问吗?"

"因为放在我自己那里要稳当得多。要是我拿来给你,到春天我会连空袋也收不回去。我们现在聪明了一点,你不能那样欺骗我们了。"

拉古尔洛夫扬起他的眉毛,他的脸有一点苍白了。"你怎敢不信任苏维埃政府!"他问,"那么,你不相信我说的话吗?"

"唔,对的。我不相信。我们听够了你们的谎话。"

"谁对你说过谎话？说过关于什么的谎话？"拉古尔洛夫的脸色更加显著地苍白了，慢慢地站了起来。

但是，好像没有注意到什么一样，班尼克还是静静地微笑着，露出他那稀疏的、牢固的牙齿，只有他的声音带着一种不和平燃烧着的愤怒的音调颤动着，当他说着下面的话的时候："你们把谷物收集起来，于是你们用火车装着运到外国去。你们可以买汽车，这样，党员们可以带着他们的剪短了头发的女人们一道坐着兜圈子。我们知道你们要我们的谷物做什么！我们已经活着看见了平等！"

"你疯了吗，你这魔鬼，你在瞎讲些什么？"

"要是他们扼住你的喉管，你也要发疯的！我拿出了一百六十普特来作谷物税！而现在连我们最后的种麦你也要拿去……这样，我的孩子……只会饿死……"

"住嘴！你说谎，你这毒虫！"拉古尔洛夫用拳头在桌子上重重地击着。

算盘震落到了地板上，墨水瓶震翻了。一条浓厚的、灿烂的紫色细流，慢慢地浸过纸头，滴在班尼克的羊皮短衣的边幅上。他用他的手掌拂去了墨水，站了起来。他的眼睛收缩着，他的嘴唇的两角露出了白色泡沫，他带着压抑了的狂怒嘶声地叫道：

"不要不许我作声！你可以用拳头打你的老婆罗加里亚，但是我不是你的老婆！现在不是一九二〇年！懂吗？我不愿意拿我的麦子给你！见你的鬼！"

拉古尔洛夫绕过桌子，对他伸着手，但是突然他摇晃着，伸直了身子。

"什么……这话是谁说的？你对我说些什么，你这反革命？嘲笑社会主义吗，你这毒虫？但是现在……"玛加尔找不到话说，他喘息着。但是设法抑制了他自己，用手背揩去他的脸上的汗珠，他说：

"立刻写一张明天你拿麦子的字条给我，而且明天我要送你到你应该去的地方去。在那里,他们会查出你的这些话是从什么地方学来的。"

"你可以逮捕我,但是我不愿意写字条,我也不愿意拿出我的谷物来!"

"写,我说。"

"你等一等……"

"为着你自己的好处我要求你……"

班尼克向门边走去,但是他的愤怒是这样炽烈地燃烧起来,他简直忍耐不住。抓着门的把手,他叫道:

"我立刻去把麦子抛给猪吃!与其给你们这些寄生虫,不如给猪吃!"

"给猪吃?谷物种子!"拉古尔洛夫两跳跳到门边,从他的口袋拖出他的手枪,用枪柄击着班尼克的太阳穴。班尼克站不住脚,身子靠在墙上,背擦着墙上的石灰粉,于是开始缩到地板上,他倒了,黑色的血从他的太阳穴上的伤口慢慢地流出来,浸湿了他的头发。拉古尔洛夫狂怒地用脚把那躺在那里的班尼克踢了几次,于是走开了。好像干地上面一条鱼一样,班尼克的口张开了一两次。于是,扶着墙,开始站起来。他还没有站好的时候,血流得更多了。他默不作声地用他的衣袖揩了血。白垩的粉末从他的背上撒下。拉古尔洛夫直接从玻璃水瓶口喝了一口淡淡的、微温的水。他的牙齿在瓶口的边上碰得玎珰地响。他斜眼地望着挣扎着起来的班尼克,走到他的面前去,好像老虎钳一样的紧握着他的肘,把他推到桌边,把一支铅笔纳到他的手里。

"写!"他命令。

"我写,但是检察官是会知道这一切的。在手枪的威吓下,我可以写你要我写的一切。在苏维埃政府下面,打人是不容许的。这……党……也不会尊重你的这种行为。"班尼克嘶声地喃喃地说,无力地坐在一条长凳上。

拉古尔洛夫站在他的对面,扳上枪机。

"哈,反革命!你敢说到苏维埃政府和党!裁判你,并不要人民的法官,就由我,在现在而且用着我自己的法庭。要是你不写,我就把你当作一个危险的毒虫枪杀,以后我就自己投进监狱,坐十年牢,如果必需的话。我不许你侮辱苏维埃政府,写:'供状。'写好了吗?现在写:'我,一个曾经和红军武装应战的以前活跃的白卫军,收回……'写好了吗?'……我对联邦共产党……'这几个字用大楷写。'……和苏维埃政府的不应有的侮辱的言语,我请求他们原谅,而且虽然我是一个秘密的反革命,立誓以后……'"

"这样的话我不愿意写!你在强迫我做什么?"

"不,你要写!你在想什么?我,被白党打伤了,被他们弄成残废的我,会放过你吗?你当我的面嘲弄苏维埃政府,而我要一声不响吗?写,要不然,我要让你的灵魂和这个世界告别。"

班尼克伏在桌上,于是,他手里的铅笔重新又在纸上困难地移动。拉古尔洛夫指头扣在枪机上,慢慢地、发音清晰地口授:

"虽然我是一个秘密的反革命,我以后决不用言语、写作和行动来危害为一切劳苦大众的血所建立,而且为他们所尊重的苏维埃政府。我决不咒骂它或妨害它,忍耐地等着世界革命,它会把我们,它的敌人,以一种世界的规模,全部消灭。我同时立誓不妨害苏维埃政府的道路,不破坏播种计划,而且明天,一九三〇年三月四号,我要把我的……"

这时候,一个苏维埃代表和三个集体农场的工人,走进房里来了。

"在门口等一等。"拉古尔洛夫对他们说,于是,转向班尼克,继续地说:

"……四十二普特种麦送到公共仓库。谨此署名,签字!"

班尼克的面孔涨得通红,签了字,站起身来。

"这事情你得负责任,玛加尔·拉古尔洛夫……"

"我们每个人都应当对于自己的行为负责任,但要是明天你不把种麦交来,我要杀死你!"拉古尔洛夫把供状折好,放进了他的深褐色的衬衫的胸前的口袋里,把手枪抛在桌上,看着班尼克走到了门边。直到半夜他还在村苏维埃。他吩咐民警不要走开,借着他的帮忙,他监禁了另外三个不肯交出谷物的集体农场的农民,半夜以后,被疲劳和过去几个钟头所经历的神经的紧张累坏了,他才坐在苏维埃的桌子旁边,头发蓬松的头伏在他的长长的手上,睡着了。整整的一夜他梦见一大群人穿着节日的衣服,好像春水在草原上泛滥一样的不绝地走着。人和人的中间杂着骑兵。各种毛色的马的蹄子踏在柔软的草原的地面上,但是马蹄的雷一样隆隆的声音是深沉的,而且生着回响,好像许多中队在铁板上面进军一样。突然,离玛加尔很近,一个乐队的银的喇叭开始奏着国际歌,而玛加尔,正像他清醒的时候常常感到的一样,感到一种紧挟着他的胸口的兴奋,一种在喉咙里的猛烈的痉挛。在进军的中队的末尾,他看见了他死去了的朋友米推卡·罗巴支,他是一八二〇年在卡诃夫卡一战中,被弗伦格尔的兵士杀死了的。但是,他并不惊异,倒很快乐,而且,分开人们,自己向经过的中队跑去。"米推卡,米推卡!停一停!"他叫着,没有听到他自己的声音。米推卡从鞍上回转身来,冷淡地望着玛加尔,好像望着一个陌生人一样,于是又急急驰去了。后来玛加尔又看到同在一九二〇年在布罗达附近被波兰人的枪弹打死了的他以前的传令兵丢林姆骑着马向他走来。丢林姆微笑地驰过,用右手挽着玛加尔的马的缰绳。这是和当年一样的那匹生着白色的腿和瘦小的头的马,背上没有骑人,头高高地、骄傲地抬起,颈项弯着。

整夜被春风吹得不绝地摆动的窗板的轧拉的声音,到玛加尔的梦里变成了音乐;铁屋顶的格格的震响,变成马蹄的隆声。第二天早晨六点钟,拉兹米推洛夫来到苏维埃的时候,他看到拉古尔洛夫还在酣睡。在那映着三月早晨的丁香色的曙光的玛加尔的黄色脸颊上凝结着一种紧张的期待的微笑;他的眉毛带着一种苦痛的紧张颤动着。拉兹米推洛夫摇着他,骂道:"你闹出了大乱子,而现在你却在睡觉吗?在做有趣的梦吗!那样露着牙齿笑!你为什么要打班尼克?天亮的时候,他把种麦送来，交割清楚以后，立刻骑了马，拼命地跑到区里去了。罗比西金跑去告诉我，班尼克已经到民警署控告你去了。你又这样地干了吗？达维多夫回来的时候，他会说什么呢？噢，玛加尔！"

拉古尔洛夫用手掌擦着他那由于不安的睡眠浮肿起来的脸，沉思地微笑着。

"安德烈！"他说，"我刚才做了一个美丽的梦。呵！一个极好的梦！"

"不要对我说你的梦吧！告诉我，你对班尼克做了什么事。"

"我真不愿意提起这样一个毒虫！你说他把种麦拿来了吗？唔，那么，好极了！四十二普特种麦：这不是儿戏的事。要是每一个反革命被手枪敲了一记以后，就拿四十二普特种麦来的话，我真愿意整整一生，到处走，来干这个打他们的勾当！照他所说的话，他的受罚还很不足。我没有从他的屁股上面撕掉他的两条腿，他应当知道感谢！"于是，带着闪烁的眼睛，他愤怒地收束说："那废料参与过曼莫托夫将军的军队。他和我们敌对，一直到我们叫他在黑海里洗了个澡的时候。而且就是在现在他还要来妨碍我们，来危害世界革命。你应该听听，他在我的面前对于苏维埃政府和党，说了些什么话，我被他羞辱得头发都竖立起来了。"

"那家伙是不会说好话的！但是你不应该打他，你倒不如逮捕了他。"

"不，他应该杀掉，逮捕还不够！"拉古尔洛夫带着一种失望的姿势，摊开他的两手，"为什么我没有杀掉他呢？我不懂，我为什么没有。这是我现在非常遗憾的事！"

"要是我叫你作傻子的话，你会生气，但是你真是一个十足的傻子。达维多夫回来的时候，为这件事，他会给你一顿教训的。"

"他回来的时候，他会赏识我做的事。他并不是像你一样的笨货。"

拉兹米推洛夫笑着，用一个屈曲的指头在桌上敲了一下，又在玛加尔的前额上敲了一下，于是说道："声音完全一样。"但是玛加尔愤怒地推开他的手，开始穿上他的羊皮短衣。当他捏着门的把手的时候，他回转头来，嚷道：

"哦，你聪明，是不是！放了那空房间里的小资产阶级吧，告诉他们今天就得把谷物拿来。我要去洗一个澡，要是他没有拿来的话，我回来的时候，再要逮捕他们。"

在惊讶当中，拉兹米推洛夫的眼睛圆睁着。他跑到藏着村苏维埃的案卷和去年全区农业展览会里的麦穗的标本的房间。打开门，他发现了三个集体农场的农民。他们在铺在地板上的旧报纸上舒适地过了一夜，看到拉兹米推洛夫的时候，他们站了起来。

"公民们，我要……"安德烈开始说话。但是一个年纪大的哥萨克库拉斯洛古多夫精力旺盛地打断他的话：

"有什么话说呢，安德烈·斯推潘尼支？我们错了，没有别的话说。放我们走吧，我们立刻把谷物拿来。在晚上我们大家谈了一下，我们决定交出谷物。我们用不着掩饰真相：我们想自己保留小麦——"

正要打算为着拉古尔洛夫的欠考虑的行为道歉的拉兹米推洛夫认识了这个形势，立刻改变了他的策略。

"你们早就应当把谷物拿来的！"他说，"而且你们都是集体农场的农民！你们把谷物留起来，你们应该羞耻。"

"请放我们出去吧，我们要忘记过去……"安尼脱普·格拉支在他的深黑的胡须里害羞地浮着微笑。

拉兹米推洛夫把门完全敞开，自己走到桌子的前面。我们应当承认在那时候，他的脑子里有着下面的念头：

"但也许玛加尔终于是对的。也许我们应当把他们捏得紧一点。这样，他们就会在一天之内把所有的谷物通通交出来。"

第二十五章

达维多夫在选种农场带着十二普特小麦，满意他的成功，高兴之极地回来了。女房东替他摆上晚餐的时候，告诉他，在他不在的时候，拉古尔洛夫打了格里哥·班尼克，而且把三个集体农场的农民在苏维埃关了一夜。显然，流言已经传布全村了。达维多夫急急地吃完他的晚饭，不安地跑到集体农场办公处。在那里这故事被证实了，而且还被补充了许多详细的情形。对于拉古尔洛夫的行为，有各种各样的意见：有的人赞成，有的人非难，更有的人保持着小心的沉默。譬如，像罗比西金，就完全站在拉古尔洛夫的一边，而雅可夫·洛济支却皱着他的嘴唇，露出愤怒的颜色，好像他亲自尝到了拉古尔洛夫的惩戒一样。不久，玛加尔自己来到办公处。他好像比平常严厉一点，冷淡地问了达维多夫的好，但是带着一种隐隐的不安和期待望着他。当他们剩下只有两个人在一道的时候，按捺不住的达维多夫严厉地问道：

"你玩的这个新花样，到底是什么一回事？"

"你已经听到了，干吗还要问？"

"这就是你开始用来征收谷物种子的宣传吗?"

"那么,不要让他对我说那些侮辱的话!我从来没有立誓要忍受一个敌人,一个白党的毒虫的嘲弄。"

"但是你没有想想这事情会引起别人的怎样的反应,在政治方面看来会怎样吗?"

"那时候没有时间想。"

"这不是回答。事实如此!为着他侮辱政府你可以逮捕他,但是你不应当打他。这是一种辱没了共产党员的行为。事实如此!今天在支部会议上我们要讨论这个问题。看你是怎样地用你的行为害了我们!我们一定要责罚你。而且我告诉你,不等区委会的决定,我要在集体农场的大会上谈到这事,对这件事,要是我们不说话,集体农场的工人们会以为我们和你一气,以为我们容许你的这种行为。不,兄弟!我们要和你分开,而且要责罚你。你是一个共产党员,但是你却干出像一个宪兵的行径。这是没有面子的事。你见了鬼,鬼使你干出这样的事!"

但是拉古尔洛夫好像一头公牛一样顽固。对于达维多夫想要说服他,说他这种行为在政治上很有害,对于一个共产党员是不容许的这种企图,他回答道:

"我打他是不错的!而且这还不算是打他。我仅仅打了他一记,我应当再多打他几下!不要管我吧!再教育我,现在是太迟了,我是一个游击队队员,我很清楚地知道,在这种废料的攻击之下我应当怎样去保卫我的党。"

"但是,我并不是说班尼克是我们中间的一个,我咒他!我是说你不应当打他。你可以用其他的方法防御敌人对党的侮辱。事实如此!你去冷静一点把这事情想一想,这样晚上你到支部会来的时候,你会说我是对的。事实如此!"

那天晚上,支部会议开会以前,玛加尔皱着眉头走进房间来的时候,达维多夫立即问他:

"想过吗?"

"想过。"

"怎么样?"

"我还没有打够他,那畜生!我应当把他杀了的!"

宣传队的突击队,全体站在达维多夫的一边,大家票决要给拉古尔洛夫以严重的谴责处分。安德烈·拉兹米推洛夫放弃了表决权,而且在讨论当中,他完全没有说话。但是当玛加尔一面走出会场,一面嚷着"我坚持我的正确的意见"的时候,拉兹米推洛夫跳了起来,跑出房间,狂怒地吐着唾沫,咒骂着。

当他们站在黑暗的门口,燃点着香烟的时候,借着火柴的光焰,达维多夫审查着拉古尔洛夫的愠怒的面孔,用一种和睦的音调说道:

"生我们的气是没有用的,玛加尔,事实如此!"

"我没有生气。"

"我还用着古老的游击队的方法,但是现在,时代不同了,我们需要的不是奇袭,而是壕沟战。我们都患着游击队的毛病,特别是我们海军里面的人们,当然连我自己也在内。你虽然患着神经上的毛病,可是你应当,我亲爱的玛加尔,你应当更加抑制你自己,你不应当吗?你看看我们的后继者吧;看看我们宣传队里的共产主义青年团的团员,凡尼亚·内丁洛夫所造成的奇迹吧。他在他的一区里得到的谷物种子比我们任何人多;他差不多把他的一区的谷物种子全部收到了。看起来,他并不见得十分有生气。他个子很小,生一脸雀斑,但是他工作得比我们所有其余的人合起来一道都要好。他一家一家地走去谈话,这魔鬼,他们说他对农民们谈了许多奇异的故事。而他们都把谷物拿来交给他,用不着打坏什么人的头,也没有把什么人关在冷的房间里。事实如此!"达维多夫说到内丁洛夫的时候,一种微笑和一种温暖的调子,爬进了他的声音里,而拉古尔洛夫对于这位能干的共产主义青年团的团员感到一种近于嫉妒的感情。"为了好奇,你明天可以同他一道去看看他是怎样地工作吧，"达维多夫继续地说，"这样的提议对于你绝不是一种侮辱，绝对不是！有的时候，我们甚至于从少年们身上也可以学到许多事物。事实如此！他们的成长和我们完全两样，他们好像更能适应……"

拉古尔洛夫没有作声，但是第二天早晨，他找到凡尼亚·内丁洛夫，而且好像满不在乎地对他说道：

"我今天没有什么事情；我愿意和你一道出去，帮帮你的忙。你们第二队还有多少谷物要收呢？"

"没有多少了，拉古尔洛夫同志。走吧，我们两个人一道，一定更有趣。"

他们出发了。内丁洛夫的身体，好像一只野鸭一样的两边摆动，用一种拉古尔洛夫没有习惯的速度走着路。他的短皮衣完全敞开，发出强烈的向瓜子油的气味；他的格子布的小帽低低地压在他的眉边。拉古尔洛夫好奇地斜眼看着这位被达维多夫昨夜带着那么异样的亲切谈及的共产主义青年团团员的普通的孩子气的雀斑面孔。也许是因为张大的、有着小斑点的灰色眼睛的缘故，也许是因为刚毅的突出来的年轻的圆下巴的缘故吧，他的脸上的表情异样地亲切、迷人，使人爱慕。

他们到了以前的"喂鸡者"安金姆·普斯格内布洛夫的家里，他们全家正在吃早饭。老头子自己正坐在桌子的很远一端的神像的下面；他的旁边是他的儿子安金姆，他是四十岁左右的人，大家都叫他作小安金姆来和他的父亲区别。小安金姆的老婆和他的老寡妇岳母坐在他的右边，两个已经长大了的女儿坐在桌子的另外一端，桌子的两边像粘在墙上的苍蝇一样的坐着小孩们。

"你们好，我的老板们！"内丁洛夫脱去他的油污的帽子，抚平了他的竖立起来的头发。

"你好，要是你不是开玩笑的话。"老是很朴实、很快活的小安金姆浮着一种差不多觉察不到的微笑回答。

为了回答这个戏谑的寒暄，拉古尔洛夫本来要扬起他的眉毛，而且要带着一种傲慢的严厉说:"我们没有时间开玩笑。你为什么不把谷物种子拿去?"但是内丁洛夫微笑着,而且好像没有注意到他们脸上的冷淡的抑制的表情一样的说道:

"胃口好!"

小安金姆想不请客人吃饭,只是吝啬地说句"谢谢你",或是用下面这种拙笨的戏谑去摆脱他们:"我们在吃饭,但是我们在吃我们自己的饭,请你们瞧着我们吃完吧。"但是他来不及这样说出来。因那内丁洛夫急剧地继续说道:

"但是请不要客气,不要为着我们起身吧。用不着。要我们坐下来陪你们吃一点点饭,我们倒没有什么不可以的。老实说我今天还没有吃饭。拉古尔洛夫是本地人,当然他自己是过饱了。但是我们却要到天黑才吃饭,好像'天空的鸟雀'一样。"

"你不播种也不收割,但是你的肚皮总是吃得饱饱的。"小安金姆笑着。

"我们不管肚皮饱不饱,我们老是快活的。"说着这些话,内丁洛夫,使拉古尔洛夫吃惊不小地,突然脱下他的短皮衣,在餐桌旁边坐下了。看着这样一个不客气的客人,老安金姆咕噜着,但是小安金姆却大笑起来。

"唔,这是地道的丘八方式,"他说,"你的话在我的话以前说出来,你真幸运,我的孩子,你说着'胃口好'的时候,我本来想说,'我们吃的是我们自己的饭,请你们瞧着我们吃完吧'。姑娘们,给他一汤匙!"

姑娘中间的一个跳了起来,脸藏在她的围巾里吃吃地笑,走到火炉上面的膳棚那里去拿汤匙。但是他把汤匙递给内丁洛夫的时候,她带着对一个男子应有的尊敬,鞠了一躬,大家都变得很有生气,很快乐了。小安金姆请拉古尔洛夫也上来同他们吃点东西。但是他辞谢了,在大柜上坐着。安金姆的白眉毛老婆,含笑地递给客人一块面包,拿汤匙的姑娘又跑到居室里，拿来一条干净的手巾，铺在内丁洛夫的膝头上。小安金姆带着显然的嘉许，好奇地望着这位比村里任何青年都要勇敢得多的少年的雀斑面孔，说道：

"你看，同志，我的女儿看上了你。她生平从来没有拿过一条干净的手巾给她父亲，而你还没有在桌子上坐稳就得到了一条。如果你要她的话，我们立刻把她嫁给你。"

姑娘听着她父亲的戏谑，脸涨红了，用她的手掩着她的脸，从桌上站了起来。但是内丁洛夫对于这种快乐的氛围再添着玩笑地还报道：

"她是不会看上一个雀斑面孔的。我只有在天黑以后才能够订婚，在黑暗里我很漂亮，姑娘们都会喜欢我。"

餐桌上来了一碟糖煮的水果。一切谈话都停止了。口颚的咀嚼声和木制的汤匙在菜盆底上搔刮的声音，是可以听见的仅有的音响。只有在一个年幼的小孩子用汤匙在盆子里面划着圈圈去搜索糖煮的梨的时候，沉默才被打破。那时候老安金姆舐干净了他的汤匙，用它在那小犯人的前额上噼啪一击，训诫他道：

"不要老拣着最好的吃！"

"这里真像教堂里一样的平静。"女主人说。

"教堂并不是常常平静的！"凡尼亚一面大量地吃着荞麦粥和水果，一面说，"我想起了复活节以前我们城里发生的一件事——你们听了，腰都会笑断。"

女主人停止收拾餐桌，小安金姆卷着一支香烟坐在一条长凳上，准备来听，连老安金姆也一面嗳着气，划着十字，一面竖起耳朵来听内丁洛夫的话。拉古尔洛夫开始表露着明显的不耐烦的模样。他心里想："但是他要到什么时候才开始谈到谷物的事呢？很明显地我们在这里很少希望。而且安金姆一家人并不是很快能够使他们转变的，他们是格内米雅其全村最顽固的家伙。同时你也不能怎样威吓他们，小安金姆在红军里服过务，而且完完全全是我们一边的人。但是他不愿意把他的谷物拿出来。因为他太悭吝,太顾恋他的私有财产了。你就是在冬天向他要一点雪,他也不会给你,不管你怎样地讨!我知道他。"

同时,内丁洛夫停了一停,于是说道:

"我生长在塔金斯克区,有一次举行复活祭的时候,信教的人都聚集在教堂里,人群挤得大家透不过气。当然,牧师和执事,都在唱着赞美歌,朗读着圣经,而孩子们都在教堂墓地里游戏。村里有一头不到两岁的小牛,这小牛是这样的爱用角来撞人,你只要触它一下,它就会像梭鱼一样的跳起来,用它的角来抵你。这头小牛平静地在教堂墓地的外面吃草,但是小孩们一次又一次地挑逗它,终于惹起它来追逐他们中间的一个,差一点要追上他了。小孩子跑过墓地,小牛追过墓地。小孩子跑到门口,小牛也追到了门口。人们紧紧地堵塞在门口,但是小牛冲散了他们,向小孩的屁股后面猛力一撞。小孩向前面飞去,窜到了一个老太婆的脚下。老太婆倒了,后脑碰在地板上,她叫起来:'救命呀,好人!哦,我遭殃了!'老太婆的丈夫用手杖在小孩的背上重重地敲了一记,骂道:'你会在地狱火里烧死,你这小恶魔!'但是小牛怒吼着,用角去撞那老头子。你可以想见那时候的纷扰了!站在祭坛附近的人不知道出了什么事情,但是他们听到门口的喧闹,他们都停止祷告,一阵厉害一阵地激动起来,互相地问着喧闹到底是怎么一回事。"凡尼亚说得起劲了,他做着手势把他的惊慌失措的同村人怎样互相耳语的情形,形容得这么逼真,使小安金姆忍不住大声地笑了。"这只小牛惹起了扰乱,不错!"他说。

凡尼亚露出他的雪白的牙齿,微笑着,继续地说:

"有一个人开玩笑地对他的邻近的人说:'也许一只狗跑进了教堂,应当赶它出去!'他的旁边站着一个怀孕的女人,她怕极了,声音响彻了整个教堂地叫道:'哦,我的亲娘!狗会把我们通通咬死!'站在后面的人挤着站在前面的人,烛台挤翻了,于是发出冒烟的烛心的臭味。教堂变成了黑暗。于是自然有人叫嚷起来:'失火了!'于是大家闹翻了!

'疯狗！''火，火！''到底是怎么一回事？''世界的末日到了！''什么？世界的末日到了？我的太太，快让我们回家去吧！'他们涌到侧门口，他们都紧紧地挤在那里，一个人也挤不出去。放蜡烛的架子打翻了，许多五科比克的铜钱撒在地上，教堂庶务倒了下来，大声地叫着：'有贼！'女人们像一群羊一样的挤到祭坛的前面，但是执事用香炉打着她们的头，叫道：'呸！你们这些罪人，你们要到哪里去？你们是污秽的，你们不知道女人是不准到祭坛上来的吗？'村长——他是一个胖子，他的肚皮上面横着一根表链——他挤到门边，分开众人，咆哮地叫道：'让我出去！让我出去，你们这些该死的东西！这是我，是村长！'但是当这'世界的末日到了'的时候，他们怎么可以让他出去呢？

在大笑的当中，凡尼亚结束他的故事道：

"我们村里有一个名叫阿尔希普·邱诃夫的盗马贼。他每一个礼拜都要盗马，但是没有人能够当场捉住他。他正在教堂里为他的罪恶祈祷。他们叫着'世界的末日到了！''我们毁灭了，兄弟们！'的时候，阿尔希普向一个窗子那里奔去，打破窗，准备从那里逃走。但是窗是从外面闩好了的。所有的人都塞在门边，阿尔希普在教堂里走上走下，于是站住了，摊开他的手臂说道：'哦，我终于被捉住了！我被捉住了，我终于被捉住了！'"

小安金姆、他的老婆和两个女儿，都笑得眼泪滚下了他们的脸颊，而且都笑得打噎了。老安金姆也没有发声地露出了他的没有牙齿的牙床。只有老太婆，因为耳聋，没有听懂故事的一半，没来由地哭泣起来，而且，揩了揩她的红色的泪水盈盈的眼睛，含糊地说道："那么，他被捉住了吗，可怜的人！圣母娘娘！他们把他怎么了呢？"

"把谁，老祖母？"

"什么，不是那位圣者吗？"

"什么圣者，老祖宗？"

"就是你们刚刚谈起的那一位，那一位巡礼的人。"

"但是什么巡礼的人呀？"

"我不知道。我的耳朵有一点点聋，我的孩子。我没有完全听清楚……"

又是一阵大笑。小安金姆一面揩干了他的眼泪，一面不断地这样问了五次。

"他说什么你的那贼？'现在我终于被捉住了？'唔，我的小伙，你对我们讲了一个怪好笑的笑话！"他拍拍凡尼亚的背，带着天真的狂喜说。但是内丁洛夫很快地变得很严肃了，叹息道：

"是的，这的确是一个好笑的笑话，但是这几天发生了许多使我们笑不得的事情。今天我在报纸上看到一件事，使我的心都沉下去了……"

"心都沉下去了？"安金姆问，希望着又是一个笑话。

"是的，因为我读到在资本主义国家里，人类被残酷地拷问，遭受野兽般的虐待的事，我的心都沉下去了。我读到在罗马尼亚，有两个共产主义青年团的团员去唤醒农民，告诉他们应当夺取地主的土地，在自己中间实行分配。在罗马尼亚，农民的生活是很苦的。"

"这是实在的，我知道，因为一九一七年我同我的联队在罗马尼亚前线的时候，亲眼看到了。"安金姆证实地说。

"因此，这两个共产党员正在宣传推翻资本主义，在罗马尼亚建立起苏维埃制度来。但是野蛮的宪兵捉住了他们，打死了他们中的一个，开始拷打另外一个。他们挖了他的眼睛，拔了他的头上所有的头发，于是它们烧红一根细细的铁棒，把它插进他的指甲下面去……"

"这些恶魔！"安金姆的老婆叹着气，扭着她的两只手，"插进他的指甲下面去？"

"插进他的指甲下面去。他们要求他：'把你们支部的其他同志告诉我们，而且不要再做共产主义青年团的团员了。''我不告诉你们，你们这些吸血鬼，我永远相信我的主义！'少年坚决地回答。于是宪兵们开始用他们的佩刀割掉他的耳朵，削下他的鼻子。'你说不说？'他们问。

'不，'他说，'我可以死在你们的血污手里，但是我不说！××主义万岁！'于是他们吊着他两只手，把他吊在天花板上，在他的下面烧起火来……"

"诅咒他们，这是些怎样的屠户！这是怎样可怕的事！"小安金姆愤慨地说。

"他们用火去烧他。但是他仅仅流着含血的眼泪。他不愿意告他任何同志的密，仅仅这样地叫道：'××阶级革命万岁！××主义万岁！'"

"勇敢的少年，会不告他的同志的密。这是真精神！清白地死去，但是不告他的朋友们的密！《圣经》上说：'为了你的朋友牺牲你的生命吧。'"老安金姆用拳头敲着桌子，怂恿内丁洛夫继续地说，"唔，以后怎样呢？"

"他们拷打他，用各种各样的方法鞫讯他，但是他不说。这样从早晨一直弄到晚上。他昏了过去，但是宪兵们用水浇醒了他，又开始他们的工作。当他们看到那样地干再也问不出他的什么的时候，他们去逮捕了他的母亲，把她带进他们的办公室。'看看我们是怎样处置你的儿子，'他们对她说，'叫他屈服，要不然我们要杀死他，把他的肉抛给狗吃！'他的母亲昏倒了，但是当她醒过来的时候，她扑到她的儿子的身上，拥抱着他，吻他的染满了血的手。"凡尼亚脸色变得很苍白，停止了说话，用他的张大的眼睛环视他的听众。姑娘们的张开的嘴边乌黑了，她们的眼睛里停留着眼泪。安金姆的老婆在她的围巾里清除着鼻涕，一面啜泣一面小声地说："可怜的母亲看到自己的儿子这样，怎样过呵！主！"小安金姆突然呻吟了一声，抓住他的烟盒，开始急急地卷一支香烟。只有坐在大柜上的拉古尔洛夫保持着他外表的平静，但是在凡尼亚停止说话的时候，他的脸颊开始可怕地痉挛，他的嘴唇扭曲了。

"'我的亲儿！为了我的缘故，为了你的母亲的缘故，投降了他们，他们这些魔鬼吧。'她对他说。但是他听到她的声音，回答道：'不，我的妈，我不愿意告我的同志们的密。我愿意为我的理想而死。你最好在我死以前吻一吻我。这样我会比较容易地死去……'"

凡尼亚用颤动的声音，说着这位罗马尼亚的共产主义青年团的团员怎样被宪兵刽子手们磨折死了，结束着他的故事。于是沉默了一会儿，终于安金姆的老婆两颊滚着眼泪地问道："他有多大了，这位殉难者？"

"十七岁，"凡尼亚毫不踌躇地回答，立刻把他的格子布的小帽压着眉毛戴起来，"是的，这位工人阶级的英雄死了……我们亲爱的罗马尼亚的共产主义青年团的同志。他为了争取劳苦大众的较好的生活死了。帮助他们推翻资本主义，建立一个工人和农民的政府，是我们的任务。为了这样，我们一定要建立集体农场，强固集体农场的经济。但是我们中间有些农民，因为他们还知道得不够清楚，正帮助着宪兵们，妨碍集体农场建设的工作。……他们不肯把谷物种子交出来。唔，多谢你们的早餐。现在谈到我们到这里来所要做的事情吧。你们应当立刻把你们的谷物种子交出来，你知道。你们一家，不多不少，应该供给七十七普特，快拿出来吧！"

"唔，我不知道……我们差不多没有剩下什么谷物。"小安金姆被这种没有料到的袭击弄得惊慌失措了，这样踌躇地说。但是他的老婆愤怒地看了一看他，打断他的话说道："你支支吾吾地干什么？去把麦子装在袋里，拿出来吧。"

"我们没有七十普特。而且，还没有筛好。"安金姆无力地反对着。

"拿出来吧，安金姆。我们应当交出来，你为什么不肯呢？"老安金姆支持着他的媳妇的意见。

"我们并不倨傲；我们可以帮忙你筛，"凡尼亚毫不费力地说，"你有筛子吗？"

"有……不过要稍为修理一下。"

"那糟了！但是我们可以把它修好。快，老板。我们的闲谈已经花费不少的时间了……"

半个钟头以后，小安金姆从集团农场的畜舍里取来了两辆牛拉的橇子,而凡尼亚浮着好像雀斑一样的满脸的小粒汗珠,正在把那带着纯金一样的红色、结实而健全的筛好的小麦,从谷壳仓一袋一袋地拖到谷物仓的台阶上去。

"你们为什么把你们的小麦藏谷壳仓呢?"凡尼亚带着一个狡猾的眼色,向安金姆的女儿中间的一个这样地问,"你们有一个很好很大的谷物仓,而你们却要让谷物那样地放着坏掉!"

"这是父亲的主意。"她困惑地回答。

普斯格内布洛夫把他的七十七普特小麦运到公共仓库去,同时玛加尔和凡尼亚向他们告辞了出来。在他们到第二个农场家的途中,拉古尔洛夫望着凡尼亚的疲惫的面孔,用一种欢喜的兴奋的语调问道:"那共产主义青年团团员的故事是你捏造的吗?"

"不,"他茫然的回答,"这是以前什么时候在'国际解放运动牺牲者救援会'的杂志上读到的。"

"但是你说你是今天读到的哩。"

"那有什么关系呢?要紧的是有这么一个事件;这是很可怜的事,拉古尔洛夫同志。"

"是的,但是你……你是不是添了些花草,使故事显得更可怜了一点呢?"拉古尔洛夫固执地问。

"那不是要紧的,"凡尼亚不耐烦地避免谈论这问题,他冷得战栗起来,一面扣好他的皮短衣,一面说道,"要紧的是应当使人们憎恶刽子手和资本主义制度,同情我们的战士。要紧的是他们把谷物交了出来,此外一切,都不算什么。而且,实在是我也差不多没有添说什么。那糖煮的水果像蜜一样的甜。你不去吃,你真是一个傻瓜,拉古尔洛夫同志。"

第二十六章

　　三月十号的傍晚，夜雾像一张绒毯一样的落在格内米雅其。整个的晚上，融雪的水从家家的屋顶上潺潺地流下；从南方，从草原那面的一列小山上，温和潮湿的风吹来了。迎接春天的最初的夜，蒙着漂流的雾和寂静的黑绢面幕，被春天的微风吹拂着，笼罩在格内米雅其的上面。早晨很迟，蔷薇色的夜雾吹开了，露出天空和太阳；从南方吹来的含着湿气的风，有力地冲击着；带着轰响和怒吼，大粒的雪珠凝积起来的雪开始崩陷了，屋顶都变成了褐色，道路铺满了黑色的大斑点。到中午，像泪珠一样晶莹的小山上面的水，滔滔地流下山峡和山谷，分成无数的奔流流进小沟、草地和果园，冲洗着樱桃树的苦味的根，淹没了河边的芦苇。

　　三天之内，风可以吹到的小山，都裸露了；山的浸润了的斜坡上面，闪耀着潮湿的黏土，山上的水变得混浊了，在那滚滚的、起伏不平的水波之上，漂浮着繁多的泡沫的黄色的帽子、冲洗得干干净净的谷物的根、耕地上面的干枯的废物和那连根拔了出来的丛生的小树。

在格内米雅其村的附近，河水泛滥着。从河的上游的什么地方，被太阳融瘦了的淡青色的冰块，漂流了下来。在河流的每个转弯处，冰块被冲得离开了流水的中央，好像落在柔枝编织的渔网里面的大鱼一样的回旋、冲撞。有时，水流把它们冲到陡峭的河岸上，有时被那流到大河去的小溪带来的冰块，会冲进果园，在群树中间漂浮着，擦着树身，撞折树苗，伤损着苹果树，屈曲着樱桃树的繁茂的嫩枝。

村庄外面，解除了雪的束缚的耕地，挑逗地呈现着黑色。被犁头翻了转来的黏性的黑色土层，在太阳的温暖之下，发散着蒸气。中午时候，一种深远的、可爱的寂静，笼罩这草原。在耕地上面，是太阳、乳白色的雾、最早的云雀的动人的歌和用它们成三角形飞翔的胸脯贯穿没有云彩的天空的深蓝的鹤群的勾引人心的啼叫。陵墓上面，一种由热气所形成的蜃楼，颤动着，漂流着。草叶尖锐的绿刺，冲开死去了的、去年的茎，挣扎地向太阳伸去。被风吹干了的冬麦，好像立在脚尖上一样的竖立着，伸出它们的叶去接受那灿烂的阳光。但是，草原里还是看不见多少有生命的东西：土拨鼠还没有从它们的冬眠中醒来，田间的野兽，都跑到森林和山峪里去了；间或，一只田鼠，会仓皇地跑进衰败的草丛；一对一对地分开的鹧鸪，会飞到它们的冬天的巢穴去。

到了三月十五号，格内米雅其村的谷物种子，全部收齐了，个别的农民把他们的种麦藏在另外一个仓库里，这仓库的钥匙，保管在集体农场的办公处。集体农场的农民，把谷物装满了六个公共仓库，谷物的选别工作，日夜不停地进行着，在夜晚点起了三盏灯。在意坡里特·莎利的铁工厂，冶铁风箱的宽阔的喉管，一天到晚在喘气，金色谷粒一样的火花在铁锤下面四散地飞迸，铁砧和谐地震响着。莎利辛苦地工作，到三月十五号，他修好了拿来给他修理的一切犁耙、犁头和播种机。十六号的晚上在集合在学校里的一大群集体农场的工作者的前面，达维多夫把他从列宁格勒带来的那些铁工用具，奖给了这位铁匠，作了下面这样一场演说。

"给我们亲爱的冶铁工人,意坡里特·西多洛维支·莎利,为了集体农场的一切,其他的人都应当模仿他的真正的突击的工作,我们集体农场管理委员会,把这些铁工用具赠送给他。"

为了举行这次隆重的赠礼仪式,达维多夫特别把他的胡须修得干干净净,穿了一件新近洗过的短上衣,他把那摆在一块红绫上面的铁工用具从桌上拿起来,同时,安德烈·拉兹米推洛夫把那面孔涨得绯红的意坡里特推到演台坛边去。

"到今天,莎利同志已经百分之百地完成了农具修理的工作。事实如此,公民们!他修好了五十四个犁头,把十二架大小不同的播种机、十四具耙和其他的机械通通修理得可以应用。事实如此!亲爱的同志,把我们的友爱的礼物作为一种奖品收了吧,而且我们希望将来你还是一样勤勉地工作,这样,我们集体农场的农具会常常是十全十美的。而你们其他的公民们也要一样勤勉地在田里工作。只有这样,我们才可以和我们集体农场的名字相称,要不然,我们会受到全苏维埃联邦的耻笑和轻蔑。事实如此!"

达维多夫用三米长的一块红绫包着奖品,把它递给了莎利。格内米雅其的居民,还没有学到用拍手来表示赞许的事,当莎利用他的颤动的手,接着这个红色的包裹的时候,学校里起了一阵嘈杂的响声:"他应该得奖。他辛苦了。"

"他把没有用的农具修成了有用的。"

"他得到了这么多铁工用具,他的老婆得到了一块绸子做衣服!"

"意坡里特,怎么样,请我们大家喝酒吧,你这黑牛!"

"让我们把他举起来吧!"

"不要发疯吧!他已经在铁砧的旁边摆动得够了!"

叫声嚷成了一片,但是老西奚卡用他那女人一样的尖锐的声音突破了大家的骚扰:"你好像哑巴一样的站在那里干什么?说话吧!你应当致答词。他的爹娘都是木头!"

西奚卡的意见受到许多人支持，于是半严肃半开玩笑的叫声起来了："让沉默的代米德代替他说吧！"

"意坡里特！快说吧，不然你要倒了！"

"看啊，他的膝头真的抖动起来了！"

"他高兴得舌头都吞掉了！"

"这个不像用铁锤。"

但是爱好各种各样的典礼，而且是今天晚上的司仪的安德烈·拉兹米推洛夫制止了骚扰，锁定了兴奋的会众。

"稍为平静一点，不行吗？"他叫着，"你们那样地乱叫干什么？叫春吗？像文明人一样的拍手吧，不要叫！请肃静！让那个人致答词！"他转身向着意坡里特，没有被人看见地用臂弯撞着他，小声地说："满满地吸一口气，说话吧！像一个有教养的人一样，作一篇长长的演说。你是这个庆祝会的主角。按照一切规矩，你得有一篇演说，一篇长长的演说……"

但是，被这么大大的注意弄得惶惑不安，有生以来没有作过长长的演说，而且在以前，作为他的工作的酬报，仅仅接受过伏特加酒的可怜的款待的意坡里特·莎利，完全困住了。奖赏和隆重的授予式的结果，使他失掉了一向的平衡。他紧紧地把包裹抱在怀里的时候，他的手颤抖着，甚至于连他那在冶铁工场里总是那么稳定、那么宽宽地摆开的两条腿子，也都战栗起来了。他一面紧抱着包裹，一面用衣袖擦去了一滴眼泪，擦着他的面孔，面孔擦红了，于是，嘶哑地说："自然，我们需要铁工用具。我们感谢得很……向管理委员会，为了他们……谢谢，我再说一声：谢谢。而我，既然是铁匠，我可以……尽心尽意地永远做集体农场的工人，像我在现在一样……自然我的老婆一定会喜欢这绸子……"他的眼睛无力地向这挤满了人的教堂四处探看，他在寻找他的老婆，暗暗希望她解救他的困难。但是他看不见她，于是叹了一口气，结束他那和长长的演说差得太远了的演说道："为着铁工用具……和绸子……同时，为着我们的工作，谢谢你，达维多夫同志和集体农场。"

看到莎利的困惑的演说快要完结了，拉兹米推洛夫拼命地对这位流着汗的铁工，做着手势，但是没有效力。莎利没有注意到这些，于是，鞠了鞠躬，他离开了讲演台，用伸开的两个手臂抱着包裹，好像抱着一个睡了的婴孩一样。

拉古尔洛夫急急地脱了帽子，挥着手，两个吉卜西二弦琴和一个怀娥玲①组织成的音乐队，奏着"国际歌"。

突击队的队长们，多布佐夫、罗比西金和乌沙可夫，每天骑着马到草原里去检看处女地和耕地是不是可以耕作和播种了。春天在风的干燥的呼吸里来到了草原。天气晴朗了，第一突击队准备耕作那分配给他们的灰色的沙地。

宣传队的队员调到华意斯科华意村和总队会合去了，但是依了拉古尔洛夫的请求，凡尼亚·内丁洛夫在播种期间还停留在格内米雅其。

莎利得了奖赏的第二天，拉古尔洛夫和他的老婆罗加里亚离开了，她走去和那住在村外的她的婶母一同居住，有两天没有在人的面前露面。后来，她在集体农场办公处的附近偶然碰到了达维多夫，她叫住他。

"我现在怎样过活呢，达维多夫同志？请你替我出主意。"她要求着。

"这问题，发问比回答容易！但是我们正在想着组织一个托儿所，来帮帮忙吧。"

"不，谢谢你！我自己没有小孩子，在我这样的年纪，要我去抚育人家的孩子吗？那真是一个好主意！"

"唔，到一个突击队里工作吧。"

"我不是一个做工的女人，我做田里的工作的时候，我的头要晕。"

---

① 即小提琴的音译。——编者

"唔,你不是很娇嫩吗!那么你可以随你自己的便去干什么,但是你不会有什么东西吃。在我们这里是:'不工作的人就没有东西吃。'"

罗加里亚叹了叹气,于是,把她的鞋子的尖头掘进了潮湿的沙土,垂着她的头。

"我的朋友铁摩菲从北方哥托拉斯城写了一封信给我,他对我说,他马上就要回来。"她告诉他。

"唔,由他去说吧!"达维多夫微笑着,"但要是他回来,我们要把他送到更远的地方去。"

"那么,不能赦免他吗?"

"不!不要想吧。而且不要偷懒。你得工作。事实如此!"达维多夫严厉地回答以后,要走了。但是罗加里亚微带羞怯地叫转了他,声音里面带着一种欢笑和挑战的调子,她慢慢地问道:"但是你也许可以替我找到一个随便什么的丈夫吧?"

达维多夫颦蹙着,愤愤地回答道:"这样的事,我不内行!再见!"

"等一等!还有一个问题。"

"唔?"

"你要我做你的老婆吗?"她的声音里含着一种露骨的挑逗和嬉戏的调子。

这回轮到达维多夫感觉着羞怯了。他一直红到了头发根。他的嘴唇静静地动着。

"你看我,达维多夫同志,"她带着一种佯装的柔顺继续地说,"我是一个美丽的女人,我很会恋爱。看一看我吧:我的眼睛很好看,我的眉毛、我的腿子,至于别的一切……"她用她的指尖,微微提起她的绿色的毛的织裙边,于是,两手撑在腰上,在惊慌失措的达维多夫的面前旋转着身体。"我难看吗?照直说,你怎样想……"

达维多夫带着一种无可奈何的姿势,把他的帽子推到脑后。

"你是一个漂亮的姑娘,"他说,"那是没有别的话说的。你腿子很美丽，只是……只是你没有用着它们向你应当去的地方走。这是事实！"

"我要向我愿意去的地方走。那么我不能对你有什么希望吗？"

"你最好不！"

"不要以为我在想你，或是要和你勾搭。我不过是可怜你。我想着：'一个年纪轻轻的人，没有结婚，一个独身汉，和女人没有关系。'我很可怜你，你那样地看我，你的眼睛里面充满了饥饿的神色。"

"你……你是一个女妖精……唔，再见！我没有工夫和你胡闹！"于是他戏谑地加着说，"等到我们播种完了以后，你再来进攻这个老水兵吧；不过，你首先要得到玛加尔的许可。事实如此！"

罗加里亚大笑着，当他走开的时候她对他叫道："玛加尔老是用世界革命的盾牌来挡我，而你却躲在播种的盾牌后面！但是不要再提这事了吧！我不需要像你们这样的人。我需要热烈的爱情，而你们有什么呢？为了工作，你们的血发了霉，你们的心在可怜的躯壳里冻硬了。"

嘴唇上浮着一种迷惑的微笑，达维多夫走进了办公处。最初，他想着："我们总得替她找一点工作，要不然，这女人会走到邪路上去。在工作日，她那样地修饰着，而且谈些那样的话……"但是以后，他在心里摆脱着她："哦，由她去吧！她不是一个小孩子，她应该懂得。我是一个什么人呢，一个做做慈善事业的资产阶级太太吗？我分配了她的工作，她不要，那么随她去吧。"

他简单问拉古尔洛夫："和你老婆离开了吗？"

"请不要来盘问吧！"玛加尔喃喃地说，带着不必要的注意，注视着他的长长的指头的指甲。

"但是我不过……"

"唔，我也不过！……"

"哦，见你的鬼！我现在连问也问不得了。事实如此！"

"现在是第一突击队开始工作的时候了，而他们却在找着拖延时日的口实。"

"你应当把罗加里亚引到正路上来。她现在到处漂荡着,她会走到邪路上去。"

"我是她的牧师或是什么吗?不要谈起这件事了吧。我说第一突击队明天应该出发工作了……"

"是明天应该出发工作了。但是你以为事情是这样简单吗?你们离开了,就这样了结了吗?你为什么不按照共产党的路线去教育这女人?你常常惹起不幸的事。事实如此!"

"明天我自己要和第一突击队到田里去。你为什么老像栗子壳一样的钉着我。'教育,教育!'我自己也没有受过多少教育,我怎样可以教育她呢?唔,我们离开了,你再要怎样呢?你好像一个疔疮一样腐蚀着。我有了班尼克的麻烦,我诅咒他!我已经够受了,而你又拿我以前的老婆的事来责备我!"

达维多夫正要回答他,但是院子里传来了一声汽车喇叭。车体摇摆着,车轮飞溅着污水池里的融雪的水,区执行委员会的福特汽车开来了。区监察委员会主席,山莫欣推开了车门,走了出来。

"他是为着我的事情来的,"拉古尔洛夫蹙着眉毛,愤怒地望着达维多夫,"注意,不要把这女人的事讲给他听,不然的话,你就是等于把我送进修道院!山莫欣的为人,你知不知道?他会说:'做什么和你老婆离开,什么理由?'一个共产党员脱离了他的老婆,就好像一把尖刀刺着了他一样。他是一个牧师,简直不是工人和农民的监察委员!我受不了他的气,这个猪头三!哦,班尼克那家伙……我可以杀死那毒虫,而……"

紧紧地挟着他的帆布文件包,山莫欣走进了屋子,于是,没有寒暄一声,就半开玩笑地说道:"唔,拉古尔洛夫,你现在干了一件好事,是吗?我是为了你,急急地赶来的。这位同志是达维多夫,是吗?早安。"他和拉古尔洛夫、达维多夫都握了手,在桌旁坐了下来。"请离开我们半点钟光景,达维多夫同志。我要和这个怪家伙谈一谈。"他一面说，一面向拉古尔洛夫那一方面做了一个手势。

"好，你们谈吧！"达维多夫说。当他站了起来的时候，使他很惊讶，他听到刚刚要求他不要提起他和老婆分离的事件的拉古尔洛夫，显然抱着总归是一样要受责罚的决心，坦率地说道："我打了一个反革命，那是实实在在的。现在还有一件事情，山莫欣……"

"唔，还有什么事？"

"我把我的老婆赶走了。"

"你说什么？"高额的、消瘦的山莫欣，用一种惊讶的声调慢慢地说。于是他可怕地喷着鼻子，在他的文件包里搜索着，使得公文沙沙地响，没有再说话。

第二十七章

　　一个深夜,雅科夫·洛济支在睡梦中听到了人的脚步声,有什么人走到了大门口。但是他不能够醒过来。当他竭力摆脱睡意的时候,他很清楚地听到了围墙上面的一块木板,在一个人的身体的重量之下轧拉地响,而且还有一种金属的声音。他急急地跑到窗边,脸贴在窗的玻璃板上,向外面看。在黎明之前的深蓝色的阴暗里,他看到一个很大很重的什么人跳过了围墙。他听到了跳落到地的沉重的声音。看着在夜里闪耀着白光的皮帽,他猜到这是波罗夫则夫。他披上他的短衣,穿了他那放在火炉上面的毡靴走了出来。波罗夫则夫把他的马牵进了耳门,而且已经把大门闩好了。雅可夫·洛济支从它手里接过了马缰。马连眉骨都湿透了,他的身体摆摇着,从肚皮的深处喘着气,波罗夫则夫没有回答雅可夫的问候,用一种嘶哑的小声问道:

　　"他……廖切夫斯基还在这里吗?"

　　"他睡了。他给了我们很多麻烦。他一天到晚只喝伏特加酒……"

　　"诅咒他这猪猡!我害怕,我的马跑得过度了。"

波罗夫则夫说话带着一种不能听清楚的低声，雅可夫·洛济支感觉到他的声调里面，含着过度的紧张、巨大的不安和疲倦。

在小房间里，波罗夫则夫脱掉了他的长靴，从鞍囊里取出一条青色的、有条纹的哥萨克裤子，穿上了，于是把他刚刚穿着的、一直湿到了高高的、在后面缝合的皮带边上的裤子挂在火炉上面去烘干。雅可夫·洛济支站在门边，注视着他的上司的不慌不忙的动作。队长在火炉后面的睡榻上坐了下来，两臂抱着膝头，温暖着他的赤脚的脚底。他微微睡了一会儿，显然地非常想睡，但是他竭力睁开他的眼睛，望着那醉了酒、正浓睡着的廖切夫斯基问道：

"他喝酒喝得很长久了吗？"

"他来的时候，就喝起的。他喝得太多了。这使我在别的人们的面前很为难，因为我每天要去买伏特加酒。他们会怀疑起来。"

"这个猪猡。"波罗夫则夫在他那咬紧的牙齿缝里吁出一声可怕的轻蔑的音调。他又坐在那里睡着了，点着他的巨大的、斑白的头。但是几分钟蒙眬的微睡以后，他震颤着。让他的腿子从睡榻上垂了下来，睁开了他的眼睛。

"我有三天没有睡……河里涨水了。我得游过你们格内米雅其的河。"

"你躺下休息休息吧，亚历山大·安利辛莫维支。"

"我会的。给我一点烟吧。我的浸湿了。"

贪婪地吸了两口烟以后，波罗夫则夫恢复了一点元气。睡意从他的眼睛里面消逝了，他的声音也大了一点。

"唔，这里的情形怎么样？"他问。

雅可夫·洛济支简要地报告了这边的形势，于是反问道：

"你的结果怎样呢？现在快了吗？"

"或者是只要再过几天，或者是……完全完结了。明天晚上你和我一道到华意斯科华意去。我们要在那里起事。那里离开区镇比较近，宣传队现在正在那里,我们就拿他们来着手。这次旅行我非要你不可。那里的哥萨克知道你。你的话对他们很有效力。"波罗夫则夫沉默了,同时用他的大手掌长长地、轻柔地抚着那跳到膝头上面的黑猫。于是他又小声地说,在他的声音里,有一种不平常的温暖与柔和。

"小猫小猫,你这小小的小家伙!你看你多么黑!我爱猫,洛济支,马和猫是最清洁的动物。我家里有一只西伯利亚猫,是一只很大的、绒毛蓬乱的家伙。它常常伴着我睡。……它的颜色是……"波罗夫则夫沉思地细眯着他的眼睛,微笑着,轻轻地移动他的手指,"作烟雾一样的灰色,带白斑点,是一只奇异的猫。但是你不爱猫吗,洛济支?我不爱狗。我恨狗。你知道,当我还是一个小孩子的时候,我想大概是八岁光景吧,我们有一只很小的小狗,有一天我和它玩,我一定是伤害了他。他咬住我的手指,直咬出血来了。我发了脾气,拿了一根棒子去打它,它逃,我追去打……我打得很痛快!它逃到了谷物仓下面,我也追到那里。它钻进了门廊下面,但是我赶了它出来,继续地打。我打得它这样厉害,使它满身被它的尿湿透了,它再不叫了,只是喘着气,呜咽着。于是我提起它来。"波罗夫则夫仅仅在一个嘴唇角上,微带歉疚地、羞愧地浮着微笑:"我提起它来,这样可怜它地哭泣着,使我的心脏都差不多破裂了。我忍不住战栗。我的母亲跑了出来,但是我倒在地下,躺在马车间附近小狗的旁边,我的腿子乱踢。自从那次以后,我就看不惯狗。但是我非常喜欢猫,还有小孩子。小东西,我非常爱他们,我爱他们差不多爱到心里痛。我看不得小孩子的眼泪,看了使我的胸底都要翻转来。但是你爱不爱猫,老头儿?"

雅可夫·洛济支听到他的上司这样不平常地谈话,这种单纯的、人类的感情的表达,他惊讶得说不出话来。因为他知道,就是在世界大战的时候,他已经是以对待他部下的哥萨克残酷驰名的强情的中年将校。波罗夫则夫默不作声;他的面孔变得严厉了,用一种冷淡的事务式的调子,他问道:

"这里最近有邮差来吗?"

"到处涨水;所有的山谷都涨水,路被淹没了。我们这已经有十天没有邮差来了。"

"村里还没有关于斯大林的论文的消息吗?"

"什么论文?"

"他有一篇关于集体农场的论文,登在报上。"

"不,我们还没有听到这个。我们还没有收到这报纸。但是论文上讲些什么,亚历山大·安利辛莫维支?"

"哦,没有什么……那对于你没有什么味道。唔,去睡一睡吧。三点钟以后,给马喝一点水。明天晚上弄两匹集体农场的马。天一黑,我们就骑马到华意斯科华意去。路不十分远。"

第二天早晨,波罗夫则夫和醒了酒的廖切夫斯基谈了很久。谈过话以后,廖切夫斯基走进了厨房,脸上现着苍白和愤怒的颜色。

"你也许要喝一杯酒呢?"雅可夫·洛济支先发制人地问。但是廖切夫斯基望着他的头上的上面地方,强调地回答道:

"我现在不要什么。"他回到他的房间里去了。

那天晚上,被雅可夫·洛济支说服加入"顿区解放大同盟"的哥萨克之一伊凡·巴塔西溪可夫在集体农场的马厩值夜。但是雅可夫·洛济支就是对这个人,也没有说起他为了什么事情要到什么地方去。"我为了我们的事情要有一次短短的旅行。"他含含糊糊地回答了伊凡的问话。伊凡毫不踌躇地解了两匹最好的马。洛济支牵着它们走到了打谷场后面,系在河边的树林中间,于是走去叫波罗夫则夫。当他走近队长房间的门口时,他听到廖切夫斯基叫道:"但是那会使得我们不免要失败的,你看不到吗?"波罗夫则夫用他那深沉的低音严峻地回答了他这问话,被一种不吉的预感重压着,雅可夫·洛济支轻轻地敲门。

波罗夫则夫带了他自己的马鞍。他们走到马那里,立刻出发了。他们走出村庄以后,涉过了那条小河,在途中,波罗夫则夫一直沉默着,他禁止吸烟，而且主张不在路上走，而在离开路边二十码左右的地方走着。

华意斯科华意的人在等待他们。在雅可夫认识的一个哥萨克的厨房里，约莫有二十个村民集合着。大部分都是老年人。波罗夫则夫和他们一一握了手，于是和他们中间的一个走到窗边，低声地谈了五分钟左右的话。其他的人最初默默望着波洛夫则夫，后来又望着雅可夫·洛济支。而坐在门边的雅可夫，在这些陌生的或者只是略略认识的哥萨克当中，感觉着迷惑和不安。

窗子用制囊的粗布，从里面毫无间隙地遮掩了，窗板都紧紧地关着，屋主人的女婿站在院子里望风。但是，虽然有这一切警戒，波罗夫则夫还要小声地说着话。

"唔，哥萨克们，"他说，"时候到了。我们做奴隶的日子，快要终结，是行动的时候了。我们的战斗组织已经准备好。后天晚上我们就要行动起来。骑兵的半个中队要开进华意斯科华意。听到第一声枪响的时候，你们就要跑到宣传队员的住处，把他们通通抓了。不要让他们中间的一个活的逃走了！我叫马林少尉指挥你们这一队人。起事以前，我劝你们在帽子上缝一条白色的带子，这样，不至于在黑暗里和敌人分辨不出。每一个人都要准备他的马和他所有的武器，剑、来复枪和猎枪，还有三天的粮食。你们处置了宣传员和你们这地方的共产党以后，你们的队伍就要和那派来援助你们的半个骑兵中队联合。到那时候，指挥权要交给中队司令。在他的命令之下，你们要开到他引导你们去的地方去。"

波罗夫则夫深深地叹息着，把他左手指头从他的大衣的腰带间抽出来，用手背揩去他额头上的汗，用大一点的声音继续说道：

"我从格内米雅其带了一个你们大家知道的哥萨克来，他就是我的联络队里的旧同伴，雅可夫·洛济支。他要对诸位说明，格内米雅其大部分的哥萨克都准备在解除顿区的共产党的压制的伟大任务中，和我们一同行动。说话吧，阿斯托洛夫罗夫！"

波罗夫则夫的有重量的视线，使雅可夫·罗济支从他坐着的长凳上站起来。他很快地站起来，感到他的身体里面有一种不平常的重量，他的干燥的喉咙里面有一种火一样的烧灼。但是他没有说话的机会，因为他被一个样子像是在场的人们中年纪最大的哥萨克阻截了，这老人是本地教会评议员，大战以前，他是华意斯科华意教堂日校的常任主事。他和洛济支一道站起来，使他没有说一句话的机会。

"但是你听到了吗，大人，队长？"他问，"……你来以前，我们大家商量过……我们接到了一张有趣味的报纸……"

"什么？你说什么，老伯伯？"波罗夫则夫用一种嘶哑的调子慢慢地问。

"我说，从莫斯科来了一张报纸，上面登了全党的主席的一封信……"

"总书记。"聚集在火炉旁边的人们中间的一个纠正他的话。

"唔，那么，全党的总书记，斯大林同志。报纸在这里是这一个月四号的报，"老头儿用他的老年的次中音，不慌不忙地回答，从他的短衣的里面口袋里，他拖出一张小心地折成四叠的报纸，"在你到来以前不久，我们对大家大声地读了一遍，而……这张报纸要使得我们和你分手了。显然现在我们农民有了另外一条生活的路。我们昨天听见人说到这张报纸，今天早晨，我骑着我的马，没有顾及我的年纪，我跑到区镇去。我要骑着马游过一个涨了水的山峪；我走着的时候，我的眼睛里含着眼泪，但是我过去了。我恳求一个我所认识的人，为了基督的爱，把这张报纸让给我；我从他手里把它买了，付了钱。我付了十五个卢布！后来，我看那上面所标的价目却是五个科比克。但是他们大家正在替我募集这笔钱，每家摊派十个科比克，我们是这样决定的。但是这张报纸的确可以值得这些钱，我想甚至于还要值多一点……"

"你在说些什么，老伯伯？你从顿区外面，从外国，给我们带了一些什么来？你老糊涂了吗？谁给了你代表在座的一切的人说话的权利？"

波罗夫则夫在他的声音里面带着一种愤怒的颤动说。

一个矮胖的哥萨克起来说话。看他的外貌，大约有四十岁光景，生一副剪短了的金色胡须和一个扁平的鼻子。他从那沿墙站着的人群里走了出来，挑战地愤怒地说道：

"你不要对我们的老人家乱叫，旧军官同志，你在以前已经对他们叫嚷够了。你对我们耀武扬威已经够了，现在你得客客气气地说话。在苏维埃政府下面，我们已经受不了这种对待，你懂吗？我们的老人家说的话是实实在在的，我们大家商量过，因为看到了《真理报》上的这篇论文，我们决定不暴动了。现在你的路和我们的路完全分开了。我们村里的当局，过去都很蠢笨；他们把我们中间有些人赶进集体农场，他们很不公平地把许多中农当作富农看待，而且我们的政府不懂得，那只能吓吓姑娘们，但是不能够对大家都是那样。我们的苏维埃的主席这样地钳制我们，在会场上不许我说一句反对他的话。他们把肚带拉得这样地紧，使我们连气都透不过来。但是一个很懂得驾驭马匹的人走过沙地或是难走的路的时候，也会松了马的肚带，竭力使它感到比较舒服。唔，我们曾经这样地想，自然，那命令是由中央当局发下来，来榨取我们的脂肪的，我们以为这种宣传是共产党中央委员会发动的，我们说过没有风，风车是转不动的。因此，你知道，这就是我们决定暴动、决定加入你的同盟的道理。但是现在，事实是这样，斯大林要把强迫人们加入集体农场，不问什么理由封闭教堂的各地共产党通通撤销工作。农民好像要比较容易过活了。他们松了他的肚带。要是你愿意，你可以加入集体农场，但要是你不愿意，你还是可以做一个个别的农民。因此，我们决定和你分手。请你把我们糊里糊涂签字交给了你的那张文书还给我们，你到你愿意去的地方去吧，我们一点都不危害你。因为我们也有错。……"

波罗夫则夫走到窗边，背靠着窗柱，脸变得这样地苍白，谁都看得见。但是他的声音里带着坚定和冷淡的调子，他把大家通通看了一眼，这样问着：

"这算什么，哥萨克？叛变吗？"

"随便你这样叫吧，"另外一个老人回答，"随便你怎样叫，但是现在你和我们不同路了。主人既然亲自出来保护我们，我们为什么要投靠旁人去呢？他们毫无理由地褫夺了我的选择权，而且要把我驱逐出境。但是我有一个儿子在红军里，因此我可以恢复我的选举权。我们并不反对苏维埃政府，只反对我们自己村里乱七八糟的事。但是你却怂恿我们反对政府。不，那不行！把我们的文书给我们吧，我们好意地要求你……"

另外一个中年的哥萨克起来说话，他用他的左手慢慢地抚着他的卷曲的小胡须。

"我们错了，波罗夫则夫同志……上帝知道，我们错了。我们不该和你联合。但是试探一下也没有什么害处，现在我们可以毫不动摇地走着。上一次我们听着你答应了我们许多金山。我们奇怪：你也许答应得太多了一点吧！你说，要是暴动起来了，我们的同盟国立刻会送军火和一切军需品来。我们只要枪杀共产党就行了。但是后来我们想了一想，我们会走到什么地方去呢？不错，他们会送军火来，那是够便宜的，但是他们自己会到我们国土里面来吗？而且就是他们来了，我们以后再也摆不脱他们。我们还得用枪去把他们赶出俄罗斯的领土。共产党是我们自己人，他们是像我们一样的俄罗斯人。但是那些别的人呢？鬼知道他们说一口什么话。他们的架子都很大，就是在冬天，你向他们讨点雪，他们也不会给你，不管你是怎样地要求。你一旦落到他们手里，就不要再希望任何仁慈。一九二〇年我在外国，我在加利波利吃了法兰西面包，我那时候从来没有希望，我能够再回老家。他们的面包是很苦的！我看了许多国家的国民，我要说，没有比俄国人再好、再仁慈的国民了。我在君士坦丁堡和雅典的许多海港做过工，英国人、法国人我都看够了。那些衣服烫得整整齐齐的畜生，从你的身边走过，因为你胡须也没有刮,好像污泥一样的恶浊而且身上有臭味,他会做鬼脸;他看着你,好像他要把你杀死一样。他好像军官的小马,从头到尾洗过,擦过,他就拿这来骄傲,看不起你。在酒店里,他们的水手要戏弄我们,要是我们还他们一两句嘴的话,他们就要用拳头打起来。但是我们顿和古班的哥萨克在外国稍微习惯了一点,开始给他们晓得一点厉害。"哥萨克微笑着,他的牙齿像青色的刀口一样在他的胡须里面闪烁着,"我们中间有一个人,给了一个英国人一顿俄国式的痛打,他倒在地上,两手抱着头,喘着气。在俄国人的拳头下面,他们太嫩了,他们虽然吃得好,他们可没有力。我们尝过这些同盟国的味道!无论如何,我们要和我们自己的政府要好起来,我们不想把家丑外扬。请把我们的文书还给我们吧。"

"他会马上从窗口跳出去,而我会好像一条留在浅水里面的鱼一样,"雅可夫·洛济支心里想,"我糟透了!哦,我的娘,你是在一个不吉的时辰生下我来的。我和一个魔鬼联合了!不洁的精灵迷了我。"他坐在长凳上局促不安,眼睛老看着波罗夫则夫。但是队长镇静地站在窗边,他的脸颊不再苍白,却带着愤怒和决断,涨成了深红色。两条青筋浮在他的前额上,两手紧紧地捏着窗栏。

"唔,哥萨克,随你们的便吧!要是你们不愿意和我们一道走的话,我们不会恳求你们,我们不会跪下来请求你们。那证书,我不退还。我没有带在身边,都放在总部。但是你们用不着害怕,我不会到政治警察局去告你们的密……"

"那是对的。"一个老头子同意地说。

"而且你们要怕的,并不是政治警察局,"在这以前是慢慢地、低声地说着话的波罗夫则夫,突然尽量大声地叫道,"你们要怕的,是我们!我们要把你们当作叛徒枪杀!唔,滚开!站在旁边,滚到墙边去!"他拔出他的手枪,拿在伸了出来的手里,向门边走去。

哥萨克急急地让路给他,同时雅可夫·洛济支走在波罗夫则夫的前面，用他的肩膀突开了门，好像一块从石弩上放射出来的石头一样奔到了门口。

在黑暗中，他们解了马，急急地驰去了。屋子里面透出一阵激动的声音。但是没有人走出来，没有一个哥萨克想去阻留他们。

他们跑回了格内米雅其村，雅可夫·洛济支把发散着热气的马牵回了集体农场的马厩。波罗夫则夫走进屋子的时候他没有脱掉他的羊皮短衣和毛皮帽，却立刻吩咐廖切夫斯基准备动身，读了他不在的时候骑马的差人送来的一封信，把它投在火里烧了，开始把他的东西捡进他的鞍囊里。

雅可夫·洛济支从马厩回来的时候，波罗夫则夫把他叫进他的房间。他看见队长坐在桌边，眼睛闪耀着，廖切夫斯基在擦着一支手枪，用迅速的正确的动作在把涂了油的机件配合起来。听到门的轧拉的响声，波罗夫则夫移开了他的额上的手，转身向着洛济支。雅可夫看到眼泪从队长的深深陷落的、带着血丝的眼睛里滚了下来，在他的宽阔的鼻梁上面闪烁着光辉。

"因为这一次……我们失败了，我在哭，"波罗夫则夫高声地说，他急剧地脱下他的白色的羊毛帽，拿它来揩干了他的眼睛，"顿区的真正的哥萨克不多了，猪猡、叛徒和恶棍却很多。我们马上要离开这里了，洛济支，但是我们还要回来的。我们刚刚接了这封信……在拖滨斯科和我自己那一区的哥萨克也都不肯暴动了。斯大林用他的论文笼络了他们。现在，我真想把这个人，我真想……"波罗夫则夫的喉管里有一种咯咯的声音，筋肉在他的颊骨下面痉挛着，他的强壮的手的指头屈曲着，紧紧地握在他的手掌里，指关节通通突出来。他深深地、嘶哑地叹息着，慢慢地张开他的手指，嘴唇的一角浮着微笑："是一些什么样的人呵！废料！被上帝诅咒的蠢汉！他们不知道这篇论文是一个可耻的诡计、一种欺人的手段。他们好像小孩子一样的相信它，哦，诅咒他们！他们是人类的废料，为了大的政治策略的缘故，这些蠢汉，被他们当作上了钩的鱼一样搬弄，肚带松了一点，这样使他们不至于窒死，而他们都是老老实实地相信了。唔，好！他们会懂得，而且会懊悔的。但是到那个时候已经太迟了。我们走了，雅可夫·洛济支。愿基督拯救你，为了你的款待，为了你所做的一切。这是我给你的命令：不要退出集体农场，在里面尽你可能地危害它。把我的坚决的话告诉那些加入了我们的'同盟'的人：我们暂时退却，但是我们绝不是粉碎了。我们还要再来，而那些离开我们、出卖我们和我们事业……出卖我们从国际的犹太人的政府之下拯救祖国的顿区的伟大事业的人们会有祸的！为了偿付他们的罪，他们要死在哥萨克人的刀下，告诉他们！"

"我会告诉他们的！"雅可夫·洛济支小声地说。

波罗夫则夫的话和眼泪，深深地感动了洛济支，但是他的心里又非常欢喜，因为他摆脱了他的危险的客人，以后，一切都完结了，再也不要拿他的性命财产去冒险了。

"我会告诉他们的，"他重复地说，大着胆子问道，"但是你到哪里去，亚历山大·安利辛莫维支？"

"你为什么要知道？"波罗夫则夫谨慎地问。

"也许需要，也许有什么人来找你。"

波罗夫则夫摇摇他的头，站了起来。

"不，"他说，"我不能告诉你。但是三个礼拜以后，你可以再看见我。再见吧。"他向洛济支伸出他的冰冷的手。

他亲自把马鞍放在马上，叮咛地抚平鞍衣上面的皱纹，拉紧肚带。廖切夫斯基一直走到院子里才向洛济支告别，于是把两张钞票放在他的手里。

"你走路去吗？"雅可夫问他。

"我只是走出你的院子，我自备汽车停在街上等我。"并不懊悔的中尉这样开着玩笑，等到波罗夫则夫坐上了马鞍，他抓着镫革。"唔，去吧，王子，冲到敌人的营里去，我徒步跟着你。"他说。

雅可夫·洛济支看着他们走出了院子，于是带着一种非常安心的感觉，他闩好了门，在自己的身上划着十字。他急急地从口袋里掏出廖切夫斯基给他的钞票来，他在天亮以前的薄暗里，很费力地去辨别它的数值，用指头摸索它，看它是不是伪币。

第二十八章

三月二十号的早晨，邮差把那被春水阻隔了的、登载着斯大林的论文"成功的眩惑"的报纸，送到了格内米雅其村。三月四号的三份《铁锤》，传遍了村里的一切人家，到晚上，这报纸变成了潮湿、油污、破碎的纸片。格内米雅其有生以来，从来没有一张报纸，号召了这么多的读者和听众，聚在自己的周围，像那天一样。在家里，在屋角，在茅舍的后面，在谷物仓的入口，人们一群群地聚集着。一个人朗诵，其他的人听，生怕听落一个字，尽一切可能地保持着肃静。论文在到处引起巨大的论争。每一个人都按照他自己的方式解释它，大抵是依照他自己的愿望。差不多在每一个地方，要是拉古尔洛夫和达维多夫露面了，不知道为什么，这报纸会急速地从一个人的手里传到另一个人的手里，像一只白鸟一样的掠过人群，一直到消逝在什么人的宽大的口袋里去的时候。

"唔，现在集体农场要像破烂的衣服一样在线缝上破裂了。"狂喜的班尼克最先大声地发表他的意见。

"废物会冲掉,但是比较重一点的东西会留着。"顿姆卡·乌沙可夫回答他。

"你当心将来的情形不要恰恰是你说的方面哩,"班尼克怀恨地说,于是跑到另外一个地方,找着比较可靠的哥萨克,对他小声地说:"趁他们宣布农奴的自由的时候,闹起来,脱离集体农场吧!"

"中农动摇了!他一只脚站在集体农场,但是提起另一只拼命想怎样可以从集体农场逃回自己的农场。"帕维尔·罗比西金对阿卡提说。他指着一群站在那里兴奋地谈着话的、参加了集体农场的哥萨克中农。

对于这件事情没有十分理解的女人们,用她们女性的方式在忙着猜想和推量。谣言布满了全村:

"集体农场解散了!"

"莫斯科来了命令,牛要发还!"

"富农要回来参加集体农场了。"

"掠夺了选举权的人要复出了。"

"拖滨斯科的教堂启封了,放在里面的谷物种子,分给了集体农场的农民作食谷。"

巨大的事件迫近了。每个人都这样感觉着。晚上,在党的支部的秘密会议上,达维多夫带着显著的焦虑说道:

"斯大林同志的论文无疑的是非常及时的。譬如,它打了玛加尔一记,不是打在两眼中间,而是恰恰打在眼睛上,玛加尔的脑子早带着成功的眩惑,而我们的脑子,也一样有一点晕眩了。那么,同志们,我们应当纠正我们的政策的哪几点,请提议吧。我们已经把家禽发还了,我们及时看清了这种必要。但是羊和牛怎么办呢?我们把它们怎么办,我问你们?对于这种事情,如果我们不政治地行动,我们会使得……我们会使得一种警告很快地传布:'能够救自己的快救自己吧!''逃出集体农场吧!'事实如此!他们会带了一切家畜逃走,而我们会只剩下一个破烂的秫槽,那是一定的!"

最后到会的拉古尔洛夫站了起来,用他那泪水盈盈的、充满了血丝的眼睛,顽强地望着达维多夫。当他开始说话的时候,达维多夫从他那里,闻到了伏特加的刺鼻的臭味。

"那么你说那篇论文打着了我的眼睛吗?"他问,"但是你错了:它不是打在我的眼睛上,而是刺着了我的心,把我的心刺穿了,我的脑子的晕眩,不是在建立集体农场的时候,却正是在现在,在读了他的这篇论文以后……"

"喝了一瓶伏特加酒。"凡尼亚·内丁洛夫低声插着说。

拉兹米推洛夫微笑着,同情地霎着眼睛,达维多夫的头垂在桌上。但是玛加尔张大他的鼻孔,蒙着一层薄膜的眼睛闪烁着愤怒,他叫道:

"你要教育我,给我教训,你还太年轻了!我为着苏维埃政府作战,参加党的时候,你的肚脐还没有干。就是这样,但是我今天喝了酒,正像我们达维多夫的口头禅一样:事实如此。而且不只一瓶,却是两瓶。"

"你自吹自擂得好!这就是你所以要说这些无意思的话的理由。"拉兹米推洛夫愤怒地说。

玛加尔仅仅斜着眼睛看了看他,却比较冷静地继续地说,而且不再无意思地挥着手,却把手紧紧地按着他的胸口。他就这样地站着,一直到他的这篇不相连贯的、激烈的演说结束的时候。

"我现在并不是说的无意思的话,你说谎,安德烈!喝酒是因为斯大林的这篇论文像枪弹一样的打穿了我的胸口,热血在我的身体里面沸腾了!"玛加尔的声音颤动着,声调更低了,"我是这里的支部书记,对不对呢?我说服了人民和你们,你们这些魔鬼,把鸡和鹅赶到了集体场,是不是呢?我是怎样地为集体农场呢?是这样:我对我们的几个被看作中农的恶棍直截了当地说:'这样,你们是不愿意加入集体农场吗?这样,你反对苏维埃政府吗?你们在一九一九年和我们对敌,反对我们,而你们现在还是反对我们吗?唔,那么你们不要想得到我的什么饶恕!我要打得你们稀烂,连魔鬼看了都要作呕!'我不是这样说过吗?

我说过，我甚至于把我的手枪在桌子上敲打。我不否认这件事！不错，我并没有对所有的人都这样说，仅仅对那些在心里特别反对我们的人说过。我现在不醉了，因此，请你不要瞎说，谢谢你！那篇论文我受不了，而且因为这个，我六个月以来，第一次出去喝了酒。那篇论文是什么呢？那是我们的斯大林同志写的，他打击了我，我玛加尔·拉古尔洛夫，打中了！打中了！打得倒在地上，脸伏在污泥里，脚折断了……这是怎么一回事？我同意在鸡和旁的家畜的事情上，我太左了。但是兄弟们，兄弟们，我为什么会太左呢？你们为什么把托洛茨基的头衔加在我的头上，把我和他相提并论呢？你，达维多夫，你老是当面责骂我是左翼托洛茨基主义者。但是我没有托洛茨基那样的学问，我不像他……我并不像有学问的软骨头一样和党结合，而是用我的心、我的为了党流过的血参加党的。"

"说到本题上面来吧，玛加尔。在时间这样宝贵的时候，你为什么要讲这许多不相干的闲话呢？时间不早了。请提议吧，我们怎样来纠正我们大家的错误，现在你说话，正和托洛茨基一样：'我是属于党的，我和党……'"

"让我说！"

玛加尔突然发了脾气，用他的右手更紧地按着他的胸膛，开始咆哮起来了："我藐视托洛茨基！要我和他并肩相比，对于我是一种耻辱。我不是叛逆，我预先警告你们：随便什么人叫我作托洛茨基主义者，我要打碎他的头！我要把他打成肉酱！在鸡的事情上，我的过于"左倾"，并不是因为托洛茨基，而是因为我急于要求世界革命。因为这样，我总想把一切事情快快地办好，把私有财产者、小资产阶级束缚得更紧！使每一样事情都和打破世界资本主义的目的更近一步！唔？你们为什么一声不响？可是现在，依照斯大林的论文，我是什么人呢？这篇论文的中段写着。"玛加尔从他的羊皮短衣里取出了一张《真理报》，打开来开始慢慢地诵读："'对于集体农场运动的这种种歪曲、这种官僚的命令、这种种对农民的无价值的威吓,是为了谁的利益?不过是为了我们的敌人!这种种歪曲,曾引起怎样的结果?这只会增强我们的敌人的势力,使集体农场运动的理想失坠。这些歪曲的创造家,他们自己想,他们是左翼,实际上,他们是供给右倾机会主义的水车的水的人,这不是很明显的事吗?'这样看来我是一个发号施令的官僚和创造家,我使得集体农场的理想失坠了,而且供给了右倾机会主义者的水,使得他们的水车能够转动。这一切都不过是为了几只可怜的羊和鸡,诅咒他们!而且因为我恐吓了混入集体农场来捣乱的几个从前的白党!这是不对的!我们建立了集体农场,而现在那篇论文却要退却。我曾指挥过一个骑兵中队去攻打波兰人和弗仑格尔,我知道,你一旦开始进攻,就不能中途退却。"

"现在,你真像一个队长一样的在你的中队的前面驰走!"成了达维多夫的坚决的支持者的拉兹米推洛夫皱着眉说,"请结束你的演说吧。玛加尔,我们得开始谈谈正经的事了!当你被选作党的中央委员会书记的时候,你可以这样没头没脑地攻击。但是现在,你是一个小兵,你得守着自己的行伍,不然,我们立刻要制止你了!"

"不要打断我的话,安德烈!我服从党的任何命令。但是现在我要说话,并不是想要反对我自己的党,而是因为我希望它好。斯大林同志说过,考虑着地方上的情形去工作,是必要的,他是不是说过呢?那么为什么你,达维多夫,说这篇论文打中了我的眼睛呢?上面并没有写着玛加尔·拉古尔洛夫是一位创造家、一个官僚,是不是?也许,那些话,并不是指着我说的。要是斯大林同志来到了格内米雅其村,我要对他说:'亲爱的奥西普·维沙里奥洛维支!你反对我们监督中农吗?你要邀请他们来,好意地去说服他们吗?但是倘使有一个中农是旧时代的白党哥萨克,而且还是令人万难相信地留恋着他的财产,那么我们拿他怎么办呢?我们怎么去迎合他,使他参加集体农场,忍耐地把他引向世界革命呢?这种中农掺入了集体农场,他还是不能够放弃他的财产,始终想要给自己的家畜吃得好一点。他就是这样的！'唔，但是倘使，看了这人以后，斯大林同志还是固执地说我造成了歪曲，说我使集体农场的农民失掉了信用，那么我就要直截了当地对他说：'让魔鬼去相信他们吧，斯大林同志，但是因为我在前线上损坏了我的健康，我是再也不能忍受了。让我到 X 国国境去吧，我可以大大地帮助那里的党。让安德烈·拉兹米推洛夫来推动格内米雅其的集体化运动吧。他的腰可以弯，他可以乖乖地对以前的白党鞠躬，而且流眼泪……他可以那样。'"

"不要扯上我来吧，要不然，我也可以给你一点厉害的……"

"哦，唔，够了，今天很够了，"达维多夫站起来，一直走到玛加尔的面前，声音里面带着一种平常没有的冷淡问他，"拉古尔洛夫同志，斯大林的论文是中央委员会的路线。你是要说，你不能同意这篇论文吗？"

"不，我不能同意。"

"但是你承认你的错误吗？比如说，我就承认了我的错误。你不能够反对事实，你不能够蛮干。我不但承认，把小家畜和小牛作为公有的时候，我们太过火，而且我要改正我的错误。我们太醉心集体化的比率了，虽然这也是区委会的错误，我们使得集体农场自身牢固起来的工作，做得太少。你承认这点吗，拉古尔洛夫同志？"

"我承认。"

"那么有什么问题呢？"

"论文是错误的……"

达维多夫暂时用他的手掌，抚着桌上的污脏的法兰西漆布，不必要地卷起正在继续燃点着的灯芯。显然他是在竭力想抑制他的兴奋，但是他不能够。

"你是一个蠢材，你这魔鬼！你说那样的话，在别的地方，他们早把你驱逐出党了！事实如此！你疯了吗？你得立刻停止你的……你的反对论调，要不然，我们要给你……事实如此！我们已经听够了你的声言，要是你认真固执你的这种意见的话，那么好！我们要把你的反对党的路线的事，正式报告区委会。"

"那么，报告他们好了！我自己也要报告他们。班尼克和其他一切的事，我一并负责。"

达维多夫听到了玛加尔的窒息的声音的时候，他稍微冷静了一点，但是，带着没有平息的愤怒，耸了耸他的肩，他说：

"你懂得你自己说的话吗，玛加尔？你去睡一睡吧，以后我们再和你认真地谈。现在，我们好像在白牛的故事里面一样：'不是你和我一道去的吗？''我们一道去的。''我们找着了一件羊皮吗？''我们找着了。''那么，让我们依照条约来分羊皮衣吧。''什么羊皮衣？''但不是你和我一道去的吗？''我们一道去的……'这样没有尽头地继续下去！一会儿你说你承认你的错误，再过一会儿，你声明那篇论文是错误的。要是照你看来，那篇论文是错误的，你是承认的什么错误呢？你弄得糊里糊涂了！事实如此！还有一件事，从什么时候起，有什么党的支部书记开始喝醉了酒来出席支部会议呢？这算什么，你知道吗，拉古尔洛夫？这是对于党的一种罪恶！你是一个老党员、一个赤色游击队员、一个红旗勋章的获得者，而你突然这样……这里有内丁洛夫，我们的共产主义青年团的团员，看了你的这种样子，他会怎样想呢？如果监察委员会知道你喝酒，而且是在这种严重的时候，你不但手拿着武器威吓了中农，而且对于你的歪曲，你采取一种非布尔什维克的态度，甚至于还要反对党的路线，那对于你会有很悲惨的结果的，拉古尔洛夫！你不但不能再做支部书记，而且会不能做一个党员，请理解吧！我告诉你的是实在的话！"他把头发拂到后面，沉默了，感到他已经打中了他的心坎。于是他继续地说：'对于那篇论文来发起一个讨论是不必要的。你不会使党接受你的观点。它把那比你还强一点的人都打败了，使他们屈服了。你不知道吗？'

"不要为着他再白费时间了！他的唠叨已经占去了许多时候，却没有什么值得一听的！让他睡去吧！去吧，玛加尔！你羞呵！你自己去照照镜子看，你会害怕起来：你的脸全肿起来了，你的眼睛像一只疯狗的眼睛一样。你为什么要弄得这样？滚吧！"拉兹米推洛夫跳了起来，猛烈地摇着玛加尔的肩。但是用一种没有精神、没有生命的动作，玛加尔移开了他的手，身体更加缩下去了。

在接着的难看的沉默当中，达维多夫用他的手指在桌上摇着。坐在那里，脸上浮着为难的微笑，不住地望着拉古尔洛夫的凡尼亚·内丁洛夫要求道：

"我们继续吧，达维多夫同志。"

"唔，那么，同志们，"达维多夫比较快活了一点，说道，"我提议，我们把一小点的家畜和母牛发还集体农场的农民，但是那些交出了两头母牛的人，我们一定要竭力说服他，要他留一头在集体农场的公共畜舍。明天早晨的第一件事，就是我们要召集一次大会，说明形势。到那时，我们一定要用所有的力量去说明。我害怕他们会开始总批脱离农场。而现在，一两天以内，我们就得开始到田里去了。这是你表露你的气力的地方，玛加尔。说服他们不要脱离集体农场，但是不要用手枪，这是值得去做的事。唔，那么，我们要表决我的提议吗？谁赞成？你放弃表决权吗，玛加尔？唔，写在记事录上，有一个人弃权。"

拉兹米推洛夫提议，第二天就开始扑灭土拨鼠。为了这个工作，会议决定动员几个不做田间工作的集体农场的农民，分配他们几对公牛去运水。他们还要请小学校的校长带了他的学生到田里去，让小孩子去淹死那些动物。

达维多夫犹豫了一下，他要不要制裁拉古尔洛夫；他应不应当提起，为了他对斯大林的论文的攻击，为了他对于在集体农场建立的时候他所犯的过左的错误的不愿纠正，要他对党负责。但是在闭会的时候，他看着玛加尔的流汗的、死人一样苍白的脸孔，看着他两边太阳穴上浮起筋络，于是决定道："不，还是不能！他自己会懂得的。让他并不受到一点压迫地承认他的错误吧。他犯了错误,但是这是可怕的,他究竟是我们中间的一个。而且还有他的病,他的癫病。不,我们不要提起这件事情了。"

但是玛加尔默不作声地坐着。一直到会议完了以后,没有露出他的激动的样子。仅仅有一次,当达维多夫看着他的时候,他看见玛加尔的手,无力地放在他的膝上,可怕地颤动着。

"你带玛加尔回去过夜,当心不要让他喝酒。"达维多夫对拉兹米推洛夫小声说。安德烈同意地点了点头。

达维多夫一个人走回家去。他从一群哥萨克那里走过,他们坐在罗加西卡·溪巴可夫的院子外面的一列倒了的柔枝编造的篱笆上,在畅快地谈着话。达维多夫在路的对面走着,走到和他们并排的时候,在黑暗里,他听到一个不熟悉的声音,在那深沉的音调里,含着一种微笑,很有自信地说:

"……不管你交多少,不管你付多少,他们总是觉得太少的。"

另外一个低低的声音回着说:

"苏维埃政府现在已经有两翼,一右一左。他到什么时候会离开我们,飞到魔鬼那里去呢?"

从好几个人的喉咙里爆发着一阵大笑,于是,出乎意料地突然沉默,懒声懒气地说道:

"是的!要是再不下雨,我们的播种马上要完了。我从来没有看见过地面这样地干燥。唔,兄弟们,是睡觉的时候了,我想。晚安,诸位。"

一声咳嗽,许多脚步声……

第二十九章

第二天，有二十三个哥萨克，递进了退出集体农场的请求书。这中间的大部分，是最后加入集体农场，在会场上老是默不作声地坐着，不断地和监工争辩，而且不愿意工作的中农。关于他们，拉古尔洛夫这样地说过："你叫他们作集体农场的农民吗？他们是些四不像！"退出的人，实际上是突击队的一种最重的负担，他们的加入，或者是害怕得罪政府，或者是被正月以来的有力的社会潮流卷入集体农场的。

达维多夫接到这些请求书的时候，他企图和他们辩解，请他们想一想，稍为等一下。但是他们固执不移，终于他挥着他的手：

"好吧，公民们；但是记着，当你们要求重新加入集体农场的时候，我们收不收你们，是会要再三考虑的。"

"我们大概不会要求重新加入了！我们希望，不要集体农场，也还是能够生活。你知道，达维多夫，以前，没有它我们也设法生活下来了，我们没有饿死，我们是我们自己的财产的主人，别的人不会指挥我怎样去耕田，怎样去播种，我们从来没有在奴隶的驱使者的手下，这样我们想,我们没有集体农场过活下去,不会后悔。"伊凡·巴塔西溪可夫代替大家这样地回答,他的卷曲的栗色的胡须里浮着微笑。

"我们没有你们,也会过下去!我们不会为了你们的退出,哭泣,伤心!事实如此!女人下了车子,马要轻松多了。"达维多夫反驳着。

"那么,我们最好是好好地分手吧。杯子碰杯子,都没有伤损地分开,是可喜的事。我们可以从突击队里取回我们的家畜吗?"

"不,我们要在管理委员会提起这个问题。请等到明天吧。"

"我们没有工夫等。你们在集体农场,也许可以在降灵节以后开始播种,但是我们一定要到田里去了。我们可以等到明天,但是到明天你们还要扣留我们的牛,我们就自动去牵了。"

在巴塔西溪可夫的语调里,含着一种露骨的威吓,达维多夫带着愤怒,微微涨到红了脸回答道:

"我要看你不让管理委员会知道,怎样设法从集体农场的马厩带走一点什么!第一,我们不会把它们交给你们;第二,要是你们取了去,你们要受审判。"

"为了我们自己的家畜?"

"现在它们还是集体农场的家畜。"

达维多夫让这些人走了,一点也不觉得惋惜,但是沉默的代米德的退出的请求书,却使他感到不愉快了。快要天黑的时候,代米德来了,喝得很醉却和平常一样地沉默。没有寒暄一句,他拿出一张报纸,在报纸的铅字上面写着上面几个字:"让我脱离集体农场。"

达维多夫把这简单的请求书在他的手上翻转,他的声音里带着一些惊讶和不满,他问道:

"你这是什么意思?"

"我要离开了。"代米德叫着。

"到哪里去?为什么?"

"离开集体农场,就是这样。"

"但是你为什么要离开？你到哪里去？"

代米德没有作声，大大地伸开他的手臂。

"你要到地球的四方八面去。"拉兹米推洛夫翻译他的手势。

"是的！"

"但是你为什么要离开？"达维多夫固执地问。被一个贫农和积极的工人的退出所惊骇了。

"别的人在离开——我跟着他们。"

"但是假使别的人从山崖上倒栽下去，你也要照样做吗？"拉兹米推洛夫带着静静的微笑问。

"唔，那倒不一定，兄弟！"代米德爆发出一阵深沉的大笑。他的笑声十分像一只空的琵琶桶里的隆隆的声音。

"那么好，去吧，"达维多夫叹了一口气，"你可以把你的母牛带去。因为你是一个贫农，我们用不着什么讨论就可以把牛鞭还你。事实如此！我们要发还他吗，拉兹米推洛夫？"

"我们应当发还他。"拉兹米推洛夫同意了，但是代米德又发出一阵巨大的笑声，喊道：

"我拿了母牛没有用。我把它送给集体农场。我要去替我的女壻做工。对这件事，你们怎么样想？你们觉得奇怪吗？"他没有告别地走了出去。

达维多夫从窗口向外望去，看见代米德一动不动地站在门口。深红色的落日映在他的熊一样的背上，他的褐色的、强大的颈子上，鬈曲的金发一直垂到他的领上。集体农场的院子里充满了融雪的水。一个巨大的污水潭从门口一直伸展到谷物仓。从台阶通到柔枝编造的篱笆边，崩裂的雪上踏出了一条小路。为了绕过污水潭，人们总是沿着篱笆走，手扶着木桩。代米德站在那里，沉入了深深的、沉重的默想。于是他摇摆着身体，突然，带着一种醉汉的不介意的样子，一直踏进水里，慢慢地、摇摇不定地向谷物仓走去。

当他很感兴趣地望着他的时候,达维多夫看见代米德捡起一个放在谷物仓的台阶上面的铁锤,于是向大门走来。

"他是不是存心要来打我们,这魔鬼?"走到了窗口的拉兹米推洛夫带笑地问。他对于代米德总是怀着一种温暖的、友爱的感情,对这个人的体力,抱着一种隐隐的、不能抑制的尊敬。

代米德把大门打开一半,这样用力地把铁锤向一个冰冻的雪堆一掷,他敲下了约莫三普特重的一块巨大的冰。冰的碎片好像雪雹一样,拍挞拍挞地打在门上,于是,从铁锤击成的小沟里,水静静地从院子里流了出去。

"唔,他会回到集体农场来的!"拉兹米推洛夫抓着达维多夫的肩膀,指着代米德这样地说,"他看了什么地方不对。他把它弄好了再走。这就是说,他的心还是留在集体农场。你不这样想吗?"

登载着斯大林的论文的报纸送到村里以后不久,区委会就给了格内米雅其党的支部一封关于这个问题的长长的指示信。但是这封信仅仅含糊地、令人难解地说了说强迫集体化影响的清算的问题,显然,区委会弄得完全迷乱了,党局没有一个人在任何集体农场露面。逼地方上的工作者写信去问,那些脱离了集体农场的人的财产应当怎样处理的时候,区委会和农业联合会区分会都没有任何回答。只有在中央委员会的决议《关于对集体农场运动中党的路线的歪曲的斗争》颁布以后,区委会才奋发起来。于是,火速开出没收了财产的富农的名单,把小家畜和家禽发还原主,修正褫夺了选举权的人的名单的种种指令,一道又一道地降到了格内米雅其村。同时,还收到了个要拉古尔洛夫在三月二十八号上午十时出席区委书记局和区监察委员会联席会议的正式通知。

第三十章

在一个礼拜当中,格内米雅其村约莫有一百农家退出了集体农场。第二突击队退出的人特别多,这一队仅仅剩下了二十九家农家。就是这二十九家当中,也还有许多像突击队长罗比西金所说的"准备着逃"的哥萨克。

村庄被各种各样的事件震撼了。每天都给达维多夫带来了新的不快。耕牛和农具要立刻发还那些退出集体农场的人呢,还是要到播种以后再说,对于他的这个再度的询问,农业联合会区分会和党的区委会回答了一个雷厉风行的指令,里面的意旨,是要格内米雅其的工作者用一切手段,尽他们所有的力量,去防止集体农场的崩溃,去尽可能地遏止更多的人的退出,去把那包括发还财产在内的对于脱离集体农场者的各种清算,迁延到秋天。

不久,区农业部的部长兼区委书记局的局员培格里夫到了格内米雅其。其因为在那一天他要访问好几个农场,他匆匆地问明了地方上的形势以后,于是说道:

"无论如何,你们不要把家畜和农具发还脱离农场的人。留到秋天,到那时我们再看。"

"但是他们要借此来凶猛地攻击我们。"达维多夫企图反对。坚定和果断的培格里夫仅仅微微一笑。

"那么你们也去凶猛地攻击他们好了,"他回答,"当然,我们应当发还他们的财产,但是地方委员会采取了这样的态度,就是遵守着阶级的原则,只有在特别的场合才发还他们。"

"什么意思?"

"唔,你应当不问'什么意思',都懂得的。把贫农的家畜发还,但是答应中农,到秋天他们可以领回他们的家畜。现在,明白了吗?"

"但是这不会发生和百分之百的集体化相同的情形吗,培格里夫?区委会采取过这样的态度。要我们牺牲一切,尽快地赶到百分之百,于是我们眩惑了。要是我们不发还中农的家畜,那就是说,事实上我们在压迫他们,不是吗?他们用什么来耕种呢?"

"那用不着你担心。你不要关心个别的农民,关心你的集体农场吧。你把家畜发还了以后,你用什么去工作?而且,这不是我们的提议,而是地方委员会的提议。作为革命的兵士,我们有绝对服从的义务。要是你的家畜的百分之五十交还了个别的农民,你怎样实现你的计划?不要空谈,不要议论吧!牢牢地保住家畜!要是你不实现你的播种计划的话,你的头都会被砍掉!"

当他坐上他的四轮马车的时候,他随随便便地说道:

"整个地说,情形是困难的。我们一定会为了歪曲而受到惩罚,兄弟,一定会有人做牺牲。这是制度。我们区委会的人准备撕碎拉古尔洛夫的皮。他在这里干了些什么?这听到他打了一个中农,逮捕了他,用手枪威吓了他。山莫欣这样地告诉了我。他已经收集了关于这个案件的整批文件。是的,拉古尔洛夫竟是一个极'左'的'左翼'。你知道现在党的态度怎样?严重地处罚,必要的时候,开除党籍!唔,再见!要保住家畜。"

培格里夫向华意斯科华意驶去了。风还没有把他的四轮马车的车辙吹干的时候，第三突击队队长阿加芬·多布佐夫非常兴奋地跑了进来。

"达维多夫同志！"他叫道，"他们把牛和马从我的手里劫去了——那些退出了集体农场的人。他们是强劫去的。"

"你是什么意思！'劫去了'？"达维多夫脸色转青地叫着。

"就是我说的意思！他们把牛马劫去了。他们把看牛的人锁在干草棚，解开了牛的缰绳，把它们赶进了草原。我们怎么办？"

"哦，你……做什么的？你到哪里去了？你为什么由他们去？你死到哪里去了……唔？"

阿加芬的满是麻点的脸上露出了白色斑点，他也提高了他的声音。

"我并没有睡在马棚里和牛舍里面的义务。你不要骂我叫嚷！要是你自己是这样的勇敢的话，那么，你去把牛弄回来吧！你的背上也许要吃一棍的。"

一直到下午很晚，牛才从它们以前的主人的严重的警戒之下的草原牧地，赶了回来。罗比西金、阿加芬和第三突击队的六个队员骑着马，跑到了草原里，看见牛在很远的一个山谷的斜坡上吃草，罗比西金把他的小小的部队分成两队。

"阿加芬，你带三个人飞步跑过山谷，从右边去兜它们，我从左边去兜捕，"罗比西金抚了抚他的乌鸦一样黑的胡须，发令道，"松了你们的马的缰绳！跟着我，跑步，前进！"

不是经过一次争斗，这事情不会了结。罗比西金的堂兄弟查哈尔，同另外三个脱离了集体农场的农民一道在看守牛，他设法抓住了绕着牛羊跑去的密西卡·意格兰顿洛克的脚。把他拉下马来，拖了他擦着地面走，把他很厉害地擦伤了，把他背上的衬衫完全擦破。同时，罗比西金坐在马上，用一根长长的粗大的鞭子抽打他的堂兄弟，其他的人赶开了牧人，捉住牛，带着它们跑回了村庄。

达维多夫吩咐牛舍和马厩在晚上都下了锁,从集体农场的农民中派出了许多步哨。但是虽然有这一切守护家畜的方法,在两天以内,还是有七对牛和三匹马被脱离了集体农场的农民劫去了。这些劫去的牛马,被赶到草原里的远远的山谷间去了,而且,为了使成人不从村里消失,免得引起注意,小孩子被派了去做那些牛马的牧人。

从早到晚,总是有大批的人挤在集体农场的办公处和村苏维埃。管理委员会感到它已经直面着脱离者将要夺取集体农场的土地的进一步的威吓。

"立刻分派土地给我们吧,要不然,我们要开始耕种我们以前的田地了!"他们要挟达维多夫。

"我们会分派土地给你们的,不要兴奋吧,公民们!我们明天就开始分派。到阿斯托洛夫罗夫那里去。这事情由他办理,我说的是真话!"达维多夫竭力想劝慰他们。

"但是打算把什么地方的土地、怎么样的土地,分给我们呢?"

"那些空着的土地。"

"但要是空着的是村庄最尽头的土地,怎么办呢?"

"不要开玩笑吧,达维多夫同志!村庄近边的所有的土地都被集体农场占去了,这样,我们的土地要在很远的地方,是不是你们不肯发还我们的家畜,这样我们要用我们自己的手或母牛去耕种,而现在你们还要分给我们离开很远的土地吗?这就是我们所得到的正直的政府!"

达维多夫争辩着,说明他不能够恰恰把他们想要的土地分派他们,因为他不能把一望相连的集体农场的土地分裂,或是割成不规则形,这样来违背去年秋天规定的耕地排列。脱离者喃喃地走了出去。但是没有多久,另外一群人又涌了进来,一面跨过门槛,一面叫道:

"把土地给我们!你们这算什么?你们有什么权利扣押我们的土地?这就是说,你们不让我们耕种!关于我们的事,斯大林同志写过怎样的话?我们要写信去告诉他,说你们不但不肯发还我们的家畜,而且还不肯把土地发还我们,你们夺去了我们一切生存的权利。写这种事,他是不会称赞你们的!"

"雅可夫·洛济支明天早晨把拉溪池对面的土地分给他们吧。"达维多夫吩咐着。

"是那块处女地吗?"他们向他叫嚷。

"那是休耕地。你们怎么叫它作处女地呢?那是耕种过的,不过是在很久以前,大约是十五年以前。"雅可夫·洛济支说明着。

于是立刻起了一阵沸腾的、激烈的叫声:"我们不要硬地!"

"我们用什么来耕种呀?用养小孩的那家伙吗?"

"把那比较容易耕种的土地给我们吧。"

"把家畜发还我们,这样,我们可以去耕硬地!"

"我们要派代表到莫斯科去,去见斯大林本人!"

"你们打算要我们的命吗?"

女人们愤慨极了。哥萨克都高兴地、猛力地支持她们,总是要费很大的力才压平了骚乱。到末了,总是达维多夫发了脾气,这样叫道:

"你们要我们把最好的土地分给你们吗?你们莫想得到!事实如此!苏维埃政府要把一切优先权给予集体农场,并不给予那些反对集体农场的人。从这里滚出去吧,死出去吧!"

个别农民的开始在到处耕种以前属于他们,但后来并入了集体农场的土地。罗比西金把他们逐出了田野,雅可夫·洛济支拿着一根木尺,花了两天的工夫,在拉溪池的对面,替个别农民量好了分配给他们的土地。

三月二十五号顿姆卡·乌沙可夫的突击队,出发耕种灰色的沙地了。达维多夫把集体农场最强壮的人派给突击队的队长们指挥,按照着各人的力量配置着他们。大部分的老人都愿意跟着突袭队一道出去照料播种机、犁和耙。他们决定了不用手播种。就连以前的"摸鸡者",衰老的安金姆·普斯格内布洛夫也表示愿意去照料一架播种机。达维多夫委派了西奚卡做集体农场办公处的马夫。一切都准备好了。但是播种又被不断的大雨迟延了两天两晚,雨豪爽地浸透了每天早晨被一层白色的雾的天幕笼罩着的格内米雅其的耕地和高地。

退出集体农场的运动停止了。可靠的中坚分子都留在里面。退出农场的最后的一个是安德烈·拉兹米推洛夫的情妇,玛利娜·波雅可娃。不知道怎样,最近几个月以来,他们的同居生活很不顺遂。玛利娜接近了宗教,成了信神家。在整个的四旬斋期,她都斋戒着。在第三个礼拜当中,她每天到拖滨斯科教堂去做祷告,她忏悔了,举行了圣餐礼。她静静地、温柔地忍受着安德烈的责难,不回答他的咒骂,变得更加沉默了,为的是要不会亵渎了圣餐礼。安德烈有天晚上很迟地回到家里的时候,他看见居室里点着一盏神灯。他没有怎样考虑,就走进那房间,拿起灯来,把菜油倒在手掌里,仔细地揉在他的硬皮长靴上。于是他在后跟上把灯敲碎了。

"蠢货们一次又一次地听人家说这是鸦片,是一种心灵的迷药。还是没有用!他们继续地向他们的木偶祷告,点着油灯,把蜡做成蜡烛。噢,你要尝一尝鞭子的味道了,玛利娜!你这样突然地到教堂去,一定还有什么隐情!"

确有什么隐情!三月二十六号,玛利娜递进了退出集体农场的请求书,理由是里面要"违背上帝"。

"但是你和安德烈同睡一张床上,倒不违背上帝吗?"罗比西金含着微笑地问,"或者这不过是一种'愉快的小小的罪过'?"

玛利娜还是没有作声。显然,再过几分钟,她的耐心会消失,而她自己就会"亵渎圣餐"的。

但是安德烈苍白而愤怒地从村苏维埃跑来了,用衣袖揩拭了他的有着伤痕的额上的汗,他在达维多夫和雅可夫·洛济支的面前叫道:

"玛利娜,我的亲爱的!不要毁灭我,不要辱没我吧!你为什么要脱离集体农场?我没有怜悯你,没有爱你吗?你这魔鬼,他们把母牛发还了你……还要什么？要是你渴望着个别农场的生活，我以后怎么能够爱你呢？他们把你的鸡和家禽、你的裸颈的雄鸡交还了你……而你那么伤心地哭过的荷兰雄鹅，又在你的院子里了。你还要什么呢？收回你的退出请求书吧。"

"决不！决不！"玛利娜愤怒地细眯着她的斜眼睛，这样地叫，"我不愿意，所以你用不着对我说！我不愿意留在集体农场。我不愿意和你们一同犯罪！还我的车子、犁和耙。"

"玛利娜，想一想吧！要不然我得和你分开了！"

"滚你的蛋，你这黄头发魔鬼！你这荡子，你这该诅咒的狗！你在霎眼睛吗，你这不洁的幽灵？你睁着你的发疯的眼睛吗？但是昨天晚上，谁和玛娜西卡·意格顿可娃站在小巷子里？不是你吗？是你！噢，你这魔鬼，你这畜生！你抛弃我，没有你，我也得生活下去。你早就想这样的，我知道。"

"玛利娜，我的可爱的人，这故事你是从什么地方听来的？同什么玛娜西卡？我生平从来没有和她在一道站过一次。而且，无论怎样，那和集体农场有什么关系呢？"安德烈用双手紧抱着头，沉默着，显然是穷于辩解了。

"不要向她这母狗低头吧！"罗比西金愤慨地插着说，"不要哀求她，顾一顾你自己的体面吧。记着你是一位赤色游击队员。你为什么要哀求她，仰她的鼻息？打她一个耳光，给她一顿痛打，她立刻会安静下来的！"

玛利娜，面孔上泛着深红色的斑点，好像被刺痛了一样的飞跳起来。她摇摇摆摆地向罗比西金走去，挺着她发达的胸部，她宽阔的肩膀震动着，而且好像一个男子一样，她准备打架一样卷起她的袖子。

"你为什么要管人家的闲事，你这蛇蜕的皮，你这吉卜西贱胎，你这黑色木偶，你这怪物！我要首先打坏你的脸！我不怕你是一个突击队长，像你这样的家伙，我也见过的！而且曾经把他们抛过我的肩头！"

"我首先要把你抛过我的肩头！我要打得你一身肥肉统统掉光！"罗比西金一面阴沉地咆哮着，一面退到角落里，提防着可能降临到他身上的任何不快意的袭击。他记得很清楚，有一次，在拖滨斯科的制面所，玛利娜怎样和顿河那面的一个样子好像很强壮的哥萨克打起来，是旁边的人都感到很大的满足的。她把他打倒在地上，很利索地打了他一顿，完全打败了他以后，她连讥带刺地说："你占不到女人的便宜，老爹！"换了一口气以后，她加着说，"用你小小的力气和精力，你只配躺在女人的屁股下面喘气！"于是，整好了在挣扎当中从她的头巾里披落下来的头发，她跑到掌秤人那里去了。罗比西金记得，那个哥萨克身上沾满了撒在地上的面粉和马粪，爬了起来的时候，他的面孔是怎样地发青呵。因此，罗比西金的左臂的肘弯曲起来，警告她道：

"不要动手吧，要不然我真会把你打得粉碎的。滚开。"

"你嗅到过你的淫荡的婆娘的这个吗？"一会儿，玛利娜差不多愤怒得发疯了，高高地提起她的裙子，把它在罗比西金的鼻子面前挥着。她的丰满的蔷薇色的膝盖和她好像锻造的模型一样强壮结实的肉体的乳酪一样的黄色，在他的眼前闪过。就是生平曾经见过不少世面的罗比西金，也被她的肉体的洁白和威力弄昏眩了，他一面向后面退，一面吃惊地含糊地说道：

"你疯了！你这魔鬼。你是一匹种马，不是女人！退，我咒你！"他从侧面溜过了愤怒地尖叫着的玛利娜，走到门口，吐着口水，诅咒着。

达维多夫笑倒了，头垂在桌上，细眯着他的眼睛。拉兹米推洛夫跟着罗比西金跑了出去，砰的一声把门带关了，雅可夫·洛济支一个人竭力想使这位狂怒的伍长夫人恢复理性。

"你那样地叫做什么？是一个怎样不害羞的女人呀！真是一个好主意！扯起你的裙子！在我这样一个老头子的面前你至少应当比这庄重一点！"

"住嘴，"玛利娜对他叫着，转身向着门，"我知道你是怎样一个老头子！去年夏天三一节，我们在运干草的时候，你对我说了什么话？你忘记了吗？你和他们其余的人一样坏！"

她好像一朵乌云一样的飘过了院子。雅可夫·洛济支目送着她，困惑地咳了咳嗽，非难地摇着他的头。约莫半个钟头以后，他看见玛利娜亲自挽着她的车子，毫不费力地把犁和耙从第一突击队的院子里运走了。因为雨的缘故，从田里回来了的顿姆卡·乌沙可夫也许是不敢走到离她比较近却又比较危险的地带吧，他离开她相当远地跟在她的后面叫她道：

"玛利娜！嘿，公民波雅可娃，你听见吗？玛利娜！你的财产还编在我的财产目录上的时候，我是不能把它交还你的。"

"你试试看！"

"你不懂吗？你这傻瓜，那是已经公有了的？请拿回来吧，不要开玩笑了。你是人呢还是什么？你为什么把它偷了去？你干这种无法无天的事，你要受审判的。没有达维可夫的签字，我是什么都不能发还的。"

"你试试看！"玛利娜简单地回答。

顿姆卡的眼睛仓皇失措地斜着，他的两手恳求似地压在他的胸口上。但是玛利娜流着汗，脸颊上泛着一种燃烧着的红晕，坚决地拖着她的车子走去，耙在它的旁边撞击着，哀凄地发出轧拉的音响。

"我应该夺下她的车子来，这样可以教训她怎样说话。但是我怎么能够呢？你只要触一触她，你就要吃苦头了。"雅可夫·洛济支想着，谨慎地转到小路去了。

第二天拉兹米推洛夫把他的什物、他的来复枪、子弹袋和文件搬出了玛利娜的小屋，搬到了家里。和她决裂，他深深地感到难受，他避免着孤寂。为了这样，他走到拉古尔洛夫家里去谈天，去"排遣他的依恋"。

夜降临到了格内米雅其村。雨洗过的新月，好像一个灿烂发光的切口一样，停留在西边的天上。仅仅被春水溪流的轻轻密语冲破着的黑色的三月的寂静，幽禁着村庄。安德烈从冻固的泥泞里一步一步、艰难地拖拽他的脚，静静地走着，想着他的心事。在潮湿的空气里，春的荡人心魄的芳香已经可以觉到了。大地吐出苦味的湿气，打谷场发出一种发霉的气味，而一种刺鼻的葡萄酒样的香气充满了果园。柔枝编造的篱笆边上生长起来的新草，发散出强烈的醉人的青春的香味。

　　安德烈贪馋地呼吸着这种种样样的夜晚的芳香，看着他脚下的污水潭里的破碎散乱的星星的反影，想着玛利娜，感到愤怒和怀恋的苦泪烧灼着他的眼睛。

第三十一章

老西奚卡热情地接受了集体农场办公处的常任马夫的委任。雅可夫·洛济支把以前是富农的私产,现在派作管理委员会公用的两匹种马托付给他的时候,这样说道:

"好像是你的瞳神一样的照料它们吧!要让它们常常很健康,不要把它们赶得过度了。那个原是属于铁推克的灰色种马,是一匹纯良的种马,那匹栗色马是顿区的良种。我们要用马拉车的时候并不多,不久我们就要把它们和母马交合了。你要对它们负责。"

"用不着你说!"老西奚卡回答道,"你以为我不知道怎样照料马吗?我年纪轻的时候早就看够了马!经过我的手的马,比一个人的头发还多哩。"

但其实在西奚卡整整的一生当中,一共只有两匹小马"经过他的手"。里面有一匹他拿去换了一头母牛,至于另外一匹……大约二十年前,西奚卡在一种愉快的陶醉的状态中从华意斯科华意走了回来,他用三十卢布从一个过路的吉卜西人手里买了一匹马。当他在买就以前查看着它的时候,他看到这匹马很肥大,带鼠灰色,耳朵是垂下的,有一只有白色眼障的眼睛,但是很快捷。西奚卡和那吉卜西人争价一直争到了中午。有四十次,他们拍着手,谈判决裂,于是又谈了拢来。

"它是纯金,不是母马!它跑得这样地快,要是你闭上眼睛,你简直感觉不到它的蹄子下面的地面。它好像一匹飞马一样的快!"吉卜西人溅着口水,抓住疲倦透了的西奚卡的上衣的边缘,发誓地向他保证。

"它的臼齿差不多一个都不剩了,它的一只眼睛有白眼障,它的蹄子通通破了,它是一个大肚皮。金子在什么地方?这是苦泪,不是金子!"西奚卡贬着马的价值,非常渴望地想使吉卜西人减去他们争执着的最后一个卢布。

"但是你要牙齿做什么?这样还可以吃少一点东西。它是一匹小母马,的确是真的!它是一匹小驹,不是母马。因为一次偶然的病,它的牙齿掉了。它有一只有白眼障的眼睛,和你有什么关系?何况它并没有白眼障,那是一个斜眼睛,它的蹄子会长好的。它是一匹灰色母马,不十分漂亮,但你并不是要和它睡觉,而是要它去耕田的。是不是呢?请你看看,它的肚皮为什么那么大:那是因为它的力气。它跑的时候,地面都要颤动;它倒下来的时候,它会躺三个整天。……噢,老爹!显然你是想要用你那三十个卢布买一匹赛跑的马。用这点钱,你买不到一匹活的,但是如果是一匹死的,那他们可以把肉送给你,不要你的钱。"

幸亏这个吉卜西人是位好好先生。争了一阵价钱以后,他减少了最后一个卢布,把缰绳交给西奚卡,甚至于假装哭泣起来,用他那件浅蓝色的衣裾很长的上衣的袖口,揩拭他的褐色的前额。

西奚卡把缰绳接到手里的时候,马早就失掉它所有的元气了。它的爪子一样的腿子困苦地向前移动,它勉强顺从着他拉它跟着他走的巨大的努力。到这时,吉卜西人才露出他的紧密的雪白的牙齿,大笑着。他在西奚卡后面叫道:

"嘿,老爹!顿河的哥萨克请不要忘记我的好意!那匹马给我服务了四十年,它也会供你使用那么长久的。可是一个礼拜只要喂它一次,要不然它会发疯哩。我的父亲从罗马尼亚骑了它回来,他是从退出莫斯科的法国人手里得来的。它是一匹名贵的马呀!"他还在西奚卡的后面喊了些什么,当这位老人牵着他买的马走去的时候。在帐幕的周围,在吉卜西人的腿子中间,喧闹的微黑的小孩子们叫嚷着,吉卜西女人们吹着口哨,高笑着。但是老西奚卡谁也不看,向前走去,而且温厚地想着:"我自己懂得我买了一匹什么样的牲畜。要是我有钱,我就不会买一匹这样的马了。那个吉卜西人爱开玩笑,他和我一样,是一个有趣的家伙。唔,我已经买了一匹马。礼拜天我可以带着老婆赶车到区镇上的市场去了。"

但是他还没有走到拖滨斯科,奇迹就开始在马的身上发生了。他偶然回头一看,他惊骇极了:牵在他的后面的,并不是他买的那匹大肚皮、养得很好的母马,而是一匹肚皮和腰窝都深深地陷了下去的消瘦的老马。半个钟头的光景,它竟瘦了一半。西奚卡划着十字,小声叫着:"上帝,上帝,上帝!"让缰绳从他的手里落下,站在那里,感到他的沉醉好像被一只手移去了一样的消散了。只有当他绕着母马走了一遍的时候,他才发现了瘦得这样令人难以相信的神速的原因。从它毫不害臊地向上面、向两边扭动的细丝的尾巴下面,一股恶气和水一样的大便飞沫,伴着一种呜呜的嗞嗞的声响,喷了出来。"原来是这样的!"西奚卡抱着他的头,呻吟着。抓住缰绳,他用了十倍的气力牵着母马向前走。直到拖滨斯科,它肚皮里面迸发出来的排泄物,一路继续着,留下了一条可羞的痕迹。西奚卡本来可以不再发生变故地达到格内米雅其,但是当他快要走近那住了他的孩子的教父和许多相识的人的拖滨斯科的第一家人家的时候,他决定骑在马上走,纵令是慢慢地走也比牵着马走好一点。一种从来没有的骄傲,突然在他心里觉醒了,同时还引动了他多年的欲望:他要去夸耀,去表露他西奚卡现在已经从贫困中间挣扎出来了,而且正骑在自己的马上,虽然这是一匹可怜的小马。"停停,你这魔鬼！你总是这样地贪玩！"他愤怒地叫着，当他从眼角看见一个相识的哥萨克正从对面小屋里出来的时候，他一面说话，一面拉起缰绳，竭力装作庄严的样子。他的马的贪玩和暴跳的欲望，老早就和它的童年一道消失了，它现在一点也没有想到要贪玩。它站住了，毫无生气地垂着它的头，交叉着它的后腿。

"我要骑着马在我的朋友面前经过，让他有机会看到我。"西奚卡想着。他跳上去，匍匐在这马的瘦削的背脊上。他立刻遭受了不幸和屈辱，这事情一直到很久很久以后，还是拖滨斯科的哥萨克们的谈料，成了区里流传的故事，而且，恐怕还要传到后代去。当他贴着这母马，横伏在它的背上，想要跨坐起来的时候，脚刚刚离开地面，那牲畜的身体就摇摆起来了。一种隆隆的声音开始从它的肚皮里面发出。它举起它的尾巴，就在它站着的地方缩下去了。西奚卡两臂张开，扑着道路，伸长身体倒在那满是尘土的路边的草上。他狂怒地跳了起来，于是注意到那个哥萨克已经看到了他的没有面子的事，竭力想装装面子，叫道："你这魔鬼！你总是这样地暴跳！"他用两只脚去踢马。母马站了起来，于是，好像没有这一回事一样的把它的鼻子伸到路旁的枯草上。

看到了西奚卡的不幸的哥萨克，是一个大滑稽家。他跳过柔枝编造的篱笆，跑到西奚卡面前，说着："你好，西奚卡！你莫非买了一匹马？"

"是的，我买了一匹马，但是我害怕我做错了一点？买了这么一个难以驾驭的家伙！你刚刚骑上去，它就会暴跳起来，把你抛在地上。看来它还是没有骑过人的新马。"

那个哥萨克细眯着他的眼睛，绕着那母马走了两遍，顺便看了一看它的牙齿，用一种非常严肃的声调说道：

"唔，当然它还没有骑过人。但是你可以看到，它是良种。照它的牙齿看来，它一定有五十岁，一天也不会少；但是因为它是匹良种，所以没有人能够驾驭得了它。"

看到哥萨克的同情的态度,西奚卡大着胆子问道:

"但是告诉我,意格拉第·坡菲里奚,它为什么瘦得这样快?我牵着它走的时候,它就在我眼前溶化了。它发出一种恶劣的臭味,大便好像从枪口射出一样的喷射出来。它撒了一路的粪。"

"但是你是从哪里买到它的?该不是从那些吉卜西人的手里买到的吧!"

"是的,我是从他们手里买的。就在你们村庄外面,有他们一个帐幕。"

"唔,那就可以找着她瘦下去的道理了,"非常熟悉马和吉卜西人的这位哥萨克,开始解释,"他们拿它卖给你以前,把它吹大了。当一匹马年纪大了,瘦了下去的时候,在卖它以前,他们拿一根空的芦管插进它的肛门,于是他们轮流来吹它,一直吹得它两边胀大起来,于是看去好像养得很好,长得很肥一样。他们把它吹得好像牛的尿泡一样的时候,他们拔出芦管,立刻在那个地方塞进一球涂了柏油的碎布或是一种塞子去堵住空气。一定是塞子在路上掉了,于是你的母马就开始瘦了起来。你回转去把那塞子找来吧,我们一息息工夫就可以给你把它再吹起来。"

"这些该死的东西!"西奚卡绝望地叫着,急急地回转去寻找吉卜西人的帐幕。但是当他走到他最初碰到他们的山谷的斜坡上面的时候,他再也看不见河边的帐幕和篷车了。篝火的青烟,还在那张过帐幕的地方上升,但是远远地,有一阵灰色的尘埃从夏天的车道上卷了起来,又在风里吹散了。吉卜西人好像童话里面的人物一样的消逝了。西奚卡哭泣着走了回来。好心的意格拉第·坡菲里奚又从他的小屋里走了出来。"我用我的肩膀顶住它的肚皮,这样它不会再发脾气倒下去,你就骑上去。"他提议道。被羞耻、悲痛、汗和眼泪湿透了的西奚卡,听了他的话,设法骑到了马上。但是他的灾难还没有完结,这一次,这母马没有倒下,但是却被发现,它的跳走的方式是令人难于相信地特别。它好像要急奔一样的迈出它的前脚,却把后脚踢得比它的背脊还高。就这样,它载着西奚卡走到了最初的转角的地方。在这剧烈的急奔的当中,他的帽子落掉了,而那可怕的震动使得他的身体里面有着什么东西在跳动,而且似乎要爆裂了。"我的上帝,我不能再这样骑着走了!"他决定着,于是跳下马来,那马还是向前跑着。他回转去找他的帽子,但是,看见一群人正沿着小路向他急急地走来的时候,他赶快转过身去,把那显出了那样意料不到的速力的不幸的马,牵出了村外。一大群小孩子跟着他一直走到了风车场,好容易他们放弃了他。但是西奚卡再也不敢骑这吉卜西的"宝物"了。他横过小山绕着村庄兜了一个大圈子,他牵着马走觉得厌倦起来了,他决定赶着它走。于是他看出了他闹了这么多的麻烦买来的马,原来两只眼睛是瞎的。它向着沟壑和溪流,一直去,没有跳跃,却跌倒在里面。于是,用它的抖颤的前蹄支起了身躯,爬了上去,艰苦地喘着气,继续地向前走去。但是它取着一种特别的姿势走着,不断地划着圆圈。被新的发现震惊了,西奚卡完全让它自由,站在那里看着它。它划了一个圆圈,于是又来一个,这样不断地沿着一个看不见的螺旋走去。于是他猜想这匹母马一定是在一架抽水机边消度了它的长长的一生,而在那抽水机边工作的时候,它瞎了它的眼睛,老了。

  白天走近格内米雅其,他很怕羞,他让马在高地的斜坡上吃草,一直在黄昏到来的时候,晚上他才赶着它回家。他是怎样地被他的老婆,一个恶毒的强健的女人所接待,以及为了他的不幸的买卖,懦弱的西奚卡受了什么灾难的事,正像他的朋友鞋匠罗卡提夫所说的一样,"被不可知的黑暗掩蔽了"。所知道的只是不久以后,这母马生了疥癣,毛掉光了,就是以这样一种不堪入目的样子,在一个半夜里,静静地在院子里死去了。借着他的朋友罗卡提夫的帮忙,西奚卡把那卖马皮得来的钱喝酒喝掉了。

  当他向雅可夫·洛济支保证,在他生平有不少的马经过他的手的时候,老西奚卡一定是知道雅可夫·洛济支不会相信他的,因为他的一大半生活都是在雅可夫的眼前度过的。但是他生性是这样：他没有法子不吹牛皮，不说谎话。一种不能抵抗的力，迫得他要说那些几分钟以后他就要欣然取消的事情。

总之，西奚卡是同时做了马夫和车夫了。而且应该说明一下，他执行他的这个简单的职务绝不算坏。喜欢让车子跑得很快的拉古尔洛夫在他身上发觉的唯一的缺点是他常常地停车。他们刚刚驰出院子，他就带住缰绳，来一声："停停，我的小家伙！""你为什么停住车子？"拉古尔洛夫会问。"马要小便了。"老西奚卡会这样回答，而且会坐在那里诱导地吹着口哨，一直到拉古尔洛夫从车夫座位的下面抽出鞭子来，在马的背上抽了一记的时候。"现在不是沙皇时代了，"西奚卡会向哥萨克们夸口，"那时候车夫坐在车夫的座位上，乘客在他后面的软垫上摇摆着。我现在是一个车夫，但是我就坐在达维多夫同志的旁边。我要抽烟的时候，我说：'喂，请你掌一掌缰绳，我要卷一支香烟。''好的，好的。'他这样地回答。他接着缰绳，他也许能够赶一个钟头的车，我却大摇大摆地坐在那里看风景。"他的确学到了大摇大摆的模样，甚至于连话也说得少了起来。不顾春天的寒冷，他去睡在马厩里，和马接近着。但是这样过了一个礼拜以后，他的老太婆把他拖了回去，凶狠地打他，粗鄙地骂他，因为，他说有年轻的女人在晚上去找他。年轻的人骗她，替他散播了这种可恶的丑闻。他并不和她争辩，就搬回了家里，于是，由他的嫉妒的夫人护卫着，他每天晚上要走去两趟去看马。

他学会了把马套得很快，快到可以和格内米雅其的救火队的速率媲美了。当他牵出它们来，把它们套上车辕的时候，他总是用下面这种不断的嘶声的叫嚷，抚慰着难以驾驭的、喷着鼻息的马匹："停停！竟这样地嘶叫，你们这些魔鬼！那不是母马，它也是雄马，和你一样的呀！"当他套好了马，坐到了车上的时候，他就会满足地说道："唔，我们要动身了，我可以赚到一小点了（在一九三〇年突击队员工作一天，突击队长就在账簿上记上一小点）。我开始喜欢这种生活了，兄弟们！"

三月二十七号，达维多夫决定乘车到第一突击队工作的田野去，去看他们是不是没有听他的指示，沿着犁沟却不耙过犁沟地在耙田。铁匠意坡里特·莎利曾经出去修理一架播种机，他立刻回到村里，走到集体农场的办公处。他紧紧地握着达维多夫的手，样子很难看地告诉他道：

"第一突击队正在沿着犁沟耙田。那样耙法是一点用处也没有的。你自己去看看。教他们适当地工作吧。我把这个指点他们听，但是那个斜眼鬼乌沙可夫却对我说：'你的工作是打铁砧，拉风箱。不要到这里来管闲事吧，要不然我们会用犁头敲你一顿！'我这样回答他：'我去拉风箱以前，我先要把你拉倒，你这斜眼睛！'我们差不多打起来了。"

达维多夫叫了西奚卡来，叫他套一匹马在马车上。但是他不能够等待，亲自走去帮他。他们驱着车走去。阴云满布的天空和西南吹来的湿风，预告着雨的到来。第一突击队是在灰色沙地的最远一区工作。离开村庄约莫有十个启罗米突，靠近小山边上的罗提池。突击队正在把它犁好，预备播种谷物。犁沟要小心地耙，是非常重要的，这样那耙得很平滑的耕地上可以保存雨水的潮湿。不然的话，它会深深地渗进犁沟里面去。

"快点，快点，老爹！"达维多夫望着那浓密的云层，催促着。

"我是在赶快呀。那匹灰色的马已经冒着汗的白泡了。"

离开夏天的车道不远的一个山坡上，许多小学生被他们的年长的教师唆维尼带领着，成单行地在走着。在他们后面跟着四辆载着水桶的车子。

"那些小孩子是出来捉土拨鼠的。"西奚卡用他的马鞭指着说。

达维多夫嘴唇上浮着一种抑制着的微笑，看着孩子们。当马车走到和他们并排的时候，他叫西奚卡停下车来，望着一个七岁大的白头赤足的孩子，他叫他道：

"到这里来吧！"

"来干吗？"那孩子用一种独立不羁的调子问着，把那有一根红带、帽的遮檐的上面还留着徽章的褪色的痕迹的他父亲的帽子，推到他的脑后。

"你杀了多少土拨鼠？"

"十四只。"

"你叫什么名字？"

"费多推·德米提奚·乌沙可夫。"

"唔，上来吧，费多推·德米提奚，我们请你坐车。你也上来吧。"达维多夫指着一个裹着头巾的女孩说。叫他们坐在马车上，他吩咐西奚卡继续地赶着车子前进，于是问那男孩子：

"你在几年级？"

"一年级。"

"一年级？那么，你应当把你鼻子上的鼻涕揩掉。事实如此！"

"我不能够。我受了凉。"

"为什么你不能够？把你的鼻子伸过来！"达维多夫小心地把他的手指在裤子上摸着，叹了口气，"什么时候到集体农场的办公处来看我吧，我给你一块巧克力。你吃过巧克力吗？"

"没有。"

"唔，你到办公处来吧，我请你吃。"

"但是我不要吃你的什么巧克力。"

"你不要？但是为什么不要，费多推·德米提奚？"

"我的牙齿坏了，下面的已经掉了。你看！"那孩子张开他的大红的嘴，他下面的牙齿的确烂掉了两个。

"那么，换一句话说，你是一个缺牙齿的费多推·德米提奚？"

"你自己是一个缺牙齿的呀！"

"哼！你这小鬼！你已经看到了吗？"

"我的还会再长，但是我想你的是不会了！哈哈！"

"唔，你倒顽皮，我的孩子！我的也会再长的。事实如此！"

"你撒谎！大人的牙齿是不会再长的。我还能够用我的上牙来咬，我真能够！"

"你怎么能够？"

"你不相信我吗？让我咬一咬你的指头看。"

达维多夫微笑着，伸出他的食指。但是他"哟"的一声抽了回来。食指的前一节上咬了一个青色的齿印。

"唔，费多推，现在让我来咬咬你的指头看。"他提议。但是孩子犹豫了一下，突然在车子继续走着的时候，他跳了下去了，于是像一只大的灰色蚱蜢一样的用一只脚跳着，他叫道：

"你也想咬人吗？但是这次你可咬不到！"

达维多夫大笑起来，把那小女孩扶下了车，站在那里对那远远的费多推的帽子的红带看了一会儿。他微笑着，他的心里感到一种稀有的温暖，他的眼睛潮湿了。"我们要为着他们建立一种好的生活。事实如此！"他想着，"现在费多推戴着他父亲的哥萨克帽子在那里跑，但是再过二十年，他也许可以用一架电耕机来耕种这同一的地面。我相信他永远不会去做我在母亲死了以后所做的事：洗我的妹妹的衣服，补衣，烧饭，还要到工厂去做工。费多推们将是幸福的。事实如此！"他用他的眼睛环视着那无边的柔软的绿色草原。有一会儿，他站在那里，倾听着云雀的歌声。看着远远地有一个扶犁人正弯腰向着他的犁，而一个赶牛人在牛的旁边，在犁沟里头颠簸地走着。他从心底叹了一口气："机器要代替人去做着一切繁重的工作。我相信，那时候的人会忘记汗的气味。无论怎样我总想活到那时候，只要看一看那时候是怎样的情形都好呵！但是你会死去，而且不会有费多推记着你！你会死去，达维多夫兄弟，这正像你活着一样的确实。你没有子孙，只留着格内米雅其的集体农场。集体农场会变成一个公社，于是你看吧，他们会替他起个名字，叫作'布替洛夫工厂的金厂工人绥明·达维多夫'……"

想着他的思想的好笑的转向，他微笑了，于是问西奚卡：

"现在我们快要到了吗?"

"越过第三个小坡就是。"

"看看你们荒废的田地吧。这是一种大的耻辱!两个五年计划之后,我们要在这里建立工厂了。一切都属于我们,一切都在我们的掌握。事实如此!你振作起来,再活十年吧,那时候你会不再挽缰绳,要掌舵轮了。你会利用蒸汽走路,还是没有法想的!"

西奚卡叹了叹气,回答道:

"现在是稍微迟了一点!要是四十年前我是工人的话,我也许成了一个完全两样的人!我做一个农民从来没有走过好运。从小孩子的时候起一直到现在,我的一生都不顺利。我的整个一生好像是被风吹打着一样。风扭曲我,激励我,有时把我吹得乱滚。"

"但是为什么这样呢?"达维多夫问。

"等一等,我要通通告诉你听,让马匹自己随便走吧。我要把我所有的不幸都告诉你。你是一个阴险的人,可是你应当理解,而且表露一点同情。我的一生当中发生了好几次严重的事故。就在开始,在我生下来的时候,接生婆立刻告诉我的母亲:'你的儿子长大起来会做将军。看他一切的模样他将来一定是一个将军。他生这狭窄的额头、一个南瓜一样的头,他的肚皮很大,他还有一种深沉的声音。快活起来吧,卡推林娜!'但是过了两个礼拜,一切都和那女人所说的相反。我是在圣雅夫多基亚日生的,但是在那一天,不但一切都是这样地冰冻,使得鸡都没有水喝,我的母亲这样说,就连麻雀飞起来的时候,都要冻死。他们带我到拖滨斯科去受洗礼。但是你想想吧:这样大冷的天气,把一个婴儿浸到一个洗礼盆里去,是合理的吗?于是他们把水烧开,但是助祭和牧师两个人都喝得大醉特醉。他们一个人把开水倒进洗盆里,另外一个也不试一下,就开始唱道:'我主耶稣,我们给上帝的这个奴仆施洗……'于是把我没头没脑地浸在开水里,我的皮通通烫掉了。他们把我带回家去,我浑身都起了泡。唔,因为痛哭和激动得过于厉害,结果是我得了脱肠症，以后我就常常害病。这都是因为我生在农民的家里。我九岁以前，狗咬伤了我，鹅使人难堪地对我嘶叫，还有一匹小马用后腿把我踢得这样厉害，被人扶起来的时候，像是死了。九岁以后，更多更多的严重事故，开始降临到我的头上。刚过九岁，我被一个钩子钩住了……"

"什么样的钩子？"达维多夫吃惊地问。他颇注意地在听着西奚卡的故事。

"就是一种普通的钩子，他们用来钓鱼的那一种。那时候，有一个名叫普尔的聋耳朵、白头发的老头子住在格内米雅其。冬天他住在一个帐篷里面，用网去捕鹧鸪；到夏天，他所有的时间用钩子在河里钓鱼。那时候我们的河比较深一点，就是拉普西洛夫的小磨坊也在河岸上。鲤鱼和大梭鱼都住在磨坊水闸下面，所以那个老头子拿他的钩子坐在柳树丛的近旁。他用七个钩子钓鱼，有些安置着蚯蚓，有些安置着生面团，还有一些安置着小鱼去捕梭子鱼。我们孩子们常常竭力想法把他的钩子咬掉。老头子聋得像石头一样，你就是在他耳朵里面小便，他也听不到你。我们就在河边聚集。在靠近他的树枝后面脱掉衣服，然后我们之中就有一个人轻轻地溜进水里，不让水起点什么波浪，潜水游到老头子的鱼钩那里，用牙齿把那钩丝咬断，于是又游回树丛。老头子会提起他的钓竿，全身都颤抖着，咕噜地说：'又咬掉了一个，该死的东西！噢，圣母。'你知道，他以为是一条梭子鱼咬掉的，自然他很生气，因为他失掉了一个钩子。他可以到店里去买钩子，但是我们没有钱去买，所以我们就靠这老头供给！有一天，我已经找到一个钩子，还想再找一个。我看见他正忙着在一个钩子上上鱼饵，我就游到水里去。我刚刚轻轻地抓住了钓钩，用嘴去衔着的时候，他就猛力地拉着钓竿，钩丝从我的手指中间滑过，而钩子进了我的上唇。我叫着，但是水涌进了我的口，老头子继续地拉着钓竿，竭力想把我拉出水来。自然剧痛使得我的脚踢着，我被钩子一直拉上，而且感到他把他的庲斗伸到水里，伸到了我的下面。唔，自然，我冒出水来，尽量地叫嚷。那老头子吓僵了；他竭力想在身上画一画十字，但是不能够，他的脸吓得比锅子还黑。他的吃惊是有充分的理由的！他钩住了一条梭子鱼，拉上来一看却是一个小孩子！他站着，站着，突然，你看吧，他逃了！他的脚上的长筒靴都差不多跑掉了！我回到家里去，鱼钩还挂在我的嘴唇上，我的父亲把我的唇割开，把钩子取出，于是把我打昏了过去。但是我问你，那有什么用处？我的嘴唇好了，但是这就是为什么从那时以后我得到了西奚卡（俄文梭子鱼读西奚卡）这个诨名的道理。第二年出头，我赶着一群鹅到风车旁边去打青，风车正在转动，我的鹅就在风车的附近觅食，在它们的上面一只鸢在飞。小鹅是黄色的，而且很可爱，鸢想要抓到一个。但是，自然，我在看守着，不断地嘘嘘地叫嚷，去赶跑它。我有几个小朋友走来了。于是我们开始骑在风车的风帆上。我们握住了一扇风帆，让它把我们举得离开地面两码高。于是我们放手跳下来，一动不动地躺着，不然的话，另外的帆翼会打着我们。但是那些小孩子是一些真正的恶魔！他们想出一种玩法，看谁能够在帆上升得最高；升得最高的就是沙皇，他可以骑在别人的背上，从风车那里一直走到打谷场。唔，我们都想做沙皇。我想，我一定要升得最高，把那些鹅完全忘掉。风帆把我举了上去，但是我偶然一看，那只鸢正在攫走一只小鹅。我慌了，因为我知道，要是我失掉一只鹅，我会挨一顿饱打的。'朋友们，'我叫着，'鸢！赶开那只鸢！'暂时间，我忘记自己是在风车的风帆上。当我再想到的时候，我已经离开地面不知道有多高了！跳下去太可怕，再骑着升上去更加可怕。但是我怎么办？当我在想着我会遭遇到什么的时候，风帆已经达到了顶上，我两足朝天地立竖在上面。但当它开始重新向地下转动的时候，我松了手，我不知道经过多久才落到地面，我只知道对于我那似乎是太长久了。但是我终于落到地上了，而且，自然，我跌得很重。我立刻跳起来，看看我的手，我看见腕上的骨头突出了皮肤，我痛得那么凶，使得我失掉了对于一切的关心。那鸢攫去了一只小鹅,但是我一点也不关心。接骨家把我的骨头安放在原处,但是那有什么意思?第二年骨头又跌了出来,而且我差一点儿被一架收割机轧成了碎片。刚刚过了圣彼得祭,我和我的哥哥出去收割裸麦。我赶着马,我的哥哥却从车台上把刈倒下来的麦抛出去。我坐在车上赶着马,许多马虻在马的上面飞着,天上是一轮白色的太阳,是这样地热,使得我想着,我会打着瞌睡,从座位上倒了下去。我们走着的时候,我睁开眼睛,看见一只很大很大的、有须的野雁像一条鞭子一样的拉长着身体,躺在我旁边的犁沟里。我把马停下,我的哥哥说他要用叉耙去打了它,但是我说:'让我跳过去,活地捉了它。''好吧。'他说。唔,我跳过去,横腰抱住了那蠢货,它是怎样地想挣脱呵!它张开它的翅膀,用它们扑打我的头,它跳着,拉着我走。因为吃惊的缘故(它一定非常吃惊的),它把它水一样的粪撒满我一身,像一匹难以驾驭的马拖着一架耙一样的拉着我走。它为什么要回转过来,我不知道。但是它回转过来了,于是它扑到马脚下面,然后又扑到一边去。马吃惊了。它们从我的身上跳过去,喷着鼻子向前奔跑。而我就被轧在收割机的下面了。我的哥哥立刻扯起杠杆,把刀子升高。我被撞倒在车台下面,就在那底下被拖着走。有一匹马的腿子,一直割齐了骨头,筋都断了,我被割切得一塌糊涂。我的哥哥终于制止了马,卸下一匹,把我横放在它的背上,驮回了村庄。我昏了过去,满身都是鸟粪和泥土,而那只光棍野雁却飞走了。那一次我病了很久,不到半年,我从一个邻人的家里走出来,村里一头种牛拦住了我的去路。我绕着它走过去,但是它好像一只猛虎一样的摇着它的尾巴,低着头向我冲来。你想我很高兴被它的角冲死吗?我回转来逃,但是它赶上了我,在我下面肋骨上触了一角,把我抛过了篱笆。那根肋骨被触断了。要是我没有一百根肋骨,那倒不算怎么一回事,但是无缘无故地损失了一根肋骨,是怪可惜的。这样当召我去服兵役的时候,他们没有要我。其他的牲口,还给了我数不清的不幸。你会说我是被魔鬼做了记号的!要是一只狗挣脱了它的锁链的话,不管它跑到哪里去,它都会向我奔来或者我会在不知不觉间碰到它。而它会撕碎我的衣服,咬破我的裤子。那对我有什么好处呢?我曾经被臭猫从乌查机拉山谷追到大路上。在草原里,野猪袭击过我。有一次,因为牛的缘故,我被人打了一顿,而且失去了我的长靴。有一天晚上,我从村里走到多内兹可夫家的附近的时候,我又碰到牛了。它咆哮着,而且用它的尾巴击着肚皮。'不,'我想,'你这该死的畜生!我已经学会不和你这样的家伙周旋了。'我向那房子跑去,牛跟着我。我开始跑,它就在我的背后喷着鼻子。那房子的窗子当街开着。我好像一只蝙蝠一样的飞了进去,我四周一看,屋子里一个人也没有。我想我不要惊动什么人,可以从窗里爬了出去。牛可怕地咆哮着,用它的角碰着墙壁,于是走了。我正在从窗口爬到街上去的时候,我感到有一双手抓住了我的手臂,什么硬的东西打在我的头上。那是那一家的主人,老多内兹可夫听到了声音,走来抓住了我。'你在这里干什么,青年人?'他问。'我是躲一头牛。'我告诉他。'不,你不是在躲牛,'他说,'我们很知道你们这些牛!你想偷偷地爬到我的媳妇,我们的奥尼亚那里去。'于是他开始打我,起初是半开玩笑地,但是愈来愈重了。他是一个强壮的老头子,他自己和他的媳妇勾搭着,这样他打落了我两个门牙。于是他说:'还要到我们的奥尼亚这里来吗?''不,'我说,'我不了!你可以把你的奥尼亚挂在你的颈子上,代替十字架。''唔,脱下你的靴子,'他说,'要不然,我再打你。'我就恭恭敬敬地失掉了我的仅有的一双长靴。我恨那奥尼亚恨了五年,但是那有什么意思呢?这样的事情不断地发生着。举一个例子,当你和我把铁推克当作一个富农逐出他的农场的时候,为什么,我问你,他那只狗撕破了我的羊皮衣,却不去撕别人的呢?它可以向玛加尔或是罗比西金扑去,但是它不,鬼使它绕着院子跑,使它又找到我,幸亏它还没有咬着我的喉管,要不然,它在那里咬两口,你就得把西奚卡放进你的亡友的名单里去了,这种事情我们都知道。自然,那样地收场,是因为我没有一支手枪。要是我有一支手枪的话,会发生怎样的事情呢？会发生流血大惨案。我动了火的时候，我是一个很厉害的人，那时候，我会结束那狗和铁推克的老婆的命，会把所有其余的枪弹通通送进铁推克的脑袋。就那样发生了惨杀案，而西奚卡就要被捉去坐牢。我不想去坐牢；我有我自己的事情要做。是的……我就成了这样一位将军。要是那个接生婆还活着的话，我要把她生地吃掉。不要乱讲，我要说，不要迷惑孩子们。唔，那里就是突击队。我们到了。"

第三十二章

当拉兹米推洛夫站在门口,用湿的扫帚拂拭他的长靴上面黏性的泥块的时候,他可以看到从拉古尔洛夫的房间门隙里透漏出来的一抹斜斜的光线。"看来他还没有睡觉,他为什么还不睡呢?"安德烈这样想着,静静地把门推开。

用烧焦的报纸灯罩遮掩着的小洋油灯,朦胧地照着角落里的桌子和一本开着放在桌子上面的书,玛加尔的蓬乱的头专心地俯在那桌子上。他的右手支着他的脸颊,左手的指头用力地抓着他的额发。

"喂,玛加尔!你为什么还没有睡?"拉兹米推洛夫问。

拉古尔洛夫抬起头来,不满地看着安德烈。

"你要做什么?"他问。

"我是要来谈谈天的。会搅扰你吗?"

"也许,但是请坐吧,我还不会把你赶出去。"

"你在读什么?"

"我不过是找了点事情做做。"玛加尔用手把书本掩盖起来,挑战地凝视安德烈。

"我和玛利娜离开了。永远……"安德烈叹了叹气,沉重地坐在一条凳子上。

"你早就应该这样做的。"

"为什么?"

"她妨碍了你,而现在,生活是这样的,我们应该把一切不必要的累赘摆脱。现在不是我们共产党员拿种种不关紧要的事情娱乐自己的时候。"

"你怎么说这是不关紧要的事情?我们是互相爱着的呀。"

"这算什么爱?这是挂在你颈上的一块磨石,不是爱。你在开会,她的眼睛老不离开你,老是嫉妒地坐在那里,这不是爱,兄弟,这只是一种刑罚!"

"那么,照你的意见,共产党员就不应该和女子接触吗?他们应该用棉布扎起来,像阉割了的公牛或是什么一样的过活吗?"

"那么,你以为这是不可能的吗?那些早结了婚的自娱的家伙,我可以让他们和他们的老婆一道过活。但是我真想通过一条法律,禁止年轻的人结婚。如果他们老是吊在女人的裙子上,他们还成什么革命家?女人对于我们就好像蜂蜜对于一只贪嘴的苍蝇一样。我们立刻黏住了。我在我自己的事情上看到了这点,我知道得太清楚了!我想在晚上去读书,去发展自己,而我的老婆却要躺下睡觉;我读了一点书,于是也躺了下去,而她却又翻转身去,屁股对着我。于是我感到被她这种睡的姿势侮辱了,我或者开始咒骂她,或是点起一支香烟,气愤着她的侮辱,睡不着觉。这样我就得不到充分的睡眠,到早晨,我的头很重,而且要犯什么政治错误。这味道,我尝过一点!至于那些有了小孩子的人,他们对于党完全像死了一样。他们立即学会了怎样去照顾他们的小孩子,闻惯了小孩子的乳臭;于是,他们完结了!他们成了坏的战士,没有希望的工作者。在沙皇时代,我常常教练青年哥萨克新兵,我看到独身青年的面孔总是喜气洋洋,而且样子很聪明。但是如果他们是离开了他们的年轻老婆来参加联队的,他们就要因为怀恋变得愚蠢,变成痴汉了。你对他们只感到头昏,你教不会他们一样事情。你把服役章程讲给他们听,而他们的眼睛会像纽扣一样。这些猪猡也许在望着你吧,但其实他们的眼睛是向着他们自己的内心的,这些毒虫在看着他们的亲爱的小小的老婆。这样行吗?不,亲爱的同志,在从前,你可以随你自己便去过活。但是现在,你入了党,你应该抛掉一切蠢事。世界革命成功以后,你就是死在女人的身上,也和我毫无关系,但是现在你得为了革命,尽心尽力地工作。"

玛加尔站起来,伸着腰,伸直他的宽大的、漂亮的背部,拍了拍拉兹米推洛夫的肩膀,浮着一种几乎看不出的微笑:"我想你大概是想来对我诉苦,想得到我的同情的吧!你大概是希望我说:'是的,你真不幸,安德烈,没有了老婆你一定很难受的。你怎么能够忍受怎么能够挨过这种难受呢?'你不是这样想吗?但是不,安德烈,其他随便什么都可以,但是你绝对不能够从我这里听到这些话的。你和你的那位伍长的寡妻离开了,我只觉得太高兴了!她的肥大的屁股,早就应该用面棒饱打一顿。譬如我和罗加里亚分开了,我觉得非常痛快。没有谁来妨碍我了,我好像一把尖锐的枪刺,伸进了反富农、反共产主义的敌人斗争里面一样。而且甚至于还能够学习、能够教育我自己。"

"你在研究什么是一种科学吗?"拉兹米推洛夫冷冷地、刻毒地问。他被玛加尔的话,被他对他的烦恼不但不表示同情还很快慰,而且在安德烈看来他对于结婚问题说了许多没有人情的无意思的话的这事实,深深地激怒了。当他听到玛加尔的严肃的真挚的话的时候,有一瞬间,他微微带着恐怖地想道:"好在一只大肚皮的母牛没有生角,因为要是玛加尔有权力的话,他会干出什么事来呢?依照他的见解,他会把一切都弄得颠颠倒倒的。而且为着要使人们不离开社会主义,他会决定把一切的男子通通阉掉!"

"我在研究什么吗?"玛加尔反问着,他啪嗒一声把他的书本关了,"英文。"

"什么?"

"英文。这是一本自学书。"拉古尔洛夫锐利地看了看安德烈,害怕他会显出轻蔑的脸色来。但是安德烈是这样的被这个意外的消息压倒了,在他那愤怒地大大地睁开着的眼睛里,除开惊愕以外,什么也看不出来。

"什么……你已经能够用英文读书或说话了吗?"安德烈问。

拉古尔洛夫感到暗暗的骄傲,答道:

"不,我还不能够说话。那不是马上可以学会的。但是,我首先在想法理解他们的书籍。我已经学了四个月。"

"很难学吧?"安德烈问,吞掉口水,带着一种不能自禁的尊敬,看看玛加尔,又看看书本。

看到拉兹米推洛夫对自己的研究表示着强烈的兴趣,玛加尔放弃了他的警戒,欢喜地回答道:

"难极了!在这四个月中间,我仅仅学会了四句话。但是这种言语本身,和我们的话有些相像。他们采取了我们很多的字,不过他们都添上了他们自己的语尾。譬如,我们说'普罗列塔利亚特'[1] '雷渥罗兴'[2] 和'康敏尼兹姆'[3],他们也是这样说。他们在许多字眼的尾巴上加上一种'嘶嘶'的声音,好像他们讨厌那些字眼一样,可是你却不能不用那些字。它们已经全世界生了根,不管你喜不喜欢它们,你非说它们不可。"

"那么你是在学习吗,可是你要学这种特别的文字做什么用呢,玛

---

[1] 即英文 proletariat 的音译,意为无产阶级。——编者
[2] 即英文 revolution 的音译,意为革命。——编者
[3] 即英文 communism 的音译,意为共产主义。——编者

加尔?"拉兹米推洛夫终于这样地问。

玛加尔现出一种谦让的微笑答道:

"你问得太奇怪了,安德烈!你的缺乏理解真使我吃惊。我是一个共产党员,不是吗?而英国将来也一定会建立一个苏维埃政府的,不会吗?你点着头,那么显然你想是会的吧。而能够说英文的俄国共产党员有多少呢?那就是呀,不到几个。但是英国资产阶级征服了印度,征服了差不多半个世界,而且还压迫黑色人种和褐色人种。你想,这是怎样一种现象?英国要建立一个苏维埃政府,但是许多英国共产党员,却认不清楚阶级的敌人到底是像什么,而且因为他们没有习惯,他们不晓得怎样得当地对付他们。到那时,我就要请求到他们那里去,去教导他们。因为我懂得他们的言语,我到了那里,马上就工作起来。我要问,你们已经发生了'雷渥罗兴'吗?'康敏尼斯托'① 的?那么,把资本家和将军们像虱子一样的压溃吧,朋友们。在一九一七年,我们在俄国过于老实地把他们那些毒虫放走了,后来却开始割起我们的血管来了。把他们压溃吧,这样你们是不会有什么错误的,而一切都会 alright。"玛加尔张大着他的鼻孔,对安德烈霎着眼睛。"这就是我要学他们的语言的缘故,明白了没有?我可以通夜不睡,我可以糟蹋我的整个健康,但是……"他咬着他那整齐的小小的牙齿,结束道,"但是我们要学会这种语言!我要用英文不客气地向全世界的反革命者说话!让那些毒虫发抖吧!他们会知道玛加尔·拉古尔洛夫是玛加尔·拉古尔洛夫,不是别的人。他是不会慈悲的。'那么,你们吸了你们英国工人阶级的血液,吸了印度和其他被压迫民族的血液吗?那么你们榨取了别人的劳动吗?站在墙边去,你们这些吸血的毒虫!'这将是我要和他们说的一切的话。我首先就要学好这几句话!这样,我可以一点也不踌躇地说出来。"

以后他们东扯西拉地说了半个钟头的话,于是安德烈回家去了,拉

---

① 即英文 communist 的音译,意为共产主义的。——编者

古尔洛夫又埋头在他那自学书里。他慢慢闭紧他的嘴唇,带着努力的紧张,他蹙着眉,流着汗,坐在那里学英文,一直到两点半钟以后。

第二天他很早起来,喝了两杯牛奶,于是走到集体农场的马厩去。

"给我一匹马——一匹很强壮的。"他对值班的人说。

那个值班的牵出一匹以强壮和耐久力出名的黄棕色的、横腹易屈的小马问道:

"到很远的地方去吗?"

"到区里去。告诉达维多夫,我今天晚上回来。"

"你骑马去吗?"

"是的,你拿一个马鞍来。"

玛加尔把马鞍放在马上,拿掉了马的头络,把那从前属于铁推克的样子很漂亮的马勒套上,熟练地踏上锯齿状的脚镫。小马跳着跑起来。但当它离开大门的时候,它突然颠踬着,两膝触到地,几乎倒了下去;于是,敏捷地爬了起来,恢复了原状。

"你触到了地没有,你这恶浊的魔鬼!"玛加尔生气地叫喊,用鞭子打着马。

"转来,拉古尔洛夫同志,这是一个不好的兆头。"走近门边的老西奚卡,一面躲着玛加尔的路,一面说。

拉古尔洛夫没有答话,穿过村庄走到大路去。在村苏维埃的旁边,有一二十个女人,在那里嘈嘈杂杂地兴奋地议论着什么。

"滚开吧,小鹄子们,要不然我的马会在你们的身上踏过去!"玛加尔开玩笑地叫着。

女人们默默地躲到一边。当他走过了她们的时候,他听到一个被愤怒弄得嘶哑了的声音在他的背后说:

"当心你自己给马踏死呀,该死的东西!当心,要不然你自己会踏死的!"

区委书记局会议在十一点钟开始了,议事日程包含一项区农业部长培格里夫的关于最初五日秋种进行状态的报告。除开书记局职员之外，区监察委员会主席山莫欣和区检察官也出席参加了。

"不要离开这房间，你的问题要提到许多次。"组织部长贺牟托夫警告着拉古尔洛夫。

培格里夫的报告占去了半个钟头，大家在一种紧张的压抑的沉默里倾听着。区里的有些地方，虽然土地已经耕作好了，但是播种还没有开始；有些村苏维埃，连种麦都没有完全收集起来；在华意斯科华意，退出了集体农场的农民，把收集了的种麦差不多全部拿掉了；在奥尔贺瓦斯克，集体农场的管理委员会自己把种麦发还了退出集体农场的农民。报告者详细地检讨了播种情形这样不如人意的许多原因以后，结束着说：

"同志们，我们播种运动的进行迟慢，不，我甚至于要说不是迟慢，而是我们老在同一个地点踏着步子的这种状态，无疑地是因为在许多的村苏维埃，集体农场的建立是只注重集体化的表面数字的地方的工作者压迫的结果，有些地方，像诸位所晓得的那样，甚至于用手枪胁迫人家加入集体农场。这样脆弱的集体农场，现在就正像墙根被水冲洗着的土墙一样开始崩坏了。他们总弄不好，因为集体农场的农民不愿意到田里去，或者就是去了，也不愿意起劲地工作。"

区委书记用铅笔警告地敲着玻璃水瓶的玻璃塞子，说道：

"你的时间到了！"

"再一刻工夫我就说完了，同志们。让我把结论说出来吧。像我刚才已经报告的那样，根据我们的材料，在最初的五日间，我们区里播种了的土地只有三百八十三公顷。我认为，马上动员全区的活动分子，派遣他们到集体农场去，是必要的。据我的意见，我们应该用尽一切手段来防止集体农场的农民的退出，而且必须强迫集体农场的经理和支部书记，每天在集体农场的农民间进行解释的工作，他们的主要的任务是使集体农场的农民得到广阔的启发……而且要充分地说明国家给予集体农场的种种援助；在许多地方，这一点完全没有被说明。就是现在，也还有许多集体农场的农民，不晓得集体农场已经被分派了怎样的信用借款。此外，关于歪曲的责任者的事件，我提议作为一个急切的问题加以审理，而且把责任者加以严厉的党的惩罚。歪曲是我们成功地解决播种问题的障碍，而且根据三月十五号党的中央委员会的决议，歪曲者应该撤销工作。我的话完了，同志们。"

"关于培格里夫的报告，有什么人发表意见吗？"区委书记这样地问，眼睛扫射着全室，单单避免去看拉古尔洛夫。

"还有什么说的？事情是很明显的。"书记局的一个职员叹息着，这人是区的民警署长，是一位肥胖的、始终在流汗的、强壮的人。他穿着军服，他的闪着光辉的、剃的光光的头，有无数的伤疤。

"那么我们就采取培格里夫的结论来作我们的决议的基础，赞成吗？"书记这样地问。

"赞成。"

"那么，现在讨论拉古尔洛夫的事，"书记自从开会以来，第一次向拉古尔洛夫看了一看，用一种游移无定的、含着敌意的眼色凝视了他几秒钟，"你们都晓得，他是格内米雅其的党的支部书记，却犯了许多反党的错误。无论是在集体化运动的时候，或是在收集麦种的时候，他都违反着区委会的指令，采取了过左的路线。他用他的手枪打了一个个别的中农，把几个集体农场的农民关在一间冰冷的房里一整夜。山莫欣同志亲自到格内米雅其调查了这事件，发现了拉古尔洛夫的违反革命利益的非法暴行和他对于党的路线的有害的歪曲。现在山莫欣同志就要报告的。山莫欣同志，关于拉古尔洛夫的犯罪行为，你有怎样的意见，请报告书记局吧。"

书记把他那肥肿的眼皮闭了起来，沉重地倚在他的肘上。

拉古尔洛夫从走进区委会场的那一瞬间起，就看到情况对自己不利，而且看到他是不能期待着任何原谅了。区委会的书记带着不平常的抑制的态度迎接了他，而且显然不安地避免和他谈话，马上转向区执行委员会的主席那方面谈什么问题去了。

"我的问题会怎样？"玛加尔有点胆怯地问他。

"书记局会决定的。"书记不愿意地回答他。

其余的局员，都避开玛加尔那种恳求的视线，而且躲避他。无疑地，他的事件已经预先在他们的中间决定了的。只有民警署长巴拉宾同情地向他微笑，真心诚意地和他握着手说：

"不要怕，拉古尔洛夫！你错了，走了错路，但是究竟我们自己在政治上也不会怎样好好地训练。比你聪明的人也要犯错误的！"他摇着他那个强硬的、光滑得像河里的石头的圆圆的头，揩掉了他那深红的短颈上的汗水，怜悯地响着嘴唇。玛加尔鼓起了勇气，看着巴拉宾的深红的脸孔，感激地认识到这个人看透了他的心事，理解他，甚至于同情他。

"他们一定会给我严重的惩罚，会把我的书记免职。"他想着，当恐慌地望着山莫欣的时候，这个顶不高兴人家离婚的、有着巨大的额的小男子，比其他任何人都要更加厉害地使他不安。当山莫欣从文件包的中间取出一叠厚重的文书来的时候，拉古尔洛夫痛苦地感到一种警诫的尖锐的刺痛，他的心脏剧烈地跳动，血冲上了他的脑袋，太阳穴热得像火烧一样，一种轻微的晕醉的呕气涌上了他的喉管。这是在每一次他发痫病以前常有的征候。"只要不在现在发起痫病来就好啦！"他一面倾听着山莫欣的慢慢的话，一面心里这样战栗着。

"受到区委会和区监察委员会的指令，我亲自调查了这个案件。我讯问了拉古尔洛夫自己，讯问了在他手里受过害的集体农场的农民和个别的农民，同时根据证人的申述，我这样断定：拉古尔洛夫同志，无疑的是辜负了党的信任，他的行为给了党一种可怕的损害。譬如，在二月间集体化运动的时期，他一家一家地访问，用手枪威吓农民，强迫他们加入集体农场。用这种方法，他把七家中农'拉进'了集体农场。拉古洛夫自己，也不否认这点……"

"他们是白党中间最坏的白党。"拉古尔洛夫从椅上站起来，嘶声地说。

"我没有叫你发言！请守秩序！"书记严厉地打断了他的话。

"后来，在收集种麦的时候，他用手枪去打一个个别的中农，打得他昏了过去，而且是在集体农场的农民们和村苏维埃代表们的面前干的。他打那个人是为着他不肯立刻把种麦缴来……"

拉古尔洛夫用手掌擦着喉咙，脸苍白了，但还是沉默着。

"在那同一天的晚上，同志们，他好像旧时代的什么地方警察长一样，他把三个集体农场的农民关在一间寒冷的房间里，关了他们一夜，用手枪恐吓他们，因为他们不肯立刻把种麦缴出……"

"我没有恐吓他们！"

"我是在引用他们的话，拉古尔洛夫同志，请你不要打断我的话。还有中农格雅夫像一个富农一样的被没收财产，被放逐，也是他的固执的主张。格雅夫这个人，从他的财产上看起来，无论怎样也不能算是一个富农。但是依拉古尔洛夫的主张，因为他在一九二八年雇用过人，他被当作一个富农看待了。可是，他到底雇用了怎样一个人呢？同志们，格雅夫在收获时期从格内米雅其村雇了一位姑娘，帮忙了一个月；而且他雇了她，只是因为他的儿子在一九二七年秋天被征到红军里去了，而且有着许多孩子缠着，格雅夫自己干不过来。苏维埃法律并不禁止这种雇佣劳动的使用。而且格雅夫是根据他和用人委员会的谈判去雇用那个姑娘，工钱完全照给，这种事实我调查过。此外，拉古尔洛夫还过着一种放纵的性生活，这个，在党员的品格上讲，也是相当重大的事。拉古尔洛夫和他老婆离开了；不，与其说是离开，不如说是把老婆从家里赶出去了，像赶狗一样。而且理由不过是为着她有接受格内米雅其村一个青年的求爱的嫌疑。总之，为着要使得他自己自由自在，他利用了这种谣言，把她赶出去了。他现在过着怎样的性生活，我不知道，但是依照我所得到的所有的情报，他在过着放纵的生活，同志们。不然的话，他为什么要驱逐他的老婆呢？拉古尔洛夫的住所的女房东告诉我，他每天晚上都很迟才回来。她不知道他到什么地方去了，可是同志们，我们是知道他会到什么地方去了的！我们不是小孩子，我们知道，一个把老婆赶跑了的男子，普遍是在什么地方消磨他的时间：从一个女人掉到一个女人地寻求淫乐。我们知道！同志们，这就是这位可怜可笑的支部书记，在短期间内所完成的英雄勋业的大概。（他的控告的演说到这里的时候，山莫欣浮着恶意的微笑。）这一切会招致怎样的结果呢？这种行为的根源是在什么地方呢？我得直截了当地说这不是像我们的领袖斯大林同志所辉煌地道破的'成功的眩惑'，而是一种过左的轻举妄动，一种对于党的整个路线的侵犯。譬如，拉古尔洛夫不但是够聪明地把中农当作富农对付，把他们赶进集体农场，而且通过了一个把家禽和一切乳牛和小家畜都收为公有的决议案。据许多集体农场的农民说，他还想在集体农场中，设定一种就是在尼古拉暴帝时代也不会有的规约。"

"关于家禽和家畜，区委会并没有指令。"拉古尔洛夫小声地说。他站起来，伸直他的身体，左手痉挛地按住胸口。

"但是对不住！"书记冒火了，"区委会是有过指示的。你不能够那样地怪人家！我们有劳动组合的规则，你并不是还在吃奶的小孩子，不能够从那上面获得结论。"

"在格内米雅其集体农场，一切自我批判是被压抑的，"山莫欣继续地说，"拉古尔洛夫造成了一种恐怖，不让任何人说一句话。他向农民叫嚷蹬脚，用武器威吓他们，却不执行说服的工作。因此，格内米雅其村'斯大林'集体农场，不绝地发出怨声。在目前那里正发生大批退出集体农场的风潮，他们刚刚开始播种，而且显然不能处理这个任务。负有把那妨害我们的伟大的建设工作的一切腐败分子和各种各样的机会主义者从党内肃清出去的使命的区监察委员会，关于拉古尔洛夫，无疑地将有它自己的公正结论。"

"完了吗？"书记问。

"完了。"

"我叫拉古尔洛夫说话。让他告诉我们，他怎么过着这样一种生活。说吧，拉古尔洛夫。"

在山莫欣的演说快要结束的时候，玛加尔被一种可怕的愤怒所占据了。但是现在却突然完全消失，怀疑和恐怖代替了他。"他们在对我做什么，他们怎么可以这样对待我呢？他们会要把我埋葬！"当他走向桌子那方面去的时候，他一时地迷乱地想着。在山莫欣说话的时候准备好的一切愤慨的反驳，完全消失了。他的头完全空了，他想不出一句适当的话。

"革命以来我就加入了党，同志们……"他开始说，"我曾经在红军里服务过……"

"这些我们都知道！说到本题上来吧！"书记不耐烦地打断他的话。

"我在一切战线上和白军打过仗……我在骑兵第一军……我得了勋章……"

"但是请说到本题吧！"

"这不是本题吗？"

"不要躲闪吧，拉古尔洛夫！你现在想凭靠过去是没有用的。"区执行委员会主席插着嘴这样说。

"让同志说吧！你们为什么要打断他的话？"巴拉宾愤慨地叫，他那像石头一样的圆圆的头的光滑的头顶，一时显出了脑充血性的紫色！

"那么就让他扼要地说吧！"

拉古尔洛夫还是站那里，把左手按在胸口上面。同时把他的右手慢慢地伸到他那带着刺痛的干燥变硬了的喉头。他的脸色苍白起来，困难地继续说道：

"让我说。我不是敌人，你们为什么要这样对待我？我在军队里的时候曾经受过伤……我在卡斯多纳雅从一个大炸弹……受了擦伤……"

他又沉默了,他那黑色的嘴唇在把空气吸进肺部。巴拉宾急急地从玻璃水瓶里倒了些水,把玻璃杯子递给拉古尔洛夫,眼睛没有看他。

书记看了看玛加尔,又很快地把视线移开。玛加尔接着玻璃杯子的时候,他的手不能抑制地抖颤着。在静默中,杯子碰着他的牙齿的声音,可以清晰地被听到。

"喂,不要兴奋,说下去吧!"巴拉宾焦灼地说。

书记蹙着眉。一种自然而生的怜悯之情爬进他的心脏,但是他抑制了自己。他坚信拉古尔洛夫是一个对于党危险的人物,不但应该撤职,而且应该开除党籍。他的意见,除开巴拉宾以外,到会的人大家都同意。

玛加尔一口喝干了那杯水,吸了一只气,于是又开始说道:

"我承认山莫欣所说的一切。我干了那一切是不错的,但不是因为我要侵犯党。山莫欣在这一点是撒谎的!他好像狗一样的撒谎,关于我的什么'放纵'的话,也是一样。那一切都是捏造的。我和女人没有什么关系,我用不着她们……"

"那就是你把你的老婆赶跑的原因吗?"组织部长讥笑地说。

"是的,就是因为这样,"玛加尔非常严肃地回答,"但是我这样做,都是为着革命的利益。也许我错了……我不知道。你们比我有教养。你们都进过学校,你们看事情,比较看得清楚。我并不想把自己的罪过形容得小一点。你们要怎样判决就怎样判决好了。我只要求你们理解一件事……"他又窒息起来,说到一句话的中途停止了,沉默了一会:"兄弟们,请理解我所做的一切,并没有任何反对党的恶意。我打了班尼克,是因为他嘲笑党,而且要拿种麦去喂猪……"

"由你说吧!"山莫欣嘲笑地说。

"我是说的实在的话。我现在还在后悔没有把他杀死。我没有什么话要说了。"

书记伸直腰身,椅子在他的下面轧拉地响。他一心只希望这个不愉快的事情尽可能地快点结束。他急急地说：

"唔，同志们，那么事情是十分明白的。拉古尔洛夫自己承认了。虽然他竭力想躲闪，想用一些琐屑的事情来辩护自己，可是这种辩护一点也没有说服力。随便什么人，在遭受到责难的时候，总想卸去一部分罪过，或是把责任推到人家身上去。拉古尔洛夫曾经恶意地破坏在集体农场的运动中的党的路线，而且在私生活方面，是一个堕落的共产党员，因此，我认为应该开除他的党籍。我们用不着考虑他过去的功绩，那阶段早过去了。我们应该把他当作一个警戒别人的例子加以处罚。我们应该无情地打击一切企图损害党、把党拉向左或右的人。对拉古尔洛夫以及像他这样的人，我们不能够采取姑息的处置。事实上我们已经容忍他够久了。在去年组织同耕社的时候，他就犯着"左倾"幼稚病，当时我警告了他。他一点也没有留心，让他自作自受吧。我们来表决吗？不待说，只是书局的局员有表决权。四个人赞成，对吗？你反对吗，巴拉宾同志？"

巴拉宾把手掌击着桌面。血管的网显露在他的太阳穴上。

"我不但是反对，而且要绝对地抗议，"他叫道，"你们做了一个根本错误的决议。"

"你可以保留你个人的意见。"书记冷冷地说。

"不，你要许可我发言！"

"那太迟了，巴拉宾。拉古尔洛夫开除党籍的决议，已经由大多数通过了。"

"这样对待一个人，是一种官僚的态度！原谅我，但是我不会让这件事情就这样算了。我要写信到地方委员会。开除一个老党员，一个红旗勋章的获得者……你们是不是疯了，同志们？好像除了开除党籍以外，没有什么别种处罚方法一样！"

"关于这一点现在用不着讨论了。我们已经表决了。"

"你们做出这样的表决，应该打耳光！"巴拉宾的声音变成了一种细小的尖声，他的颈子膨胀着，好像用指头轻轻一触，血就要奔涌出来一样。

"你最好不要说什么打耳光这类的话！"组织部长贺牟托夫暗讽地、不高兴地说，"这里不是区民警署，而是党的区委员。"

"我知道，不用你说。但是为什么你们不让我发言？"

"因为我认为这是多余的，"书记突然生气了，他好像巴拉宾一样的苍白，抓着他的椅子的靠手，"我是这里的区委书记！我不许你说话，如果你要说话，你可以到门口去。"

"巴拉宾，不要这样发怒吧！你为什么要这样兴奋？要是你高兴，你把你的意见写给地方委员会好了。但我们现在已经表决了，打架打完了以后你才挥动你的拳头。"区执行委员会主席企图说服巴拉宾。他拉着这位警官的军服的衣袖，把他拉到一个角落里，低声地对他说着话。

同时，被和巴拉宾的冲突激怒了，书记对玛加尔抬起他那愤怒的闪着光辉的眼睛，带着不能掩饰的敌意说道：

"话已经完了，拉古尔洛夫！依照书记局的决议，你从我们的队伍中除名了。像你这样的人，党是不需要的。把你的党证交来。"书记用手掌拍着桌子。

拉古尔洛夫的脸色像死人一样苍白了。他的身子因为战栗的发作摇动着，他的声音差不多令人听不见地说道：

"我不交出党证。"

"我们要叫你交出来！"

"到地方委员会去吧，拉古尔洛夫。"巴拉宾从角落里叫道。他在一句话的半途截断了他和执行委员会主席的谈话，走了出去，砰的一声把门带关了。

"我不交出党证，"玛加尔重复地说，他的声音大了一点，一种带浅蓝色的苍白，慢慢从他那颧骨突出的脸颊和前额消失了，"党还是需要我……而且离开党不能生活。我不服从你！党证在这里，藏在我胸前的这个口袋里！来拿吧！我要切断你的喉管！"

"现在，悲剧开始了！"区检察官耸着肩说，"但不要歇斯底里……"

玛加尔没有注意他的话，凝视着书记，慢慢地、差不多像在梦里一样的说道：

"我离开了党，到什么地方去呢？我为什么要去？不，我不交出我的党证，我的整个的生命……我的整个的生命都献给……"

他突然像一个可怜的老人一样，无目的地在桌上瞎摸着，上句不接下句地、急急地、含糊地说道：

"如果是这样，倒不如叫兵士……把我枪毙了好些……我什么也没有了……现在我的生命没有用了，因此同时也把我从人世间开除吧！唔，我被需要过……但是我老了……把老狗赶出院子吧……"

他的脸孔好像石膏、假面一样的僵硬，只有嘴唇战栗着，微微地动着。但是当他说到最后一句话的时候，他长大成为一个大人以来，第一次，眼泪从他那凝滞的眼睛里像泉水样地流溢出来。泪水丰饶地流过他的脸颊，落在他那长久没有剃的浓厚的胡须里，于是变成黑色的水滴，滴脏了他那衬衫的胸口。

"够了！这样也是没有办法的，同志！"书记痛苦地蹙着眉头。

"你不是……我的同志！"拉古尔洛夫叫道，"你是一只狼。在这里的你们所有的人都是有毒虫。你们现在有着权柄！你们学会了说话说得漂亮！你为什么像一个婊子一样露着牙齿，贺牟托夫？笑我的眼泪吗？你……你还记得在一九二一年，当福敏的匪徒在地方上到处捣乱的时候，你是怎样地跑到地方委员会来的吗？你记得吗，你这母狗的尾巴？你走来交出党证，说你要回去种田……你怕福敏，那就是你交出党证的道理！但是后来你又像一只滑溜溜的蛞蝓爬过石头一样的，爬进党里来了！而现在你却赞成开除我的党籍？你笑我的重大的悲哀吗？"

"够了，拉古尔洛夫，请不要叫了。我们还有其他许多事情要讨论。"漂亮的、微黑色的组织部长贺牟托夫，用一种和解的声调说。他一点也没有被拉古尔洛夫的攻击困窘，在他那黑色的胡须下面，还是隐藏着微笑。

"对于你们是够了！但是我要辩明是非！我要到中央委员会去！"

"那好极了！你去吧！在那里他们会马上把一切解决的。他们现在在那里等了你很久很久了。"贺牟托夫微笑着。

玛加尔静静地走到门边，额角撞在门柱上，呻吟着。

他最后一次的愤怒的爆发，使他完全失掉了气力。他没有思想、没有感觉地走到院子的大门边，从围墙上解下了他的小马，糊里糊涂地拉了缰绳牵着它走。走到市镇的边界上，他竭力想骑上马去，但是不能够。他四次举脚踏到鞍镫上，每一次都好像酒醉了一样的摇晃着，他只得放松了马鞍的前轮。

一个生气勃勃的老人坐在最末一家小屋的墙壁的突出的边缘上。他从哥萨克帽的剥落的帽檐下面，注意地望着玛加尔竭力想骑上马去的样子，最后赏识地微笑着。

"好家伙！"他说，"太阳还很高，他却连脚都举不起来了！他为什么这样早就喝醉了呢？今天是什么节日吗？"

"是的，斐多特老爹，"他的邻居答应着，从柔枝编造的篱笆那边窥看着，"今天是'懒鬼西蒙'的节日，他们要从一家酒馆到一家酒馆地巡礼。"

"难怪难怪，"那老人微笑着，"有一个青年会比酒还强的！看吧，酒使得他连马鞍都爬不上了！喂，拼命地爬吧，哥萨克！"

玛加尔咬着他的牙齿，于是，仅仅轻轻地把靴尖点着鞍镫，他好像一只飞鸟一样的跃上了马鞍。

第三十三章

那同一天早晨，二十三辆集体农场的载货马车从雅斯基村来到了格内米雅其村。当它们走到风车附近的时候，班尼克和它们碰着了。他把马勒挂在肩上，正要到草原里去找他的母马。当第一辆载货马车经过身边的时候，他和车夫打着招呼，那黑胡须哥萨克回答着他。

"你们是从什么地方来的？"班尼克问。

"从雅斯基来的。"

"为什么你们的马都没有尾巴？为什么你们把它们弄得这么难看呢？"

"停！停！畜生！我们割掉了它的尾巴，但它还是很活泼。你问，为什么它们都没有尾巴吗？我们把它们割去卖了一笔很好的价钱！城里的女人们要用马尾赶苍蝇。你有没有香烟？请我们吸吧，我们正没有烟抽。"那哥萨克从他的四轮马车上跳了下来。

一长列载货马车都停了下来。班尼克后悔他开始了谈话。他很不愿意地掏出他的烟盒，望着五六个男子离开了他们的马，一面把报纸扯成卷烟纸，一面走向他来。

"你们会把我的烟草通通用完哩！"吝啬的班尼克埋怨地说。

"现在是集体农场的世界呀，你不晓得吗？一切的东西都应该公有。"有胡须的哥萨克严正地说。他尽量地取了一撮家种的烟草，好像那烟盒是他自己的一样。

他们点起了香烟。班尼克急急地把他的烟盒塞进了裤袋里，微笑着。他带着一种挑剔的怜惜，瞧望那差不多齐着马屁股上被斩掉了的马尾巴。要喝血的马虻在烦扰马，停在它们那汗湿的后臀上或是被马轭擦伤了的颈子上。为着要赶走马虻，马无心地摇动它们的尾巴，但是那难看的没有长毛的马尾的残根，却不中用。

"这马的尾巴在指着什么方向？"班尼克讥笑地问。

"老是指着集体农场的。他们还没有把你们的马的尾巴割掉吗？"

"割了，但只割了四五寸。"

"这是我们村里苏维埃的主席吩咐这样办的。他还为了这个得过奖赏，但是天气热起来的时候，马就该死了。唔，我们要走了。谢谢你的烟草。我们吸了一支烟，我们感到很轻松了，一路因为没有烟吸，我们烦死了。"

"你们要到什么地方去？"

"到格内米雅其去。"

"那么，是到我们的村里来的了。做什么呢？"

"来取麦种的。"

"什么……你说什么？"

"区里派我们到你们这里来取我们的种麦的：四百三十普特。唔，走吧！"

"我知道会这样的！"班尼克叫着。他摇着马勒，跑回村里去了。

在雅斯基的载货马车还没有到达集体农场办公处的时候，村里的半数农民已经晓得他们是来提取麦种的了。班尼克没有让自己的腿子休息,他家家户户通报了。

起先是一些女人们开始聚集在小巷里,好像一群受了惊的鹧鸪一样的扰攘不安。

"亲爱的朋友们,他们要把我们的种麦运去了。"

"我们没有种子播了。"

"好心的人早就对我们说了,叫我们最好不要把种麦搬到公共仓库。"

"如果哥萨克们听了我们的话就好了。"

"我们现在应该去叫他们不要把谷物交出来。"

"但是我们可以自己去看守!来吧,女人们,到仓库那里去。我们要拿着棍棒,不让他们走近挂锁。"

后来哥萨克也出来了。在他们中间也可以听到上面这同样的话。他们从小巷到小巷,从街道到街道,聚成一群,向仓库走来。

在这时候,达维多夫看了雅斯基的人带来的农业联合会区分会的主席的通知书。"亲爱的达维多夫同志,"他写着,"你们村里的仓库里,存着七十三'生的拿'(每生的拿约五十公斤)的小麦,那是在上一次农作物征收以后没有缴到区里去的。我让你把这小麦交给雅斯基村的集体农场,因为他们没有充分的种麦。关于这一点,我已经得到了谷物合作社的同意。"

达维多夫读完了这个通知书,就吩咐把谷物交出。雅斯基的农民们从集体农场办公处的院子里赶着马车到仓库这边来了。可是仓库附近的街道挤满了人。一两百女人和哥萨克把马车团团地围住了。

"你们到什么地方去?"他们问。

"你们是来取我们的麦子的吗?魔鬼要你们到这里来的!"

"滚回去吧!"

"我们不给!"

顿姆卡·乌沙可夫慌忙去叫达维多夫,他跑到了仓库边。

"什么事，公民们?"他问，"你们聚焦在这里干吗?"

"你为什么要把我们的谷物给雅斯基人？我们是收集来给他们的吗?"

"什么人给了你这种权力，达维多夫！"

"我们用什么东西播种呢？"

达维多夫爬上了最挨近的仓库的阶段上，平静地说明，他接到了农业联合会区分会的指令，他是把那没有缴纳的谷物税交出来，并不是交出谷物种子。

"不要担心吧，公民们，"他说，"你们的种麦是不会被触动的。你们不要闲荡着，嗑着向日葵子，你们应该到田里去。不要忘记突击队长是会把那不出去工作的人记录起来的。我们要罚那些不去工作的人的钱。"

被达维多夫的说明安定了心思，一部分哥萨克走散了，许多的人到田里去了。管仓库的人开始把谷物量给雅斯基人，达维多夫也同到了办公处。但是不到半个钟头，留在仓库旁边监视着的女人们的态度，完全变化了。这一点雅可夫·洛济支应该负责任，因为他对几个哥萨克小声说了："达维多夫说谎！他们是拿种麦的，集体农场已经在播种，但是那些个别的农民交出来的种麦，在交给雅斯基的集体农场。"

女人们渐渐地激动起来了，班尼克、沉默的代米德、老多内兹可夫和其他三十来个哥萨克站在那里讨论了一下，于是向掌秤的地方走去。

"我们不要把谷物给雅斯基！"多内兹可夫代表大家这样地宣称。

"没有人叫你说话！"顿姆卡·乌沙可夫怒声地回答。

他们开始打起架来了。雅斯基的人帮着顿姆卡。班尼克请他吸过烟的那同一的黑胡须哥萨克，挺直身躯站在马车上，激烈地足足骂了五分钟，于是叫道："你们为什么不服从政府的命令？你们为什么要使我们吃苦！我们在这么热的天气赶了三十里路，而你们却把国家的谷物扣押着。政治警察会给你们好处的！你们应该被逐放到索罗夫加的集中营去,你们这些畜生!你们好像盘踞着马槽的狗一样,自己不能吃,又不肯让给别人吃。你们为什么不到田里去?今天是休假日吗?"

"你要怎样?"小安金姆·普斯格内布洛夫咆哮着,"是不是你的胡子在发痒?我们可以替你梳一梳!马上!"他撸起衣袖,挤到马车边。

那个生着胡须的雅斯基的哥萨克,从马车上跳了下来。他没有卷起他那褪了色的褐色衣衫的衣袖,但是他却给了安金姆的下颚这样恰当的猛烈的一击,使安金姆倒退了五码来远,他的两臂好像风车的帆翼一样的摆动,把人群冲散了。

于是,在格内米雅其很久没有看到了的一种斗争起来了。雅斯基的人们受了严重的打击,于是,流着血,他们把麦袋放下,爬上了他们的马车,鞭着马,他们冲开尖叫着的大群女人们驰走了。

从这瞬间起,格内米雅其村变成了一个兴奋的沸腾的漩涡,群众要向顿姆卡收回那藏着种麦的仓库的钥匙,但是机警的顿姆卡在打架的时候,已经从人群溜了出去,慌忙地跑到了办公处。

"这些钥匙,我们怎样办,达维多夫同志?"他问,"我们的人在打雅斯基人,等一下他们一定会到我们这里来的。"

"把它们给我。"达维多夫平静地说。

他接着钥匙,放进口袋里,于是走到仓库那边去。同时,女人们把安德烈·拉兹米推洛夫从村苏维埃拖了出来,正在固执地叫着:

"开会!"

"女人们!婶娘们!妈妈们!我的宝贝们!现在并不要开什么会。我们现在要播种,不要开会。你们为什么要开会?'开会'是一句丘八的话。你们要在战壕里蹲三年,才能够说出这句话!人们得去打仗,喂虱子,然后可以说到开会。"拉兹米推洛夫企图说服女人们。

但是她们不听他的话,于是,吊着他的裤子、他的袖口和他的皮带下面的衬衣的边缘,她们把蹙着眉的安德烈拖进了学校里,叫着:

"我们不要蹲战壕!"

"我们不要去打仗！"

"开会，要不然，我们自己开起来了。"

"你这畜生，你说你不能开会，你说谎，你是主席，所以你能够。"

安德烈推开女人们，用手指塞着耳朵，想把她们的吵闹压倒，他大叫着：

"不要闹，你们这些魔鬼！退后一点！你们干吗要开会？"

"关于麦子的事。关于麦子的事，我们要和你说话的。"

最后他被迫着这样宣告了：

"我宣布开会。"

"让我发言。"寡妇雅加德利娜·古里雅斯查雅要求。

"那么你说吧，鬼找着你。"

"你不要骂人，主席！要不然，我就要打你……你得到了什么人的许可，答应我们的麦子被人搬走呢？谁命令把麦子交给雅斯基人，而且为什么要下这个命令呢？"她两手撑着腰，向前面弯着身子，等待着答复。

安德烈把她好像一只固执的苍蝇一样的挥开。

"达维多夫同志已经负责地对你们说了。而且我不是来开会，和你们谈这些无意义的事情的，而是为着……"他叹了一口气，"因为，亲爱的女公民们，我们要尽全力来捕灭土拨鼠……"

但是安德烈的策略没有奏效。

"什么土拨鼠？"她们问。

"土拨鼠和我们没有关系。"

"把麦子退还我们。"

"你真是一个漂亮的演说家，让刺猬来刺你吧！去捉土拨鼠！但是关系麦子的事你怎么说？"

"关于麦子的事，没有什么要说的。"

"什么，没有什么要说的么？把麦子发还我们！"

古里雅斯查雅为首，女人们开始向讲演台走去。安德烈站在铁板仿成的提示者的座位的旁边。他微笑地望着女人们，但是心里却微微感到不安；因为聚集在那好像白色的雏菊园一样的女人们的头巾的背后的哥萨克们的脸色，也有点可怕。

"你冬天夏天都穿着长靴子，跑来跑去，但是我们买一双鞋子的钱都没有。"一个女人这样地叫。

"你已经变成一个委员老爷子！"

"你把马利娜的丈夫的裤子穿破好久了呢！"

"你的嘴巴塞满了！"

"把他的衣服剥下，女人们！"

喊声好像不规则的来复枪声一样的响着。几十个女人拥到讲演台的前面。安德烈极力想使这个骚扰镇静下来，但没有成功，他的声音在骚扰中听不见。

"把他的长靴剥下来！上去，女人们，大家一道上去。"

立刻，无数的手伸到了讲演台上。安德烈的左腿被抓着了，他攀着提示者的座位，愤怒得脸色苍白了。但是靴子已经从他的脚上被剥下来了，被抛掷过人群的后面去了。后面的人传递着靴子，把它向更远的地方抛掷。同时，爆发着恶意的、不愉快的笑声。从后面的行列里，送来了赞赏的男性的声音：

"剥他的衣服！"

"让他不穿裤子走路吧！"

"把另外一只靴子剥下来！"

"冲上去，女人们！把他打倒，这猪猡！……"

她们把安德烈的另外一只靴子也剥下了。他把他的脚绊抖了下来，叫道：

"把扎腿布也拿去吧！给你们什么人好作揩鼻布用！"

几个青年人急急地挤到讲演台边。他们中间的一个野斐姆·特鲁巴佐夫是一位厚嘴唇的青年,他父亲曾经在亚达的联队里服务。他自己有六尺多高,现在他把女人们推开,踏到讲演台上。

"我们不要你的扎腿布,"他笑着,沉重地呼吸着说,"但是我们要脱下你的裤子……"

"我们真需要裤子!贫农们都不穿裤子在外边跑,而富农的裤子又不够分配。"另外一个青年,年纪更轻,身材也短一点,但是看来好像更爱恶作剧,而且像是一个首领,他慢慢地这样地说明。

这个青年,诨名叫作"笛摩克"(烟),头发异样地卷曲着。他那烟一样的金发,好像阿斯托拉汉的毛皮,好像从来没有梳过一样,是这样乱七八糟地卷成小环,从他的旧哥萨克帽子的边缘挤了出来。他的父亲在德国战争的时候战死了,他的母亲患窒扶斯死了。因此"笛摩克"是由叔母照顾养大的。他从很早的孩童时代起,就常常要到人家的菜园里面去偷黄瓜和葡萄,到果园去偷杨梅和苹果,或是到瓜田里去一袋一袋地偷西瓜。到他长大了的时候,他发生了这样一种污损村里的姑娘们的情热,而且他的这种生活,使他得到这样一个不愉快的丑名,以致没有一个有着长成的女儿的格内米雅其的母亲能够沉静地看见他那身材很小,但是像鹰的身材一样匀称的模样的。随便什么时候,她们一看见他,就一定要吐着口水,轻蔑地嘶声说道:"他在那里走,那个白眼睛的恶魔!他在那里,那个好色的猎狗,在村里到处走!"

向她们女儿们,她们会加着说:"唔,你为什么睁着眼睛朝外面看?你在窗边干吗?你要是给我用裙子包一个小孩子回来,只要你敢,我会亲手把他扼死!去拿点儿干粪来烧火,你这狗婆娘,去看看母牛!"

但是穿着他的破皮鞋,像野兽一样的轻轻地走着的"笛摩克"会在他的牙齿缝里低低地吹着口哨,会走过篱笆或短墙,从他那弯曲的睫毛下面窥探着庭院和窗户。无论在什么地方,只要有一个姑娘的头巾的瞬间的一现,懒散的从容的"笛摩克"就要变化了,他会带着一种短促的、敏捷的动作,快得像鹰一样的回转头去,挺直腰身,可是他那青白色的眼睛没有掠夺的神情,却有一种温柔的、深深的优雅的情味。在这种时候,甚至于连他的眼睛也好像变了颜色,变得和七月的天空一样地深蓝了。"斐克丁娜,我的亲爱的,我的青色的花!天一黑我就到院子的后面来。你今晚睡在什么地方?""哦,不要发痴吧!"那姑娘会一面跑过去,一面用一种不能接近的严正的音调这样地回答。

"笛摩克"会带着一种理会的微笑望着她,于是走开了。在日落的时候,他会在公共仓库的旁边拉着从前是属于他的被放逐了的朋友铁摩菲的那种手风琴,但是一到了青色的阴影笼罩着果园和树林,人声和家畜的鸣叫沉寂了的时候,他会从容地从小路走到斐克丁娜的院子里去。那时候,和"笛摩克"自己一样地寂寞、一样地有着圆圆面孔的月亮,会在那悲悽的细语着的白杨树梢上,在那静寂的村庄上走过。

姑娘们并不是"笛摩克"的生活中的唯一的慰藉物;他也喜欢伏特加酒,更喜欢打架。无论什么地方打架,他总在场。起先,他会两只手紧紧地背在后面,头低着站在旁边看。不久,他的腿子便要开始在膝头的地方颤抖起来,而这个颤抖要变得不可抑制,于是,不能压服那碎裂着他的全身的情热,他会加入战斗。在他二十岁左右的时候,他被打落了半打牙齿。不止一次,他被打到吐血。他曾经为着姑娘的事被打,为着干涉人家的打架被打。他会咳嗽和吐血,会在火炉上,在他那永远哭啼着的叔母的旁边整整地躺一个月。于是,他又会在晚唱会里出现,而他的青色的眼睛会更加贪得无厌地闪耀着,他的指头会更加敏捷地在手风琴的键上滑走。但是在病后,他的声音要变得比较深沉,比较嘶哑,好像破旧的、古老的手风琴的风箱的叹息一样。

他好像有着一只猫那么多的生命力。他曾经从共产主义青年团被开除出来,曾经为着无赖的暴行和放火罪受过审判。安德烈·拉兹米推洛夫曾经不止一次地为了吵闹逮捕过他,而且在夜里把他锁在苏维埃的货仓里。"笛摩克"对拉兹米推洛夫早就怀着一种很大的愤恨,现在他爬上讲演台,来和他算账了。他一步一步地迫近安德烈,他的膝头颤抖着,这个使得他好像在跳舞一样。"我们要裤子,"他发响地吸着气,这样地说,"快脱下来!"

讲演台上泛滥着女人们、伸出无数手来的群众又把安德烈包围起来,在他的脸上和脑后强烈地吐着气息,把他围困在一个难于突破的圈圈里。

"我是苏维埃的主席,"他叫道,"你们在戏弄着我,你们在戏弄着苏维埃政府。滚开!我不许你们去取种麦!我宣布闭会。"

"我们自己取去。"

"呵呵,他闭会了。"

"那么我们来开会!"

"我们找达维多夫去,把他也收拾一下!"

"走吧,到办公处去!"

"我们应该先把拉兹米推洛夫关起来!"

"打他,孩子们!"

"他望着他干吗?"

"他反对斯大林!"

"把他关起来!"

女人中间的一个揭起主席台上的红绸的桌布,从后面抛在拉兹米推洛夫的头上。当他正在挣扎着要扯去那沾满了尘埃、染满了墨水的桌布的时候,"笛摩克"在他的心窝上顺手打了一记。

把桌布拂开,因为疼痛和不管一切的愤怒喘着气,安德烈从他的口袋里拔出手枪。女人们尖声地叫着向后面逃避,但是"笛摩克"和另外三个站在讲演台上面的哥萨克抓住了他的手臂,夺着他的武器。

"你想枪杀人民吗!你这畜生!"他们中间的一个人,举着拉兹米推洛夫那支没有装子弹的手枪高兴地大喊了起来……达维多夫听到仓库附近传来的嚷成一片的威吓的咆哮声,不觉把步伐放慢起来。一个女人的尖锐的叫喊高高地扬起在男人的沉重的喊声之上。这声音,从那一大群声音明确地显露出来，恰像在秋霜的森林里，一只追踪野兽的热的气味的行猎的母狗的呜咽、热情、激情的哀号，从一群猎狗的一般的噪声里显露出来一样。

"最好把第二突击队叫来，要不然他们会把麦子拿走。"达维多夫想着。他决定回到办公处，把仓库的钥匙藏到什么地方。他看到顿姆卡·乌沙可夫迷惑地站在门边。

"我要躲起来了，达维多夫同志，"他说，"他们会来问我要钥匙。"

"那是你的私事了，内丁洛夫在这里吗？"

"不，他和第二突击队在一道。"

"第二突击队的人有谁在这里没有？"

"康德拉脱·梅谭尼可夫在这里。"

"他在哪里？他在这里干什么？"

"他是到这里拿麦种的，他来了！"

梅谭尼可夫匆忙地向他们走来。他一面走近来，一面挥着他的鞭子，喊道：

"村里的人把安德烈·拉兹米推洛夫捉了。他们把他关在地窖里，现在正在跑到仓库那边去。你快躲到什么地方去！达维多夫同志，要不然，或许会发生什么不好的事情的……人民都发疯了。"

"我不躲，你疯了吗？钥匙交给你。你骑着马快快跑回分队去，叫罗比西金马上派十五六个人骑马到这里来。你可看到这边要出乱子了，你是坐什么来的？"

"坐四轮马车来的。"

"解下一匹马，尽快骑着跑回去。"

"那快极了。"梅谭尼可夫把钥匙塞进口袋里，从小路跑去了。

达维多夫慢慢地走到仓库那里，群众在等着他来的时候，稍为平静了一点。"敌人来了！"有一个女人指着他，歇斯底里地叫着。但是他不慌不忙，在他们大家都可以看到他的地方，他站着去燃点香烟，转身背着风去擦一根火柴。

"来呀！来呀！你有充分的时间吸烟的！"

"你可以来世去吸烟！"

"你带了钥匙来没有。"

"他是带了的，我想。他自己心里总明白。"

吐着烟浪，两手插进他的口袋里，达维多夫走到了群众的前排的前面。他的沉着和从容自若的态度，在群众中间发生两种效果。一部分的人感觉到这是在表示着他的力和优越的意识，另一部分人却被他这种态度激怒了。呐喊像雨打在铁的屋顶上面一样的连续地爆发：

"把钥匙给我们。"

"把集体农场解散！"

"滚你的蛋！什么人要你来的？"

"把种麦还给我们！"

"你为什么不让我们播种？"

柔和的微风翻弄着女人们的头巾的角，吹得仓库屋顶一束束的草叶沙沙地响，而且从草原里带来正在干涸的土地的淡薄的气味和那好像没有发酵的葡萄一样的嫩草的香气。白杨树新发的幼芽的蜜一样的香气，是那样沁人心脾地甜蜜，使得达维多夫在开始说话的时候感到他的嘴唇黏住了，而且甚至于使他想象着他可以尝到蜜的甜味。

"是怎么一回事，公民们？"他问，"你们为什么不服从苏维埃政府的指令？你们为什么不让雅斯基村的集体农场拿种麦？你们不知道为了这个，为了你们妨害春天播种的运动，你们要受审判吗？你们是一定要受审判的！你们这样，苏维埃政府绝对不会饶恕你们！"

"这时候你的苏维埃政府被捕了！它好像是一个情人，乖乖地给关在地窖里了！"米伦·多布罗溪夫，一个短小的、跛脚的个别农民，这样地回答。

有些人笑起来了，但是班尼克却走到前面来，愤怒地叫道：

"苏维埃政府并没有指令你们这样地干。我们不服从像你和玛加尔·拉古尔洛夫所制造的这种苏维埃政府。阻止农民播种是正当的吗?这算什么?这是一种对于党的歪曲!"

"你说我们阻止了你们播种吗?"达维多夫问。

"唔,不是吗?"

"你把你的麦种缴入了公共仓库吗?"

"不错,我缴入了!"

"你又取回去了没有呢?"

"不错,取回去了,但是怎样?"

"那么,什么人阻止了你播种呢?你在仓库的旁边闲荡干吗?"

班尼克被这个意料之外的对话的转向,弄得稍微有一点儿狼狈,但他还是竭力想补救他的论据。

"我并不是在担心着我自己的事,而是在担心那些脱离了集体农场但没有取回他们的种麦或财产的农民。就是这样!且你分配了我一种什么土地?为什么那样远?"

"滚开!"达维多夫再也不能忍耐了,"我们等一下再和你说话!事实如此!你不要管集体农场的闲事,要不然你会吃亏的,你在煽动民众!滚开,我告诉你!"

班尼克喃喃地说了些威吓的话,向后退开了。但接着许多女人便冲上前来填补了他的空位。她们在同一个时候一齐呐喊起来,不让达维多夫说一句话。达维多夫竭力想延长时间,以便使罗比西金和他的人来得及赶到。然而女人们包围着他,被哥萨克的同情的沉默支持着,尖叫声叫得令人耳朵都要聋去。

达维多夫向四周看了一下,他看到了玛利娜·波雅可娃。她在离开他不远的地方站着,两只有力的手臂裸露到肘上,盘曲在胸前。她在兴奋地和一群女人谈话,她那青黑色的眉毛蹙得几乎在她的鼻子上面互相接触了。达维多夫看到了她那种含有敌意的视线,差不多同时地,他看到站在她的身边的是雅可夫·洛济支。雅可夫浮着兴奋的期待的微笑，在对沉默的代米德低声地说什么。

"把钥匙给我们！为着你自己的好处，交出来吧，听见没有？"女人中间的一个抓着达维多夫的肩膀，把她的手探进他的口袋里去。

达维多夫猛烈地把她推开了。那个女人倒退了，仰天地倒在地下，歇斯底里地咆哮起来："哦，他要杀死我！亲爱的朋友们，救救我吧！"

"这算什么？"有一个人在群众的背后用一种抖颤的次中音这样地说，"那么，他是开始打起来了吗？那么好，我们要把他的鼻子打成肉酱！"

达维多夫走过去想扶起那个跌倒了的女人。但他的帽子被打掉了，脸上和背上都挨了几下。她们抓住了他的手臂。他摇动肩膀，掀开了那些袭击他的女人。可是一声叫喊，她们又缠住了他，扯掉了他的衬衫的领子，在瞬息的中间她们搜查了他所有的口袋，把它们都翻了转来。

"他没有带钥匙！"

"钥匙在哪里？"

"快拿出来！要不然我们会把吊锁敲碎！"

密西卡·意格兰顿洛克的母亲，一个庄严的老太婆，一面喘着气，激烈地咒骂着，一面挤到达维多夫的前面，在他的脸上吐着口水。

"对你要这样，你这个恶魔！你这个无神论者！"

达维多夫面孔苍白了，他用尽他所有的力量想挣脱他的手臂，但是他不能够。显然，有些哥萨克跑来帮助了女人们。因为他觉得一种有力的、坚硬的手指抓住他的手臂，好像用铁钳钳着一样的要把他的肘扭在背后。于是，他停止挣扎了。他看到事情要闹得太糟了，在他周围的人是没有一个会来帮他的忙的。因此，他决定采取另外一种对付的手段。

"我没有带仓库的钥匙，公民们。钥匙是在……"他停住了，他正要说他没有收管钥匙，但是他马上想到，如果他这样说了，群众一定会冲去找顿姆卡·乌沙可夫，而且一定会找到他。这样一来，顿姆卡糟了,他也许会被他们杀死。"我说放在我的家里吧,我到家里去找。于是我说失掉了,他们是不敢杀死我的,同时罗比西金会到来。见他们的鬼去吧!"他这样想着。他沉默着,用他的肩膀擦掉他的被抓破的脸颊上的血,于是说道:"钥匙放在我的家里,但是,我不给你们。如果你们把吊锁打坏了,你们一定要受到法律严重的处罚的。你们要知道。事实如此!"

"带我们到你家里去。我们自己去找钥匙。"意格兰顿洛克的母亲固执地说。她那松弛的两颊和她的鼻子上的大肉瘤,因为兴奋颤动着,汗水不断地从她那满是皱纹的脸上流了下来。她是第一个推着达维多夫走的人,达维多夫顺从地但是慢慢地向他的小屋那边走去。

"但是,钥匙真在那里吗?也许你没有记得清楚呢。"班尼克的老婆亚武朵蒂雅问他。

"是的,一点也没有记错,婶婶!"

达维多夫对她保证,低着头遮掩着他的微笑。

四个女人抓着他的手臂,第五个手里拿根粗大棍子跟在他的背后。在他的右边是不绝地颤抖着的老意格兰顿洛克,用一种长长的男性的步伐走着。在他的左边,女人们成一小群一小群地急急地走着。哥萨克们留在仓库那里等待钥匙。

"放开我的手臂吧,婶娘们!我不会逃走的!"达维多夫要求着。

"但是谁知道,也许你要逃走的!"

"不,我不逃!"

"跟着我们走,这样对于你要平安一点!"

她们到了小屋,把柔枝编造的门和篱笆冲倒,冲进了院子。

"去拿钥匙。如果拿不出来,我们便叫哥萨克来,他们会把你的颈子都扭歪。"

"噢,婶娘们,你们很快就把苏维埃政府忘记了!但是你们这样地干,它是不会忘记你们的!"

"我们总归要受罚的！要我们为着现在没有什么东西播种，到秋天去挨饿，或是现在为了我们的行为受刑罚，在我们都是一样，你进去拿钥匙！"

达维多夫走进他的房里，知道她们看着他，装着尽力在找的样子。他把他的箱里和桌上的一切都翻转来，把一切的文件都抖了一遍，爬到了床底下和弯脚的桌子底下去。

走到门口，他宣布着："我找不到钥匙。"

"那么，钥匙在什么地方呢？"

"我想是拉古尔洛夫拿去了……"他回答。

"但是他不在这里。"

"那有什么关系？他人去了，但是他也许把钥匙留下了。事实上，我相信他一定把钥匙留下了，因为我们今天要拿种麦交给第二突击队的。"

她们把达维多夫带到拉古尔洛夫的住所。在路上，她们开始打他了。最初她们只是咒骂他，轻轻地撞他。但是因为他始终笑着，开着玩笑，渐渐地激怒了她们，她们开始认真打起他来了。

"女公民们！我亲爱的母山羊们！无论怎样，请不要用棍子打我吧！"他捻着最挨近他的女人们恳求着，同时低着他的头，勉强地装着微笑。但是她们毫不容情地打着他的宽阔的弯着的背部，他只发出沉重的喉音，耸耸他的肩膀，不管怎样地痛苦，还是极力地开着玩笑：

"女人们！你们快接近坟墓了，你们这样地打我！让我也来打你们一两拳，呢？"

"你这个没有感觉的木偶！你这个冰冷的石头！"年轻的娜斯蒂雅·多内兹可夫差不多流出泪来地咆哮着，当她拼命地用她那小小的但是很强的拳头捶着达维多夫的背部的时候，"我差不多把自己的手都打坏了，可是他好像没有事一样……"

她们撕着他的耳朵、鼻子、嘴唇，但是他那肿了的嘴唇还是浮着微笑，露出缺了一个的上排牙齿，不慌不忙地、柔和地推开顶凶狠的女人。他被意格尔顿洛克那个愤怒得连鼻上的肉瘤都在战栗着的老太婆可怕地苦恼着。她存心要打伤他地重重地打他，她竭力想打到他的鼻梁或是太阳穴。和别个女人不同，她用她那捏紧的拳头上的指关节去打他。向前走着的时候，达维多夫竭力想背向着她，但是办不到，她喘着气，把别的女人们推开，跑到他的面前来，嘶哑地叫道：

"我要打他的脸，我要打他的脸！"

"你等着吧，你这个女魔鬼！"达维多夫一面避开她的拳头，一面在一种冷冷的愤怒当中这样想着，"等罗比西金来了，我要给你这样一顿饱打，打得你乱滚的！"

但还是看不见罗比西金和他的马队的影子。同时女人们已经把他拖到了拉古尔洛夫的住所。这一回女人们和达维多夫一道走进房里。她们到处搜索，把书籍、报纸、衬衣通通抛散了。甚至于为了搜寻钥匙，她们跑到女房东的房间里搜查。自然，她们没有找到，于是，她们把达维多夫推到门口。

"钥匙在什么地方？我们要杀死你。"她们咆哮着。

"阿斯托洛夫罗夫拿着。"达维多夫想起在仓库那边的群众中间的集体农场的经理那种恶意的微笑，就这样地回答了。

"你说谎！我们已经问过他。他说钥匙一定是你藏着！"

"女公民们！"他用手指触触他那肿得非常厉害的鼻子，静静地微笑着，"女公民们！你们真冤枉我了一顿！钥匙放在办公处，放在我的桌子上。事实如此！我现在清清楚楚地记起来了。"

"你在开我们的玩笑！"雅加德利娜·古里雅斯查雅尖声地叫起来。

"带我到那边去吧，怎么可以怀疑我是开玩笑呢？只是请你们不要再打了吧！"达维多夫从门口走了下来。他喉咙渴得要命，被一种无可奈何的愤激支配着。他被人家殴打，这回并不算是第一次，可是他从来没有给女人们殴打过；因此，他被激怒了。"但是我不要倒下去才好啦，要不然她们会发疯把我打死的!那就死得太傻太无意义了!事实如此!"他这样地想着,期望地张大他的眼睛望着小山那方面。可是,那儿的路上没有因马蹄而飞扬起来的尘粉,没有什么马队的影子。那小山一直连到远远的地平线上的塚山为止完全是空漠的。就是街上也一样地空漠。什么人都聚焦到仓库那边去了,从那儿发出一种沉重的像远雷似的无数的声音来。

在她们走到办公处的中间,达维多夫被打得几乎站不住脚了。他已经不再说笑了,只是无缘无故地踬着又踬着,更常常地抱起头来,而以一种低调的声音恳求:

"够了吧!唔,你们会把我杀死!我没有钥匙!不要打我的头。你们可以把我拽拖着走到天黑,但是我没有钥匙。"

"走到天黑?"愤激的女人们叫着,于是好像水蛭一样的又把绝望的达维多夫缠绕起来,抓他,打他,甚至咬他。

走到办公处的院子外面,他在路的当中坐下了。他那帆布的衬衫被血水濡湿着,他那条臀部磨坏了的短短的都会式的裤子,在膝盖的地方被扯破了,那微黑的、有黡记的胸膛从扯破的衬衫里呈露出来。他沉重地喘息地呼吸着,显出一副可怜的样子。

"走,畜生!"老意格兰顿洛克用脚踢他。

"都是为了你们,你们这些畜生。"他意外地大声说出来,用异样的闪着光的眼睛扫射她们,"为了你们,我们工作着!而你们却在杀死我!噢,你们这些畜生!我不给你们钥匙。晓得吗?我不给!这是事实!唔?"

"不要管他,姑娘们!"一个跑来的女人叫道,"哥萨克已经把吊锁打坏,在拿麦子出来了。"

女人们把达维多夫丢在办公处的门口,跑到仓库那方面去了。他用巨大的努力爬起来,走进院子。他提了一桶微温的水到门口,长长地喝了一口,于是用水从头上淋下。他呻吟着,洗掉脸上和颈上的血,把身子在那挂在栏杆上面的马衣上拭干,于是坐在门槛上。

院子里没有一个人。什么地方有一只小鸡在不安地叫着。在欧椋鸟的巢箱的顶上,一只黑云雀昂着头在喃喃地啼啭。从草原里,传来土拨鼠的口笛一样的叫声,薄薄的参差的山脊一样的丁香花色的云层遮住了太阳,但是一种难堪的郁闷的热气还是在大气中笼罩着。连那在院子里的灰色土堆上洗浴着的雀子,都躺在那里不动,伸长着小小的头颈,时时扑着它们那扇子样的张开的小翅膀。

达维多夫听到了一个沉重的、和缓的马蹄声,把头抬起来了。一匹带着马鞍、横腹易屈的暗褐色的小马,以全速力奔进门里来。它突然旋转了方向,用后蹄蹴着地面,绕着院子跑起来,发出粗大的鼻息,同时从腿边滴下白色的像泡沫的汗点在那蒸热的地上。它在马厩的门边停住了,开始在台阶上嗅着。它那漂亮的镶着银的马勒已经破损,缰绳的末端垂着,马鞍移动到肩顶上来,破损的胸革几乎垂到地上,触着它那黑紫色的蹄子。它的腹边在起起落落地鼓动着,它的蔷薇色的鼻子张大着;褐色的去年的牛蒡的丛束,粘在她的屁股上和绞结成绺的鬃毛上。

当达维多夫在错愕地凝视这匹马的时候,干草小屋的门咿咿呀呀地响着,老西奚卡的头探了出来。过了一两分钟他才全身出现,以极大的注意开着门,怯怯地向四面瞧望。他那汗湿的衬衫黏着许多干草束,蓬乱的胡子也黏着一些茅草、干枯的草叶、树叶和荷兰翘摇的黄色的花粉。他的脸孔红得就像杨梅,而且印着无限恐怖的痕迹,汗水从太阳穴流下来,流过两颊和胡子。

"达维多夫同志!"他蹑脚走到门口,用一种恳求的声调低低地说,"快躲起来吧,我恳求你!他们一旦打起我们来,他们会把我们打死!他们怎么把你打成这样,我几乎认不出你的脸孔了。我躲在干草堆里……那是令人气闷的地方,我全身流透了汗,可是躲着心里却安定得多!和我一道躲着,等这个骚动过去了再说吧,呃?一个人躲在里头真的是有点可怕……不明不白地被杀死有什么意思呢?听吧,女人们怎样在咆哮，简直像黄蜂一样，真该死！她们把拉古尔洛夫干掉了，这是很明白的！你看他的马刚刚跑进来的样子。他今早骑它到区里去。在门边颠着几乎把他抛落了，那时候我就对他说：'玛加尔，不要去了吧，这是个不好的兆头！'可是这个人有过一次肯听人家的吗？他一生就没有听过一次人家的忠告呵。他始终是自己想怎么干就怎么干，现在他们把他杀死了。但是，如果他回来了，他恐怕也会像我一样，躲藏起来的吧。"

"现在他或许在家里吧。"达维多夫没有把握地这样说了。

"在家里？但是，为什么他的马独自跑回来，好像闻到死尸的气味似地在响动着鼻子呢？这些兆头我晓得太清楚！那是非常明白的，他从区里回来，看到大家在拿仓库里的麦子，便阻止他们，他的热血当然不能够容忍这回事情。于是，他们把他杀死了！"

达维多夫沉默着，仓库那边还在发出无数的嘈杂的呐喊声；他能够听到马车的辊辘声和车轮的轧轧声。"他们正在拿走麦子，"他想，"但玛加尔到底怎样了呢？他们的确不会把他杀死了吗？我去看看吧。"

他站了起来。西奚卡以为达维多夫已经决心和他一起躲在干草小屋里。他就在他的旁边骚动起来。

"来吧，快逃！不然，那些魔鬼一定会带些人到这里来。他们会找到我和你，把我们干掉的！他们马上可以把我们干掉呵！在草房里真稳当。干草的气味令人闻着非常舒服和爽快，如果有人送东西给我吃，那我可以安心在里头躲一个月。只有一只山羊真把我吓了一跳。我真想把这个讨厌的畜生杀死！我听到女人们在破坏集体的农场，关于谷物的事在对你无礼时候，我心里这样想着：'糟了西奚卡，你一下就完了呵！'因为这些女人，达维多夫同志，谁都晓得从革命的第一天起，站在那讲台上的就是我和你两个人，又晓得在格内米雅其村建立集体农场也是我们，把铁推克当作一个富农赶跑了也是我们呵。他们最初拿来开刀的还会是谁呢？那十分明白：我和你！'我们的事情糟了，'我想，'我应该躲起来，不然他们要把达维多夫杀死，把我也干掉的。这么一来，在达维多夫死后，什么人能够把事迹说给审查者知道呢？'于是，我就马上钻进干草堆里去，自己把干草从头顶掩盖起来，静静地躺着，用力喘气，还觉得可怕。过后，我听到有什么人在我上面的干草堆轻步走着。他慢慢地走，而自然地他因土粉打起喷嚏来了。'我的妈！'我想，'这一定是他在找我，他们一定是来杀我的！'他走着又走着，后来竟踏到我的肚子上来了。可是我躺着不动！我的灵魂和肉体因为恐怖离开了，但我像死尸一样的躺着，因为我没有别的地方好躲呀！一会儿，他竟踏上我的脸孔来了！我用手去摸，觉得是蹄子，而且是毛茸茸的！我的头发直竖起来，我的皮好像全要离开我的身体了，我恐怖得不能呼吸。你猜想当我摸着那个毛茸茸的蹄子的时候做何感想？'这是一个魔鬼呵！'我想，'干草房是非常黑暗的，而不洁的幽灵就正喜欢黑暗。''他马上会开始找我，把我折磨到死的吧，哼，我宁愿给女人们去杀头！'对了，我是恐怖着，我不否认！但让任何人处在我的地位试试看吧，如果是个胆怯的小伙子，他一定会连心带胆都吓破的。这种事常常会在一个突然受了惊的时候发生的！但是我却只是全身变冷了一点。我还是躺着不动。后来我觉得那太像一只山羊的气味了，于是我想起铁推克的山羊是养在干草房里的事来，我完全忘记它了，这魔鬼！我从干草堆里向外面窥看，果然就是那东西：铁推克的山羊在干草堆上爬着找鼠尾草，在咀嚼苦蓬。唔，当然，我爬起来了，给了它所应得的刑罚。我狠狠地打它，扯它的胡子，还给它天知道的别的什么教训。我对它喊着：'现在村里正在发生暴动！不要在干草堆上爬，你这个生着胡子的恶魔！不要在这里胡乱作动，你这臭鬼！'我冒火到想当场弄死它了，因为它虽然是畜生，它也应该知道怎么样，在什么地方、在什么时候它可以在干草上面随便走动，而在什么时候他是应该不声不响地躲着不动的呀……但是你到什么地方去呢，达维多夫同志？"

达维多夫没有答复他，走过干草房的门口，走向大门那边去了。

"你到什么地方去?"西奚卡胆怯地低声地问。

通过那半开着的耳门,他看到达维多夫好像被烈风吹着似地走着,用一种敏捷的却又不大稳当的步调走向公共仓库那边去了。

第三十四章

路旁有一座坟墓,被风吹扫过的墓顶上,去年的苦蓬和车轴草的赤裸裸的小枝,悲悽地发出沙沙的响声;茶褐色的蓟草的簇,忧郁地向地上垂着头。从坟脚到坟顶的斜面上,一簇簇黄色的、复叶的羽毛草,散乱地生长着。被太阳和雨褪了色,凄凉地没有色泽,它们在古老的雨打风吹的地面上,伸出了它们那大麻一样的茎。就是在春天,在各种各样的草繁发地开着花的时候,坟墓也好像老人一样的沮丧、凋残。只有到秋天,它才闪耀着光泽,泛滥着一种庄严的银霜的洁白。只有在秋天,威风凛凛的坟墓,才好像披着一副鳞一样的银色琐子甲,守卫着草原。

在夏天傍晚的落日里,一只草原的鹰,从坟顶上的浮云下面飞来。它的翅膀呜呜地响着,它落在坟墓上,拙笨地跳了两步,于是停下来,用它那弯曲的嘴,清理它那扇子一样地展开着的褐色翼,它满蔽着锈色的羽毛的前胸。于是它沉沉欲睡地不动了,它的头垂着,它的琥珀色的、有着黑圈的眼睛,凝望着永远青色的天空,好像一块矿石。这只一动不动的、黄褐色的飞鹰,在它的夜猎之前休息着。于是轻轻地突然离开地面，飞了开去。在日落以前，它的凛然的翼的灰色的阴影，会一次又一次地在草原掠过。

　　冰冷的秋风会把它带到什么地方去呢？带到高加索的青色的群山去吗？带到莫甘斯克的草原去吗？带到波斯或阿富汗去吗？

　　但是在冬天，当坟墓披上了一件貂皮一样的雪的大氅的时候，在黎明以前的透明的灰色的阴影里，一只年老的、狡猾的狐狸走到了坟顶上。好像是用火炎模样的黄色的喀拉拉（意大利的城市——译注）① 大理石雕刻起来的一样，它很久地站在那里望着，它的红色的丛毛的尾巴，横在淡紫色的雪上，它的口边的烟一样的黑色的尖鼻，在风里突了出来。那时候，在那融和着各种各样的香气的雄伟的世界里，只有它的潮湿的玛瑙一样的鼻子活动着，它用它那张大的、颤动的鼻孔，贪婪地吸着潮湿的无所不包的雪的气味、被寒霜冻坏了的苦蓬的没有消散的苦味、从附近的道路上飘来的混杂着干草的马粪的舒畅的气味和说不出的荡人心魄而又差不多感觉不到的栖止在遥远的灌木丛里的鹧鸪的雏的气味。

　　在鹧鸪的气味里，浓密地掺杂着那么多的其他的香气，因此，为了满足它的嗅觉，老狐狸要离开坟墓，要不从那灿烂的闪烁着光辉的雪上提起它的爪子，把它那沾满了冰柱的、差不多没有重量的躯体从那低低的野草上掠过，走一百码的光景。只有在那时候，他的黑黑的、张开的鼻孔，才闻到了那刺鼻的香气、那气味的长流：那新的鸟粪的酸味和羽毛的强烈气味，被雪濡湿了，和草接触着的羽毛的尖端发散着苦蓬的苦味和蒌蒿的辣味，同时在那还半粘着肉的青色的羽轴上发出温暖的带着盐味的血腥气。

　　干燥的东风，侵蚀着坟墓的干枯的、崩溃的泥土，中午的太阳烧着它，大雨洗着它，主显节的寒霜碎裂它。但是坟墓还是一样地不可侵犯

---

① 即卡拉拉（carrara），位于意大利中北部托斯卡纳大区。——编者

地统治着草原，还是和五百年前，当战死的波罗夫兹王子的遗骸在这里举行军葬，由他的妻妾们的微黑的、饰着手环的手和他的武士、亲戚和奴隶们的手撮着泥土在他的遗骸上造成了它的时候的姿态，一模一样的。

坟墓是在离开格内米雅其村约莫五里的一连小山上，自古以来，哥萨克们都叫它作——"死塚"，因为，相传有一天有一个受了伤的哥萨克死在坟墓的脚下。这个，也许和下面这首古代民谣里所歌颂的英雄是同一个人：

> 钢刀击出了火花
> 移上了蓬的枯叶
> 勇士温暖着泉水
> 洗涤着致命的深伤
> "深伤呵深伤，
> 要是血流得太多时，
> 胸要悽苦地变弱了！"

离开区镇以后，拉古尔洛夫约莫跑了十五里，一直到"死塚"的附近，他才停住他那匹黄棕色的小马。他在那下了马，用他的手掌抹去了他的马的头上的汗珠。

这暖气在早春是异样地优雅的，太阳好像在五月天一样的烧灼着大地。在波一样的起伏的地平线上，一个蜃气楼像烟一样的颤动着。风从遥远的草原的池上吹来了鹅的兴奋的叫声、鸭的各种各样的啼叫和水鸟的哀婉的鸣声。玛加尔解开了马口里的铁嚼口，把缰绳系在一只前脚上，松了肚带。马贪婪地把它的颈子伸到嫩草上，一面走，一面咬着那焦灼了的扫帚一样的去年的茅草。

一群野鸭飞过坟墓，发出一种沉重的、委婉的啼啸。它们落在水池上，玛加尔无目的地望着它们飞翔，看了它们好像石头一样的落在水池上，看了那被搅动的水，在小小的芦苇的岛屿的周围波动。一群惊动了的、胆怯的野雁立刻从堤上飞了起来。

草原是悽惨的荒凉。玛加尔在坟墓的脚下躺了很久。最初他可以听见他的马喷着鼻子，在那里走动，它的铁嚼口叮当地响着。但是后来它走进一个草比较茂盛一点的山谷里去了，而草原被静默笼罩着，这静默只在平静的晚秋时节，当人做完了他们的田间工作的时候才有的。

"我回到家里的时候，我要和安德烈和达维多夫告别，穿上我从波兰前线回来的时候穿着的那件紧身衣，于是自己用手枪打死。我对于人世已经没有别的牵挂。而革命并不会因为我的死受到损失。有很多的人为着它工作。多一个，少一个，是没有什么关系的，"玛加尔匍匐地躺在地上，一动不动地凝视着苦蓬的纠结的茎，这样地想着，"我想达维多夫一定会在我的坟墓上这样说：'拉古尔洛夫虽然被党开除了，但他是一个很好的共产党员，我们不赞成他的自杀，那是事实；但是我们要完成他为着它和世界的反革命斗争过来的事业。'"玛加尔非常鲜跃地想象着，满意地微笑的班尼克会怎样地在人群中间，抚着他的亚麻色的胡发，说着："他们中间又倒了一个，谢天谢地，狗总会像狗一样的死去的！"

"不，你不要想，你这血污的毒虫！我不自杀了！我首先要把你和你这样的人收拾！"玛加尔咬着他的牙齿，大声地说。他好像被刺了一下一样的跳了起来。想到班尼克，他完全改变了他的决定，于是，当他用眼睛四面寻找他的马的时候，他想着："决不！我首先要把你们这些东西埋葬了，然后再来收拾我自己！你们是不会有庆祝我的死的机会的。至于党的书记，他的话并不是最后的判决，是吗？播种完了以后，我要到地方委员会去。他们会恢复我的党籍。我要到省委会去，我要到莫斯科去！而且要是不恢复我党籍的话，那么我要作为一个非党员的工作者，和反革命毒虫斗争！"

用闪耀的眼睛，他望着他周围展开的世界。他已经想着，他的情况并不是两三小时以前想着的那么难于补救和绝望。

他急急地跑进了马在彷徨着的山谷，一只母狼被他的脚步惊动，从一个洼地的灌木丛里站了起来。它的长长的头伸出来，在那里站了一会，凝视着人。于是它伏着耳朵，把它尾巴夹在两腿间，向山谷间逃去了。它的黑色的、下垂的乳头，在它那陷落进去的肚皮下面松弛地摇摆着。玛加尔走到马的近边的时候，它立刻暴躁地抬起它的头，扯断了系在它的腿上的缰绳。

"停停，华西亚！停停！"玛加尔小声地叫着，竭力想从后面走近这匹暴跳的母马，去抓住它的鬃毛或鞍镫。这匹黄棕色的马，摇摇它的头，急急地跑开，斜眼看着它的骑者，玛加尔也跑着去追，但是它不让他走近它，踢起它的后脚，用一种猛烈的震响的跑步，奔过大路，向村庄奔去了。

玛加尔一面骂，一面跟着它。有两三里的光景，他走过田野，向那村庄外面的耕地走去。从深草里面，飞起了野雁和一对对的鹧鸪；再远一点，在一个山坡上，有一只很大的野雁在走着，守卫着正在孵卵的它的配偶。被一种不能克服的性欲侵袭着，它把它的那有着锈色和亚麻色的衬里的、短短的、红色的尾巴，像扇子一样的展开，它张开它的两翼，用它们擦着干燥的地面，把那羽根上饰着蔷薇色的绒毛的毛羽撒落了下来。

一种伟大的滋生繁衍的工作正在草原里面进行着。草都在繁茂地生长，鸟类和其他动物都到了交尾期，只有被委弃的耕地，把它们那没有播种的、发散着蒸气的田野默默地伸展着，一直连接到天涯。带着一种悽怆的愤怒，玛加尔跨过那干燥的土块累累的耕地。他敏捷地弯下腰去，抓起一些泥土，把它放在手里捏碎。含着枯草的易脆的茎的黑色泥土，是干燥而且发热的。土地休闲得太久了，它需要立刻用三四架耙去耙它那易脆的、多草的地面，让耙的铁齿搔破这躺了很久的土地，于是让播种机驶过这细碎的犁沟，这样，金黄的麦种会比较深一点地落在土里去。

"我们太迟了！我们糟蹋了土地！"玛加尔心里想，带着感彻了心脏的惋惜，望过那裸露得可怕的、没有耕作的黑色的耕地，"再过一两天，耕地会没有用了。土地像母马一样，当它正在情欲最深的时候，你得急急地把种马赶去，因为当它这种时机过了的时候，它会看也不看它了。人对于土地也是这样，除了我们人类，一切的东西，对这事情都很清楚。动物、树木和土地都知道它们应该传种的时候，但是我们人类却比最下等的动物还要卑劣，还要恶浊！他们不出来播种，因为他们的私有欲阻止着他们，诅咒他们！我要回去立刻把他们通通赶到田野来！把他们一个不留地赶出来。"他一步一步地走得更快了，有时还奔跑起来，汗珠从他帽子的下面滚下，他的衬衣的背更加黑了，他的嘴唇枯干了，他的脸颊上的病态的小块的红晕，渐渐地更加鲜明起来。

第三十五章

拉古尔洛夫走进村庄的时候，种麦的分配正在全力地进行中。罗比西金和他的突击队还在田间。群众紧紧地围着仓库，一袋一袋的麦子急急地被抛在秤上，货车不断地驶来。哥萨克和女人们把麦子装在袋里、包里和她们的围裙里运走，在地面上和仓库的台阶上，厚厚地撒了一层麦粒。

拉古尔洛夫立刻知道这是怎么一回事。推开村人，他挤到了秤的旁边。

退出了集体农场的农民伊凡·巴塔西溪可夫在计量和分发着麦子。矮小的褐色面孔的阿坡伦·皮斯可娃斯可夫在帮助他。仓库旁边任何地方，看不见达维多夫，看不见拉兹米推洛夫，也看不见任何突击队员。仅仅一瞬间，他在人群中间看见了雅可夫·洛济支的不安的面孔，而他立刻隐没在密密的排列着的货车后面了。

"什么人允许你们来分配的麦子？"玛加尔推开巴塔西溪可夫，站在秤磅上。

群众沉默着。

"什么人给了你量麦子的权力?"玛加尔没有放低他的声音,这样质问巴塔西溪可夫。

"公众……"

"达维多夫在哪里?"

"我不是看管他的保姆!"

"管理委员在哪里?他们许可了你们吗?"

站在秤边的沉默的代米德微笑着,用衣袖揩去了他的汗。他的雷声一样的低音,很有自信地、朴实地爆发出来:

"我们不要管理委员会的许可,我们自己许可了自己。我们是自动地来拿麦子的!"

"你们自动的吗?是这样吗?"拉古尔洛夫两步跳到了仓库的台阶上,一拳把那坐在门槛上的年轻人打开了,猛烈地把门关上,沉重地靠在门上面,"滚开!我不准你们拿麦子!随便什么人,他要想走近仓库,我就把他当作苏维埃政府的敌人看待!"

"啊哈!"在帮助他的邻人把麦子装上货车的"笛摩克",这样冷笑地叫着。

拉古尔洛夫的到来,是大多数的哥萨克料想不到的,在他骑了马到区里去以前,谣言孜孜不倦地传遍了全村,说拉古尔洛夫为着打了班尼克,会受审判,说会撤销他的工作,而且也许会捉他去坐牢。在早晨知道了拉古尔洛夫的出发的班尼克,曾经这样地宣称:

"拉古尔洛夫不会再回来了。检察官亲自告诉我,他们要最严重地处罚他,让玛加尔记着吧!他们会把他逐出党去,这样他可以知道打一个农民是怎样一回事。旧的法律在现在不适用了。"

因为这缘故,玛加尔在秤边的出现,引起了大家一种迷惑的、不理解的沉默。但是当他从秤边跑到仓库边,站在那里掩护着仓门的时候,大部分的人的态度立刻分明了。"笛摩克"的叫声以后,跟着就是从各方面发出来的叫嚷：

"我们现在已经有我们自己的政府！"

"人民的政府！"

"打他，朋友们！"

"回你的老家去吧！"

"你这大工头，你这私生子！"

第一个走近仓库来的，是"笛摩克"，他带着青年的活泼，摇动他的肩头，带着微笑回头看着人群。另外有几个人，犹豫地跟着他走去。他们中间有一个人一面走，一面捡起了一个石头。

拉古尔洛夫不慌不忙地从裤袋里拔出了他的手枪，扳起了机头。"笛摩克"站住了，不坚定地踌躇着。另外的人也停住了脚。他们都知道，拉古尔洛夫一旦扳起手枪的枪机，必要的话，他会毫不迟疑地拨动弹机的。玛加尔很快就证实了他们的这意见。

"我要杀掉你们七条毒虫，这样以后，才由你们进仓库。唔，谁敢当先？来吧！"

但是没有一个自告奋勇的人，暂时间，大家都感到困惑。"笛摩克"站着在想，不敢再走拢去。垂了他的手枪，拉古尔洛夫又这样地叫道：

"散开，马上散开，要不然，我要开枪了！"

他刚刚说完这句话，一根铁棒呼然地打在他的头上面的仓门上。这是"笛摩克"的朋友，野斐姆·特鲁巴佐夫对准玛加尔的头投掷过来的。但是看着他没有投中，他立刻在一辆货车下面坐了下来。拉古尔洛夫像在战时一样的迅速地下了决心躲开了一个从人群中间投来的石头以后，他向天空开了一枪，立刻从台阶上跑了下来。群众溃散了。互相地践踏，站在最外面的人开始逃了，四轮马车和货车的辕挤得轧拉地响，哥萨克撞倒的一个女人惊骇地哀叫着。

"不要逃！他只剩六发子弹了。"从什么地方出现的班尼克鼓舞着，阻止着逃跑的群众。

玛加尔走回仓库边。他不回到台阶上去，却站在墙边，这样，其他所有的仓库都在他的视线以内。

"不要再走拢来！"他对那重新走近秤来的"笛摩克"、特鲁巴佐夫和另外的人这样地说，"不要再拢来，我告诉你！要不然，我开枪了！"

群众在离开仓库一百步左右的地方排着阵势。决定用一点计谋，伊凡·巴塔西溪可夫、阿坦曼奚可夫和退出集体农场的其他三个人向前走。他们约莫走近三十步的光景。巴塔西溪可夫预防地举起他的手。

"拉古尔洛夫同志，"他叫道，"等一等，不要举起你的手枪。"

"你要干吗？滚开去，我说！"

"我们马上就走，但是你用不着这样地发脾气。我们来取麦子，是得了许可的……"

"得了谁的许可？"

"有一个人从地方……从地方执行委员会来，他允许了我们取麦子。"

"但是这人在哪里？达维多夫在哪里？还有拉兹米推洛夫？"

"他们都在办公处。"

"放屁，你这死尸！不要走近秤，我告诉你！唔？"拉古尔洛夫弯着他的左手的肘，把那旧了的、带着灰白色的手枪搁在弯着的手臂上。

巴塔西溪可夫并不害怕地继续地说道：

"要是你不相信我们的话，你自己去看吧，要是你不去的话，我们自己去立刻把他们带来。不要用你的手枪威吓我们了吧，拉古尔洛夫同志，要不然，这对于你更要没有好处的！你在反对谁？反对人民！反对整个的村庄！"

"不要再走近来！不要再走一步！不要叫我作同志！你们一旦开始偷盗国家的谷物，你们就是反革命。我不准你们蹂躏苏维埃政府！"

巴塔西溪可夫正要再要说什么话。但是那时候达维多夫从仓库的转角转了出来。被打得很凶，全身都是打伤、搔伤和凝结的血，他用一种颠踬不定的步调走着。拉古尔洛夫看了他一眼，于是，向巴塔西溪可夫奔去，嘶声地叫道："噢！你这毒虫！想骗我吗？你想打我们，是吗？"

巴塔西溪可夫和阿坦曼奚可夫逃了。拉古尔洛夫从他们后面放了两枪，但是都没有打中。"笛摩克"在一边，从篱笆上拔出一根木桩，其他的人愤慨地喃喃着，却没有逃。

"我不准你们……践踏……苏维埃政府。"玛加尔从紧咬着的牙齿间叫着，向群众奔去。

"打他！"

"只要我们有一支枪就好了！"雅可夫·洛济支站在后排，绞着两手，呻吟着，咒骂着波罗夫则夫的不凑巧的离开。

"哥萨克们！抓住这个强暴汉！"玛利娜·波罗可娃的愤慨的、热烈的声音响着。她把哥萨克们推到前面去迎着跑来的玛加尔，后来，抓住沉默的代米德的手臂，恨恨地问道：

"你也算是一个哥萨克吗？你害怕，是吗？"

突然群众狼狈地散开了，于是开始向玛加尔奔来。"民警！"娜斯提亚·多内兹可瓦恐怖得发狂地尖声地叫着。约莫有三十个骑着马的人从小山的斜坡上像流动的熔岩一样的向村庄流着。一阵一阵的春的尘埃，像轻轻的透明的云霓一样，从马蹄下面飞扬起来。

五分钟以后，仓库面前的空场上，只剩下达维多夫和玛加尔了。马蹄的隆隆的声响更加近了。现在，在牧场上面，骑者的姿容可以看见了。前面是骑着拉普西洛夫的快马的帕维尔·罗比西金，在他的右手是拿着一根橡木短棍作武器，因为有一种决心的缘故，弄得脸色很可怕的麻脸阿加芬·多布佐夫，而在他们的背后杂乱地骑在各种各样毛色的马上的是第二、第三突击队的集体农场的工作者。

到晚上，达维多夫招来的一个民警，从区镇上来到了。在草原里，他逮捕了伊凡·巴塔西溪可夫、阿坡伦·皮斯可娃斯可夫、野斐姆·特鲁巴佐夫和其他几个乱事的"积极"煽动者。老意格兰顿洛克是在她自己的家里被捕的。他们和他们的证人一道都被送到区里去了。"笛摩克"自动地走到村苏维埃来自首。

"那么,你飞回来了吗,小鸽子?"拉兹米推洛夫带着胜利的欢喜问着。

望着他浮着讽刺的微笑,"笛摩克"回答道:

"是的,我来了。我既然输了一个点子,那么就用不着捉迷藏了。"

"什么点子呀?"拉兹米推洛夫皱着眉。

"你玩二十一点的时候的那种点子。我现在要到什么地方去?"

"你要到区镇去。"

"但是民警到什么地方去了?"

"他马上就会来的。你用不着担心!人民法庭会教训你,打一个苏维埃主席,算是怎么一回事。人民法庭会清算你的欠债的……"

"是的,当然,"笛摩克"不愿意地同意着,于是,打了一个呵欠,问道,"我想睡一睡,拉兹米推洛夫。带我到侧屋里去,把我锁起来吧,在民警到来以前,我可以睡一下。把我锁起来吧,要不然,我会在我睡着做梦的时候逃跑的。"

第二天他们着手去收回被盗去的麦子。玛加尔·拉古尔洛夫一家一家地去访问那些拿了麦子的人,不打什么招呼,眼睛转到旁边,他用一种受了抑制的声调问道:

"你拿了麦子吗?"

"我拿了。"

"你交还吗?"

"我想我应当交还。"

"那么交还吧。"于是也不告别一声,他就离开那人家。

许多退出了集体农场的农民,拿走的麦子比他们以前所缴纳的还多。分配是根据下面这种问答进行的。"你缴纳了多少谷物?"巴塔西溪可夫急躁地问着。"二十一"或"二十八普特",会是这个问话的回答。

"把你的麦袋放到秤上吧。"他会这样地吩咐。但是实际上，在收集谷物的时候，这个人少纳了七普特至十四普特。而且约莫有一百普特的谷物，没有计量过，被女人们用她们的围裙和袋子带走了。

到晚上，除了很少的几普特以外，小麦全部收回了。大约有二十普特大麦和几袋玉蜀黍还没有找到。在那同一天晚上，属于个别农民的谷物种子，全数分发了。

天黑以后，一个村民大会举行了。达维多夫在学校里，对空前的多的会众演说了。

"公民们，退出了集体农场的农民和一部分个别的农民方面的昨天的行动，说明了什么？"他问，"这说明了，他们向着富农分子的方面动摇了！这是事实，这是对于你们，公民们，你们这些在昨天从仓库里偷盗了谷物，把宝贵的谷物践踏到泥土里，而且用围裙兜走了谷物的人们的可耻的事实。你们，公民们，叫女人来打我，她们用她们的手能拿到的任何东西打了我，有一位女公民甚至于为了我没有表露什么怯弱的模样的缘故，哭泣起来了。我是在说你，女公民！"达维多夫指着站在墙边的娜斯提亚·多内兹可瓦。当达维多夫开始说到她的时候，她就急急地用她的头巾包了她的脸。"是你，用你的拳头擂着我的背，激恼地哭泣着，因为，正像你所说的：'我打他，打他，但是这木偶好像石头一样。'"

娜斯提亚的掩藏了的脸，燃烧着一种巨大的羞耻的火焰。会场上所有的人都转过去望着她，而她，眼睛困惑地、笨滞地看着下面，仅仅扭动她的肩膀，用她的背擦着墙壁上的白粉。

"你好像一条叉在干草叉上面的毒蛇一样的扭动，你这毒虫！"顿姆卡·乌沙可夫抑制不住地说。

"她会把墙壁上的白粉通通擦掉！"阿加芬·多布佐夫响应着他。

"不要转过去，鼓眼睛！你知道怎样用你的拳头，现在你得知道怎样看着到会的人！"罗比西金咆哮着。

达维多夫无慈悲地继续地说，但是当他说话的时候，一种微笑掠过他的破裂的嘴唇：

"她希望我跪下去，去告饶，去把仓库钥匙交给她。但是，公民，我们布尔什维克不是听从随便什么人捏成他所高兴的样子的面团做成的。内战时期，士官学生打我，但是他们在我身上打不出什么道理！布尔什维克从来没有对任何人跪拜过，而且永远不会！事实如此！"

"对的。"玛加尔·拉古尔洛夫的颤动的、兴奋的声音，窒息而嘶哑地响着。

"我们，公民们，自己倒是惯于使得无产阶级的敌人跪下去的。我们要使他们这样！"

"而且我们要使这事情成为一个世界的规模！"拉古尔洛夫又插着嘴。

"我们要以一个世界的规模这样做。但是昨天你们向那些敌人方面动摇，拥护着他们。你们打坏了仓门的吊锁，打了我，把拉兹米推洛夫起初是绑起来，后来又把他关在一个地窖里，于是把他拖到村苏维埃，在路上，还想把一个十字架挂在他身上，对这一切行为，我们怎样看呢？这是十足的反革命行为！当他们拖着拉兹米推洛夫走的时候，我们的集体农场的农民密克海尔·意格兰顿洛克的被捕了的母亲叫道：'他们拖的是一个反基督的人，一个地狱里出来的恶魔！'于是借着别的女人的帮助，她想把一个系在线上的十字架挂在他的颈子上，但是作为一个共产党员，我们的拉兹米推洛夫同志当然不能忍受那种侮辱。他对那些被牧师灌了迷药的有毒的老太婆说道：'女公民们！我不是教徒，我是一个共产党员！拿开你的十字架吧！'但是她们继续强迫他带上，只有在他用他的牙齿咬断了线，开始用他的脚和头积极地抵抗的时候，她们才放松了他。但是这算怎样一种行为呢，公民们？这是十足的反革命行为！人民法庭对于像密克海尔·意格兰顿洛克的母亲那样的嘲弄者，会无情地给予处罚的。"

"我不替我的母亲负责！让那样的母亲见鬼去吧！作为一个公民，她有她自己说话的权利！让她自己去负责吧！"密克海尔·意格兰顿洛克从前排这样地叫着。

"我不是说你，我是说那些为了教堂的封闭大闹特闹的人们。教堂被封的时候，他们不高兴，但是当他们竭力想强迫地把一个十字架挂在一个共产党员的颈子上面的时候，那就不算什么了！唔，他们显著地暴露了他们自己的伪善！这种种骚动的煽动者和积极地参加了这种骚动的人们，已经被捕。但是其他被富农的鱼钩钩住了的人们，应该觉悟，应该认识他们是走错了路。我说的是实在的话。现在有人放了一张不署名的字条在这主席台上，字条上面问着：'所有拿了谷物的人都要被逮捕，被放逐，而他们的财产要被没收，这是真的吗？'不，这不是真的，公民们！布尔什维克是没有复仇的心意的，他们只是没有饶恕地惩罚他们的仇敌。但是纵令你们脱离了集体农场，听从了富农的鬼话；纵令你们偷盗了谷物，打了我们，我们并不把你们当作敌人。你们是暂时走错了路的动摇的中农。我们不会对你们采取任何行政上的处分的，不过，我们要使你们觉悟。"

一个压抑着的低低的声音从教室的一端流到另外一端。达维多夫继续地说道：

"而你，女公民，不要害怕！露出你的脸来吧，虽然你昨天狠狠地打了我一顿，但是没有人会触你。不过，要是我们明天出去耕种的时候，你工作得很坏的话，那我就会给你一顿痛打的，记着！只是我不会打你的头，会打你下面一点的地方，这样，使你不能够坐也不能够躺下，咒你！"

不大放心的笑声渐渐地增加了，等到它传到了后排的时候，它已经变成了一种安心的高声的哄笑。

"你们已经玩过了你们的小小的把戏，公民们，而且已经玩够了！耕地躺在那里，时候要过了，我们得下田去工作，不要胡闹了。事实如此！当我们播种完了的时候，我们会有时间来打架，来争斗的！我明白地提出这个问题：拥护苏维埃政府的人，明天要到田里去；反对它的人，他们可以去嗑向日葵瓜子！但是那些在明天不到田里去的人，我们，集体农场，要收取了他们的土地，我们自己去耕种。"

达维多夫从讲演台边上退到了后面，坐在桌边。当他伸手去拿玻璃水瓶的时候，从后排，从那被油灯的橙黄色的火焰照耀着的薄暗的微光里，什么人的温暖的、愉快的低音感动地说：

"达维多夫，你是一个大孩子！亲爱的达维多夫老朋友！因为你不把怨恨记在你的心里，不记着人家的罪恶……在这里的人，都感动了……我们不知道把我们的眼睛放在什么地方，我们感到这样地可羞。女人们很糟糕。但是我们不得不一道过生活。这样吧！达维多夫！那些再想到过去的人，让他滚出去！噢？"

第二天早晨，五十七个退出了集体农场的农民送来了要求重新加入的请求书。在天亮的时候，个别的农民和三个集体农场突击队，全体到草原里去了。

罗比西金提议派定一个看守仓库的守卫，但是达维多夫笑着说道：

"我想现在这个并不需要了。"

四天以内，集体农场差不多种完了它的耕地的一半。四月二号，第三突击队开始了春耕。在这整个期间，达维多夫在办公处只有一次。他把一切能够工作的人通通派到田里去了，而且暂时地解除了老西奚卡的车夫的职务，派他参加了第二突击队。他自己从很早的早晨起，整天骑着马巡视着各个突击队，要在半夜以后，当报晓的雄鸡的叫声，已经在所有的人家响彻的时候，他才回到村里来。

第三十六章

集体农场办公处的长着草的院子里寂静得和村庄外面的牧场一样。仓库屋顶上的锈色的瓦,在中午的太阳下面,温暖地、暗晦地闪耀着光辉,但是在侧屋的荫处,像烟一样的、丁香花色的露水的融和了的、重重的珠粒,还是垂在被践踏过的草叶上。

一只瘦得可怕、患癣疥的母羊站在院子的中间,它的沾满了污泥的腿子,跨开很宽地站着、在它的旁边,一只生着和它母亲一样的白色羊毛的小羊,跪在它的前脚的膝盖上,在急促地冲撞着它的乳房。

罗比西金骑着一匹小小的母马跑进了院子。当他走过侧屋的时候,他愤怒地鞭打一只从屋顶上用绿色的、恶魔一样的眼睛凝望着他的小山羊,骂道:"你总爱爬到上面去,你这不洁的精灵!下来!"罗比西金很愤怒而且很阴郁。他从草原里驰来,连家里也没有回去,一直来到办公处。他的栗色母马后面,跟着一匹膝骨很大、腿杆很细的小马,它的绒毛尾巴向后面伸出,系在它颈上的铃子深沉地丁零地鸣响。母马给罗比西金骑着是这样的小,使那垂着摆动的鞍镫,差不多垂在它的膝头下面摇摆着。看来好像是这位弯着背的骑士，在用他那英武的两条腿挟着他那匹弱小的母马走着，像童话里面所见的一样。站在门口望着罗比西金，顿姆卡·乌沙可夫觉得很有趣味。

"你好像耶稣基督骑着驴子到耶路撒冷去一样，"他说，"真正像得很！"

"你自己就像一匹驴子！"罗比西金怒骂着，骑着马走到了门口。

"提起你的脚吧，要不然，你要用脚犁着地了！"

罗比西金不屑去回答，下了马，把缰绳系在栏杆上，粗声粗气地问道：

"达维多夫在这里吗？"

"在这里。他坐着在想你，但是不敢希望可以看到你。他三个整天没有吃东西，也没有喝水，老是说着：'我的不能忘却的帕维尔·罗比西金在哪里呵！没有他，我的生活是空空洞洞的，我感觉不到一点点生的乐趣。'"

"再说一句看！再说说看！我要把你的舌头都踏烂！"

顿姆卡斜着眼睛看了看罗比西金的马鞭，没有再说话。罗比西金跨进了屋子。

达维多夫、拉兹米推洛夫和妇女大会的代表们刚刚把组织一个托儿所的问题讨论完结。罗比西金等到女人们走了，于是走到桌子边。他的没有系腰带、两肩沾满了尘土的白洋布衬衫，发散着汗水、太阳和尘埃的气味。

"我从突击队那里来……"他开始说。

"来做什么的？"达维多夫扬起他的眉毛。

"没有一点办法！我有二十八个可以工作的人，但是他们都不愿意工作，他们偷懒……我简直没有法子驾驭他们。现在只有十二架犁在工作。我得强迫扶犁的人去工作。康德拉脱·梅谭尼可夫像一只公牛一样的流着汗，但是安金姆·普斯格内布洛夫、沙摩卡哈·古金可夫、那个嘶喉咙阿坦曼奚可夫和其他的人都不过是一把血泪,不是扶犁的人!看到他们,你会想着,他们在整整的一生当中从来没有扶过犁柄。他们随着他们的高兴去耕。他们耕完一条犁沟,于是坐下来抽烟,而且再也不能使他们动了。"

"你们每天耕多少?"

"梅谭尼可夫和我耕一公顷的四分之三,但是其他的人平均是半公顷。要是我们这样下去,不到圣母祭时(十月一日),我们是不能够播种玉蜀黍的。"

达维多夫不说一句话,用他的铅笔头在桌上敲着。于是他用一种暗讽的声调问道:

"但是你为什么要到这里来呢?要我们替你揩干眼泪吗?"他的眼睛愤怒地闪耀着。

罗比西金昂起头来。

"我并没有流着眼泪走来,"他回答,"给我更多的人、更多的犁吧。我不用你指教知道怎样开玩笑的!"

"你知道怎样开玩笑,那是事实,但是怎样去使工作进行,你就不行了!你也算是一位突击队队长!你竟不能驾驭懒惰者!要是你把纪律松弛,听凭他们的高兴去干去的话,当然,你不能驾驭!"

"你自己去找纪律吧!"兴奋地流着汗,罗比西金提高他的声音说,"阿坦曼奚可夫是一切的主使者。他叫其他的人反对我,他煽动他们离开集体农场。但是你把他驱逐出去的话,他会带着其他的人同他一道走。你为什么对我笑,绥明·达维多夫?你给我一批残废老弱的人,这样,你敢问到工作吗?我拿着老西奚卡怎么办?这个饶舌的老鬼应当代替草人站在瓜田里去吓鸟雀。但是你把他随便放到我的突击队里,使他缠着我,像一个吉卜西母亲缠着他的儿子一样。他有什么用?他不能够扶犁,做一个赶牛的人,他也不中用。他的声音好像一个麻雀的声音一样。牛都不把他当作人看待,它们一点都不怕他。他吊着缰绳;这魔鬼，耕一条犁沟，他总要跌倒十来次。有时，他停下来系他的长靴；有时，他躺在地下，他的腿子举过他的头，来看他的脱肠。女人们都离开了他们的牛，笑嚷着：'西奚卡的脱肠吊下来了！'她们好奇地、急急地跑过来，看他怎样把脱肠纳进去。这是演戏，不是工作！昨天，为了他的脱肠症，我们叫他去烧饭，但是他干那事情也不中用，甚至于还有害处。我们给他一些猪油，叫他放在粥里，但是他自己把它通通吃光了。后来又把粥放多了盐，而且煮得上面浮着一种渣滓。我拿他怎么办呢？"罗比西金的嘴唇在他的黑色胡须下面愤怒地颤抖。他举起他的鞭子，露出他的腋下被汗水褪了色、浸污了的污脏的衬衫的圆圆的一块："撤销我的突击队长的工作吧！和他们这样一批东西一道偷懒，我受不了。他们妨碍了我自己的工作。"

"不要到这里来装得像孤儿一样！事实如此！我们会知道什么时候来撤销你的工作的！但是现在，到田里去吧，记着，到晚上要耕好十二公顷。但要是你没有耕好的话请不要生气！两点钟以后，我会来看你们怎样地干。去吧！"

罗比西金砰然地把门带上，跑到了门口。系在栏杆上的母马，阴郁地站在那里。在它那布满了金色的斑点的紫色的眼睛里，反映着太阳光。理好了从那裸露的、被太阳晒热了的鞍头那里伸展出来的鞍衣，罗比西金慢慢地骑上了马。细眯着他的眼睛，顿姆卡·乌沙可夫刻毒地问道：

"你的突击队已经耕完了很多土地吗，罗比西金同志？"

"那不关你的事。"

"也许不关我的事……但是当心，我也许要来监督你，到那时就要和我有关系了！"

罗比西金在鞍上回转身来，紧紧地捏着他那强健的、褐色的拳头，一直捏到他的指头都胀大了，于是警告他道：

"只要你敢来！我要把你的眼睛打正，你这斜眼鬼！我要把你的眼睛打到你的脑后去,叫你用屁股对着前面走路。"

顿姆卡轻蔑地吐着口水。

"我倒找着一个医生了!"他说,"但是你得首先把你自己的耕田的人医好,让他们耕得快一点。"

罗比西金驰出大门,向草原奔去,好像奔去追袭敌人一样。在小马的颈上摇摆着的铃子的悲泣般的丁零声刚刚消逝的时候,达维多夫就走到了门口,匆匆地对顿姆卡说道:

"我要到第二突击队那里去几天。这里我托你代理我。监督托儿所的建立,帮他们一点忙。不要拿燕麦给第三突击队,你听到吗?有了什么事,到我那里去。懂吗?套好马,叫拉兹米推洛夫来替我驾车。我要到我的住所去一下。"

"也许最好把我和我的一队调到处女地去,去帮助罗比西金吧。"顿姆卡提议。但是达维多夫愤怒地骂他,叫道:

"真是好主意!他们应当自己能够对付!我到了那里,要是他们有谁只耕半公顷的话,我是要督促他们的。事实如此!套马!"

拉兹米推洛夫赶着驾了一匹管理委员会的种马的马车,去接达维多夫。他看到他已经站在大门口,手臂下面挟了一个小包裹在等着他。

"上来吧。你带的什么东西,食物吗?"拉兹米推洛夫微笑着。

"衬衫。"

"什么衬衫?做什么用?"

"当然是换洗的衬衫。"

"要它们什么用?"

"快,赶起马来吧!你站着不动干什么?我带了衬衫去,是为了不想生虱子,懂吗?我到突击队去,而且,我决定留在那里,一直到耕种完了以后。闭了你的嘴巴,走吧。"

"你疯了吗?你要留在那里一直到播种完了以后,干什么?"

"耕田!"

"你要离开办公处,去耕田吗?那真是一个好主意!"

"赶着车吧,走吧!"达维多夫皱着眉毛。

"不要这样急!"显然拉兹米推洛夫开始恼怒了,"请说明,你这算什么!那里没有你,他们不能够干下去呢,还是怎样?你的工作是指导,不是去扶犁!你是集体农场的主席……"

达维多夫的眼睛愤怒地闪着光。

"唔,走吧!"他讽刺地说。"你在教训我!首先第一,我是一个共产党员,其次才是集体农场的主席!事实如此!那里的耕种工作犯了错误,我还得留在这里吗?……走,走,我对你说!"

"唔,不关我的事!走,你睡着了吗,你这魔鬼?"拉兹米推洛夫用鞭子急抽着马,马开始走的时候的一种意外的颠簸,把达维多夫抛到后面,他的肘痛楚地撞在车板上,车轮开始在夏天的车道上轻轻地响动着,向草原驰去。

当他们出了村庄的时候,拉兹米推洛夫勒着马慢慢地走,用衣袖揩了揩他的有着伤痕的前额。

"你在发傻,达维多夫!"他又开始说,"把他们的工作弄得有点眉目了,就回去吧。能够耕田并不是奇事,兄弟!一个好的司令官不必上火线,但是应当精明地指挥。这是我要告诉你的话!"

"请收了你的这种譬喻吧!我应当教他们怎样工作,我要去教他们!事实如此!这才是正当的指导!第一突击队和第三突击队已经把他们的种谷类的田地都耕种完了,但是第二突击队却受了障碍。显然罗比西金不能驾驭。而你在瞎扯着'好的司令官'和其他同类的东西。你为什么要蒙蔽我?你以为我从来没有看见过好的司令官吗?好的司令官,是看到什么地方遭受了挫折,自己去以身作则的人。这是我要采取的方法。"

"你最好还是从第一突击队再派两架犁给他们。"

"人呢?人从什么地方来?赶得快一点吧,快!"

一直到山边,他们没有作声地赶着车子走。一堆紫色的孕育着雹雨的浓云，被风卷得重叠起来，停在草原上面的天顶，掩蔽着太阳。它的白色的卷曲的边缘，像雪一样的闪耀着光辉，但是它的阴暗的深处，因为滞重的一动不动的缘故，使人感到一种威迫。从云的裂缝里，从那橙黄色的、亲着太阳的边缘上，阳光成为一种宽阔的扇子一样的光线，斜斜地投射下来。在辽阔的天空时是细细的、像枪锋一样的这些光线，到临近地面的时候，像奔流一样的扩大起来，落在沿着天边伸展着的褐色草原的遥远的界线上，把它装饰得很美丽，奇幻地、欢快地使它变得年轻了。

被云的阴影像烟一样的遮黑了的草原，在默默地、谦卑地等待着雨。已经吐出含着香味的雨气的风，在路上卷起了一个灰色的尘柱。一两分钟以后，一种稀疏的细雨开始降落了。苦重的、冷冷的雨点透进路上的尘埃里，变成了小小的泥块。土拨鼠警戒地呼啸着，鹌鹑的鼓一样的鸣声，更加清晰地响着，野雁的紧张的热情的挑逗人的叫声消逝了。一阵低低的风掠着黍的残梗，使它倒竖起来，发出沙沙的声响。草原里充满了去年的野草的干燥的低鸣。就在云脚的下面，一只乌鸦用它那展开着的翅膀趁着气流，倾斜着躯体，向东方飘去。天上起了一道白色的闪电，于是，发出一个嘎声的、上低音的叫声，乌鸦突然峻急地飞落下来。被阳光照映着，有一刹那，它好像一个点燃起来的涂了黑油的火炬一样的闪耀着；人们可以听到空气带着呼啸和暴风雨一样的吼击，冲过它的翼上的毛羽。但是，在它离开地面约莫还有一百码光景的时候，乌鸦敏捷地翻正了它的身体，扑着它的两翼，同时，天上起了一个干燥的、震聋耳鼓的暴雷。

到山岭上，当第二突击队的营幕映进眼帘的时候，拉兹米推洛夫看到有一个人在山坡下面向他们急急地走来。他在没有路的地方走着，跳过水沟，有时突然用一种老年人的不平稳的步子奔跑。安德烈把马头转向他那方面去，于是还离开相当地远的时候，他认出了那是西奚卡。这个老头子向着马车走来。从所有的外貌看来，显然在他身上一定发生了什么不愉快的故事。他走近了马车。他那没有戴帽子的头上的头发被雨打得紧紧地贴着,而他的眉毛和小小的潮湿的胡须上满黏着煮熟了的黍粒。他的脸色变成了死白,样子很可怕,因此达维多夫担心地猜想:"第二突击队一定有了什么不稳,一定闹出乱子来了!"

"怎么一回事?"他问。

"我得逃命!"西奚卡喘息地说,"他们要杀我……"

"谁要杀你?"

"罗比西金和其他的人。"

"为什么?"

"他们心血来潮!为了粥的事我们吵了一架。我是一个嘴巴很快的人,我忍不住……罗比西金拿起一把刀子,过来追我……要不是我很灵活的话,我现在早就被刺在刀上,在那里被烧烤了。"

"回到村里去吧。我们以后要彻底调查你的事情的。"达维多夫吩咐着,安心地叹了一口气。

但是半个钟头以前,营幕真正发生的事,是这样的:前天晚上,老西奚卡在粥里放多了盐,他决定想法去恢复突击队对他的敬爱。到晚上,他回到了村里,在那里住了一夜。第二天早晨,他从家里拿了一个袋子,在回到突击队的途中,他溜进了住在村庄的最末端的克拉斯罗可多夫的打谷场,爬过篱笆,偷偷地躲在一个谷壳堆的后面。他的计划,有一种天才的单纯性,他打算伏在那里等一只鸡,小心地捉住它,扭断它的头去烧粥,这样,去获得突击队的推崇和尊敬。足足有半个钟头的光景,他伏在那里,抑制着呼吸。但是,好像是故意,鸡老是在篱笆附近搜寻着食物,没有表露一点走近谷壳堆来的意思。于是老西奚卡开始低声地叫它们:"咯,咯,咯!"他好像一只野兽一样的躲在谷壳堆的后面,这样小声地叫着。老克拉斯罗可多夫恰恰在打谷场的近边,听到什么人叫着鸡的诱惑的声音,他偷偷地走到篱笆后面。鸡信赖地走近了谷壳堆,于是在那时候,克拉斯罗可多夫看见谷壳堆的后面伸出一只手来，抓住了一只花鸡的脚。带着一只臭猫的敏速，老西奚卡勒着鸡的颈，正要把它塞进他的袋子里去的时候，他听到了小声的问话："在摸鸡吗？"于是他看到克拉斯罗可多夫从篱笆上露出脸来。西奚卡是这样狼狈，他放了他手里的袋子，脱了他的帽子，非常不合时宜地问候克拉斯罗可多夫道："你好，阿繁纳西·彼得洛维支！""托福！"对方回答道。"对于鸡很感兴趣吗？""正是！"西奚卡保证地说，"我偶然从这里经过，我看到了这只花鸡。它长着这样稀有得多的毛色，使我不更仔细地看一看它，简直走不开。'我要捉住它，'我想，'看它是怎样一种奇怪的鸡。'我整整的一生从来没有看到过这样稀奇的鸡。"

西奚卡的巧计在克拉斯罗可夫面前完全失了效力，他制止他的话道："不要撒谎吧，你这老阉马！你要看鸡，你总不会把鸡塞到袋里去吧！告诉我，你为什么要偷鸡！"这样，西奚卡供认了，而且说明他要用鸡烧在粥里，请他的突击队的耕田的人吃。使他惊讶的是，克拉斯罗可多夫没有说一句话反对他的计划，却只是说道："耕田的人，要吃？是可以的，那没有罪。现在，你既然杀了一只，把它放进袋里去吧，而且你用你的棒子再打一只，也放进去吧，但是不要打那一只，打那只头上有一朵毛的，它现在不生蛋。你用一只鸡去请突击队吃，是不够的。赶快再捉一只，赶快走吧，要不然——上帝，要是我的老太婆出来和我们吵的话，她会使得我们两个都要感到不舒服的！"

事情的这样的转变，使西奚卡满意到说不出来，他再捉了一只鸡，从篱笆上爬了出去。两点钟以后，他到了营幕，而且在罗比西金从村里回来的时候，水已经在一口大锅子里滚了，煮着的黍，愉快地在沸腾，一块一块的鸡，在喷出油来。粥是一种可惊叹的成功。西奚卡所害怕的唯一的一点，是粥会带着死水的臭味，这死水是他从那静止的水上已经蒙着一层差不多眼看不见的绿苔的附近一个浅浅的水池里汲来的。但是他的惧怕没有道理。每个人都热烈地一面吃着粥，一面称赞着，连突击队长罗比西金也说："我整整的一生都没有吃过这样有味的粥。我代表全突击队感谢你。"

锅子很快地空了。最敏捷的人开始从锅底去捞取肉片和比较浓的汤汁。后来,发生了一件永远毁坏了西奚卡作为厨司的名誉的事。罗比西金捞起一块肉来,正要送到口里去。但是突然他向后面退了,脸色变成了苍白。

"看!这是什么?"他用他的指尖拿着一片白色的、煮得很好的肉,威吓地询问西奚卡。

"这一定是一个翅膀。"西奚卡静静地回答。

罗比西金的脸慢慢泛起一种可怕的愤怒的紫红。

"一个翅膀!"他咆哮着,"唔,你这烧粥的伙夫!"

"哦,我的乖乖!"一个女人呻吟着,"上面还有爪子呀。"

"你瞎说,你这该诅咒的东西!"西奚卡转向那女人,"你在什么地方看到了翅膀上面有爪子?你到你自己的裙子下面去找吧!"他丢下他的汤匙,睁大眼睛地看着在罗比西金的颤动的手里,有一根在一端有着薄膜和小小的爪子的易脆的小骨头,垂着在摆动。

"兄弟们!"惊骇的安金姆·普斯格内布洛夫叫道,"我们吃了田鸡。"

对于这个宣告,大家以各种不同的方式反应着。有一个容易呕吐的女人呻吟着跳了起来,用她的手掌掩了她的口,消逝在田间小屋的后面了。康德拉脱·梅谭尼可夫看着因为惊讶快要突出了他的头的西奚卡的眼睛,仰天地躺在地上,笑得打滚,终于叫道:"哦,女人们,你们开了斋戒了!"那些比较不讲究的哥萨克响应着他的笑谑。"你们现在不能举行圣餐礼了!"古金可夫带着一种假装的恐怖咆哮着。但是被笑声激恼了的安金姆·普斯格内布洛夫开始愤怒地叫道:"你们笑什么?西奚卡应该痛打一顿!"

"田鸡怎么会跑进锅子里去呢?"罗比西金惊讶着。

"他到池子去汲水,汲了也不看一下。"

"你这畜生！你这老糊涂！你给了我们什么东西吃？"多内兹可夫家的媳妇，安尼斯加叫着，于是她尽着她的嗓子哭闹着，"我正怀着小孩子！要是你使得我小产了，怎么办，你这恶棍！……"说到这里，她把她的盘子里吃剩的残粥泼在西奚卡的脸上。

起了一阵巨大的骚扰，女人们跑去扯西奚卡的胡须，没有听这位狼狈的、惊慌的老头子的固执的叫嚷：

"稍为冷静一点！这不是田鸡，基督作证，真不是田鸡！"

"那么是什么呢？"安尼斯加问。

"你们不过是想着你们看见了田鸡！这是你们的想象！"西奚卡竭力想狡赖。但是他却断然地不肯吃那罗比西金递给他的"想象"的骨头。也许事情就会在那里结束了，要是被女人激怒了的西奚卡没有这样再叫的话：

"你们这些无谓的家伙！你们这些女妖精！你们要来扯我的胡须，但是你们不知道，这不是普通的田鸡，这是牡蛎。"

"什么？"女人们惊讶地问。

"牡蛎。我对你说的是清清楚楚的俄国话！田鸡是不洁的，但是牡蛎却很高尚。我的一个亲戚，他在旧时代做过菲利莫洛夫将军的亲随，他告诉我，将军常常空着肚皮，吃下好几百牡蛎。他吃生的，牡蛎还留在它的壳里面，他用叉子把它叉出来，他用叉子去刺它，刺着的那一个就完结了。它会可怜地哀叫着，但是他会把它塞进他的喉咙里。而你们怎么知道这个不是牡蛎的同类呢？将军们喜欢它们，也许是我故意给你们这些傻瓜烧的，故意用它来作香料的……"

听到这里，罗比西金再也不能忍受了。拿了一个铜勺子，他跳起来，尽他的声音咆哮道：

"将军们？香料？我是一个赤色游击队，而你要把我当作什么吸血的将军，要我吃田鸡吗！"

西奚卡以为罗比西金手里拿的是一把刀，因此，他回转身子，尽他的腿子可能地快地、头也不回地逃跑了。

达维多夫到了营幕的时候,他听到了这故事的全部,但是,在那斥退了西奚卡的同时,他叫拉兹米推洛夫鞭起马,以后不久就到了营幕。雨还是在草原上淅沥地下着,从格内米雅其村到一个遥远的水池那边,一条弯弯的、彩色的虹,伸展在天上。营幕里没有一个人。达维多夫和拉兹米推洛夫分别了,走到最近边的一块绵延不断的耕地。卸了挽革的牛,在附近吃草,懒得回到营幕里去的耕田人安金姆·普斯格内布洛夫,躺在一条犁沟里,他的头用上衣蒙着在雨的含糊的淅沥之下微睡着。达维多夫叫醒了他,问道:

"你为什么不耕田?"

安金姆不愿意地站起来,打着呵欠,微笑着。

"下雨的时候,你是不能够耕田的,达维多夫同志,"他说明道,"这个你不知道吗?牛不是耕种机,它颈子上面的毛稍为淋湿了一点的时候,牛轭马上就要把它的颈子擦出血来。这样你再也不能用它了!这是的确的,的的确确的!"当他看到达维多夫的不相信的模样的时候,他结束着:"你最好去劝开那边的那两位战士吧。康德拉脱·梅谭尼可夫从早晨起一径在和阿坦曼奚可夫吵架。现在他们在那边田里打起来了。康德拉脱吩咐把牛卸了挽革,阿坦曼奚可夫回答道:'不准你触我的挽革,不然,我要打破你的头!'他们现在快要互相扼着喉管了。"

达维多夫向第二块耕地的远远的一端望去,果然看到那里发生了样子很像打架的什么事情。梅谭尼可夫拿着一根铁棒,好像那是一柄长剑一样,而高高的阿坦曼奚可夫正用一只手,把他从牛轭边推开,另外一只手捏着拳头,背在后面。他们的声音,从达维多夫站着的地方不能听到。他急急地向他们跑去,在离他们还有很远的地方就叫道:

"唏,这算什么?"

"喏,是这样,达维多夫!"梅谭尼可夫叫着,"天在下雨,而他要在那里耕田。那样,他会擦破牛的颈子的。我告诉他放了牛,等到雨停了再说。他骂我，对我说，这个不干我的事。那么，这干谁的事呢，你这畜生？这是谁的事业，你这嘶喉咙的魔鬼？"他转身向着阿坦曼奚可夫，对他摇着铁棒。

显然他们已经打过架来，因为梅谭尼可夫的一只眼睛的上面有一块像梅子一样的青黑色的打伤，而阿坦曼奚可夫的衬衫的领子有一条斜斜的裂口，血正从那浮肿的、剃光了的嘴唇上流了下来。

"我不让你损害集体农场，"梅谭尼可夫因为达维多夫的到来，壮了胆子，这样地叫道，"他说：'那不是我的牛，是集体农场的。'但即使是集体农场的牛，难道说，你就应当活地剥掉它的皮吗？离开牛，你这敌人！"

"你不要命令我！你没有打人的权利。我要把括泥刀拖出来，把你的嘴脸改变一下！我得去耕那派给我耕种的土地，而你却来妨碍我！"苍白的阿坦曼溪可夫嘶声地叫着，左手胡乱地摸着他的衬衫的领子，想把它扣好。

"下雨的时候，你可以耕田吗？"达维多夫一面问他，一面夺了康德拉脱的铁棒，把它投在地下。

阿坦曼奚可夫的眼睛闪着光，歪着他的瘦颈，愤怒地嘶声地说：

"为着你自己的时候，你不能够耕，但是为着集体农场，你一定要耕。"

"为什么一定要耕呢？"

"为了要实现计划。下雨不下雨，耕吧！要是你不耕的话，罗比西金会像铁锈侵蚀着铁一样的整天地侵蚀你！"

"少讲几句吧！昨天，天气很好的时候，你耕完了你的一份吗？"

"我是尽着我的力量去耕的。"

"他耕了四分之一公顷，"梅谭尼可夫鼻子哼着，"看看他的牛吧！你的手攀不到它们的角。但是他的耕作是怎样一种呢？来看看吧，达维多夫同志。"他抓着达维多夫的上衣的潮湿的衣袖，拖了他沿着犁沟走。

在他的兴奋当中，没有说完他的句子，他含糊说道：

"我们决定要耕七寸深。而这里有多深？你自己量一量吧。"

达维多夫弯下身子，把指头插进柔软的、带黏性的犁沟里。从沟底到它的草泥的顶上，量起来，不过三四寸。

"这是耕作吗？这是搔一搔地面，不是耕田，为了这样的工作，今天早晨我就想打他。去看看他所耕的所有的犁沟吧，你会知道到处都是这同样的深度。"

"唏，到这里来！我是说你！事实如此！"达维多夫对那正在不情愿地卸着牛的阿坦曼奚可夫这样地叫。他懒懒地、不慌不忙地走了过来。

"你这算什么，耕作吗？"达维多夫小声地问，露出他的缺牙齿。

"唔，你还要怎样？一条犁沟要十六寸深吗？"阿坦曼奚可夫愤怒地细着他的眼睛，于是，从他那剃得光光的头上取下了他的帽子，他深深地鞠躬，"谢谢你！你自己试试去耕深一点吧！我们都可以说大话，但是要做起来的时候，却不行了！"

"我要把你逐出集体农场，你这无赖！"达维多夫这样地叫，面孔变成深红色，"我们把你赶出去！"

"谢天谢地！我要自动地离开！我并没有被人判决要在这里作死！累得个要死，天晓得是为着什么！"吹着口哨，他走到营幕那里去了。

那天晚上，等到突击队的人都集合在营幕里面了的时候，达维多夫说道：

"我向突击队提出这个问题，对于一个欺骗集体农场、欺骗苏维埃政府，耕田不耕七寸深，只耕三寸深，去糟蹋土地的不忠实的集体农场的农民，我们应该怎么办？对于那故意在下雨的时候去工作，想去糟蹋牛，但是在晴天，仅仅做了他的工作的一半的人，我们应该怎么办？"

"把他赶出去！"罗比西金说。他的建议在女人们当中，获得了特别热烈的支持。

"你们这里，就有这样一个集体农场的农民，这样一个破坏者。就是他！"达维多夫指着那坐在一辆货车的车杆上面的阿坦曼奚可夫，"突击队全体都在这里。我把这个问题付表决：谁赞成驱逐破坏者和懒惰者阿坦曼奚可夫？"

二十七个到席的人有二十三个举手赞成这提议。达维多夫把举起的手数了两遍，于是冷淡地对阿坦曼奚可夫说道：

"出去！你已经不是集体农场的农民了。事实如此！一年以后，我们再看，要是你改变了的话，我们会再准你加入。现在，同志们，请听着我要对你们说的几句简单的但是很严重的话吧。你们大家差不多都工作得坏。非常坏！除了梅谭尼可夫，没有一个人做完了分配给他的工作。这是一个可羞的事实，第二突击队的同志们！用这种速率，我们会遭到污点！用这样一种工作，我们会上黑表（在苏联，最好的工作者的名字填在红色的板上，最坏的工作者的名字写在黑色的板上——译注）而且永远地留在那里。一个用了'斯大林'作名字的集体农场，竟有这样糟糕的事态！我们一定要根本改变这种状态！"

"工作太重，我们吃不消，牛也受不了。"安金姆·普斯格内布洛夫这样地说。

"你们吃不消？牛受不了吗？胡说！为什么梅谭尼可夫的牛受得了？我要留在你们队里，用阿坦曼奚可夫的牛，做个活的榜样你们看，使你们看到，你们每天可以耕一公顷，甚至于一公顷又四分之一。"

"噢，达维多夫，你真聪明！你真知道说话！"古金可夫笑着，把他的短短的灰色的胡须紧紧地捏在他的手里，"用他的牛，你可以扯出鬼的角！用它们我也可以耕一公顷……"

"但是用你自己的牛，你不能够吗？"

"再也不能够！"

"唔，我们就掉一掉吧。你用阿坦曼奚可夫的牛，我用你的。同意吗？"

"我们可以试一试。"古金可夫想了一想，严肃地谨慎地回答。

达维多夫一夜没有睡好。他睡在田间小屋里，风吹着的铁皮屋顶的震响、浸到了他的潮湿的雨衣下面的半夜的寒气和在那布在他的下面的羊皮衣里密密地繁殖着的跳蚤，一次又一次地惊醒了他。

康德拉脱·梅谭尼可夫在天刚刚亮的时候叫醒了他。他已经叫醒了突击队的其他的人。达维多夫跳出了小屋。西边的天上，星星还在朦胧地闪烁着，弯得像弓一样的新月，在天空的钢一样的灰色锁子甲上，镶了一个金色的雕痕。达维多夫用着从池子里汲来的水，洗了脸，而康德拉脱·梅谭尼可夫站在他的旁边，咬着他的胡须的末端，对他说道：

"一天要超过一公顷不是一桩容易的工作。你昨天说得过火了一点，达维多夫同志。如果不是你要愚弄你自己的话……"

"一切都在我们的掌握，一切都属于我们！你怕什么？"达维多夫鼓励着他。但是他心里在想："我就是死在田里，我也要做到这点！我就是点起灯笼来耕，我也要耕一公顷又四分之一。我不能耕得再少！那样，对于整个的工人阶级，将是一种耻辱。"

当达维多夫用他的帆布工作服的边缘，揩干了他的脸的时候，康德拉脱把他自己的牛和达维多夫的牛驾在犁上，大声说：

"我们动身吧！"

在犁的小轮的轧拉的声音里，他对达维多夫说明了他们那经过多少年代体验出来的用牛耕田的简单的原理。

"我们认为萨科夫式的耕法最好。其次，阿克塞斯基式也不坏，但是无论怎样都比不上萨科夫式。因为这没有萨科夫式的匀称。唔，我们决定这样地耕：我们给每一个人分一块地，让他去耕。最初，普斯格内布洛夫、阿坦曼奚可夫、古金可夫和罗比西金开始一个跟着一个地耕。'现在，我们是在集体农场了，'他们说，'那就是说，我们应当一个跟一个地耕田。'他们这样实行了。不过我看到了这样不是工作的方法。要是第一架犁停止的话，他们都得停止。要是第一架犁慢慢地耕，其他的人，不管愿不愿意，也要一样。因此，我反对这样。'要么让我领头,'我说,'要么大家分开来耕。'后来罗比西金看到了这个法子不行。这样,看不到每一个人做了多少,因此我们把土地分成一块一块,但是我赶到他们的前面去了,我还让他们先走了很远呢,这些家伙!每一块地是一公顷,三百七十码长,三十五码宽。"

"但是你为什么不横耕?"达维多夫看着一块耕地,这样地问。

"这道理我要告诉你。你耕完了一条纵的犁沟,在田头你要掉转牛来,是不是呢?要是你掉转得太峻急了,你会使得牛轭擦伤牛的颈子,于是它马上不能耕种了!因此你要纵地去耕,于是你提起犁头,空地走三十五码。耕种机可以峻急地转弯,使它的前面的车轮,在旋轴下面转一个弯,于是就走回了原路。但是你不能使三四对公牛那样去转弯。你要调度它们,使他们像排了队的兵一样,用左脚转弯,这样你才可以不会出什么毛病地耕转来。这就是用着牛,你不能耕种大块土地的道理。用耕种机,犁沟愈长愈好,但是用着牛,我耕了三百七十码,于是就要空地横过去。看,我划出来你看。"康德拉脱停了下来,用括泥刀的尖端,在地上划了长长的一块。

"假定这是一块四公顷的土地——三百七十码长,一百四十码宽。我纵地耕了我的第一条犁沟,看!要是我一次耕一公顷的话,我得在田头上,扶着犁横走三十五码的空路。但要是一次耕四公顷的话,我就得横走一百四十码空路。那是不适用的,你懂吗?浪费时间……"

"我懂了。你说明得很实际!"

"你以前耕过田吗?"

"没有,兄弟,我从来没有耕过田。关于犁我多少熟悉一点,我可不知道怎样运用它。你教我。我学东西,倒学得很快的。"

"我可以替你安好犁,和你一道耕两条犁沟,以后你就可以自己试着开始了。"

康德拉脱扶正了达维多夫的犁,把曳钩重新装置在棒子上,把犁嘴固定在七寸深的犁沟深处,于是,不知不觉地用一种更加亲密的调子,一边工作，一边说道：

"我们开始耕了，那么你可以看着。要是牛感到太重了，你扯起这一对东西吧。我们叫它们作棒子。你把这棒子，像这样，移动一下，犁嘴会稍许转到一边一点的，斜斜地犁去，不用它整整的一幅，却只用它一部分去截土壤，这样会使得牛比较容易拖一点。唔，我们开始吧。走，秃头！不要怕辛苦吧，达维多夫同志！"

达维多夫的赶牛人，一个年轻的小伙子，响着他的牛鞭，前面的两头牛突然好像合成了一只一样的用力地拉了。达维多夫多少有点慌张地两手扶着犁的柄，跟着犁，看着那被犁刀割切的丰饶的黑色土壤，从犁嘴滑到光滑的犁板上，好像沉沉欲睡的鱼一样的披到了一边。

在犁沟的尽头，在田头上，康德拉脱跑到达维多夫的面前，对他说道：

"把犁偏到左边，让它这样地滑过去；这样，你就用不着停下来清除犁板了。看吧！"康德拉脱重重地靠着右边的犁柄，把犁一放平，于是，土壤重重地倾斜地涌上了犁板，抹去了黏在那上面的泥土。"要这么样！"康德拉脱放松了犁柄，微笑着，"这里面也有技术，你知道。要是你不这样，你就要在牛沿着田头走的时候，用括泥刀去清除犁板上面的泥土。现在，你的犁，好像洗了一样的干净，而你自己可以惬惬意意地抽一支香烟。请抽一支吧！"

他把他的那卷成了一筒的烟袋，伸给达维多夫，于是自己卷了一支烟，对着他自己的牛，点点他的头。

"看我的老婆是怎么地在扶着那犁！犁装得很好，很少突出来。她自己也能够扶犁。"

"那么你的老婆是你的赶牛人吗？"达维多夫问。

"是的，和她在一道工作，比较舒服点。要是我骂了她，她不会生气，或者就是她生了气，到晚上立刻就好了，到那时候我们又好了起来。到底，我们是自家人呀。"梅谭尼可夫微笑着，于是迈着他那长长的、不平整的步子，横过犁沟走去了。

在早餐以前第一次换班的时候，达维多夫约莫耕了四分之一公顷。他不大热心地啜着他的粥，等待着牛吃完草料，于是向康德拉脱霎一霎眼睛，说道：

"我们开始吧？"

"我已经准备好了。安纽托卡，把牛赶过来！"

于是重新，一条犁沟一条犁沟地，那好几世纪没有被触过的碎裂的土地，被犁刀和犁嘴割切着，被翻转来了。被翻了转来的枯萎的纠结的草根，仰天地伸展着，细碎的草茎隐没在黑色犁沟的深处。在犁板的旁边，泥土像流质一样的荡漾，波动。黑色泥土的淡薄的气味是使人感到奋发而又甜蜜的。太阳还很高，但是侧边的牛的失去了光泽的毫毛，已经因为汗水变黑了……

到晚边，达维多夫的脚被长靴擦伤了，苦楚地发痛，他的腰的背部也疼痛。他颠踬地量着他耕过的土地，他的干燥的、被尘埃掩黑了的嘴唇浮泛着微笑。这一天，他耕了一公顷。

"唔，你耕了多少？"古金可夫带着一种讥诮、一种差不多感觉不到的微笑问着，当达维多夫曳着他的脚，走进营幕里来的时候。

"你想是多少？"

"你弄完了半公顷没有呢？"

"不咒你，一公顷还多一条犁沟呀。"

在他那被耙齿截破了皮肉的腿子上擦了些土拨鼠的脂油以后，古金可夫走到达维多夫那块耕地计量去了。半个钟头以后，当黄昏已经沉没在深浓的阴影里面的时候，他回来了，在离开篝火比较远的地方坐着。

"你为什么不作声，古金可夫？"达维多夫问。

"我的腿子很痛……而且，没有什么要说的。你耕了一公顷……唔，你耕了！不坏！"他不大愿意地回答，在火旁躺了下来，扯起他的上衣掩着他的头。

"是因为这个,你的嘴巴给封住了,是不是?你现在不要再多嘴了吗,是不是?"康德拉脱笑着。但是古金可夫好像没有听见一样,默不作声。

达维多夫躺在小屋的旁边,闭了他的眼睛。木材灰的气味,从篝火那里传来。走得疲惫透了,他的脚底火一样地发烧,他的膝头有一种困苦的重量,而且不管怎样摆着他的脚,他总不舒服,不断地想要改变他的睡的姿势。他刚刚躺下不久,黑色的泥土又在他的眼前扰人地流动,犁嘴的白色的锋口无声地滑动着,在他的旁边,不断地改变形象的泥土,像黑油一样的翻滚,沸腾。感到有点晕眩和欲呕,他睁开他的眼睛,叫着康德拉脱。

"你睡不着吗?"康德拉脱问。

"是的。我的头有点晕眩,我老是看见犁的下面的土地……"

"常常是这样的,"康德拉脱的声音里面含着一种同情的微笑,"你整整的一天低着头看着你的脚下,这样,使你头晕了。而且土的气息很强烈,使得你醉了。明天不要那么老看着你的脚下,达维多夫,对你周围的物事多发生一点兴致吧。"

那天晚上,达维多夫没有感觉到跳蚤的咬,或是马的叹气,或是在山岭上过夜的一群迟归的野鹅的喧闹。他好像死了一样的睡着。快要天亮的时候,他恰恰醒来了,看到康德拉脱包在他的上衣里,走近了小屋。

"你到什么地方去了?"没有完全清醒的达维多夫抬起他的头来,这样地问。

"我去看了看你的牛和我自己的牛。它们都吃得很好。我把它们赶进了一个长着一些深草的山谷。"

康德拉脱的嘶哑的声音渐渐地变得不大清晰,于是消灭了。达维多夫没有听到他话的末尾,睡魔把他的头抛回了他那被露水浸湿了的羊皮衣上,他消逝在忘却的境界里面了。

到那一天晚上，他耕了一公顷，还多两条犁沟。罗比西金恰恰耕了一公顷，古金可夫一公顷不足一点。而使得大家惊讶的，是安脱普·格拉支的成绩最好的这件事，这个人以前是被达维多夫嘲弄地称为"弱虫队"的一群落后的工人中间的一个。他使用着铁推克的瘦牛耕作，在中午休息的时候，他没有说他耕了多少。晚餐以后，做他的赶牛人的他的老婆把六磅分配给牲口的杂粮放在她围裙里去喂牛。格拉支甚至于拂下落在手工制的桌布上的面包屑，添进他的老婆的围裙里去给牛吃。罗比西金看到他的这举动，笑道：

"你很精细，安脱普！"

"我要这样！讲到工作，我们一家也没有落后呀。"微黑的、被春天的太阳晒得更黑的安脱普挑战地这样回答。他的话没有夸大。到晚上，大家知道他耕了一又四分之一公顷。

但是康德拉脱·梅谭尼可夫一直到天完全黑了，才把他的牛赶回了营幕。对达维多夫的询问"多少"，他嘶哑地回答道："一公顷半，只缺一条犁沟。给一点烟草我卷香烟……从中午一直到现在我还没有抽过烟。"他用疲倦的但是胜利的眼光看着达维多夫。

晚餐以后，达维多夫结算着成绩：

"第二突击队的同志们，社会主义竞赛，在我们中间伟大地展开了！工作的速率非常使人满意。集体农场的管理委员会为了这种耕作，对突击队谨致布尔什维克的感谢。我们将要突破我们的难关，同志们。事实如此，执行被分派的工作的可能性既然在实际上证明了，为什么我们不会突破呢！现在我们得努力耙田的工作了。我们一定要分成三个人一队地去耙。我们要特别感谢梅谭尼可夫，我们的最优秀的乌大尼克（突击工人）。"

女人们洗了食器，耕田人躺下睡了，牛都赶了出去吃草。康德拉脱正要睡着的时候，他的老婆爬到他的大衣底下，撞着他，问道：

"康德拉莎，达维多夫说到了你……好像是称赞了你的样子……但是什么叫作乌大尼克呀?"

　　这个名词,康德拉脱听到过好几次,但是他不能够说明。"我应该去要达维多夫解释。"他微带愤怒地想着。但是使他的老婆得不到说明,在她的眼睛里降低他的威严,是不可能的。因此,他尽他可能地说明道:

　　"乌大尼克吗?噢,你是一个傻女人!乌大尼克?哼!唔,我怎么能够使你明白呢?是这样,打一个比喻吧。枪上面有一个击弹丸的东西,这东西就叫作乌大尼克(击针),在枪上,这个东西最重要,没有它,你不能够放枪……唔,因此,在集体农场,乌大尼克是最重要的人物,懂吗?现在转过去睡吧,不要靠得我这么近!"

第三十七章

到了五月十五号,全区的谷类播种,大抵完成了。那一天,格内米雅其"斯大林"集体农场已经完全实现了它的播种计划。在十号的中午,第三突击队,在剩下的八公顷的耕地上,种完了玉蜀黍和向日葵。于是达维多夫立即派了一个骑马的差人,带了一个给区委会的关于播种完成的报告,急速地跑到了区委本部。

早麦的秧,非常好,但是在第二突击队耕种的区域,约莫有一百公顷,是在五月的最初几天播种的古班麦。达维多夫害怕这种过迟的播种,会产生不良的结果,罗比西金也分担着他的这种忧虑,而雅可夫·洛济支带着极端的确信断言道:

"这是不会生长的!还是断断不会生长的!你想一年四季不断地播种,而且希望它生长吗?书上写着,在埃及,他们一年播种两次,而且每次都有收获。但是格内米雅其村不是埃及,达维多夫同志,在这里,我们一定要严格地遵守播种的时期。"

"你为什么要宣传这种机会主义?"达维多夫愤怒起来了,"它会为着我们生长起来的！而且如果我们认为有必要，我们一年要收获两次。这是我们的土地，它是属于我们的，我们要什么，我们就在它的上面榨取什么，事实如此！"

"你在说小孩子一样的话！"

"唔！我们看吧。你的话里面表露了一种右倾，阿斯托洛夫罗夫公民，对于党这是一种不愉快而且有害的倾向。这种倾向，是彻头彻尾地被打上了污秽的烙印的！不要忘记这点！"

"我不是在谈倾向，而是在谈土地。你的什么倾向不倾向，我是一点都不懂。"

达维多夫虽然希望古班麦生长起来，但是他消释不了他自己的疑惑。每天他都骑着管理委员会的种马，跑去探看被那太阳晒焦了躺在那里，耕种得很好却是惊人地没有生命的黑色的土地。

土地很快地干了。种子发了芽，但是因为养分不足，没有力量向上伸出来。纤细和软弱的芽尖，无力地躺在太阳晒透了的温暖的细碎的土块下面，竭力地想向阳光伸去，但不能够突破凝结的干燥的土皮。达维多夫下了马，跪了下去，用手掘开土，当他看着那从核上发出了细细的芽的小小的麦粒的时候，为了这埋葬在土里，这样苦恼地追求着太阳，却只有一条死路的千千万万的种子，他感到了一种悲痛的怜悯之情。因为意识到了自己的无力，他发疯了。雨很需要，只有这样，古班麦才会像绿色的天鹅绒一样的掩蔽着田野。但是雨不来，而耕地已经茂密地长满了茁壮的、有生气的、不大讲究什么的杂草。

有一天晚上，老人们派出来的代表，走到达维多夫的家里来看他。

"我们到这里来，对你有一个卑微的小小的要求。""喂鸡者"老安金姆这样地说，他和达维多夫寒暄了，而且没有结果地在寻找圣像，因为他要在圣像的前面画十字。

"什么要求？你是不会找到圣像的，老爹，因此不要去找吧。"

"你没有圣像吗？唔，我就不要圣像。划一划吧……不要紧……至于我们老年人的要求是……"

"唔，是什么？"

"第二突击队的耕地的小麦，不会生长了，这是一定的……"

"现在还没有一定，老爹。"

"唔，没有一定，但样子很有点像。"

"唔？"

"我们需要雨。"

"你说得对！"

"让我们请一位牧师来做做祷告吧。"

"那为什么呢？"达维多夫的脸色微红了。

"你该知道为什么——这样，主就会降雨。"

"唔，那是有一点太……去吧，老爹，这样的事，不要再向我说了！"

"为什么不，小麦是我们的，不是吗？"

"那是集体农场的。"

"唔，我们是什么人呢？我们是集体农场的农民呀。"

"而我是集体农场的主席呀！"

"这个我们晓得的，同志。你不信仰上帝，而我们并不要你去拿着圣旗走，但是允许我们信徒去吧。"

"我不允许你们。是一个集体农场的会议派你来的吗？"

"不，是我们老人自己决定的。"

"唔，现在你看。你们只有少数人，大会无论如何不会允许你们这样的。我们应该借科学的帮助，来从事我们的农业，老爹，不应该借牧师的帮助。"

达维多夫花了很久的时间谨慎地和老人们谈话，竭力不去触犯他们的宗教的感情。他们沉默着。在他们快要辞去的时候，玛加尔·拉古尔洛夫走了过来。他听到了老人们派了几个信徒的代表，走来要求达维多夫允许他们举行祈祷,他急急地走来看,看在发生着怎样的事。

"那么我们不能够吗?"安金姆叹一叹气,站了起来。

"你们不能够,你们没有理由要这样。不用这样,天会下雨的。"

老人们走了出去,拉古尔洛夫跟着他们走到门口,他紧紧地关了通到达维多夫的房间的门,小声地对他们说:

"你们这些白头发的老朽!我看透了你们:你们老是竭力想和你们过去一样地生活,你们是魔鬼中的最顽固的魔鬼!你们想举行你们一切圣徒的祭典,抬着圣像在草原里走,去践踏谷物。要是你们随着你们自己的意思叫了牧师到这里来,跑到田野里去,我会带着救火队骑着马去追你们,我们会用水龙向你们扫射,扫得你们全身湿透,懂吗?叫牧师还是不来好一点!要是叫来了,我会用剪羊毛的剪刀,在大家的面前,剪掉他的头毛,这长毛马。我要剪了他的头毛去羞辱他,然后让他滚蛋。懂吗?"

于是他回到了达维多夫那里,阴沉地不满意地坐在大柜上。

"你对老人们小声地讲些什么?"达维多夫怀疑地问。

"我们在谈着天气。"玛加尔的眼皮动都没有一动,这样地回答。

"唔?"

"而且他们决定不祈祷了。"

"那么他们说了些什么话呢?"达维多夫为着隐匿他的微笑,脸转了过去。

"他们说他们认识了宗教是鸦片……但是你为什么要这样地纠缠我呢,绥明?你好像疥癣一样的坏:你缠着人,人家再也摆不脱你!我说了什么,我怎样说的。……我说了。那就是了。用你的辩论和恳求,你是在鼓励着他们过度地民主化。这全不是和这样的老人谈判的方式,他们都传来一种危险的精神,他们都被麻醉了。因此,用不着对他们白费唇舌,命令他们快步走,给他们一点厉害就是。"

达维多夫一面笑一面失望地挥着他的手。玛加尔是绝对不能纠正的！

他被开除党籍已经两个礼拜了，但是在这期间，党的区委指导部有了一个变动。书记科琴斯基和组织部长贺牟托夫都被撤销了工作。

接到了从地方监察委员会送来的拉古尔洛夫的上诉书以后，新的区委书记派了书记局的一个局员到格内米雅其村来作了再度的调查。后来书记局决定取消开除拉古尔洛夫的党籍的决议，决议取消的理由是判决的严厉和拉古尔洛夫的行为并不相称，而且，因为加在他的身上的几个罪状（道德的颓废和性的放纵），在第二次调查以后，被打消了。玛加尔受了谴责，这事件就这样地终结了。

当临时地执行着支部书记的职务的达维多夫把工作交还玛加尔的时候，他问道：

"受到教训没有？还偏向吗？"

"受得真多！不过，谁是偏向的，我呢，还是区委会？"

"你和区委会都一样，是你们都错了一点。"

"但是我认为地方委员会也有点偏向。"

"怎样，举个例？"

"是这样！为什么他们不发指令，说退出集体农场的农民的家畜应当发还？这不是强制的集体化吗？当然，这是的，在这里人们离开了集体农场，他们没有家畜也没有农具。显然他们没有什么可以靠着过活，没有什么地方去；于是他们会爬回集体农场。他们会埋怨，但是他们会爬回来。"

"但是家畜和农具已经并入集体农场的不能分开的动产里面了。"

"要是他们又要被迫回到集体农场的话，我们要这样一种动产有什么用？为什么不告诉他们：'拿去吧，把你们的农具拿去吃掉，去呛死你们自己吧！'我不愿意他们走进集体农场。但是你却让这种叛徒整百地进来，而且我想，你是想着他们会变成自觉的集体农场的农民的吧！他们再也不会！他们在集体农场里过活，这些敌人，但他们是一直到死，眼睛老望着个别的农民的生活的。我知道他们！你们不发还他们的家畜和农具是'左倾'，你们准他们再进集体农场是右倾。我在政治上也高明了一点，兄弟，现在你们再也不能驳倒我了！"

"我们不能够立即和退出了集体农场的农民算账，我们要等到农业年度的末尾再说，你连这点也不懂，你怎么可以说你在政治上高明了一点呢？"

"不，这个我懂的。"

"噢，玛加尔，玛加尔，你不走极端，是不能过活的，好像你的小便，老是向你的头上倒流一样，这是事实！"

他们争论了很久，到末了，互相骂了起来，于是达维多夫走开了。

那两个礼拜当中，格内米雅其村起了很多的变化。引起全村的巨大的惊讶的，是玛利娜·波雅可娃选了他的妹丈，沉默的代米德做丈夫。他搬进了她的小屋。一天晚上他拖着一辆货车，把他所有的几件什物搬走，紧紧地封了他自己的小屋的门和窗户。

"玛利娜找到了一个好匹偶！他们两个人一道做工，会比一架耕种机还要做得多些的！"格内米雅其谈论着他们。

被他的多年的爱人的结婚弄得惊慌失措的安德烈，最初掩饰着他的感情。但是后来，他是再也不能忍受了，于是，避免遇着达维多夫，他开始去喝酒。有一天达维多夫看到了，警告他道：

"不要干这样的事了，安德烈。这不是一个党员应该干的事。"

"我会停止的！不过我感到了说不出的侮辱，绥明。她把我换了谁，这母狗？她把我换了谁？"

"这是她的私事。"

"但是这个侮辱着我！"

"那么，就算是被侮辱了吧，但是不要喝酒了。现在不是喝酒的时候。除草的时候快要来了。"

但是，好像是故意，玛利娜比以前更多地碰到拉兹米推洛夫，而且常常好像是很满足、很幸福的。

代米德在他的小小的农场上像一只强壮的公牛一样的开始工作了。几天以内，他把院子里的所有的屋宇通通收拾好了，在二十四小时内掘了一个十尺深的地窖，他一个人背过十普特木材和犁。玛利娜洗着、缝着、补缀着他的衣服，而且和她的邻人谈话的时候，总是不知餍足地称赞着代米德的工作能力。

"他是一个对家庭很有利益的男子，嫂嫂们！"她说，"他有熊一样的气力，随便什么他拿起来都在他的手里翻滚。虽然他不大说话，但是那要什么紧呢？我们还可以少吵一点架……"

当玛利娜对于她的新的丈夫感到满意的风闻，传到安德烈的耳里的时候，他悲痛地自言自语道：

"噢，玛利娜，难道我不能够修整你的侧屋，或是不能替你掘地窖吗？你毁灭了我的青春！"

以前的富农格雅夫从流放的地方回到了格内米雅其。地方选举委员会恢复了他的公民权，他同他的许多儿子刚到村庄，达维多夫就把他叫到了集体农场的办公处。

"你打算怎样过活呢？雅格夫公民，"他问，"你要做一个个别的农民呢，还是加入集体农场？"

"看你们要我怎样！"格雅夫回答着，他对于把他当作富农的非法的处置的恨怨，还没有平息。

"但是你怎么想呢？"

"显然我不能不加入集体农场。"

"那么写一封请求书来吧。"

"但是我的财产怎么样呢？"

"你的家畜在集体农场，你的农具也在那里。但是你的室内的财物我们分掉了。那要还原，是比较困难的。但是我们可以归还你一部分，其余的，赔你的钱吧。"

"你们把我的小麦制了面粉。"

"唔,那容易。到经理那里去吧,他会叫仓库管理人暂时给你十普特面粉。"

"他把随便什么地方来的一切的人都收进了集体农场,"玛加尔听到达维多夫打算接受格雅夫请求书的时候,这样愤慨地说,"他可以在《铁锤》上登载一个布告,声明他要请一切被放逐的人在他们刑期满了以后,立刻加入集体农场。"他对安德烈·拉兹米推洛夫这样地说。

播种时期以后,格内米雅其共产党的支部的党员增加了一倍。替铁推克做了三年的工的帕维尔·罗比西金、第三突击队的一个队员内斯塔·罗西奚利和顿姆卡·乌沙可夫都被当作候补党员接受了。支部会议接受罗比西金和其余的人的那一天,拉古尔洛夫对康德拉脱·梅谭尼可夫提议道:

"加入党吧,康德拉脱。我会很快活地介绍你。你在骑兵中队里,在我的部下服过务,正像在那时候是一个英勇的骑兵一样,现在你是一个第一等的集体农场的农民。我不能不奇怪,为什么你还留在党外?现在已经到了世界革命随时可以爆发的时机了,也许我们可以再度同在一个骑兵中队作战,去拥护苏维埃政府。而你还是和从前一样,还是非党员。这样不行,请求加入吧。"

康德拉脱叹着气,说出了他的衷曲:

"不,拉古尔洛夫同志,我的良心现在还不让我加入党。我会再度为着苏维埃政府作战,我会用我的全力在集体农场工作,但是我不能够参加党……"

"但是为什么不呢?"拉古尔洛夫皱起眉毛了。

"我不能够,因为,就是在现在,我加入了集体农场,我也还是依恋着我的私有财产,"康德拉脱的嘴唇颤动了,于是他用一种迅速的小语加着说,"我想念着我的牛,我担心它们。……它们没有得到他们应该得到的照料。而安金姆·普斯格内布洛夫在耙田的时候,把项圈擦伤了我的马的颈,当我看到了的时候,为了这件事,我整整的一天吃不下东西。用一个大的项圈套在小马上是对的吗?这就是我为什么不加入党的缘故。要是我还没有摆脱我的私有欲的话,这就是说,我的良心不让我加入党。我这样想。"

玛加尔想了一想,于是说道:

"是的,你是对的。那么稍微等一下吧,还不要加入。我们要和集体农场的一切没有检束的事做无情的斗争。一切项圈都要适合它的恰当的马。但要是你做梦也看见你自己原来的牛的时候,那么你真不能够加入党。你加入党应该一点也不留恋你的私有财产,你加入党,应该是在你把一切念头都去得干干净净,只怀着要求世界革命成功的一个念头的时候。我的父亲很富裕,从我的小孩子时代起,他就教我留心家产。但是我一点不留恋它,家产对于我毫无意义。我抛弃了一种优裕的生活和四对公牛,我去做一个贫苦的雇农。因此,在你还没有完全摆脱那私有财产的疥癣的时候,你不要加入党吧。"

罗比西金、乌沙可夫和罗西奚利加入党的风闻,很快地传遍了格内米雅其村。有一个哥萨克开玩笑地对西奚卡说道:

"你为什么不去要求入党呢?你是一个积极的工作者,把你的请求书递进去吧。他们会给你一个职务,于是你可以买一个皮的文件包挟在你的手臂下面,摇摇摆摆地到处走。"

西奚卡想了一想。于是,那天晚上天刚刚黑,他走到拉古尔洛夫的住处。

"你好吗,玛加尔?"他开始说。

"你好,你要做什么?"

"有人在加入党……"

"唔,那么怎样呢?"

"那么,也许我要加入。我不愿意整整一生地专门照料马兄弟。我并没有和它们结婚!"

"那么你要怎样呢?"

"我用清清楚楚的俄国话说过了,我要加入党。我要来看看我可以得到一个什么职务,等等……你告诉我,要写什么东西,怎样去写。"

"那么你……你想着人们加入党为的是找职务吗?"

"所有我们的党员都有职务。"

玛加尔抑制着他的感情,改变着话题。

"在复活节,牧师来看过你吗?"他问。

"当然。"

"你给了他什么东西吗?"

"怎样,当然我给了他两只鸡蛋、一块肥猪肉,大约有半磅。"

"那么,你就是到现在也还信仰上帝吗?"

"是的,当然,不十分坚强。但要是我生了病,或是发生了什么不幸,或者譬如,要是雷响得太大了,于是我就祷告,就自然而然地投到上帝面前了。"

玛加尔想客气地对待西奚卡,想详细地和他说明,他为什么不能被党接受。但是当他听到西奚卡的这些话的时候,他是再也不能忍耐下去,于是他突然大声地叫了:

"见你的鬼去吧!你这老糊涂!他拿鸡蛋给牧师,你梦想得到职务,但是实际上要你替马拌饲料你也做不好。你想党需要任何老废料吗?你想着你在做什么?在开玩笑吗?你的职务只是摆动你的舌头,说谎话。滚出去,不要惹动了我的火,因为我的神经有点毛病。我的身体不让我和你冷静地谈。滚出去,我说!唔,你走不走?"

"我来找他,找错了时候,我该在晚餐以后来看他的。"西奚卡一面闷闷不乐地想着,一面砰然一声把耳门带关了。

在这两个礼拜当中,激动格内米雅其村特别是姑娘们的最后的消息是"笛摩克"的死。

被人民法庭判了期限各不相同的强制劳动的野斐姆·特鲁巴佐夫和

巴塔西溪可夫写信来说，在到火车站的途中，"笛摩克"怀恋着自由和格内米雅其村，企图逃脱。护送犯人的"民警"三次叫"停"，但是他弯着腰，跑过耕地，向森林跑去。他跑到离开第一丛树只有四十码光景的地方，民警跪下一只脚，把他的枪抵在肩上，于是，开到第三枪，把"笛摩克"打死了。

除掉他的叔母以外，没有一个人哀痛这孤儿，或者要是蒙他教授了单纯的爱的艺术的姑娘们曾为他哀痛的话，那是并不长久的。"事情旧了，肉体冷了。"而少女们的眼泪，是像太阳出来的时候的露珠一样的。

第三十八章

　　从春耕到刈禾的这期间的"农闲期"，在一九三〇年第一次被废除了。在以前，当农民们按照传统的方法过活的时候，那两个月被叫作"农闲期"，是不无道理的。当他们播完了种的时候，农民们悠闲地准备着刈禾。牛和马放在牧场吃草，集蓄着力量，哥萨克们削着草耙，或者修理着货车和刈禾的机械。在五月天的暑热中，很少有人去耕处女地。村庄在一种沉重的静默里酣睡着。中午，在死寂的街道上走着的时候，碰不到一个人。哥萨克们有的旅行去了，有的在他们的家里或是他们凉爽的地窖里休息，有的懒懒地挥动着斧头。昏昏欲睡的女人们安适地停在凉快的地方，在捉她们的虱子。一种空漠和昏睡的平静，统治着村庄。

　　但是就在集体农场存在的第一年，格内米雅其村的"农闲期"被破坏了。谷物刚刚开始发芽，除草的工作就开始了。

　　"我们要除三次草，这样，使得集体农场的田野里不剩一根杂草。"达维多夫在会议上这样地声明着。

雅可夫·洛济支非常快活。从来不肯静静地坐下来的精力丰富的他，看到这使得整个的村庄都在骚动、活跃和忙碌地工作的良好的管理法，他感到非常欢快。"苏维埃政府高高地飞起来了。我们要看它怎样地落下地来！拔除谷物的杂草，耕种休耕地，养肥家畜，修好农具！但是人民会工作吗？他们会强制女人们去除草吗？这是从来没有听见过的。在以前，整个的顿区的谷物从来没有除过杂草。但是他们不除草是很愚蠢，除了草，收获要丰盛得多。我应当在我田里除草，我真是一个老傻瓜！我的该诅咒的女人们，整个的夏天闲荡着！"他这样地想着；很后悔他在耕种他自己农场的时候，没有替他的谷物除过杂草。当他和达维多夫谈话的时候，他告诉他道：

"以后我们的仓库会被麦子压塌的，达维多夫同志！但是在从前我们把种子播了，于是就只听其自然地等着它生长！麦子会和牧草、茅草、野蓟、野燕麦、甘遂草和其他各种各样污秽的杂草一同生长起来。当你打麦的时候，谷粒好像很好，但是当你计量的时候，你从每一公顷所得到的数量只有四十普特，或者甚至于还要少一点。"

种麦的擅自分配的事件以后，达维多夫打算撤销阿斯托洛夫罗夫的经理的职务。他对他发生了深重的怀疑，他想起他在仓库前面的群众中间看到过他，想起那时候这个老人的面孔上有一种不仅迷惑而且含有恶意地、微笑地期待的表情，至少在达维多夫看来是这样。第二天，他把雅可夫·洛济支叫到了他房间里，把其他的人通通打发了出去。两个人低声地谈着。

"你昨天在仓库前面干什么？"达维多夫问。

"我在竭力地说服大家，达维多夫同志！我在竭力唤起这些敌人觉悟，不要擅自去取集体农场的谷物。"雅可夫·洛济支一点也不犹豫地回答。

"但是女人们……为什么你告诉女人们，说仓库钥匙一定在我的手里？"

"什么，你说什么？我的上帝！我对谁说过那样的话？我绝没有对任何人说过那样的话！"

"女人们拖着我走的时候，她们说你说过的……"

"这是说谎！我可以发誓！这是中伤！她们恨了我，这样来雪恨的！"

达维多夫的决心动摇了。不久以后，雅可夫·洛济支在除草的准备上和公共食粮的采集上，开始显露了那么热心的活动，而且连连地向管理委员会提出了那么多优良的经济计划，使达维多夫重新被他的精力丰沛的经理征服了。

雅可夫·洛济支向管理委员会提议，在各突击队的田区，应该掘几个新的水池。他甚至于指出了山涧最便于堰堵春水的地点。依照他的意见，新的水池的建设，应该保证突击队的牲畜不要在喝水的时候走半个启罗米突以上的路。达维多夫和管理委员会全体都不能不承认阿斯托洛夫罗夫的计划的价值，因为旧的水池并不是为了后来的集体农场的经营而建筑的。它们不规则地散在草原上，在春天，赶着家畜去喝水，要从突击队的营幕赶两三个启罗米突远。时间的损失大极了。把疲倦的牛赶去喝水，赶了回来，每一次差不多要花费两个钟头，用了这时间，可以耕完或耙完一公顷以上的土地。管理委员会同意了新的水池的建筑，于是，利用着田间工作的间隙，得到了达维多夫的许可，雅可夫·洛济支开始去采伐建筑水闸的木材。

还不止此。他还提议创设一个小小的烧砖厂，而且毫不困难地说服了怀疑这事业的有利性的阿加西卡，因为，用自己烧的砖去建造一个大马厩和牛棚，比着从区镇上赶二十八个启罗米突的路把砖运来，而且每一百还要付四个半卢布的代价的那办法，是要有利得多的。雅可夫·洛济支还说服了第三突击队的队员去填塞多尔罗意谷，从这个谷里，年复一年地，大水把那可以很丰盛地生长稷和怪甜的多汁的西瓜的沃地冲坏了。在他的指导之下，山涧的四围打了木桩，填塞了柴片和马粪，一层层地布着石头,沿着水道,栽种了幼小的白杨和柳树,好让它们的根交织着,去坚固碎裂的泥土。这样,不少的土地避免了冲洗。

这一切的事情合在一道,稳固了阿斯托洛夫罗夫在集体农场的动摇的位置。达维多夫坚定地决定了,无论怎样,他都不可以取消他的经理的职务。而且他要尽一切可能地支持他的真正的没有穷尽的独创力。就是拉古尔洛夫,也对雅可夫·洛济支采取了比较亲近的态度。"他的精神和我们完全疏隔,但是他是一个很好的经理,"有一天,他在一次支部会议上这样地说,"在我们还没有从我们自己人的中间,养成一个懂得他那样多的人的时候,我们要让阿斯托洛夫罗夫做经理。我们的党,在智慧上是没有限量的。党里有千千万万的智慧者,这就是他为什么这样锐敏的道理。一个技师也许是一个毒虫和一个秘密的反革命。为了他的精神,他应当老早就被枪杀,但是他们不这样做。相反地,他们给他工作,告诉他:'你是一个有学问的人!这是给你的钱。你去吃三个人够吃的饭,去为了讨你老婆的欢喜替她买丝袜吧,但是你要让你的脑子活动起来,你要为了世界革命的利益做你的技师的工作!'他这样做了。他可以恋恋不舍地眼睛望着他的旧生活,但是他还是做着他的工作。枪杀了他,你从他身上可以得到什么呢?穿破了的裤子,也许裤子里面被留下了一只带着宝饰的钟表。但是现在他做着工作,而且是有着不能估量的价值的工作,我们的阿斯托洛夫罗夫就是这样的。让他去堰山涧,让他去掘水池吧。这都会对苏维埃政府有利,而且会使得世界革命更加接近的。"

阿斯托洛夫罗夫的生活又得到了一种平衡。他看到藏在波罗夫则夫的背后指导着暴动的准备的一切力量暂时消失了。他坚定地相信现在不会发生暴动了,因为时机已经过去,连最仇视苏维埃政府的哥萨克的态度也起了一种变化。"显然,波罗夫则夫和廖切夫斯基已经逃到外国去了。"他想。而他那没有机会摆脱苏维埃政府的痛切的悔恨,是被一种平静的快乐和满足缓和了:从此,不会有人来威胁他的平安的生活了。

当他看到区里的民警来到格内米雅其村的时候,他再也不会感到一种胸口作恶的恐怖,而以前,就是看到民警的黑色制服,也会引起他一种不能以言语形容的惊骇,使他战栗的。

"唔,这个邪教徒的政府快要倒了吗?现在,我们自己的政府快要来了吗?"雅可夫·洛济支的老母亲有一次当他们只有两个人在一道的时候,这样直截了当地问他。

被这个不合时宜的问题过度地激怒了,他苛酷地、不耐烦地回答道:

"这个和你有什么关系,母亲?"

"不,有关系的。他们封了教堂,把牧师当作富农看待,那是对的吗?"

"你上了年纪,你祷告上帝吧……但是不要多管尘世间的闲事。你很多心,妈妈!"

"但是军官们到什么地方去了呢?那个没有用的、一只眼睛的烟鬼跑到什么地方去了呢?你请我祝福过,而现在,你又替这个政府做事情。"完全不理解他的儿子为什么没有一点"调换政府"的举动的老女人,总是劝不住。

"哦,妈妈,你弄得我胆战心寒了!停止你的蠢话吧!你为什么要再提这些旧事?你会在人家的面前泄露这一切,你会使得我杀头,妈妈!你自己说过'凡是上帝的施为都是好的',现在安静地过活吧。你的鼻子上面有两个鼻孔,从那里呼吸吧,闭住你的口!人家并没有夺去你的面包。那么,谢谢上帝,你要还什么呢?"

有一次,经过这样一种谈话以后,雅可夫·洛济支好像被开水泼到了身上一样的从房间里冲了出来,很久镇静不下。于是他严重地吩咐他的儿子绥明和女人们。

"留心看管着祖母!"他说,"她会招致我的死命!要是有什么客人来了,立刻把她关在她的房里吧。"

他们开始不分昼夜地把她关起来。但是在礼拜天他们放了她，她自由地跑到她的朋友，和她同年纪的老弱的女人们那里，一面哭一面对她们诉说道：

"哦，我的亲爱的，我的好朋友！我的儿子和他的老婆，他们现在把我关起来了。他们拿干面包皮喂我，我吃着面包皮，喝着我自己的眼泪。但是在四旬斋，当军官们，雅可夫的司令官和他的朋友住在我们家里的时候，他们给我椰菜汤吃，有时候还有糖煮的梨，但是现在，他们这样地生我的气……这样地生我的气……我的儿子和我的媳妇。呵，呵，呵！我弄得这样，我的亲爱的！我自己的儿子这样残酷地对待我，为什么，我一点也不知道。他曾经来要我祝福他的破坏这个邪教徒政府的工作，但是现在，要是我说一句反驳政府的话，他要诅咒我，骂我……"

……但是，仅仅被他和他的母亲的谈话弄得暗阴的雅可夫·洛济支的平静生活，很快地、意想不到地告终了。

第三十九章

在播种期间，拉古尔洛夫的离异了的老婆，愉快和放淫的罗加里亚，开始在田间工作了。她被编在第三突击队，她欢喜地住在突击队的田间小屋里。在白天，她充任着阿繁纳西·克拉斯罗可多夫的赶牛人，但是到晚上，在她居住的红色田间小屋的外面，巴拉拉意卡琴（吉卜西人所用的二弦琴——译注）一直乱弹到天明，低音和双键手风琴的上部整调器，呻吟着，低泣着，年轻的男女们跳着舞，唱着歌。这一切欢笑的喧闹，都是罗加里亚领导的。

在她，世界永远是愉快的、单纯的。在她那无思无虑的面孔上，从来没有露出一点不安和忧虑的颦蹙。扬起她的优雅的眉毛，总轻快地、深有自信地、期待地走过人生，她好像随时随刻都在希望碰到什么新的欢乐一样。就在他们离开的那一天，她已经不再想着玛加尔了。铁摩菲是在遥远的什么地方，罗加里亚是悲痛着她的失去了的情人的人吗？"像那样的雄狗，在我的一生当中，总不至于缺乏的！"对那些指明她是过着活人寡妇的生活的姑娘们和女人们，她这样轻蔑地说了。

的确，是不缺乏而且还有多的！第三突击队的青年们和结了婚的年轻人都争着去求她的爱。在青色的朦胧的月光之下，在小屋外面的营幕里，当哥萨克们跳着"克拉可维克舞"和"脚跟舞"的时候，污泥和兽粪从他们的长靴下面飞溅起来，但是一面跳舞，一面竭力想最接近地站在罗加里亚的面前的耕田人、播种人和耙田人间常常要发生那夹杂许多最污秽的辱骂的可怕的吵架，有时还要开始一场最猛烈的殴打。一切都是为了她的缘故。在外表上，她好像非常容易接近，而且因为全村的人都知道她和铁摩菲的可耻的关系，使大家更感到这样，而且去占据铁摩菲所不情愿和拉古尔洛夫所心甘情愿地空下来的位置的事，是谁都感到荣幸的。

阿加芬·多布佐夫企图说服罗加里亚，但是成了一回可怜的失败。

"在工作上，我很规矩，但是没有人可以禁止我跳舞和恋爱。不要生气，阿加芬老爹，扯上你的上衣蒙着你的头，睡吧。或者，要是你嫉妒而且愿意来和我们一道作乐的话，来吧。麻脸我们也要。他们说，麻脸的人是顶顶热烈的情人呀！"罗加里亚一面大声地笑，一面这样嘲弄地说。

这事以后，阿加芬回到了格内米雅其，他向达维多夫求援。

"这是你的奇妙的编排，达维多夫同志！"他愤慨地开始说，"你把老西奚卡编进罗比西金的一队，又把罗加里亚·拉古尔洛娃编进我的队里。你是要他们进来做破坏者的呢，还是怎样？随便哪一天晚上你来看看营幕里是怎样的情形吧。罗加里亚把我所有的年轻人，都弄得发疯了。她向他们每一个人都浮着微笑，立着盟约，他们为了她像小雄鸡一样的打架。他们在晚上跳舞，跳得地都轧拉地响，跳得你真要可怜他们的脚踵，他们把它们这么残酷地在地上踢着。在小屋的附近，他们踏出了赤裸裸的一块地方——你不会相信这是可能的。就是到了早晨，当北斗七星已经消逝了的时候，在我们的营幕里，还有一种市场一样的骚音。在世界大战的时候，我受了伤，躺在哈可夫的一个医院里，当我们稍为好了一点的时候，看护妇陪了我们去听歌剧。那是一种可怕的骚动：一个人用一种愚蠢的声音咆哮，另外一个跳舞。第三个锯着怀娥玲。你是什么也听不清楚！是这样一种怕人的音乐，听着要使得你的喉咙都缩紧。在营幕里也是这样的：他们唱歌，他们击着他们的乐器，他们跳舞……这是狗在交尾呀！他们发疯一直发到天亮，这样，在白天你可以希望他们做什么工作？他们一面走，一面睡着了，他们躺在牛的下面。要么把这毒素，罗加里亚调开我们的营幕，要么告诉她，叫她像一个结婚的女人一样，持重一点。"

"你把我当作什么人？"达维多夫突然暴怒了，"我是什么人？我是她的教师吗？滚去见你的鬼去！到这里来说些这样的污秽的话……要我怎么办？去教那个女人守贞节吗？要是她工作得很坏，把她赶出突击队就行了。事实如此！发生了一点点事情，就马上跑到管理委员会来，这是怎样一种风气？总是一些这样的话：'达维多夫同志，一架犁坏了'，或者'达维多夫同志，一匹母马病了'。或是像你这件事：一个女人发了骚，照你的意思，我得去教她规矩一点！咒你！要是犁要修理的话，到铁匠那里去。而这里有兽医去看你们的马。什么时候你们会发展你们自己一种独创力呢？还要我帮助你们多久呢？滚出去！"

阿加芬怀着对达维多夫的强烈的不满，走了。达维多夫在这位突击队长走了以后，连续地抽了两支香烟，砰然一声把门关了，扣上了门键。

多布佐夫的谈话激动了达维多夫。但是他对他的叫嚷和发怒，并不是因为突击队长们没有担负他们的责任，并不是因为他们拿着各种各样的琐碎的行政上的问题来要求解决，使他厌烦了。他的发脾气是因为罗加里亚，依照多布佐夫的话来说，在"向每一个人都浮着微笑，立着盟约"。

那一天他在办公处的外面碰到了她，她在她那低垂的眼皮上的睫毛之下，隐藏着微笑，最初要他替她找一个"随便什么"的丈夫，后来说要嫁给他,自从那一天以后,达维多夫改变了对她的态度。最近,他感到他愈益频繁地想到这位本质上欢喜无理取闹的思想非常空洞的女人。以前他对于她有一种轻忽的怜悯和无关心的模糊的感觉,但是现在完全不同了。而多布佐夫的关于她的愚昧的诉怨,不过是他的咒骂的一种纯粹表面的口实。

他被罗加里亚迷惑了,而且那是在一个最不适宜的时候,在播种运动的最紧张的时期。无疑地,在整个的冬天,他生活在安德烈·拉兹米推洛夫戏谑地称为"修道境况"中的这事实,扶助了这种感情的发展。而且,在这位成功地处理了集体农场一切行政的政治的运动的无可责难的格内米雅其集体农场的主席的凡人肉体上,春天也许发生了一种强烈的影响。

更多更多地,在晚上他无缘无故地醒过来,抽着烟,痛苦地皱着眉,倾听着夜莺的歌唱一样的潺潺的流水一样的啼啭;于是他会愤怒地砰然把窗子关上,把他的头蒙在他的粗毛绒毯里,于是,不闭上眼睛,把他的宽阔的、有着黥记的胸口,紧紧地贴在枕头上,这样地躺着一直到黎明。

但是在热情的很快地成熟着的一九三〇年的春天,有这样多的夜莺栖息在樱桃园和河边的树林里,使得它们的音乐不只是充满了静默的夜的空虚,就是在白天,也并不平静。短促的春夜,对于夜莺的恋的欢乐,是不够长的。"它们在分作两班唱,这些讨厌的家伙!"达维多夫有一天早晨很早,当他在厌烦的疲惫的紧握中,勇敢地和失眠搏斗的时候,他这样地小声说。

罗加里亚在播种完结以前,一直留在突击队。但是在突击队完成了轮种法,从田间回到村庄的那一天,她在晚上走去看达维多夫。

晚餐以后,他正躺在他的小屋里,在看《真理报》。在门上,像有一种差不多像一只老鼠一样的低声的搔动,于是一个女人的轻轻的声音问道:

"我可以进来吗？"

"可以。"达维多夫从他的床上跳下，披上他的短衣。

罗加里亚走进来，轻轻地把门掩上。一条黑色的披肩使她的被风雨侵袭过的、微黑的脸，显得老了。被太阳很厉害地烧灼过，她的脸颊上的许多小小的雀斑，显露得更加清楚。但是在那到她的前额上的披肩的薄暗的遮阴之下，她的眼睛含着笑，而且更加明晰地闪烁着光耀。

"我是来看你的……"她开始说。

"进来，请坐。"因为她的到来，感到了惊讶，同时也很欢喜，达维多夫推出一条凳子，扣上他的短衣，坐在他的床上。他好像等待着什么一样的沉默着，他感到拙笨和不安。但是她却潇洒不羁地走到桌子边，带着一种优雅的、不大显露的动作，为了不要弄皱她的裙子，她把它拖了起来，于是坐下了。

"唔，你好吗，集体农场的主席？"

"不错，还过得去。"

"不想什么人吗？"

"没有工夫去想什么，也没有什么要想的。"

"连我也不想吗？"

平常总是很镇定的达维多夫，脸孔变得绯红，皱起了眉毛。带着一种夸张的羞怯，她垂下了她的眼皮，但是她的嘴唇角上，却闪动着一个抵制不了的微笑。

"你倒想象得巧妙！"他微微有点不确定地回答。

"那么你没有想我吗？"

"当然没有。事实如此！你来看我有什么事吗？"

"有的……报纸上有什么消息？关于世界革命有什么消息？"罗加里亚倚在她的肘上，她的面孔取了一种适合于谈话的严肃的表情，就像她的嘴唇并没有在一瞬间以前浮着一种恶魔性的微笑一样。

"有着各种各样的事情……你来看我有什么事？"达维多夫提起勇气

来。他好像坐在赤热的炭火上面一样。他的处境十分地尴尬，绝对地难堪。无疑地，女房东在门外听着。明天她会传遍整个的格内米雅其村，说玛加尔的离异了的老婆晚上来看了她的房客，于是……他的没有污点的名誉完结了！爱说人家的坏话的女人们会在街角，在井边，永远不息地谈论，集体农场的农民们碰到他的时候，会狡黠地笑着。拉兹米推洛夫会讥笑坠入了罗加里亚的罗网的他的同志，于是这事情会传到区里去，而且，最坏的是，在地方农业联合会，他们会一件事情一件事情地联系起来，说道："这就是他一直到十号才播完种的道理，因为女人们去看他！显然，他忙着他的小小的恋爱事件比忙着播种还厉害得多。"地方委员会的书记在遣送动员的工人到各区去的时候说的这话是对的："工人阶级的权威——世界革命的前卫——应该在农村保持最高的标准。你们对于你们自己的行动应该双倍地小心，同志们。我不是在说大的事情，就是在日常生活的琐碎的事情上，你们也应该谨慎。在农村，只要喝一个科比克的酒，人家议论起来的时候，就要抵上一百个政治的卢布。"

达维多夫很快地想到了罗加里亚的访问和这种放任的谈话的一切可能的结果。他开始流汗了。一种信用失坠的显然的威吓出现在他的眼前！但是罗加里亚坐在那里，完全没有觉察到他的这种苦恼的心绪。因为他的激动，微带嘶哑，他粗鲁地问她：

"你来看我做什么的？告诉我，走吧，我没有和你牵涉许多琐碎的事的时间。事实如此！"

"但是你记得我问你的时候，你告诉我的话吗？我没有去问玛加尔，但我还是知道他会怎样地想。他会反对……"

达维多夫跳了起来，挥着他的手臂：

"我没有时间！以后吧！"

那时候，他快要用他的手掌掩住她的含笑的口，去制止她说话了。

她懂得了，于是她一面轻蔑地扬起她的眉毛，一面说道：

"哦,你……唔,好。拿一张报纸,给我一张有趣的。除了这个,我没有什么别的事情要烦你了。我打扰了你,请原谅我……"

她走了出去,达维多夫安心地叹了叹气。但是一两分钟以后,他坐在桌边,残暴地握住他的头发,想着:"我为什么要这样傻?我没有力量。对于这事情,有什么人要说话,难道很要紧吗?那么,女人们不可以来看我吗?我是一个修道者,或是什么吗?而且这干谁的事?我喜欢她,而且要是我愿意的话,我就可以和她在一起!只要工作不受妨碍,其他都不算什么!但是现在她不会再来了。事实如此!我对她太粗暴了,而且她注意到我有点害怕……哦,咒你,现在,你弄得怎样地僵?"

但是他的害怕没有理由:罗加里亚并不是属于轻易放弃他们拟定的计划的人们的一类。而她的计划,包括了征服达维多夫。她想,她究竟为什么要把她的生活和格内米雅其的一个什么青年联结着呢?为了什么?为了在她的老年,在火炉旁边渐渐地枯萎吗?为了跟着牛和犁,在草原里面被人忘却吗?达维多夫是一个朴实的、阔肩的、和蔼的青年,他一点也不像因为事务和对于世界革命的期待,变得朽坏了的玛加尔。他也不像铁摩菲。他有一个小小的缺点:缺了一个牙齿。而且缺在前面,在最惹目的地方。但是罗加里亚容忍了她爱好的人的这个缺点。从她的短短的但是有着丰富的经验的生活中,她学会了在估价男子的时候,牙齿并不是最重要的东西。

第二天傍晚,她又来了,这一次她要装饰得很华丽,而且更加显出挑逗人的模样。她把报纸做了她的访问的借口。

"我把你的报纸带了来还你。我可以再借一份吗?你有没有什么书?我想读点什么有趣的书……关于恋爱的。"

"拿一份报去吧。我没有什么书;我这里不是图书馆。"他回答。

没有等待邀请,她坐了下来,开始一种关于第三突击队所实行的播种和她在最近成立的牛乳房所看到的不规则的事的严肃的谈话。带着一种朴实的单纯,她适应着达维多夫,适应着在她看来,他一定在那里面过活的那种趣味的范围。

最初，他不信任地听着她的话。但是后来他对于谈话感到了兴趣，他说到了对于牛乳房的他的计划，当他谈着其他许多事情的时候，他还顺便地把外国在牛乳生产中的最新的技术上的成就，告诉着她。多少带点悽苦的语调，他结束道：

"我们需要多量的金钱。我们要购买几只牛乳的产量很多的母牛所生的小牛，我们要去购买一只纯种牛……而且我们要尽快地这么去办。你知道，一个组织完好的牛乳场，会提供巨大的收入的。这样，集体农场的预算可以得到平衡。但是现在我们的牛乳房有什么呢？一架简直不能应付春天的榨乳，不值一个铜板的旧的分液器，此外什么也没有。连搅乳器也没有一个，牛乳正和以前一样地倒进壶子里。这行吗？你刚才说牛奶变酸了。但是为什么它会变酸呢？也许他们把它倒进了脏的容器里吧。"

"壶子烧得不适宜，没有弄干净，这就是牛奶变酸的道理。"她说。

"唔，那正是我刚才说过的话：他们没有适宜的照料容器。你来承办这种事，把一切整顿一下吧。把应当做的事情都做起来，管理委员会可以常常帮助你的。照现在的这种情形，要是容器没有适宜的检查，而且要是榨乳人像我最近所看到的一个那样去榨乳的话，牛乳会常常被糟蹋。我最近看到的榨乳人，她坐在牛的下面，并不把牛的乳房洗一洗。所有的乳头都满沾着泥和粪。而且她的手也不洗。鬼知道她在事前接触了什么东西，她就这样带着她的双手跑到了牛的下面。我以前没有工夫亲自去管这事情。但是现在我要管一下了！你不要老是打扮，老是把自己装饰得漂漂亮亮吧，你去管理牛乳房，好吗？我们请你做经理，你去受训练，去学会怎样经营牛乳房，于是你会变成一个有特殊技能的女人。"

"不，让他们不用我，随便去管理吧，"罗加里亚叹息着，"没有我的帮助，他们那里有着整理一切的人。我不要做经理。我不要去受训练。那太麻烦了。我喜欢干轻快的工作,这样,就可以有更多的时间去生活,而工作是欢喜傻瓜的。"

"现在你又说起无意思的话来了。"达维多夫愤怒地说。但是他不想和她分辩。

不久以后,她起身要走。他送着她回家。有很久的时候,他们沿着街道并排地跨着步子,没有说话,后来,非常迅速地知道了达维多夫的一切关心的罗加里亚,问他道:

"你今天出去看过古班麦没有?"

"看过的。"

"唔,怎么样?"

"不好!要是这个礼拜不下雨的话,我怕它不会长起来了。你知道这一切会弄成怎样?来要求我准他们祷告的人,会欢喜。事实如此!'呵哈!'他们会说,'他不让我们祷告,上帝就不下雨。'晴雨表老是指着'晴'的时候,上帝是毫无办法的!但是他们会增强他们的蠢笨的信仰。这真是可怜!事实如此!一部分,要怪我们自己,我们应当让西瓜和一部分轮种谷物等着,让小麦先种。这是我们错了的地方。"达维多夫说得更加起劲,而且,重新发挥着他的得意的问题,会热情地继续说很久。但是罗加里亚带着显著的烦厌打断了他的话。

"哦,不要谈谷物了吧,"她说,"让我们坐一坐,休息一下……"她指着在月光下面显露着青色的水沟边上的堤脊。

他们走到了水沟边。罗加里亚卷起了她的裙子,有思虑地这样提议:

"你可以把你的短衣布在地上,我怕弄脏了我的裙子。这是我的节日穿的裙子……"

当他们并排地坐在短衣上面的时候,她的脸突然很严正而且怪漂亮地挨近他的微笑的脸,她说道:

"谷物和集体农场的话说得够了!现在不是谈论这些的时候。你可以闻到白杨树上的新叶的香气吗?"

……在这里,达维多夫的踌躇终止了。他虽然被罗加里亚迷惑,但是他害怕他和她的关系会损害他的权威。……

后来他站起来,从他的脚边,干的粘土块发出沙沙的声音地滚到了水沟里,罗加里亚继续地仰卧着,她的手臂摊开,她的眼睛疲倦地闭着,有一会儿,他们沉默着。于是,带着出人意料的元气,她坐了起来,用手臂抱着她的弯曲的膝头,爆发一种不出声的笑,摇动着躯体。她好像什么人搔着她的痒处一样的笑着。

"这算什么?"达维多夫微微地被触怒了,惊讶地问。

她和以前一样地出人意料地停止了她的笑,伸出她的腿子,于是,用她的手掌抚着她的大腿和腹,用一种感到幸福的、微带嘶哑的声音,沉思地说道:

"我现在感到我的身体是这样轻……"

"替你插上羽毛,你要飞了。"达维多夫变得愤怒了。

"不,你用不着……你用不着生气。我的肚皮突然感到好像失去了它的一切重量;它变得很舒服、很轻,这就是我笑的道理。那么,我得哭,或是怎样吗,你这怪人?坐下来吧。你为什么要跳起来?"

达维多夫不愿意地听从了她的话。"我现在拿她怎么办?我无论如何,应当使事情很合体统,要不然,这会在玛加尔的面前很不方便,而一般地说……我没有什么烦恼,因此魔鬼要给我一点!"他想着,斜眼地看着被月光染得带绿色的罗加里亚的面孔。

她没有用手撑着地,敏捷地站了起来,细眯着她的眼睛:

"我好看吗?"

"你要我说什么好呢?"达维多夫漠然地回答着,拥抱着她的纤细的肩。

第四十章

第二天,晚间的一次大雨以后,雅可夫·洛济支骑着马走到"赤林"去。他要到林子里去把那将要砍伐的橡树加上记号。因为再过一天,第三突击队的差不多全体的队员,要开始采办造水闸的木材了。

雅可夫·洛济支在很早的早晨出发。马摇摆着那精巧的编成了辫子的尾巴,慢慢地走。它的没有蹄铁的前脚,在滑滑的污泥里面溜着,但是雅可夫·洛济支一次也没有举起他的鞭子:他不用急。他把马缰放在鞍头上,抽着烟,环视着伸展在格内米雅其周围的草原,那里面的每一个小小的洼地、每一个山谷和土拨鼠的洞穴,从他的孩童时代起,他就知道,就爱好的。他的眼睛愉快地落在含着水气的膨胀着的碎裂的耕地上,落在被雨洗过,被雨打得低垂着的谷物上,于是带着强烈的痛苦和烦闷,他想道:"正像那个缺牙齿鬼说的,天下雨了。现在,古班麦会生长起来。你要说,上帝自己是站在这个该诅咒的政府一方面的。在从前,只有收获的失败、收成的失败,但是自从一九二一年以后,谷物都是可惊地好!一切自然都站在苏维埃政府的一方面,照这样,什么时候我们才可以看到它的毁坏呢？不，要是同盟国不帮助我们驱除共产党人的话，我们自己是什么也不能够做的。一切波罗夫则夫们，不管他们是怎样的聪明，是绝不能够反对他们的。力量粉碎力量，对这个你有什么办法？而且现在那些该诅咒的人民是很危险的。这一个告发那一个，各种各样的告密都发生了。只要他自己能够有活命，畜生，他是不管别人怎样的。生在这样的时世是很悲惨的，一两年以后，鬼知道我们会在什么地方。但是显然，我还运气好。要不然，我和波罗夫则夫的事不会这样幸运地结束。老公牛早该牵到了屠斧那里的！唔，谢谢上帝，一切是这样平稳地、干净地了结了。我们要等着看，以后将怎样。这一次我们没有能够推倒苏维埃政府，但是第二次，我们的运道也许要好点。"

在那在太阳下面展开着的草的叶片之上，在那生气勃勃的麦的新芽之上，露珠好像串在线上的玻璃小珠一样的战栗着。从西方吹来的风把它吹下，水滴散开来，带着虹的颜色闪烁着，于是落到了发出雨的气味的、怀着热望的、优雅的地面。还没有被土壤吸收进去的雨水，躺在路上的车辙里，但是在格内米雅其村庄的上面，蔷薇色的朝雾已经升得比那白杨树梢还要高。而在那天空的深蓝里，被大雨洗净了的银色的新月，被黎明侵袭着，在渐渐地消逝，月亮的轮廓很清晰，向它的背面倾斜着，这是将有丰富的雨水的先兆。当雅可夫·洛济支望着它的时候，他这样地确信："这样，一定会有丰收的。"

他走到树林里的时候，约莫到了中午，他缚着马的前脚，让它去吃草，他从他的腰带间，拖出一把小小的木匠用的斧头，在那森林学家分配给格内米雅其集体农场的山区的橡树上刻镂标记。

在树林的一个突出的山嘴的边缘上，他刻了六株橡树，于是走近其次的树木。一株像船桅一样的高、异样地直的高耸的、枝叶张开的橡树把它的丫枝在低低的、古老的矮树和开着花的榆树的上面伸展着。就在它的顶上，在那光亮的暗绿色的繁叶里，有一只白嘴鸦的巢，好像一个黑黑的黯淡的大斑点一样的露出了来。从它的树干的大小上看来，这橡树差不多有着和雅可夫·洛济支一样的年纪,于是,在他的手里吐着口水,他带着一种忧愁和怜惜的感情,看着这已经有着死的运命的树木。

他在树干上刻了一个凹槽,在剥去了树皮的他方,用青色铅笔写了GCF(格内米雅其集体农场的起首的字母)。于是,用脚踢去了潮湿的、多汁的木屑,坐了下来,抽着一支烟。

"你活了多少年代呵,兄弟!"当他望着那张着天幕一样的橡树的顶盖的时候,他这样地想,"而且没有什么人统治你。但是现在你的死期到了。他们要用斧头砍倒你,分裂你,砍去你的美丽、你的枝丫,于是把你运到水池那里去,用你做水闸那里的木桩,你会在集体农场的水池里面腐朽,一直到你完全消解。于是春水会把你拖到洼地的口上,这样,你就完了。"

这样想着的时候,雅可夫·洛济支发生了一种不可思议的不安和惊悸的痛苦的感觉。他那一天完全失了他的常态。"我要可怜你,不让他们砍倒你吗?决不能够把每一样东西都送进集体农场!"感到一种愉快的安心,他决定道,"生活下去吧,生长下去吧,露出你的美丽吧!有许多人生中的事情和你没有关系。你不要纳税,你不要纳国税,不要纳地方税,不用加入集体农场!像上帝注定你的一样的生活着!"

他急急地跳了起来,抓了一把带黏性的泥土,小心地擦在他所刻的标记上。他感觉着满足和安心地离开了山嘴。一共有六十七株橡树被这位非常易感的雅可夫·洛济支加上了标记,于是他骑着他的马,沿着树林的边缘走去。

"雅可夫·洛济支,等一等!"当他走出树林的时候,有人这样地叫他。于是从山楂树丛的后面转出了一个戴黑色的羊毛帽、穿一件军用布料做成的样子像很温暖的敞开了胸口的短衣的男子。他的面孔是黑的,而且经受了雨打风吹,脸上的皮肤因为消瘦的缘故紧紧地贴着颧骨,眼睛深深地陷了进去,而他那黑色的绒毛胡须好像是用木炭画成的一样的留在他的苍白的干燥的嘴唇上。

"你不认识我吗?"这个人脱下了他的帽子,于是,小心地看了看他的周围,走到了空旷的草地上。只有在那时候,雅可夫·洛济支才认出了这个生客就是弗罗尔的儿子铁摩菲。

"你从什么地方来?"被这个邂逅,被这可怕的消瘦了的、变得不能认识了的铁摩菲的整个的姿态惊骇了,他这样地问。

"从那不会生还的地方回来的,从流放的地方……从哥托拉斯。"

"该不是逃跑回来的吧?"

"是的,是逃跑回来的。你身边有什么吃的东西吗,雅可夫老爹?有点面包吗?"

"有。"

"为了基督的爱,给我一点吧。四天以来……我仅仅吃着腐烂的野苹果。"他起了一种痉挛地吞咽什么一样的动作。当他看着雅可夫的手从他的胸怀里掏出一块干面包片的时候,他的嘴唇战栗着,他的眼睛狼一样地闪着光辉。

他带着这样一种贪食的狂热咬着面包,使得雅可夫·洛济支屏住了呼吸。他用他的牙齿扯着干燥的、烤焦了的面包皮,用他的屈曲的手指撕裂着面包心,差不多连咀嚼都没有地贪馋地吞了下去,他的喉核痛苦地动着。一直到他窒息地把最后一片面包吞了,他才对雅可夫·洛济支抬起了他那消失了以前的热病一样的光芒的醉了一样的眼睛。

"你真饿极了,我的孩子!"雅可夫怜悯地说。

"我告诉你今天是我没有吃一点东西的第五天。我吃着腐烂的苹果,或是去年的干枯的荆棘的实,要是我能找到一点的话。我瘦了一点!"

"但是你怎样到这里来的?"

"从火车站徒步走来的。我是晚上走来的。"铁摩菲疲倦地回答着。他显然苍白了,好像他在用力吃面包的时候,把他的最后的气力消耗了一样。一阵抑制不了的呛噎,震动着他的躯体,使他痛苦地皱起了眉毛。

"你的父亲还在吗？你的家里人怎么样，都好吗？"雅可夫·洛济支继续着他的问话。但是他没有下马，时时不安地看一看四围。

"我的父亲患肺炎死了，我的母亲和妹妹都还在那里。但是村里的情形怎么样？罗加里亚·拉古尔洛娃怎样了？"

"她和她的丈夫离开了，我的孩子……"

"她现在在哪里？"铁摩菲突然露出很有生气的模样。

"她寄居在她的叔母的家里。……"

"喂，雅可夫老爹！你回去的时候，告诉她就在今天，一定给我送食物来。我瘦得这样，我不能够回到村里去。我要在这里躺着过一天，我太累了。一百七十俄里，而且是在晚上，走过生疏的地方——你知道你怎样地走吗？你盲目地摸着走……叫她给我送点食物来，我稍为恢复了一点的时候，我要亲自走到村里去。我想着我的家乡，想得要死呀。"他羞怯地微笑着。

"你想你现在怎样去过活呢？"雅可夫·洛济支继续着他的盘问。他被这个邂逅不愉快地扰搅了。

带着一种严酷的表情，铁摩菲回答道：

"我将怎样过活，你不知道吗？我现在像一只狼。我稍为休息一下，于是在晚上我要走进村里，去掘出一支枪来……我埋了一支枪在打谷场。于是我开始谋生了！一条路清清楚楚地摆在我的面前。他们既然惩罚了我，我也要去给他们一点点惩罚！我要打掉什么人的脑盖，什么人会闻到我的厉害！我要在这树林里过夏，到第一次秋霜的时候，我要到古班去，或是别的什么地方去。世界是广阔的，而且要是你注意一下的话，你会知道，像我这样的人，总有一个中队以上。"

"罗加里亚·拉古尔洛娃好像开始和集体农场的主席发生关系了。"不止一次看到罗加里亚走到达维多夫住所的雅可夫·洛济支犹豫不定地告诉铁摩菲。

因为一阵难堪的胃痛倒在地上的铁摩菲，伸直着身体，横睡在树丛

的下面。但是虽然用一种断断续续的声音,他还是这样地说道:

"达维多夫是我要找着算账的头一个……你可以替他做祷告了……罗加里亚对我是真实的……过去的爱是永远不会忘记的,她并不像招待客人的餐宴。我常常可以找着到她心里去的一条路,这条路是不会被杂草隐没的,我想……你的面包使我吃了很难受,叔父……我的胃在翻动……请你告诉罗加里亚……叫她送面包和牛油来……面包要多!"

雅可夫·洛济支把明天树林里要开始砍树的事,警告了铁摩菲,于是骑着马走出了树林,转向第二突击队耕种的田野走去,去看古班麦。不久以前,像炭一样的黑的整个的耕地带着一种柔和的绿色的刺绣,闪烁着光辉。麦芽终于迸发出来了。

一直到晚上,雅可夫才回到了村里,把马匹送回了集体农场的马厩以后,他走回家去,还是被那和铁摩菲会见留下来的印象苦恼着,但是在家里,有一种不能比拟的更悽苦的新的不快在等待着他。当他站在门口的时候,他的媳妇从厨房里面跑出来,小声地通报他道:

"父亲,我们来了客……"

"什么人?"

"波罗夫则夫和另外那个斜眼睛。天刚刚黑他们就来了。母亲和我在挤牛奶……他们在居室里。波罗夫则夫喝酒喝得很醉,另外那个人讲的话,也一点都听不懂。他们都穿着破烂不堪的衣服。虱子在他们的身上翻滚,甚至于在他们的衣服外面爬!"

从居室里传来了谈话的声音,廖切夫斯基一面咳嗽,一面嘲笑地、讥剌地说道:

"……唔,当然!你是什么人,大人?我问你,可敬的波罗夫则夫先生!我要告诉你,你是什么人,好吗?对不住,我要说了!你是一位没有祖国的爱国者,一位没有军队的将军,而且,要是你感到这些比喻太夸大、太抽象的话——就算是一个口袋里没有一个小钱的赌棍吧。"

当他听到波罗夫则夫用他的嘶哑的低音回答着的时候,雅可夫·洛济支无力地把他的背靠在墙壁上，抱着他的头。

过去的事重新开始了。

第一卷终

一九三六年九月译完

译后附记

对于这部增高了苏联文学不少的声望，预示了社会主义现实主义的威力的作品，颂赞已经太多，而批判和分析，又不是匆匆之际所能做好的。不久，也许可以在别的地方译载一两篇它的同国人所做的研究它的论文，以供读者参考，但在这里，我只简单地说一说这书的翻译的事。去年，许多青年朋友提议翻译这本书，那正是比现在还要沉闷的时候，出版不容易，他们怂恿我译它，准备大家出钱自己印；我却辜负了他们，只译得三万字，就为了生活及其他，没有继续。但是，也幸亏这样。我不懂原文，我只能靠英译重译找日文参照，那时我所找到的英译是莫斯科"苏联外国工人合作出版社"出版的译本，日译是上田进本，这两种译本是两种文字中的劣译。今年我又找到了加里（Stephen Garry）的新的英译本和米川正夫的新的日译本，都是比较完善的译文，又得到世界文库的物质便利，于是我重新翻译了。我主要地根据加里的英译，参照米川正夫的日译，有时也得到莫斯科版的英译的一些帮助，上田进的译本，差不多不大参看。加里的英译，每章有小标题，因为都不能包括每章的内容，而且其他三种译本都没有，我也略去了。两种英译都略去了第三十四章的一首民谣，我依据了日文补上，此外英译还有许多故意省略和无心漏译的地方，我都参照其他译本译出了。

译时和译后，得到周扬、杨骚、林淙诸先生的许多帮助，他们或为我校阅，或帮我赶译，使这书能够很快完成，在这里向他们表示谢意。

自七月起，修改旧译三万字，并译完全书，费了三个月工夫，十月份自己又校一遍。前后共费了有时只睡三四个钟头的差不多四个月的时日。使我在热烈的国防文学论战中有几个月未能参与的，大部分是为了这本书的缘故。

读这本书的时候，翻译它的时候，都时常感到它有一种温味的和谐的微笑。显然，俄国文学的传统的"含泪的微笑"，传到这本书，已经变了质，微笑是一种尽心尽力地生活的欢愉，不再是无可奈何的强笑了，而眼泪只属于过去。俄罗斯人民的过去是悲惨的，这本书里每一个重要人物，差不多都有一段悲惨的过去的插话。但是现在，他们都开始欢喜他们的生活了，而且还在尽力地开拓着人类的将来，他们能够笑，能够像达维多夫一样，胜利地很有自信地说着："一切都属于我们，一切都在我们的掌握。"但是我们不能够，我们还生活在他们的"含泪"的"过去"。

到什么时候，我们才能够像他们一样的欢愉地笑？

"俄苏文学经典译著·长篇小说"书目

沙宁	[苏联] 阿尔志跋绥夫 著 / 郑振铎 译
罗亭	[俄国] 屠格涅夫 著 / 陆蠡 译
少年	[俄国] 陀思妥耶夫斯基 著 / 耿济之 译
死屋手记	[俄国] 陀思妥耶夫斯基 著 / 耿济之 译
罪与罚	[俄国] 陀思妥耶夫斯基 著 / 汪炳琨 译
卡拉马佐夫兄弟	[俄国] 陀思妥耶夫斯基 著 / 耿济之 译
白痴	[俄国] 陀思妥耶夫斯基 著 / 耿济之 译
铁流	[苏联] 绥拉菲莫维奇 著 / 曹靖华 译
父与子	[俄国] 屠格涅夫 著 / 耿济之 译
前夜	[俄国] 屠格涅夫 著 / 丽尼 译
虹	[苏联] 瓦西列夫斯卡娅 著 / 曹靖华 译
保卫察里津	[俄国] 阿·托尔斯泰 著 / 曹靖华 译
静静的顿河	[苏联] 肖洛霍夫 著 / 金人 译
死魂灵	[俄国] 果戈里 著 / 鲁迅 译
城与年	[苏联] 斐定 著 / 曹靖华 译
钢铁是怎样炼成的	[苏联] 奥斯特洛夫斯基 著 / 梅益 译
诸神复活	[俄国] 梅勒什可夫斯基 著 / 郑超麟 译
战争与和平	[俄国] 列夫·托尔斯泰 著 / 郭沫若 高植 译
人民是不朽的	[苏联] 格罗斯曼 著 / 茅盾 译
孤独	[苏联] 维尔塔 著 / 冯夷 译
爱的分野	[苏联] 罗曼诺夫 著 / 蒋光慈 陈情 译
地下室手记	[俄国] 陀思妥耶夫斯基 著 / 洪灵菲 译

赌徒　　［俄国］陀思妥耶夫斯基 著／洪灵菲 译
盗用公款的人们　　［苏联］卡泰耶夫 著／小莹 译
在人间　　［苏联］高尔基 著／王季愚 译
我的大学　　［苏联］高尔基 著／杜畏之　萼心 译
赤恋　　［苏联］柯伦泰 著／温生民 译
夏伯阳　　［苏联］富曼诺夫 著／郭定一 译
被开垦的处女地　　［苏联］肖洛霍夫 著／立波 译
大学生私生活　　［苏联］顾米列夫斯基 著／周起应　立波 译
奥尼金　　［俄国］普希金 著／甦夫 译
盲乐师　　［俄国］柯罗连科 著／张亚权 译
家事　　［苏联］高尔基 著／耿济之 译
我的童年　　［苏联］高尔基 著／姚蓬子 译
贵族之家　　［俄国］屠格涅夫 著／丽尼 译
毁灭　　［苏联］法捷耶夫 著／鲁迅 译
十月　　［苏联］A. 雅各武莱夫 著／鲁迅 译
安娜·卡列尼娜　　［俄国］列夫·托尔斯泰 著／周笕　罗稷南 译
克里·萨木金的一生　　［苏联］高尔基 著／罗稷南 译
对马　　［苏联］普里波伊 著／梅益 译
暴风雨所诞生的　　［苏联］奥斯特洛夫斯基 著／王语今　孙广英 译
猎人日记　　［俄国］屠格涅夫 著／耿济之 译
上尉的女儿　　［俄国］普希金 著／孙用 译
被侮辱与损害的　　［俄国］陀思妥耶夫斯基 著／李霁野 译
复活　　［俄国］列夫·托尔斯泰 著／高植 译
幼年·少年·青年　　［俄国］列夫·托尔斯泰 著／高植 译
烟　　［俄国］屠格涅夫 著／陆蠡 译
母亲　　［苏联］高尔基 著／沈端先 译